Fritz Rudolf Fries

Hesekiels Maschine

oder Gesang der Engel am Magnetberg

Roman

Das Neue Berlin

Das ewige Schweigen
dieser unendlichen Räume
erschreckt mich.
PASCAL

I

Das Licht am 22. Dezember 1999

Mit Schlaflosigkeit hat uns JAHVE gestraft.

Über uns der Himmel zwischen den Kontinenten. Vom Nordpol ergießt sich ein kaltes Licht über die Wasser des Pazifik. Amerika taucht in die Nacht, aus der wir gekommen. Afrika dreht sich dem neuen Tag entgegen, der Mond weicht der Sonne. Vom Licht angezogen, stürzen wir vorwärts, unter uns im Grau die steife Fältung des Meeres, tückische Oberfläche, einladend zum Exkurs in bodenlose Tiefe.

Wir gehören zum Gevögel des fünften Tags, metallisches Gefieder, das dem ersten Tag der Schöpfung entkam, da JAHVE das Licht von der Finsternis schied. Wir sind Cherubims Einfall, des Erzengels mit den sechs Flügeln. Wir sind der Aufstieg, ausgestoßen beim Fall der Elohim und bestätigt vom vierten Laterankonzil anno 1215, als Umkehr des Höllensturzes. Kopfgeburten. Und: Wir fliegen!

Einst waren wir Ketzer, die das Licht raubten, um damit die Höhle der Menschenweiber zu beleuchten. Die Fackeln erloschen, die Liebe aber phosphoreszierte. Einst, sage ich, weil ich die Kleidung der Menschen trage, eine Spottgeburt, die in langen Hosen auftritt, um keinen Zweifel zu lassen an ihrem Geschlecht. Eine altmodische Auffassung, gewiß, aber welches Geschlecht verbarg sich denn unterm Faltenwurf des englischen Gewands?

Riesen sind wir an der Seite des Menschen, und mit ihm haben wir unsere stets erneuerten Geschäfte, immer gewärtig, daß uns JAHVE mit dem Laserstrahl seines Bannfluchs trifft. Der Alte traut keinem von uns; trauen wir Ihm, der unsichtbar bleibt? Schlau wie Er ist, versteckt er sich hinter den Dünen unbekannter Planeten. Wer noch an Ihn glaubt, tut es durch uns. Seine Sieben-Tage-Produktion läuft auch ohne Ihn. Eitel ist Er, wie jeder erfolgreiche Erfinder, und in die Posaune des Eigenlobs blies Er schon am sechsten Tag: *Und JAHVE sahe an alles, was er gemacht hatte; und siehe da, es war sehr gut.*

Und tatsächlich mäkelten an seiner Schöpfung nur die Atheisten späterer Jahrhunderte. Heute kehren sie reumütig zurück, nur daß sie seinen Schoß nicht finden, darin ihr Haupt zu betten. JAHVE schläft und hat den Wecker auf das Ende der Zeiten gestellt.

Wir besorgen den Rest und revoltieren von Fall zu Fall gegen die aus unseren Reihen sich erhebenden, die Macht an sich reißenden Herren (oder Damen) Kollegen. Es widerstrebt mir, uns Hermaphroditen zu nennen, nur weil uns die Liebe in der einen oder anderen Form im Dienst verboten ist. Aber verboten ist uns auch, aus der Schule zu plaudern. Wie jeder Geheimdienst schwören auch wir auf die Fahne des Landes, dem wir zugeteilt wurden.

Ich komme vom Thema ab, da wir uns den Hundsinseln vor der afrikanischen Küste nähern. Wollte ich nicht JAHVES Lob singen, ehe wir in die irdische Misere, ins irdische Jammertal eintauchen?

Die Atheisten, sagte ich, die reumütig ihr Dichten und Trachten umkehren: Je mehr sie den sogenannten Naturwissenschaften huldigen, desto tiefer ihre Verbeugung vor den wunderbar austarierten, aufs Milligramm berechneten Gesetzen der Schöpfung. Das Leben auf JAHVES blauer Murmel – die einzige im Kosmos – könnte nicht existieren, wenn Proteinmoleküle und Nukleinsäuremoleküle (DNS und RNS) innerhalb einer Zelle nicht wie ein

Team zusammenarbeiteten. Es ist der Korpsgeist, der dem über den Wassern schwebenden Geist Gestalt gibt. Es sind da drei molekulare Spieler im Team, ich will das hier nicht ausführen, man könnte sie mit den drei Herren unseres Dienstes verwechseln. Es sind die Boten im Zellkern. Sie begreifen nicht? Lesen Sie es nach, an Bord gibt Ihnen die Stewardeß, wenn Sie wollen, die neueste Ausgabe vom Reader's Digest in der von Ihnen gewünschten Sprache, mit Ausnahme von Aramäisch. Denn in dieser unserer Muttersprache hüten wir unsere Geheimnisse. So ist der Engel ein Doppelwesen, eine Doppelmetapher, die von der göttlichen und der menschlichen Natur zu uns spricht. Längst sind unsere Geheimnisse das Thema von Talkshows, welche die Nachfolge jener Gesellschaften antreten, die sich um einen Tisch versammelten und die Geister beschworen. Auch wenn der Engel reiner Geist ist, so ist sein Tun und Lassen in Büchern illustriert. Wenn wir sehen, wie der Leib der Engel die Räume und Zeiten durchquert, behaupten die Herren Cattin und Faure, dann lernen wir etwas über unseren eigenen Leib und über unser Dasein in unserer Welt, unserem Raum und unserer Zeit. Der Engel ist jenes Licht, das leuchtet und niemals verbrennt. Was aber lernen wir Elohim von euch Menschen? Das Böse, das seit Uranfang in den Menschenweibern steckt. In dieser Welt von falschen Göttern, Fetischen und Idolen ...

Licht in den Farben des Regenbogens steht über der ostafrikanischen Küste. Unsere Heimat ist nicht hier, ein wenig weiter östlich, werden Sie vermuten. Ich lasse Ihnen Ihren Glauben. Reichten die Flügel dieser El Al-Maschine auf dem Flug von Panama City via Rom nach Tel Aviv, uns in die schwarze Bläue des Kosmos zu erheben, wahrlich, Sie würden Ihr blaues Wunder erleben und sich in Ihre Kinderzeit zurückversetzt fühlen – möglich, daß ja die Zeitverschiebung, die eine Entfernung im Raum mit sich bringt, uns, also Sie, verjüngt – Sie würden, schauten Sie durch das Kabinenfenster, JAHVES Feuerwerk sehen können, ein anhaltendes Big Bang, ein kulinarisches Fest, ein Kindergeburtstag mit roter Grütze, Weintraubengelee, platzenden Papayas und bananenförmigen Super Novas in einem Teller voll Milchreis. Kein Vergleich mit dem koscheren Futter am Vorabend des Sabbats, das uns hier serviert wird.

Der Alte, dieser vortreffliche Kinderfreund und Paterfamilias, hat es angerichtet, das kosmische Mahl, bevor er zu Bett gegangen ist, so daß Sie nicht sicher sein können, ob das, was Sie sehen, nur noch der Traum JAHVES von einem Kindergeburtstag ist. Aber ich kann Sie versichern, es ist alles eiskalt angerichtet, und Sie bräuchten den Magen Saturns und die Kinnbacken eines Jupiter, das zu verschlingen, und auch den Arsch einer Venus, das alles ohne Schaden wieder ausscheiden zu können.

Der Berichtgeber gibt sich zu erkennen

Über uns der Himmel wie rauchgeschwärztes Glas –, meinen Laptop auf den Knien, gebe ich zu, poetischen Anwandlungen nachzugeben. Vergebung. Denn von einem Schreiber Pharaos erwartet man nichts, als daß er die Schrift beherrscht, nicht deren Verführung erliegt, die Welt dem Buchstaben nach neu zu gestalten.

Am Anfang war das Wort, wenn es so war, und das meint: Gott der Herr setzte die Prioritäten. Und so beuge auch ich mich über mein Gerät, das meine Kollegen gern einen Rechner nennen, als notierten wir noch immer die Anzahl der Kornsäcke in Joseph des Ernährers Vorratskammern in den Jahren der ägyptischen Knechtschaft. Und indem ich mich vorbeuge und verneige, schreibe ich so flink, wie mein Zweifingersystem es erlaubt, den Satz: SCHAU UNVERWANDT, O JEHOVA, HERAB! Herab auf uns in dieser Röhre aus Leichtmetall, die bis in die letzte

Ader voll mit Kerosin gepumpt ist. Ich bin froh, wenn mir meine Sätze fehlerfrei gelingen, denn dieses Gerät ist eines der billigen Sorte – das Amt spart, wo immer es kann –, und ich schreib nicht in Aramäisch, eher in dieser Kanak Sprak, die wir für das Ivrith unseres Dienstes ausgeben, immer gewärtig, daß uns jemand die Festplatte entwendet, so daß es gut ist, zwischendurch ein paar Späße zu notieren, ein paar jüdische Witze, die nach Auschwitz an Sarkasmus abgenommen haben; ich komme wohl gelegentlich darauf zurück. Denn ich bin Itzhak Springer, Itzhak der Sohn der Magd, von Abraham gezeugt, ein Cherubim der Wüste und doch nur ein Dienstengel. Im Amt haben wir alle mehr als einen Namen ebenso wie mehrere Pässe, das versteht sich von selbst. Meine Pässe sind meine sechs Flügel, wenn der kleine Scherz erlaubt ist, wie sonst könnte ich der Berichtgeber sein, ein EIBE, *ein Engel im besonderen Einsatz*.

Schon rede ich zuviel, es ist mein irdisches Erbteil, Itzhak der Spaßmacher, der Worteverdreher; dabei hatte meine Mutter gedacht, sie setze nichts als eine Frohnatur in die Welt.

Erwarten Sie jetzt nicht meine Geschichte, der Berichtgeber ist nichts als ein leerer Sack, darin der heilige Geist seiner Mission sich einfindet, der Rest ist Schweigen. Denn die Rede gilt dem Objekt meiner Beobachtung. Da drüben sitzt er, in der mittleren Reihe, der letzte Platz am linken Gang. Wir haben ihn gut unter Kontrolle, wir, meine Kollegen Uri Lilienthal, Uriel oder auch El Al genannt und eine Zielscheibe des Spotts, da er den Namen eines Mannes trägt, der nach dilettantischen Flugversuchen auf den Rhinower Höhen den Tod fand – glauben Sie nicht, unser Auftraggeber könnte uns vor Unheil schützen –; neben ihm Aaron Spitzer, genannt Israfil, der die Toten am Auferstehungstag begleitet. Ein vielbeschäftigter Mann, der ein Fachmann für terroristische Anschläge ist und von dem es heißt, er habe, unter anderem Namen, jenen Schreibtischmörder, jenen Buchhalter des Todes, der ein so weiches Deutsch sprach, das man es für Jiddisch halten konnte, in Argentinien dingfest machen helfen.

Uriel, der schon dabei war, als man die Pharaonen in ihre leider nicht für die Ewigkeit bestimmten Gräber legte, ist der Älteste unter uns. Ich bin der Jüngste. In Tel Aviv bewahrt mein Weib Rebecca eine Fotografie von mir, weil sie mich, an unserer Hochzeit aufgenommen, als einen Jüngling mit lockigem Haar zeigt, ein wenig fremd mit der Nickelbrille auf der höckrigen Nase. Sie weiß nicht, daß es ein anderer ist, der sich zu ihr ins Bett legt. Cherub hält fest zu seinem Keuschheitsschwur. Es hat seine Vorteile, ein Doppelleben führen zu müssen.

Uri Lilienthal ist ein Mann in mittleren Jahren, ein rothaariger Jecke, wie er im Buche steht, der seinen Berliner Akzent, der ihn als Junge prägte wie eine unheilbare Kinderkrankheit, in keiner der Sprachen verleugnen kann, die er spricht, und es sind deren ein Dutzend.

Nun verteilen die Stewardessen das Frühstück, *coffee please* und Croissants, und für die Italiener an Bord haben sie Pasta, um ihnen schon jetzt ein Heimatgefühl zu geben, und für die Amerikaner, die aus allen Winkeln der Erde anreisen, den Heiligen Abend in Jerusalem zu verbringen (oder in Bethlehem) ist es Chicken. Schon flimmern die Fernsehschirme über den Gängen, und Femi Oke beugt sich über den Globus in ihrem Rücken und verkündet in ihrer gequetschten Sprache die Aussichten für den gestrigen Tag. Ein schwarzer Cherubim ist sie, in einer Art Pagenuniform, und wer überhaupt noch einen Tropfen Kraft hat in seinen Lenden, fragt sich, wie sie darunter aussehen mag. Auch ich frage mich das, und bin sicher, so sahen die Menschenweiber aus, die wir damals eroberten.

Ich weiß nicht, was der Mann, den wir observieren, und was seine Frau, die getrennt von ihm sitzt, bestellt haben. Beileibe sind wir drei nicht so auffällig wie die Italiener und Amerikaner, doch auffällig genug, da wir nicht anders können, als den Vorschriften des Amtes zu folgen und uns in einer Kombination aus Armani und Woolworth kleiden, die feinsten Seidenkrawatten zu Sakkos mit breitgewürfelten Mustern, und dazu tragen wir verräterischerweise alle die gleichen Hosen, sogenannte Chinos, als kämen wir vom Segeln auf dem Panama-Kanal und hätten keine Zeit gehabt, uns umzuziehen. Ausländische Lotsen auf Heimaturlaub, könnte man denken, arbeitslos geworden am Tag der Panamesischen Unabhängigkeit vor nicht ganz einer Woche.

Wir wären nicht die einzigen, die man entlassen hat. Auch die Italiener, die ihre Geschäfte via Venezuela und Columbien betrieben haben, denke ich, sind rückwärtsgewandte Conquistadoren in einem Heilsplan, den ihr Papst Johannes XXIII., alias Angelo Roncalli, als von Gott zum Guten hin erdacht, propagiert hatte. Sie stehen auf und tragen ihre Kaffeetassen über den Gang, sie sind die geborenen Kellner – Boten wollte ich sagen, wenn dies nicht eine unverhältnismäßige Beziehung zu uns herstellen würde –; der eine und der andere trägt tatsächlich ein Bildchen des heiliggesprochenen Papstes am Revers, ohne zu wissen, daß einer von uns, war es Uri?, den Auftrag hatte, Roncalli, wenn er seine zu kurzen und rheumatischen Glieder im päpstlichen Gemach ausstreckte, ins Ohr zu flüstern: Nimm dich nicht so wichtig, Angelo! Eine stimulierende Aufforderung, sich lieber um die Dinge der Menschen zu bekümmern. Aber das war schon alles, was wir mit ihm hatten, Signori, die wir einer Religion mißtrauen, die glaubt, alles für sich und andere geregelt zu haben. Der Messias? Ist schon gekommen. GOtt? Eine kalkulierbare Größe.

Dabei stehen wir erst am Anfang, wie der Bibeldienst unseres Amtes weiß, der dabei ist, den Code der biblischen Botschaft zu entschlüsseln. Hat es damit zu tun, mit den verborgenen Botschaften der Bibel, daß wir diesen Mann verfolgen?

Ich weiß es nicht. Ein Berichtgeber ist nicht gut zum Spekulieren. Er ist gut zum Aufschreiben, er ist auf seine Art ein Reporter wie dieser DANIEL ABESSER, auf den das Auge JAHVES fällt.

Ein Berichtgeber hat seine Vermutungen. Er schreibt was auf, und möglich, daß es eine Frau wie Abessers Ehehälfte RIBKA, Tel Avivs schönste Nachrichtensprecherin, vom Teleprompter liest, ohne zu wissen, was sie liest.

Da sitzt sie, auf der anderen Seite des Ganges, vier Reihen hinter ihrem Mann. Wir kennen die Gründe. Sie verschmäht das heiße, feuchte Handtuch, das die Stewardessen reichen wie in Tel Aviv die Barbiere alter Schule ihren Kunden, bevor sie ihnen das Messer an die Kehle setzen, und sie erhebt sich, ihr Gesicht mit dem kalten Wasser im Lavabo zu erfrischen, nehme ich an. Wirft sie, im Gehen, einen Blick zurück auf ihren Tänzer von neulich? *Un angel loco le bailó un tango misterioso* y *trasnochado,* in der Bar des Panama Hilton? Ah, sie dreht sich um, aber es ist der herausfordernde Blick des Weibes, der gilt nicht dem zufälligen Tänzer eines Tangos, der gegen die Dienstvorschriften verstieß. Sie wendet sich um, schüttelt die Mähne mit dem Blick einer Löwin auf Beute.

Schon wieder fällt der Berichtgeber in den Abgrund der Vergleiche. Gut, sie schüttelt die blonde Mähne, die im diffusen Licht der Kabine etwas dunkler ist, und es gilt die Wette, daß sie sich die Haare färbt wie die legendäre Sängerin des Tangos; denn so jung ist auch sie nicht mehr.

Unter uns, mich begeistert diese ständige Sorge um das gute Aussehen der Frauen; an ihren Perückenmacher, ich meine Friseur, denken sie mehr als an ihren Ehemann, und die Mühe, die sie sich beim Aussuchen der Tinkturen, Puder, Lippenstifte, Lotions *y tak dalje* machen, ist größer als die Sorge um ihre Treue. Für ein paar Umdrehungen des Tangos, den zu beherrschen, immerhin, zu den Regeln des Dienstes gehört – mehr als eine Frau haben wir so gewonnen für die kleinen Lauschangriffe, die Frauen so gut gelingen –; ich meine, für die Dauer der Zuckungen und Verrenkungen des Tangos brach Leidenschaft aus diesem schönen Körper, besser: aus dieser russischen Seele. Jeder in Israel kennt den Lebens- und Leidensweg Ribkas, geboren in Odessa. Wir haben das Dossier. Wer hätte die Nachrichtensprecherin aber je lachen gesehen – gehört? Ich habe, der Berichtgeber hat gehört das Lachen der Frau Ribka Abesser, daß mir noch immer der Kopf dröhnt wie von einem Besuch in der Kathedrale von Odessa, falls sie dort eine haben. Schöner als die Synagoge wird sie nicht sein. Nach dem Tanz habe ich sie zurückbegleitet zu ihrem Platz, wo der Ehemann auf sie wartete, über seinen Daiquirí gebeugt, als ginge ihn das alles nichts an. Itzhak verbeugte sich, wie er es gelernt hatte, und sein Blick ertrank im Rot ihres ärmellosen Kleides, das, von zwei kleinen Trägern gehalten, den Ansatz des Busens und die Schulter freigab. Schöner aber war ihr Ohr, zarte Muschel, die sie, das Haar zurückgestreift, der Öffentlichkeit bot wie eine kleine zarte rosige Frucht.

Ich darf nicht vergessen, diesen Unsinn beizeiten aus dem Laptop zu löschen, das Amt ist eifersüchtig wie Abesser als Ehemann.

Man sah den beiden an, daß sie Zoff gehabt hatten. Der Berichtgeber, yours truly Itzhak Springer, wird aufschreiben, was er weiß.

Noch sind die Hundsinseln nicht in Sicht und mit ihnen der Magnetberg, der Berg Teide, der uns im Weg stehen wird und an dem es für die meisten von uns ein – ah, das Wort stand neulich in einer ostdeutschen Zeitung – ein *grottenschlechtes* Ende nehmen wird. Im Hinblick darauf bereue ich, mich von Ribka nur mit einem Handkuß verabschiedet zu haben. Es wäre leicht, mich zu erheben und ihr auf dem Gang entgegenzugehen und sie an unseren Tanz zu erinnern. Aber ein Gentleman sollte auf seine Würde achten, und ein Cherub ist, wer auf die Etikette seines Dienstes achtet.

Abessers Bedenken

Natürlich weiß sie nichts von mir oder doch nur die überflüssigen Dinge, die eine Ehefrau von ihrem Man weiß und in ihrem Gedächtnis speichert, um sie ihm notfalls an den Kopf zu werfen.

Was war es, das sie aufgebracht hat? Doch nur ein Brief, dessen Schreiberin ich wiedergesehen habe, eine überflüssige Liebe aus der Vorzeit, eine Zeugin meiner früheren Existenz. Welche Frau, die uns geliebt hat, hielte uns nicht an der Angel ihrer Vorwürfe! Und Ribka ist eine Liebende auf Dauer, wenn ich mir auch nicht sicher bin, ob sie mich meint. Das Bild in ihren blauen Augen, wenn es beschmutzt wird, wirft sie es weg mit dem Temperament ihrer Odessaer Vorfahren, die Gemüse- und Fischhändler waren, geübt im Wegwerfen stinkender Kohl- und Fischköpfe. Der Fisch stinkt am Kopf zuerst, das macht, er kann seine Gedanken nicht verbergen wie wir. Nur, hat man Gedanken als Toter? Eine Frage an den Rabbi. Ist zum Glück keiner an Bord, sogar die Kerle vom MOSSAD sind rasiert, ihre Wangen so glatt wie der Popo eines Engels. Hat sie was mit ihnen, ist sie eine von ihnen und von ihnen angesetzt, mich zu enttarnen? Mit einem von ihnen hat sie einen Tango hingelegt, schamlos wie nur ich sie zu kennen glaubte, und die Schamlosigkeit, ich habe es gut gesehen, war eine Kampfansage an mich, der hingeworfene Fehdehandschuh. Schließlich versteh ich etwas von Symbolen und Gesten, weil die Abessers – niemand weiß es hier – ihren Stammbaum bis ins Jahr 1523 belegen können.

Aus Abes im Württembergischen kommen wir wie weiland Jud Süß, und wenn sie Ritter waren, verkamen sie später in der Forstwirtschaft. Ein weiter Weg bis zum Dritten Reich und ein nicht so langer Weg in die Gefangenschaft, und ich rede hier von meinem Großvater, denn mein Vater stolperte in einem anderen Land über ein schlecht verwaltetes Parteivermögen und wurde (wiederum in einem anderen Land) Müllfahrer, was ihn dazu führte, Zeugnis für Jehova zu erheben und meine Mutter und meine dralle Schwester mitzuziehen, wenn er den Leuten auf die Nerven ging mit seinen Traktaten und falsch zitierten Bibelsprüchen.

Da er beim Müllfahren einen Unfall gebaut hatte, zog er hinfort ein Bein nach, was seiner Bekehrung und Zeugnisschaft nicht im Wege stand. Im Gegenteil, es war in den Augen der Leute das eigentliche Zeugnis seiner Erwekkung. Dabei war ich sehr früh der einzig Erweckte in dieser Familie. Alle Reiche waren untergegangen, das stand in der Bibel. JAHVES Reich würde das letzte sein in dieser fatalen Geschichtskette, nur daß es noch nicht angebrochen war und vielleicht daß es dort entstand, wo der Prophet Hesekiel IHM zuletzt einen Tempel gebaut hatte.

Ich begann, um mich häuten zu können, Ahnenforschung zu betreiben. Jud Süß im Württembergischen, der war schon zu lange tot; eine andere Geschichte fiel mir ein, und sie fiel mir, man konnte an höhere Fügung denken, in die Hände buchstäblich bei der Erstürmung der Normannenstraße im Herbst 89 in einem anderen Land, das ich erfolgreich verdrängt habe, wunderbare Papiere, die meine jüdische Herkunft bestätigen: Daniel Abesser, das Findelkind, adoptiert von der Familie des Pankower Parteifunktionärs in Regierungsdiensten und späteren Müllkutschers und seiner unbescholtenen Ehefrau Else.

Und warum hätten sie dies an die große Glocke hängen sollen? Nicht einmal meine Schwester wurde ins Bild gesetzt, ein Findelkind, ein Heimkind, im zarten Alter ausgesetzt von russischen Juden, die waih geschrien das Kindlein verloren beim Umsteigen im Ostbahnhof.

Ich gebe zu, ein wenig wie aus den Fingern gesogen die Geschichte, meine Geschichte, und nur die Häme meiner Verfolger – wenn ich denn in diesen drei Strichjungen meine Verfolger zu gewärtigen habe – könnte behaupten, ich hätte in der Gunst der Stunde, da auf den Kopf gekippt wurde, was gestern noch auf zwei Beinen seinen sozialistischen Gang ging ... nur Böswilligkeit könnte behaupten, ich hätte der staatssicherheitlichen Legende ein wenig nachgeholfen und mir aus dem Wirbelwind der zerrissenen Papiere, Akten und Karteien das rechte Blatt gegriffen und entsprechend ausgefüllt und mit Stempeln und Unterschriften versehen, die ohnehin, kannte man die Gepflogenheiten aller Dienste, erfunden waren.

Mein Vater, als er davon erfuhr, schwieg, und ich sah, er war erpreßbar und ausgerechnet auf so sensiblem Gebiet, das bis heute die Zeitungsschmierer, meine Kollegen, übers Sommerloch und beim Ausmalen des mauerlosen vaterlosen Landes – Jehova bietet seine Vaterhand –, also beim Schwarzmalen, ihre Honorare verdienen läßt und manch einem zu einem Posten auf Lebenszeit verhilft. Und meine Mutter schwieg, wie sie immer schwieg, wenn mein Vater schwieg.

Wollte ich einen anderen Namen angeben? Ich hieß Daniel wie der Prophet und Abesser wie meine Vorfahren. Dabei sollte es bleiben, denn wieviel Yiddishkeit verbirgt sich schon hinter einem Namen? Es ist die Haltung die die Gesinnung macht. Obwohl ich Gründe hatte, auch wenn ich sie damals nicht so formulieren konnte, und die Faszination für eine Rasse, zu der Einstein und Moshe Dayan gehörten, als Erklärung genannt werden kann – und ich rede hier in meinem Kopf, als bereitete ich meine Verteidigung bei einem Verhör vor –, so gab es Ursachen, die tiefer lagen und die mich zur Flucht aus einem Kulturkreis bestimmten, der auf Lüge, Verrat und Betrug aufgebaut war. Der unfähig zu Leid und Trauer war und also unfähig die eigenen, nie zu vergebenden Taten zu bereuen.

Wollte ich Wiedergutmachung ohne den Sermon der Vergebungstouristen? Ich wollte in eine menschliche Welt flüchten, eine Welt mit Menschen, die das Leid schön gemacht hatte. Ein Satz, den zu schreiben ich mich in jedem Artikel scheuen würde. Denn ich bin Kriegsberichterstatter, ein zu großes Wort für einen Diener der Medien.

Ribka ist, wie sagt man deutsch, *the touchstone* meiner Gefühle und Absichten. Warum ihr nicht alles erzählen? Habe ich gelogen und mir eine Herkunft zugeschneidert, ist es doch keine, die sich den Schmerz der anderen, den Schmerz ihrer Familie überzieht wie einen zu großen Mantel. Ich war nicht in Auschwitz. Schließlich bin ich Jahrgang 1963. Darüber, daß ich in Tel Aviv meine wahre Familie gefunden habe, meine russischen Eltern, die ein Kind waih geschrien am Ostbahnhof verloren hatten, darüber hat Ribka Tränen vergossen. Allerdings nur zu Hause und nicht in der abendlichen Nachrichtensendung, als sie die glückliche Wiedervereinigung als Nachricht des Tages verlesen mußte. Möge Gott unsere Liebe schützen. Aber es wird eine Weile dauern, bis ich auch ein gläubiger Jude geworden bin.

Dabei, eine simple DNS-Analyse könnte mich überführen, nicht der Sohn von Moshe Derkowitz zu sein. Aber ist denn Israel ein Land naturwissenschaftlicher Analyse? Es ist mehr denn je ein Land der Mythen. Da ich in Tel Aviv haargenau die Geschichte las, die zu meiner Geschichte paßte, von einem Baby verloren am Ostbahnhof zu Berlin, Hauptstadt der Deutschen Demokratischen Republik, meldete ich mich bei der Familie Derkowitz. Sie fragten nicht, sie hatten alle auf mich gewartet.

Derkowitz, der einen Schlaganfall gehabt hatte, genas und wurde 84 Jahre alt. Sein Herz genas an der Illusion, seinen Sohn wiedergefunden zu haben. Daß mein leiblicher Vater in Berlin an gebrochenem Herzen gestorben wäre, da sein Sohn ihm abhanden gekommen war, ich habe nichts dergleichen vernommen. Wie jeder Sohn brauchte auch ich einen Vater, der mich liebte. Nur daß ich ihm den Wunsch nicht erfüllte, mich von nun an Daniel Derkowitz zu nennen. Die Zeitungen in Israel waren voll von unserer Geschichte.

Der Berichtgeber

Diese Ithaker, die eine Verwandtschaft mit uns, wie alle Mittelmeervölker, nicht ablehnen würden, sind mir ein Greuel. Wie lebendig sie sind, ohne zu ahnen, daß die meisten von ihnen weder in Rom landen noch ihr Weihnachten feiern werden, *il natale,* und an ihren Bräuchen kleben sie wie polnische Juden, die das Amt zu meinen Vorfahren gemacht hat. Schon jetzt nerven sie die Stewardeß mit Bitten nach Vin santo und Cantucci, wo doch diese Gesellschaft nur unseren Wein aus Hebron führt, aus kommerziellen Gründen, und anstelle des steinharten Gebäcks der Italiener Mazze anbieten kann, in der von keinem Rabbi gesegneten Produktion, wie man sie heute in jedem besseren Supermarkt der Europäischen Union kaufen kann. Sie sind mir ein Greuel, weil sie ständig aufstehen und die Plätze mit ihren Glaubensgenossen tauschen und sie küssen und umarmen, als hätten sie gerade jetzt, nach dem Aufwachen in dieser Röhre, ihre Mischpoche entdeckt.

Unsere Mitbürger in dieser Maschine beobachten sie mit Unbehagen, sie kommen ihnen in ihrer überbordenden Herzlichkeit so verdammt jüdisch vor, daß sie sich in ihre Sitze drücken und ganz unauffällig sein wollen. Dabei sind wir hier, bei Gott, die Herren des Hauses, ich meine, die eigentlichen Gäste dieser Fluggesellschaft.

Ribka, die ihre Morgentoilette beendet hat und sich zu ihrem Platz begibt, nachdem sie ihre herausfordernden Blicke in die Runde geschickt hat, Ribka, so hoffe ich, wird ganz unvermutet in die Hände klatschen und, ihr enges Kleid ein wenig am Schenkel hebend, zu einem israelischen Rundtanz auffordern, der die Geburt des Messias um weitere zweitausend Jahre verschieben und die Italiener und die Amerikaner, soweit diese keine Juden sind, was selbst mir herauszufinden schwerfällt, um den Vorgeschmack auf ihren Vin santo und ihren Truthahn bringen wird. Aber nichts, sie hat vermieden, ich habe aufgepaßt, einen Blick auf ihren Ehemann zu werfen, und hat sich still hingesetzt, ihre Handtasche genommen, ohne die keine Frau reisen oder ausgehen kann, als hätte sie darin die Dinge, die sie notfalls vorzeigen kann, um über alle anderen Intimitäten und *bijoux indiscrètes* schweigen zu können, wie unser großer Sigmund Freud wußte.

Ein Cherub, zumal wenn er Itzhak Springer heißen muß und verheiratet ist auf Anweisung des Amtes, kennt sich aus. Und wie schmerzt mich, auf der Totenfeier nicht anwesend sein zu können, die meine Witwe Rebecca in den nächsten Tagen wird über sich ergehen lassen müssen, das Beileidschreiben des Amtes in ihrer kleinen Handtasche, die ich ihr einmal aus Paris mitgebracht habe. Für einen Cherub mit sechs Flügeln und sechs Pässen und sechs Sprachen, die ich nicht so gut beherrsche wie mein Kollege Uri Lilienthal, bin ich verdammt sentimental.

Tatsächlich gerate nun auch ich in diese appenninische Unruhe, denn einer der schnurrbärtigen Signori, die in Venezuela oder in Panama alle das Aussehen eines Pancho Villa angenommen haben, bittet mich, den Platz mit dem seinen zu tauschen; er möchte ein Video drehen, aus diesem meinem Blickwinkel, und er bietet mir seinen Platz an, der mir nicht willkommener sein könnte, denn es ist der Platz neben Abesser.

Ich klappe mein Notebook zu und erhebe mich, nicht ohne den Mann mit einer Suada zu bedenken, die mich für seine Ohren aus Bergamo gebürtig zu erkennen gibt, ein Ort, aus dem in Italien die Spaßmacher kommen und auch der Papst, der im nächsten Jahr heiliggesprochen werden wird, Johannes XXIII. alias Roncalli.

Wie jeder Betrug entwickelt sich auch dieser für eine Sekunde im luftleeren Raum, ein Augenaufschlag des Mißtrauens streift mich, ehe der Mann, der es ja eilig hat, seine Aufnahme zu machen, auf mich hereinfällt. Indes er meinen Platz einnimmt, sagt er noch, er sei aus Prato, was mir nur lieb ist, der ich mich weder in dem einen noch in dem anderen Ort auskenne. Itzhak der Spaßmacher, sage ich noch auf Ivrith, aber da bin ich schon auf dem Weg zu Abesser und hoffe nur, er hat es nicht gehört.

Er achtet nicht darauf, daß nun ein anderer neben ihn Platz nimmt. Der Mann ist in seine Gedanken versunken, kaum daß er sein Frühstück beendet hat. Ich grüße in der uns gemeinsamen Sprache, um keinen Zweifel an seiner Nationalität zu lassen, die ja auch die meine ist. Ich frage mich nicht, was er in Panama City gemacht hat. Es steht alles in meinem Dossier, und der Mann ist einer unserer bekanntesten Journalisten. Es wird nachzulesen sein, und was er verschweigt, steht ebenfalls längst in meinem Dossier.

Ich frage mich etwas anderes. Der Berichtgeber, der kaum in die Pläne und Aufträge Israfils und Uriels eingeweiht wurde, als traute man einem Spaßmacher nicht, kann nur kombinieren. Es ist ihm nicht wohl bei dieser Kombination, und nicht unbedingt, weil er am vorläufigen Tod des zu Observierenden nichts ändern kann. Ein wenig mag ich sein Schutzengel sein, man wird sehen, wie ich ihm helfen kann, aber warum verfolgen wir ihn?

Es ist eine jener Unternehmungen, die jeden Geheimdienst in die Nähe einer chemischen Laboruntersuchung rückt. Man gibt eine Säure in ein bereitgestelltes Präparat. Man wird sehen, wie sie reagiert, um dann seine Schlüsse zu ziehen und die Analyse zu erzielen.

Ich schau mir den Mann an, und nicht zum ersten Mal, bei Gott, ein Schuldiger wie Eichmann und Konsorten kann er nicht sein. Dafür ist er viel zu jung, er ist, schau ich in meinen Rechner, 37 Jahre alt. Er habe sich mit lügenhaften Dokumenten die israelische Staatsbürgerschaft erschlichen. Nun gut, aber das Dossier, mein Dossier sagt, er ist ein loyaler Mann. Israfil, der die Nazis um den ganzen Erdball gejagt und als Beute nach Hause gebracht hat, hatte lange keine neuen Erfolge vorzuweisen. JAHVE zeigt mit dem Finger auf ihn, der Ungenannte in der Zentrale, der große Schläfer, dem im Traum die Verstecke sichtbar werden, darin sich der miese Rest aufhält, in Paraguay und Panama und von guten Diplomatenpässen geschützt in den Ländern, zu denen wir beste Beziehungen haben, und den Seinen gibt's der Herr im Schlaf, und Israfil macht sich auf die Reise.

Diesen kann er nicht meinen, meinen Nachbarn, eine jugendliche Langnase, die für sein Alter zu buschigen Augenbrauen im blassen Gesicht, das unauffällige Outfit, ein Adam der Modejournale, wie er besser dieser Eva, die sich seit Beginn der Reise so ostentativ auf einen anderen Platz gesetzt hat, als habe sie ihn verlassen, nicht zur Seite gestellt werden könnte, bekanntlich ein Traumpaar aller israelischen Klatschspalten, so daß die Stewardessen immer wieder den Blick vom einen zum andern wandern lassen, ob sie denn richtig gesehen haben, und voller Neugier können sie es nicht erwarten, zu landen, um aus den Zeitungen den neuesten Stand der Beziehungen zwischen den beiden zu erfahren.

Was also ist es dann? Spioniert er für Libyen, für den Irak? Er hat sich in seinen Artikeln zu sehr für eine Annäherung an den palästinensischen Block eingesetzt. Wer tut das nicht, außer er arbeitet für den Dienst?

Ich klappe meinen Laptop auf, und Abesser schaut zu mir herüber, das erste Mal. Kein Schreiber kann an einer sichtbar aufgedeckten Buchstabenkombination gleichgültig vorbeisehen. Ich schreibe, auch auf die Gefahr, daß er mitlesen kann: *Aufopferung Isaaks. Und er sprach: Nimm Isaak, deinen einzigen Sohn, den du lieb hast, und gehe hin in das Land Morija; und opfere ihn daselbst zum Brandopfer auf einem Berge, den ich dir sagen werde.*

Der Berg heißt Teide, doch ist der Totenengel Israfil alias Aaron Spitzer, Häftling in Auschwitz, denn Abraham?

Ich vergesse, daß auch ich einmal Isaak das Opfer war und ein Engel mich um den Preis ewiger Gefolgschaft gerettet hat.

Abessers Geschichten

Der Kriegsberichterstatter als ein Mann zwischen den Fronten ist zuverlässig, wie sagt man: *reliable* für beide Parteien.

Ist er es auch für die Leute, für die er schreibt? Für die er sich ablichten läßt, das Gesicht frontal in die Kamera haltend, während im Hintergrund Bewegung abläuft, und wie sie laufen, wie sie agieren, wie sie ihre Waffen halten, wenn sie sicher sind, von der ganzen Welt gesehen zu werden mit Hilfe des Mediums, das in einer ihnen fremden Sprache über sie berichtet, so objektiv wie seine Auftraggeber, die ihn bezahlen, und das gesamte Team es wünschen.

Daniel Abesser, auf ihn war Verlaß, seine Berichte wurden zitiert und weltweit abgedruckt, und die Agenturen warben um ihn, und wer immer in Afrika, in Asien verfeindet war, kannte mich inzwischen als einen Mann der objektiven Gesinnung.

Es hatte, denke ich, mit einer besonderen Einsicht in die fremden Verhältnisse zu tun. Es war letztlich das Ergebnis einer Verwandlung, eine auf die Probe gestellte Identität.

Der Mann neben mir, einer von den drei Strichjungen, kann er meine Gedanken lesen, wenn er auf seinem Rechner klimpert und meint, mich mit seinen Buchstabenketten fesseln zu können?

WAS DU VON MIR WEISST, IST TÄUSCHUNG, denke ich und schaue auf ein Gerät, ob meine Gedanken als Schrift erscheinen. Nichts erscheint als das Wort ABRAHAM, und dieser ist zweier Religionen Stammvater und verhalf mir in jenem Jahr zu einem erfolgreich bestandenen Testversuch.

Es war mein erster Besuch in Israel, ein junger deutscher Tourist landet via London auf dem Flughafen Ben Gurion, mit einem Touristenvisum, und kein Verdacht fällt auf ihn, er könne zur deutschen Generation der mordenden Väter gehören, denn geboren ist er nach 1945, und die Beamten schauen ihn gleichgültig an und jagen seine Daten durch den Computer, und die Hand, die den Paß zurückgeben will, zögert eine Sekunde zu lang, indes die Augen noch einmal die Daten überprüfen und die unerwartete Chiffre, die der Computer an den Namen hängt, überdenken. Nun gut, lassen wir ihn nicht aus den Augen, und der Auftrag zur Observierung geht an den in der Lounge lungernden Itzhak Springer, dessen Bekanntschaft ich in jenem Jahr hätte machen können, hätte ich Zeit gehabt, mich für einen Gleichaltrigen zu interessieren, wenn er am Nebentisch saß und seine Cola schlürfte, während ich das Gespräch mit den Jeckes suchte, die so mürbe aussahen, als hätte ihnen die Sonne Tel Avivs den letzten Saft aus den Poren gesogen.

Das war ja eine orientalische Stadt, die in nichts an Köln oder an Berlin erinnerte, es sei denn, man saß in dem einen Café, in dem sich alle trafen, um wie einst im

Romanischen Café über Gottfried Benns Verhältnis zu Else Lasker-Schüler zu hecheln oder über Mynonas Artikel im »Sturm« zu lästern. Und da sie nichts über die neuere Literatur Israels wußten, deren Bücher sie kaum lesen konnten, sprachen sie weiter über das, was nur sie kannten und was auch Abesser sich angeeignet hatte, so daß sie ihn für einen Nachgeborenen hielten, noch ehe er seine Geschichte vorbringen konnte. Daß er seine Geschichte bis nach Odessa verlegte, jener armen Eltern wegen, die ihn am Ostbahnhof zu Berlin verloren hatten, weshalb er seine Kindheit und Jugend sozusagen in der Diaspora einer nichtjüdischen deutschen Familie hatte verbringen müssen, dies schien ihnen weniger *reliable*, was seine Herkunft betraf, und doch wieder ziemlich *reliable*, weil es eine deutsche Erziehung und Bildung einschloß.

Es konnte mir nicht genügen. Ich brauchte die Akzeptanz der jüngeren Israelis, sozusagen die Feuertaufe an der Frontlinie, der *border line* zwischen Israelis und Palästinensern. Und der Tourist begab sich zu Abrahams Grab in Hebron, einem Wallfahrtsort, seit dem Wahnsinnsüberfall eines Israelis auf eine Gruppe Islamiten im Vorjahr ein den Israelis verbotenes Museum.

Die Armee wachte am Eingang und schied die Böcke von den Schafen, in dieser Art, wie sie mit ihren Uzis im Arm umgingen wie mit Hirtenstäben. Ich schob mich in die Menge und betrat das Heiligtum und war noch keinen Meter weit, als ich zurückgepfiffen, zurückgeholt wurde und nicht umhin konnte, mein wenig Ivrith unter Beweis zu stellen, indem ich der Aufforderung folgte und sogleich meinen Paß zückte, der mich als Bundesbürger, als neuen Bundesbürger seit 1990, auswies. Die heitere Schar, die mich umgab, krähte vor Vergnügen, als sie mich in Augenschein nahm und meinen Namen aus dem Paß erfuhr: DANIEL! ... ABESSER! Und dann kam das Wort, auf das ich gehofft hatte und das, wäre ich wahrlich im Auftrag jenes untergegangen Geheimdienstes hier, mich auf der Stelle befördert hätte zum Offizier Im Besonderen Einsatz, das Wort JUDE! Ich zuckte die Schultern und strich mir über die Augenbrauen. Jemand von den Uniformierten, und beim zweiten Hinsehen sah ich, es war eine Frau, reichte mir eine Jarmulke, die ich längst in der Tasche hatte für andere Gelegenheiten, und ich drückte sie mir, ihrer Aufforderung folgend, auf den Hinterkopf, und dann las sie mir die Bestimmungen vor, die Juden den Besuch dieser Gedenkstätte, darin unser aller Vater Abraham ruhte, verboten. Ich hatte gewonnenes Spiel.

Bei meiner zweiten Reise reichte ich meinen Antrag auf Einbürgerung ein, und zum Beweis meiner Identität legte ich die Papiere bei, die ich bei der Erstürmung der Normannenstraße gefunden hatte. Seltsamerweise, da ich nun einen Auftrag post festum erfüllte, mit dem mein Vater einverstanden gewesen war, geriet ich in einen Streit mit ihm. Seit er für die Müllabfuhr tätig war und diesen wie am Fließband produzierten Abfall zu beseitigen half, den die neuen Zeiten, die den Konsum zu ihrer Religion gemacht hatten, uns bescherten, hatte er die bedrohte Schönheit des blauen Planeten entdeckt, der auf dem Monitor auftaucht, als sei er nichts als ein Spielball der Wetterdame von CNN, und wurde zum Gottsucher und zu Gottes Streiter. Mir konnte das alles nur recht sein. Es half mir, mich zu entfernen aus einem Land, einer Generation, die sich an ihren Alibis am Leben hielt wie an einer immer neu geflickten Nabelschnur. Der jüdische Schmerz kam, dachte ich, ohne diese Alibis aus, und er führte zurück zu den Zehn Geboten, die mein Vater, auf seinen Bekehrungstouren, noch immer durcheinanderbrachte und falsch zitierte. DU SOLLST NICHT BEGEHREN DEINES NÄCHSTEN VATER UND MUTTER ... konnte er sagen, und erst später fiel mir ein, daß er mich mit seinem falschen Zitieren meinte.

Ribka hat später abgestritten, daß sie es gewesen war, die mir an jenem Tag die Jarmulke gegeben hat, um mich auszuzeichnen vor den ungläubigen, ich meine andersgläubigen Moslems. Ich bin sicher, daß sie es war, wie hätte ich mich sonst auf der Stelle in sie verlieben können, der ich bis dahin nie verliebt gewesen war und es noch immer bin, in sie, die es mir nicht glauben will im siebten Jahr unserer Ehe. Ich lasse sie bei ihrem Glauben, schließlich war ich damals am Grabe Abrahams noch nicht ganz davon überzeugt, meine Geschichte als die einzig wahre hinzustellen. Und von ihr als Lügner erkannt zu werden, würde mich unvergleichlich mehr schmerzen, als von diesen drei Typen überführt zu werden, deren Profession ich immer mehr zu ahnen beginne.

Noch einmal schaue ich zu meinem Nachbarn, der gerade noch die Worte PALACIO DE LAS GARZAS auf seinem Bildschirm erscheinen läßt, als er von dem Italiener, der alle Leute mit seinem Videogerät nervös macht, von diesem Platz verdrängt wird. Ich schaue hinüber zu Ribka, als er geht. Ich wünschte, sie würde mich ansehen.

Wieder bellt der im Laderaum eingesperrte Hund.

Was Aaron Spitzer nicht über die Lippen bringt

Im Reich der Toten ist Israfil ein Begleiter, der ihre letzte Stunde in Lichtjahre wandelt, damit sie nicht auf ewig zu Staub werden. Was wären wir, wenn wir nicht der Toten gedächten? Doch nur Lebende ohne Bewußtsein von uns selbst.

Aaron Spitzer, ein glatzköpfiger Mann, Arnold Schönberg aus Wien ähnlicher als dem Engel des Todes, das Amt gibt doppelte Last, mit der einen Schulter trägt unsereins seine ganz privaten Toten, Mutter, Vater und Geschwister, mit der anderen die Bürde der Aufträge, die Gesetzestafeln, wie wir die Gebote des Amtes nennen, ein jeder ein zweiter Mose, der sie auf dem Berg Sinai von JAHVE empfangen, vom unsichtbaren Alten. Es zieht mir die Lippen auseinander, wenn ich ihn mir in Wien residierend vorstelle, an sich ohne Beschäftigung, da wir in seinem Auftrag unterwegs sind, und Zeit hat er, seine Langeweile beim Bücherschreiben zu vertreiben. Columbus sein Vorzugskind, weil der, so will es der Alte, im Neuen Indien seinen Gottesstaat für die verfolgte Judenheit errichten wollte, als die bleiche Königin aus Hispanien vertrieb, wer nicht das Sakrament der Taufe empfangen wollte. Alles, was er erreicht hat, der Genuese, war ein Neues Hispanien zu gründen für den Abschaum der Menschheit, ein Versteck für die Nazis, als sie unter den Röcken des Papstes hervorkrochen und sich von Panama bis Argentinien in Sicherheit wähnten, oft namensgleich und wenig zu unterscheiden von unseren Emigranten.

Sind wir nicht deshalb in geheimer Mission nach Panama City gereist, um an den Feierlichkeiten zur Unabhängigkeit teilzunehmen? Im PALACIO DE LAS GARZAS, wo einst im siebzehnten Jahrhundert der spanische Gouverneur saß, sitzt nun die Frau Präsidentin, Mireya Moscoso, jüdisch im Namen, gewiß, und das Gegenteil ihres Vorgängers Arias, der als ein Verehrer des Führers die alten Nazis ins Land holte. Es kamen nur wenige, die Kanalzone war ihnen zu unruhig, die Bevölkerung zu farbig, um in ihr aufgehen zu können, zu viele Inder, Araber, Chinesen, und auf der anderen Seite die Herren, die Yankees, skrupellos, aber mißtrauisch und auf ihr Monopol bedacht, ihre Posten als Lotsen und Ingenieure keinem Fremden zu überlassen. Und quer durch alle Rassen und Klassen die Agenten aus Passion und die gekauften Zuträger. Panama, ein Eldorado aller Geheimdienste dieser Welt, wie hätten wir fehlen dürfen in dieser Olla Potrida, in dieser Wiener Melange, der Alte in Wien oder wo er saß, immer bedacht, gerade hier den letzten großen Kriegsverbrecher nach Eichmann zu fangen, und alles, was wir anbrachten, waren die kleinen Fische, die uns die Amerikaner streitig machten, weil sie in ihren Diensten arbeiteten und sich ihre Sporen an der Ostfront verdient hatten, auf sowjetischen Tankern aus Odessa, auf Bananenschiffen aus Rostock, solange die Mauer Berlin teilte.

So saßen wir am Ufer des Kanals und sahen dem Spiel der Schleusen zu und beteten zu JAHVE um einen wirklich großen Fisch, den zu fangen wir unsere Netze ins Wasser hielten. Und wir siebten nichts als Wasser, obschon wir, verehrte Mitbürger, seit Buenos Aires eine geübte Mannschaft sind, *reliable* im höchsten Grade und mit Orden, die in der Öffentlichkeit zu tragen uns verboten ist, könnten wir uns die Brust schmücken wie ein russischer General.

Vergebens vergab Uri Lilienthal seine Nächte an die Bardamen der Stadt, die in allen Regenbogenfarben den nächtlichen Himmel Panamas erleuchten, in dieser Stadt, die einem alten Mann wie mir, der dazu ein eingefleischter Österreicher ist, das Herz abdrückt wie in einer Sauna ohne Ausgang. Uris Verführungstalente, gesteigert durch seine munter fließende Suada, erbrachten nichts als eine für einen Engel seines Kalibers unerlaubte und komische Neurasthenie und einen Verschleiß an männlicher Potenz, der er mit Vitamintabletten aufzuhelfen suchte, sehr zum Vergnügen Itzhak Springers, dieser Spottdrossel.

Und Itzhak war es, der uns aus der Kalamität zu befreien suchte mit seiner Geschichte von diesem Kriegskorrespondenten, diesem Jungen, Daniel Abesser, so still auf seinem Platz wie ein Jeschihwe Bocher sitzt er da, der nicht auffallen will, weil er seinen Talmud nicht aufsagen kann, dieses Jüngelchen, der sich das Blut der Kriegsschauplätze aus dem Gesicht gewaschen hat, so blaß wie er ausschaut. Man denkt an den Satz in der Bibel, den Sanftmütigen werde einst das Himmelreich gehören, und dieser sollte ein von welchem Geheimdienst auch immer aufgebauter Agent sein, der sich, und zu welchem Zweck, die israelische Staatsbürgerschaft erschlichen habe? Gott der Gerechte, was hat Israfil mit der so grünen Naivität der noch Lebenden zu schaffen – auch wenn ich ihn um seine Jugend beneide. Es sei denn, er sei geschickt, die Toten zu rehabilitieren. Zu rehabilitieren? Erlischt nicht die Schuld der Lebenden im Tode? Ist Israfil nicht ein Bote des gütigen Gottes?

Durchaus nicht, Aaron Spitzer, das sind lästerliche Gedanken aus dem müden Kopf eines alten Mannes, der sein Leben lang darauf bestand, Israfil der Racheengel zu sein. Worte, die nicht über seine Lippen kommen. Ich denke nicht daran, eine Akte Daniel Abesser anzulegen.

Zu dritt schweigen wir über diesen Fall, als gelte es, im Mißtrauen gegeneinander, irgendein Wissen für uns zu behalten. Aber auch Uri Lilienthal weiß nicht mehr als ich, und was Itzhak der Spaßvogel zu wissen vorgibt, riecht nach Streberei des jungen Mannes, der sich in JAHVES Diensten profilieren will. Überlassen wir ihm den Fall.

Aber was ist mit seiner Frau, Ribka, ist sie nicht das bekannteste Gesicht des israelischen Fernsehens? Bewahre uns, Herr, sie möge da involviert sein.

Abessers Geschichten

Zurückgekehrt, zurück nach Berlin, war es die Rückkehr in eine fremde Stadt, die Jarmulke auf dem Kopf und in der Hoffnung aufzufallen, von Polizei und Zoll, oder wie sie jetzt hießen, in Tegel, Flughafen Otto Lilienthal, befragt zu werden nach Woher und Wohin.

Nichts, sie sahen an mir vorbei, hier trug jeder die Kappe, die zu seiner Narrheit paßte, und überdies, es war eine judenfreundliche Stadt, von den Parteien, die abwechselnd in der Stadt regierten, hatte jede ihr jüdisches Programm, das in einem Mehr oder Weniger an Zustimmung zum Holocaust-Denkmal variierte, aber niemand, der sich querstellte in aller Öffentlichkeit. Immer mehr Juden kamen freiwillig nach Berlin, die Russen allen voran, und nicht immer konnten sie ihren Stammbaum angeben und schoben ihre Ignoranz auf eine zwangsläufig genossene atheistische Erziehung in den Jahren sowjetischer Macht.

Jetzt kamen sie her und spielten auf im Konzert des ausgebrochenen Philosemitismus, und brachten *aine große fraid* in die befreite Stadt. Zugegeben, der eine Amerikaner mit seinem Buch über die Zustimmung der deutschen Gesinnung zum Antisemitismus störte eine Weile in den Medien und in den gutbesuchten Lesungen. Man reihte sein Buch ein in die Bestsellerlisten und machte es so beinahe unsichtbar.

Ich war eingeschriebener Student der Judaistik geworden, und weil keiner meiner Mitstudenten die Geschichte kannte, die ich mir selber mühsam zusammenreimte, war ich in dieser von den Kindern jüdischer Eltern dominierten Seminargruppe der *Goi*, der sich ins allgemeine Klima Berlins fügte und übergangen wurde, wenn man unter sich sein wollte. Ich verschwieg ihnen meine Reise nach Israel. Ich legte mich ins Zeug, meine Kenntnisse im Jiddischen wie im Hebräischen glichen denen eines *native speakers*, indes die anderen eine eher romantische Jüdischkeit an den Tag legten, die mit Erinnerungen an ermordete Großeltern und wie durch ein Wunder überlebende Eltern gespeist wurde.

Mein Fleiß kam aus einer *raison d'etre*, die ihre Wurzeln in der Aufklärung hatte, wie ich meinte, und im Streit der Generationen entstanden war. Denn es war ja mein Verhalten ein Protest gegen die Väter, die uns in Berlin soweit gebracht hatten. Der meine, der sein Ministerium mit Schimpf und Schande hatte verlassen müssen und wie viele seiner Generation in dieser neuen Partei Gesinnungsgenossen suchte, die sich untereinander in ihren Rehabilitierungsversuchen halfen, bis sie merken mußten, daß die Parteispitze längst die Paradiese der Vergangenheit verlassen hatte, weil sie ihren Anteil an der neuen Macht haben wollte – was sie als Partei wiederum von allen Vorwürfen, das Erbe der alten Partei zu verwalten, reinigen würde.

Für meinen Vater muß das eine bittere Enttäuschung gewesen sein, und er teilte sie mit einem seiner alten Freunde, einem Wissenschaftler der Geschichte oder Literatur, einem Kauz mit dicker Brille, den wir als Kinder seiner Kleinwüchsigkeit wegen heimlich verspottet hatten und dessen Namen wir uns nie hatten merken können. Genosse Alex! Wie ihn unser Vater ansprach, und mit einmal sprachen sie sich beide mit BRUDER an, wie es der Brauch ist bei den Zeugen Jehovas. Und das Merkwürdige war, wie diese Generation ohne eine Heilserwartung nicht auskam und nun auf den göttlichen Jesus setzte, der angeblich seit 1914 wieder unter uns sein soll.

Bruder Alex, daran erinnere ich mich, und meine Schwester hat es mir bestätigt, der Genosse Alex, jetzt fällt es mir ein, Retard hieß er, hatte sich früher (im anderen Land) bei uns eingeführt als ein Eiferer gegen die Bibel, zerpflückt hatte er das Sammelsurium einander bekriegender Stämme, die in Vatermord, Inzucht und Einbildung, das auserwählte Volk zu sein, die Jahrhunderte nach ihnen auf eine merkwürdige Weise geprägt hatten. Ein paar gute Sätze über Rotwein und Frauen, zugegeben, hatten die Propheten überliefert. Retard wurde nicht müde, sie zu zitieren: *Siehe den Wein nicht an, daß er so roth ist und im Glase so schön stehet. Er gehet glatt ein, aber darnach beißt er wie eine Schlange und sticht wie eine Otter.* Und gleich darauf: *Es ist besser wohnen im wüsten Lande denn bey einem zänkischen und zornigen Weibe.* Und auch in diesem Punkt verstanden sich beide Männer, wenn mein Vater aus dem Talmud zitierte, den er unter meinen Büchern gefunden hatte: *Was ist ein böses Weib? Sie richtet dir den Tisch aber sie kehrt dir den Rücken zu.* Und zugegeben, sagte Retard, daß Marx aus diesem jüdisch-christlischen Erbe sein eigenes paternalistisches System gezimmert habe, aber er hatte es überwunden, immerhin – und uns neuen Propheten ausgeliefert, die in den Gulag sperrten, wer nicht an sie glaubte. Und über Nacht die Bekehrung – zwei Brüder, die sich aus der Bibel vorlasen und den Leuten heimlich den WACHTTURM und andere Postillen der Zeugen Jehovas in die Briefkästen schoben, ein groteskes Paar im Schimmer der Neonlichter und der konsumträchtigen Werbung: mein Vater, der Ex-Minister, humpelnd seit seinem Unfall als Müllfahrer – und immerhin, er hatte den Mut gehabt, diese Gesellschaft an ihrer Basis erfahren zu wollen, im Müll ihrer Produkte, der die Zweideutigkeiten ihrer Verheißungen deutlich machte, so daß es, nach seinen Worten in Zukunft heißen sollte nicht PROLETARIER ALLER LÄNDER VEREINIGT EUCH, sondern MÜLLFAHRER ALLER LÄNDER VEREINIGT EUCH, und Retard, der am Stock ging, in trippelnden Schritten, und der sein Auto verkauft hatte als ein Zeichen der Umkehr und der Unterwerfung unter die Gebote Jehovas. Und wieder hatten sie beide, die in ihrer Jugend Stalin angebetet hatten, einen Übervater, dem sie dienen konnten.

Mir taten sie einen Gefallen, denn sie zeigten mir das Bild einer Gesellschaft, die ich, koste es, was es wolle, verlassen würde.

Lange zögerte ich, ob ich meine Schwester in meine Pläne einweihen sollte. Ich tat es nicht, obschon es ihr vielleicht hätte helfen können. Denn auch sie, die in ihrer blühenden Jugend ganz andere Träume in ihrem zu schmalen Kinderbett haben würde, war in das Fahrwasser der Bibelforscher geraten, und indes mein Vater und der Doktor über die phänomenale Ausdehnung der Milchstraße sprachen, die zu durchqueren hunderttausend Lichtjahre erforderte, lehrte meine Mutter ihr schönes Kind die Frauensachen aus der Bibel, die Keuschheit vor der Ehe vorschrieb und alle anderen Formen der Sexualität in die Hölle schickte.

Hätte ich mich zu der Zeit nicht schon zu tief in den Gesetzen des Talmud befunden, ich hätte wie im Garten des Tamarit das Bett meiner keuschen Schwester bestiegen. *Verte desnuda es recordar la tierra.* So war es auch die Erinnerung an Ribka, die mich zurück nach Tel Aviv führte.

Uriel oder Angst vorm Fliegen

Die ganze Mission ein Fiasko, diese ganze Jagd nach einem Körper, den zu richten wir nicht gekommen sind, und was kann gerichtet werden, wenn der Gejagte seine Seele längst verkauft hat, und ein Spezialist wie Israfil mag sich begnügen damit, eine arme Seele auf die Anklagebank zu setzen und zu richten. *Esta carambola va de recochineo,* wie wir Ladinos, ich meine Latinos sagen, zugegeben, die Ostjuden haben die schöneren Frauen, schau dir Ribka an, auf die mich der Chef nicht angesetzt hatte, aber ich versuchte es trotzdem, ich war sicher *que la muchacha está loca por la musica,* aber wohl nicht auf die Fiedel eines Rothaarigen, dagegen bekam Itzhak der Komiker jeden Tanz, den sie zu vergeben hatte, und unter den Augen ihres Mannes, dieses Jüngelchens, um den sich am Ende, mein Verdacht, unser Reigen dreht, aus Gründen, die das Amt wissen wird. *Canta el tango el paraiso y el infierno en la ciudad.* Diese ganz Jagd nach einem Körper, und bei ihm wird man die Seele wohl noch im Leib vermuten dürfen, ein Eiferer trotz seiner Jugend, und einer mit zugeknöpften Taschen.

Mir dreht sich der Kopf, schließe ich die Augen, rotiere ich mit allen Flügeln, nur: auf wieviel Flügel kann sich ein Uriel verlassen? Ich weiß es nicht. Auf seine selbstgebauten Flügel verließ sich jener Vorfahr, den das Amt mir zugebilligt hat, eine Legende, die tragisch endete, vielmehr begann: Ein Windstoß jagte ihn in die Tiefe, da er grad aufgestiegen war in jenem Jahrhundert, das den Aufstieg probte und sich im Gestrüpp seiner Erfindungen verfing, und im Fallen die Moral der Desillusion entwikkelte. Welcher Engel mag ihn damals aufgehoben haben, auf den Rhinower Wiesen?

Wie jeder Sterbliche verlieren auch wir das Gedächtnis unserer früheren Existenz, und alles, was wir gewinnen, ist die Todesangst wider besseres Wissen von unserem Ende, das der Anfang einer Beförderung ist, glaubt man den Bestimmungen des Amtes. Mir hat jener Flieger am Berge die Lust und die Angst am Fliegen vermacht *y me temo que esto acabe muy mal*, wie meine Mutter, als sie lange genug in Uruguay gelebt hatte, nach Art der Landeskinder an jede ihrer Überlegungen anzuhängen pflegte. Besser ein Ende mit Schrecken als gar keines, wie sie in Berlin gesagt hätte, vor der Emigration.

Schau dir die Gesichter der Passagiere an, niemand glaubt daran, daß er in der nächsten Minute wie eine brennende Kerze ins Meer stürzen wird und erlischt mit diesem kleinen explosionsartigen Geräusch, das die Seele beim Verlassen des Körpers macht. Schau dir Ribka an, wie sie sich nach Schlaf sehnt, wie sie nicht weiß, wohin mit ihren Armen und Beinen, im Dunst eines Körpergeruchs, den der unausgeschlafene Körper wie einen Protest ausschickt, und falls sie an den Streit denken möchte, den sie mit ihrem Mann hatte, so ist die Lust größer, sich ein Bad vorzustellen, ein laues Wasser voller Essenzen, die je nach ihrer Zusammenstellung einen anderen Traum versprechen. Wie auch ich lieber im Wasser läge, anstatt in Nachbarschaft zu diesem schnarchenden Italiener zu meiner Rechten, nach der Karambolage so vieler Liebesnächte im Dienst des Amtes endlich den Träumen der Illusion hingegeben, dem Bild eines Engels, der mir nie begegnet ist und der in der Gestalt Ribkas das Entzücken der alten Meister gewesen wäre, das Karmin der Lippen abgestimmt mit dem Rot des Kleides, das Schmollen des kindhaften Mundes im Kontrast zu den lauernden Augen, ein Ausdruck, der vermutlich ein Ergebnis ihres Berufes ist, wenn sie das Wort, auf das es ankommt, auf dem Teleprompter erfassen muß wie eine Beute. Auch sie eine Jägerin. Als eine nationale Institution, werde ich zu Israfil sagen, muß sie gerettet werden, sollte dieser Flug unerwartet aus dem Radar der Kontrollmonitore verschwinden.

Schließe ich die Augen, sehe ich den Film, den Film von den Feierlichkeiten zur Unabhängigkeit Panamas, die kindhafte Freude auf *we are ready with pride* den Gesichtern, die Rhythmen einer Körpersprache, *and dignity to usher in the new millenium with our sovereignity fully rescued.* Das neue Millenium, das eines der anderen sein wird. Das Kapitel Uriel oder *fear of flying* ist hier zu Ende.

Gewährt mir das Amt ein neues Leben, möge es ein ruhiges sein, wie etwa das eines Archivars – *emotion recollected in tranquilitity* oder à la *recherche du temps perdu* …

Abessers Profession in Panama City

Das Desinteresse der Agenturen an Panamas Unabhängigkeit ist erstaunlich. So, als wären mit dem Rückzug der britischen Krone aus Hongkong alle europäischen Schulden beglichen. Auf der amerikanischen Bühne wiederholt sich das Hongkonger Theater als Farce. Dabei, heißt es, China habe seine Fünfte Kolonne längst in Panama City etabliert, um die amerikanische Erbschaft anzutreten.

Nichts als Propaganda Washingtons, die nach außen aufgegebenen Interessen durch die Hintertür wahrzunehmen. Der Panama-Kanal bleibt das Trojanische Pferd der amerikanischen Politik. Der noch gültige Vertrag aus dem Jahr 1977 gestattet es den Amerikanern, militärisch einzugreifen, wann immer der »internationale Wasserweg« einer militärischen Blockade durch eine andere Nation ausgesetzt wäre. Zwei Millionen achthunderttausend Panamenos müssen geschützt werden. Ohnehin haben sie sich so an die Gringos gewöhnt wie an den Anblick der jährlich dreihundert Schiffe auf dem Kanal, daß man sie nicht allein lassen kann in ihren dem Urwald abgetrotzten Grundstücken, in ihren Häusern, so hundertprozentig Miami Gothic. Dies sei, so die Amerikaner im Hilton, die ihre Aktien am neuen, aus dem Trainingslager für Anti-Guerilla-Kämpfer entstandenen Hotel (für das die spanische Hotelkette Sol Melía bürgt) nicht versteckten, ein zweites Vietnam, eine Aufgabe amerikanischer Interessen.

Der Artikel darüber für die Leser in Tel Aviv sollte morgen fertig sein. Er hätte noch in Panama City geschrieben werden müssen, am Handy hat Abesser seinen Chef beruhigen können, alles im Kasten, und die Chance war groß, dem alten Liebermann alles unterzujubeln, was das Thema hergab und die Leser nicht interessieren würde. Ah, man konnte ihnen mit historischen Daten kommen, mit den Toten aus aller Welt, die an der Malaria gestorben waren beim Bau des Kanals, am Ende auch ihre Vorväter, jene Nachzügler aus den Karavellen des Columbus, und mit ihnen die Desperados aller Länder, künftige Siedler und Kolonisten, von denen nur die Klügsten überlebten, Erben des Genuesers, mit einer Sternenkarte im Kopf, künftige Lotsen und Schleusenwärter. Hatten sie nicht einen Kontinent in zwei Hälften getrennt, daß der Pazifik und der Atlantik sich in wilder Umarmung vereinigten. Wo blieb der Dichter, dies hymnisch zu preisen? Er mußte, falls er nicht Pablo Neruda hieß, beizeiten den Beruf gewechselt haben und aus Noriegas Rauschgiftgeschäften seine hymnischen Exaltationen bezogen haben. Vielleicht würde das die Leser interessieren, das Schicksal des in den USA verurteilten Noriega, den man für vierzig Jahre hinter Gitter steckte und die Sentenz gerade auf dreißig Jahre heruntergesetzt hatte. Was hatte der ihnen getan? Er hatte den Handel monopolisieren wollen und mit dem Geld die Unabhängigkeit von den Gringos angestrebt. Sollte er das schreiben in seinem Artikel?

Liebermann, der so alt war, daß er glaubhaft an seine Volontärzeit bei der guten alten Tante Voss in Berlin, der Voss'schen Zeitung, erinnern konnte, Liebermann würde ihm so einen Artikel in der Luft zerreißen. Dann würden sie, wie Vater und Sohn, in der Kantine sitzen und ein deutsches Bier trinken, und Abesser bekäme einmal mehr ein Porträt von Tucho, Kurt Tucholsky, zu hören, jenem unbestechlichen Journalisten, über dessen Tod Liebermann gerade recherchierte. Denn war es denn bewiesen, Tucho habe sich umgebracht im schwedischen Exil? Oder hatte die Gestapo die Hand im Spiel gehabt, um ihn auszulöschen?

Abesser sah keinen Sinn in einer solchen Entdeckung. Der Mann wäre so oder so heute tot, und ein Denkmal war er allemal. Dagegen quälte ihn, was seine Leser von ihm erwarteten, von ihm, Daniel Abesser, was sie nicht schon aus den Nachrichten, von Ribka Abesser gesprochen, mit Bildern überblendet, längst wußten? Ein Reporter wie Abesser, das ist ein Lebender, der für Lebende schreibt.

Oder sollte er den Karneval der Interessenten beschreiben – und Gefahr laufen, in einen ganz anderen Karneval zu geraten, Berlin nach dem Anschluß an den Westen? Nein, kein Vergleich. Die deutsche Mentalität mischt zu gern Brutalität mit Schwermut, Melancholie mit Euphorie. In Panama City, im Hilton, die Party zum Unabhängigkeitstag, das hatte, wie beschreiben, es hatte chiliastische Züge und war zugleich ein Orgasmus der Interessen. In der von einer cubanischen Band angeheizten Atmosphäre (und die Band, man konnte sicher sein, war ein Geschenk Fidel Castros, und die Musiker ausgebildete Geheimdienstleute) lockerten sich die Gespräche auf. Die Broker und Banker im weißen Dinnerjackett unter Palmen wirkten entspannt. Sie hatten ihre Geschäfte schon gemacht. Jetzt traten die Glücksritter auf, und sie unterschieden sich nicht, Männlein wie Weiblein, im Aussehen, im Outfit, von den Schönen, den Mächtigen und den Reichen.

Merkwürdig nur, daß sie insgeheim alle zum Orden dieser und jener Santería zu gehören schienen, angepaßt der panamesischen Tradition, die zu allen Göttern dieser Erde betete, Katholiken wie Protestanten und Adventisten, Bahai und Buddhismus, Islam und Hinduismus, und die afrikanischen Sekten, die jeweils ihre schönsten Menschen schickten, und selbst die glatzköpfigen Catchertypen, Boxer und Ringer von Beruf, bewegten sich mit schlangengleicher Eleganz, in weißen Anzügen, Goldkettchen um den Hals, Ringe in der Nase und an den Ohren, so daß die Gilde europäischer oder südafrikanischer Erfinder, die hier in den aufgegebenen Labors der Gringos nach ungestörter Wirkungsstätte suchte, wie ein Zwergengeschlecht aus König Laurins Rosengarten wirkte, tückisch, zerknittert, an einer Montecristo saugend wie an einem Blasrohr, das mit dem nächsten Ausstoß Gift und Entstellung unter die Tänzer bringen würde. Mit Ausnahme der schönen Frauen vielleicht, die als leichte Beute abzuschleppen waren, sollten die Zwerge, was gewiß war, auch Zugang zu den Medien haben, zu Mode und Pornografie.

Die Frauenwelt hatte sich darauf eingerichtet, so dünn und spärlich bekleidet, wie sie sich zeigte, und zugleich wie Werbeprodukte für die künstliche Schönheit aus Silikon und Schönheitschirurgie, die ihre Firmenvertreter zur Unabhängigkeitsfeier geschickt hatte. Zu ihnen gehörte jene Amerikanerin, die eine Diät der vollen Teller empfahl, der üppigen Mahlzeiten ohne Gewissensbisse. Es genügte, von jedem Teller nur einen Happen zu nehmen, zwei Pommes frites, ein Löffel Mousse au chocolat und vom Steak die fettarme Kruste, um Völlerei mit Genügsamkeit zu kombinieren, und dies alles im Namen Gottes, der laut Bibelzitat die Knauser nicht leiden konnte und Vorsorge für morgen für Gottlosigkeit hielt. *Dios se ha vuelto gringo,* wie sein Nachbar sagte. Nein, sagte ich, *Dios se ha vuelto puta.* Worauf sich der Mann, der ein Lotse war, bekreuzigte.

Ich ließ ihn stehen, als ich meine Berufskollegen in den Saal drängen sah, und unter ihnen einen alten Freund, der in Deutschland für die ZEIT und für andere Blätter, womöglich unter Pseudonym, von den Kriegsschauplätzen in unserer Freien Welt berichtete. Hans-Paul Richter, ganz traute ich ihm nie über den Weg. Wenn jemand das Sommerloch der Presse mit einer kleinen Sensationsstory füllen wollte, dann er – mit der Geschichte meiner armen jüdischen Eltern, die mich am Ostbahnhof verloren hatten ... und am Ende war ich einer der gefragtesten israelischen Journalisten geworden. Dabei kannten wir uns aus der gemeinsamen Berliner Schulzeit. Richters Großvater war einst nach Panama ausgewandert, wo auch der Enkel noch heute seine Wurzeln fand. Ich hatte, da ich als Volontär bei Liebermann anfing und das Ressort Kulturkritik bekam, Richters karibische Erzählungen rezensiert. Später verließ er die Literatur und setzte sein Leben aufs Spiel, im Kongo, im Kosovo, in Kuwait. Er war, wie er da die Horde internationaler Korrespondenten anzuführen schien (die alle von der Pressekonferenz im Präsidentenpalast kamen), ein Mann unbestimmten Alters, zur Fülle neigend, die aufrechte Gestalt in einem makellosen Anzug steckend. Neu war, er stützte sich auf einen Stock, und als ich ihn danach fragte, gab er zur Antwort, sich den Fuß verstaucht zu haben bei einer Hubschrauberlandung, bei der es auf Leben und Tod gegangen war – an welcher Front? Er winkte ab, strich sich das aschblonde Haar aus der hohen Stirn und lotste mich zum kalten Büffet, wo ein Chinese uns die zartesten Lachsscheiben vom Corpus eines Fisches schnitt, der immer mehr dem geschändeten Leib einer Minderjährigen glich.

Kauend machten wir uns auf die Anwesenheit der internationalen Mafia aufmerksam. Die Deutschen, so wußte Richter, waren mit dem Vorschlag einer Magnetschwebebahn gekommen, die jene von Salz und Rost zerfressene Linie längs des Kanals ersetzen sollte. Die Russen versuchten dieses zu unterlaufen mit dem Angebot einer Fluglinie, die zugleich wie ein Kontrollorgan das Ein- und Auslaufen der Schiffe auf dem Kanal im Auge behielte.

Leider blieb es bei diesen Informationen, die meinen Artikel für Liebermann bereichern würden; denn schon geriet Hans-Paul Richter ins Visier der Damenwelt, und es waren die schwarzhäutigen Damen in ihren engen Paillettenkleidern, die ihn einkreisten, was ihm nur recht sein konnte, der seine Unschuld als Zwölfjähriger mit dem schwarzen Dienstmädchen seiner Tante Ciudad Pa-nama verloren hatte, wie er gern erzählte. Es mußte eine Anziehung auf Gegenseitigkeit sein.

Im Gehen bot er seine nächste Arbeit an, die nichts mit den Kriegen der Gegenwart zu tun haben würde. Es sollte eine Monographie zum Leben des Schriftstellers Arthur Koestler sein, und ich nickte. Es war einer der Namen, die in der täglichen Anrufung Liebermanns, wenn es um seine Vergangenheit ging, eine Rolle spielten, indes sich sein Gesicht zu einer fast weinerlichen Grimasse verschob: Wir jungen Kerle in der Redaktion (und auch Hans-Paul Richter würde sich da einreihen lassen müssen), wir hatten nicht nur nicht die Bekanntschaft Tuchos machen können, wir kannten auch nicht den brillanten Renegaten Arthur Koestler, der den Roman des Jahrhunderts geschrieben hatte. Wie hieß doch das Buch?

Die Pressemeute heftete sich an die Fersen derjenigen, die nach Geld und Macht stanken, und entlockte ihnen die Statements zum Zustand unserer Welt. Gott mußte von ungeheurerer Nachsicht sein, dachte ich in einer Anwandlung von *yiddishkeit,* daß er uns noch immer auf diesem blauen Planeten gewähren ließ.

Und so wurde an diesem 14. Dezember in Panama City einmal mehr das amerikanische Jahrhundert aus der Taufe gehoben.

Dann trat die Sängerin auf, die alles vergessen machte und die Liebe in ihre alten Rechte einsetzte. *Un angel loco le bailó un tango misterioso y trasnochado* ... Leider war es Ribka, die den Tanz eröffnete mit einem von diesen Strichjungen, die glauben, mich in ihre Netze zu kriegen.

Abessers Gedanken kreisen um Ribka

Ribka, da der Morgen durch die Fenster einbrach wie ein goldtragendes Wasser, verließ ihren Platz und kam zu mir.

Du da, sagte sie, als kämen wir beide aus gemeinsamer Nacht und wendeten, jeder auf seinem Kopfkissen, unsere Gesichter einander zu.

Du da: ich hier. Weißes Blatt ich, grünes Blatt du.

Getäuscht hat sich die Taube, sagte Ribka.

Fragen Sie mich nicht, was diese Worte zu bedeuten hatten. Wie jedes Liebespaar hatten auch wir unsere Geheimsprache und versicherten uns mit diesen Worten unserer Liebe. Solange keiner von uns etwas in Frage stellte (von diesen und anderen Worten) war die Liebe zuverlässig – und jeder konnte sich seinem Tag zuwenden.

Ich küßte ihre Schulter, nicht anders als ich es an die sieben Jahre im gemeinsamen Bett getan hatte. Ribkas Talent, in der Liebe, war die Reduzierung der eigenen Person, ich meine die Rückkehr zu unseren Anfängen.

Ribkas Geschichte gehörte sozusagen zum zweiten Teil der Geschichte Israels. Wenn ihr erster Teil die Geschichte der Väter war, so war ihr zweiter (dritter, vierter) Teil die Geschichte der Kinder und Kindeskinder. Und war nicht auch ich ein Teil dieser Geschichte? Ribka, das Kind russischer Juden, verdankte den Zionisten quasi ihre Erweckung zum Judentum. Ihre Eltern, so würde man in den Schullesebüchern der nächsten Generation lesen können, hatten als Sowjetbürger (mit einem JUDE im Paß) den Glauben ihrer Väter vergessen.

Daß sie sich in der Stunde der Not auf JAHVE besannen, hatte mit dem ständigen Mangel zu tun. Ein Mangel aus Hunger? Gott bewahre! Die Dämonen der neuen Zeit, die bis nach Odessa ihre Winde schickten, brachten ihnen bei, wessen sie ermangelten. Und das war, zum ausreichend gedeckten Tisch, ein Bilderkasten, darin zu sehen die Sünden und Laster der Welt und das Goldene Kalb in den Tüchern von Armani und Boss. Das war eine Maschine, darin zu fahren schneller als vierspännig über Land. Wohin? Wohin? Schon waren Grenzen im Wege, die sich erst im Gelobten Land ins Unendliche auflösen würden. Und so trugen sie die versteckte Thora zurück in die neu geöffneten Gebetshäuser und waren die Unterdrückten und stellten ihre Anträge (NÄCHSTES JAHR IN JERUSALEM), und schauten zu Haus in den Bilderkasten, ob der ein Bild gab von ihrem Mühen und Trachten, und siehe, die Yidden in aller Welt strebten heim ins Gelobte Land.

Das Kind Ribka, zu kurz für ihre Jahre, zu dick für ihr Alter, die bunten Haarspangen an den blonden Zöpfen,

Ribka war wie einst Itzhak vor Gott das Opfer dieses Handels mit Gott oder mit der Auswanderungs/Einwanderungsbehörde. Geschah denn nicht alles ihretwegen?

Aber es geschah ihr auf doppeltem Wege. Indes sie mit Eifer lernte, was den Frauen Israels geboten war, blieb sie befangen in ihrer Pubertät, dem Reifen einer Zwölfjährigen. Ihr Körper gehörte ihr, das leise Pochen des Blutes im Monatsrhythmus zwischen ihren Schenkeln, das Ziehen in den ab- und anschwellenden Brüsten, und die monatlich ausbrechenden Träumereien im Kopf, die mit einer Sucht nach Unterwerfung begannen und mit dem Grimm einer Löwin endeten, der die Beute entkommen ist.

Abesser hatte es mit beiden Frauen zu tun, mit der Sklavin und der Löwin. Die Löwin, keine Frage, hatte Karriere gemacht. Sie streckte und dehnte sich, ihre Schenkel spannten sich, ihre Fesseln wurden schlanker, die Hüften runder, die Brüste frech und wie zwei Fragezeichen, deren Lösung der direkte Blick ihrer grauen Augen herausforderte. Das abgebrochene Studium an der Schauspielschule von Tel Aviv und der Dienst in der Armee hatten sie geradewegs in die Fernsehstudios geführt und hier an den Tisch der Nachrichtensprecherin.

Die andere, die Sklavin, die sich mit den Bildern ihrer doppelten Kindheit umgab, in Odessa und in Tel Aviv, sie blieb die Unberechenbare und zugleich die Zuverlässige – sofern man das Zauberwort im richtigen Augenblick aussprach, das die Tür öffnete, und sei es die zu einem zufällig erscheinenden Paradies, das an einem Tag die große Treppe zum Meer in Odessa sein konnte und an anderen Tagen eine Disco in Tel Aviv, die für ein paar Wochen in den sechziger Jahren geöffnet blieb, ehe sie dem Verdikt der Orthodoxen zum Opfer fiel und sich, wiedereröffnet, als koscheres Restaurant ausgab.

Wiedergekommen, und saß nun neben ihm, indes die Stewardessen das Frühstück verteilten, war die Frau, die zu verlassen der Verlust seines Lebens, seines jetzigen, von ihm gewählten Lebens bedeuten würde. Da Ribka von ihm nur das wußte, was jede Frau von ihrem Mann weiß, und das ist inhaltsreich nur, solange sie ihn liebt, sah Abesser dem neuen Tag mit Sorge entgegen. Er küßte sie noch einmal auf die bloße Schulter, dabei ein wenig den Träger ihres roten Kleids zur Seite schiebend, um die Haut dort zu erreichen, wo der Stoff rote Flecken erzeugt hatte, und er kam sich dabei durchaus lächerlich vor unter den Blicken eines der drei Strichjungen.

Dem Berichtgeber entging dieser letzte Kuß Abessers nicht.

Der Berichtgeber als Verwandlungskünstler

Der Berichtgeber Itzhak der Spaßmacher, Itzhak der Springer, ich zu Diensten, sieht den Kuß, wie sollte er nicht, er schaut hinüber, und ein Ziehen spürt er in seiner Brust, die Eifersucht ist ein Paar Ochsen, das zieht dir das Herz aus der Brust, weil es ist der letzte Kuß, an den Itzhhak denkt, den er zu Hause gegeben hat seinem Weibe, das er auf Erden nicht mehr wiedersehen wird, und auch der Kuß der beiden wird sein der letzte auf eine Ewigkeit, nur sie wissen es nicht und gehen mit der Liebe um wie alle Verschwender, die ihr Wasser aus einem nieversiegenden Brunnen zu holen glauben.

Der Berichtgeber kann sich mit der Eitelkeit der Menschen nicht länger beschäftigen, denn seine Verwandlung steht bevor. Auf ein Zeichen von Israfil alias Aaron Spitzer steht sie bevor; denn schon klappt auch er seinen Rechner auf und hält ihn auf den zu kurzen Schenkeln parat, und auf einen Klick von ihm, Israfil, wird der Bordcomputer dieser Boeing 707 den Geist aufgeben und wird die Maschine über den Wassern schweben gleich einer

Schwalbe auf den Berg Teide zu. Denn wir nähern uns den Inseln, welche Herodot für die Gärten der Hesperiden hielt, für das Totenreich und die Elysischen Gefilde zugleich, und Platon für die Trümmerstätte des versunkenen Atlantis, und erst die Seefahrer des Mittelalters, auf Geschäfte aus, auf Beute und Mehrwert, brachten von hier die an den Felswänden wuchernde *orchilla* mit, die Lakmus-Flechte *Roccella tinctoria*, die einen besonders leuchtenden, lichtechten Purpurextrakt liefert. Ein paar Tropfen auf helle Seide gebracht (oder auf diese makellos weißen Chinos), die Wirkung wäre verblüffend.

Man kann gespannt sein, in welchen Farben sich Uriel zeigen wird, Uri Lilienthal, unser Mann in Panama City. Unter uns also die Hundsinseln, von denen nur Gran Canaria diesen Namen verdient. Gomera ist die Ziegeninsel, Teneriffa die Schneeinsel, Hierro die Regeninsel, falls die Herren der Spanischen Akademie uns hier nicht einen Bären aufgebunden haben. Ihre Forschungen über die rothaaarigen Ureinwohner der Eilande, fußend auf ersten Berichten des arabischen Geographen al-Idrisi, lassen vermuten, daß WIR an diesen Inseln schon immer unseren Gefallen hatten. Feuerhaarige Männer auf weißen Vögeln seien hier einst, so die Ureinwohner, in dunkler Vergangenheit gelandet. Seitdem schauen sie zum Himmel, wenn die Touristenclipper im Anflug sind.

Nun will ich hoffen, meine Verwandlung in einen Cherubim der Wüste gelingt auf überzeugende Weise, und mein Kraushaar züngelt nicht in tausend Flammen. Ein Blick in den Taschenspiegel beruhigt mich, doch ist alles andere eher erschreckend, weil bombastisch. Kein Purpurgewand ward mir gegeben, vielmehr ein wüstenfarbenes Gewand, bauschig, luftig, das Nachtgewand einer Schwangeren im neunten Monat, doch nicht dazu ein anderes Geschlecht? Ich greif mir zwischen die Beine, gottlob, es ist alles so, wie es war, wenn auch kalt und gleichgültig auf die Berührung meiner Hand, ein Instrument, das eine Weile für keine Musik gebraucht und genutzt werden wird, auch wenn die Maler uns Engel gern als Musiker darstellen, pausbäckig blasend oder Harfe und Klampfe anschlagend. Keine Musik also, hat JAHVE verfügt. Ich ziehe die prüfende Hand zurück und halte einen mattblühenden Ast in der Rechten, gespickt mit kleinen roten Beeren, die vermutlich, wäre ich ein Engel der Kunstgeschichte, einen symbolischen Wert ausdrückten. Mich erinnert der Ast an den Leuchtstab eines Verkehrspolizisten auf der Ben-Gurion-Kreuzung von Tel Aviv. Ah, und im Rücken dieser Rucksack, dieses Paar zusammengefalteter Flügel.

Aber ich kann mich schlecht auf den Gang stellen und mir mit einem kräftigen Flügelschlagen wie ein Ganter Erleichterung verschaffen. Ohnehin werden wir in diesen letzten Minuten der Mittelpunkt allgemeiner Aufmerksamkeit sein.

Ich schau hinüber zu Uri und Israfil.

Wie zu erwarten war, hat sich Uri in ein purpurrotes Gewand geworfen, in dieser Manier der Rothaarigen, mit einem anderen Rot von ihrer flammenden Haarfarbe abzulenken. Ein wenig Blau schimmert unterm Faltenwurf der Tunika. Indes Aaron Spitzer, Israfil, so unauffällig wie Gott Vater gewandet ist, sozusagen Ton in Ton, in den Modefarben dieses Herbstes, warme Brauntöne zwischen Kastanie und Haselnuß, Kakao und Zimt, und über der Brust eine Stola mit Kreuzmuster, die ihm wie die Ordensschärpe eines Generals über Busen und Bauch fällt. Auffällig sind nur seine Flügel, die er sozusagen seitlich heruntergeklappt hat, daß sie wie die Schöße eines zu weiten Mantels an ihm herabhängen, die er mit den Händen festhält, um sie gegebenenfalls hochzuziehen. Wo er nun seinen Rechner, seinen kybernetischen Schoßhund, versteckt hat, ist nicht auszumachen.

Anfangs fällt keinem der Passagiere, und auch den Stewardessen nicht, unsere Verwandlung auf. Doch dann, wie zu befürchten, ist es der Italiener aus Prato, der mit seiner Videokamera unentwegt auf der Pirsch ist, der mich sieht und seinen Augen nicht traut und deshalb durch das Auge seiner Kamera auf mich schaut. Aber auch da sieht er, verkleinert zwar, meine Erscheinung, und als guter Katholik klickt in seinem Kopf das Wort ENGEL, und er bekreuzigt sich und murmelt ein *Madonna mia* ... und einen anschließenden Fluch kann er sich gerade noch von den Lippen beißen. Und erst als er die Existenz zweier weiterer Engel wahrnimmt, beginnt er ein wenig zu zweifeln.

Ein Engel, denkt er nach Menschenart, ein Engel, das kann nur mein persönlicher, also mein Schutzengel sein. Eine ganze Schar, das sieht aus wie eine Abordnung, ein Kommando. Ein Engel bringt Gnade und alles Gewünschte. Drei Engel verkünden ein Urteil.

Und darin hat er recht, der italienische Biedermann. Doch bleibt es nicht dabei. Es sind vor allem die Italiener, die in helle Freude über unseren Anblick geraten. Unsere Leute, ich meine die Israelis, nehmen es gelassen hin. Sie glauben an keine Wunder. Auch die Gringos scheinen an unserer Existenz zu zweifeln. Aber dann meinen sie, uns durchschaut zu haben. Wir wären eine Huldigung der Fluggesellschaft an ihren Glauben, an die bevorstehende Geburt des Erlösers. Vermutlich würde die Fluggesellschaft durch uns ihren Duty-free-Kram verkaufen wollen. Wir wären der kleine Spaß vor der Landung, und im Bunde mit einem Bon Natale und noch mehr mit Santa Claus, und so klatschen sie in die Hände und lassen uns hochleben.

Mein Italiener schickt seinen kleinen Sohn in meine Nähe. Der etwa Fünfjährige ist blond, dick und speckig, von zuviel Pasta gemästet. Überflüssig zu sagen, daß ich Kinder nicht mag, weil ich nie ein Kind war. Er glotzt mich aus seinen blauen Augen an, aus denen ich seinen nahen Tod lese. Ich suche in meinem Gewand, ich hoffe auf ein Wunder. Ich finde einen Riegel Milky Way und drücke ihn in seine kleine verschwitzte Hand. Was hat er erwartet? Er streckt mir die Zunge heraus und wendet sich an meine Gefährten.

Die starren ihn an, und nun tut er mir leid, da er, von ihnen eingeschüchtert, in Tränen ausbricht. Sein Vater will sich beschweren, aber Uriel läßt ihn über seine eignen Füße, die in Mokassins von Balanciaga stecken, stolpern.

Gesang der Engel am Magnetberg

Alles, was ich in diesen Sekunden für Daniel Abesser tun konnte, war, ihm die Rolle des Berichtgebers zu übertragen, ich meine, ihn zu befähigen, wozu es bei ihm keiner großen Kunst bedurfte, nämlich in der Erinnerung zu behalten, was mir nicht mehr auffallen würde, der ich meinen Blick auf größere Entfernungen richtete.

Unheimlich, so registrierte Abesser, während er seine Gefährtin nicht länger umarmte, unheimlich die plötzliche Stille, das Aussetzen der Turbinen, ihr einschläferndes Ostinato, das einem gleichmäßigen Rauschen wich, indes der Autopilot sich mühte, die Maschine in der Balance zu halten, ihr dann eine Linkskurve zuzumuten, bei der für die Passagiere auf der rechten Seite, auf der wir saßen, sich der Berg zeigte, ein Kegel in einer Passatwolke, der schnell, allzu schnell uns entgegenwuchs, als höbe er sich aus dem Meer hoch zu uns, die wir an Höhe verloren, während ich den schneebedeckten Lavakegel bestaunte und die wie Schiefer naß glänzende Fältung seiner Flanken, die uns Halt bieten würden, wenn wir Greifvögel am Himmel seiner Natur wären.

Aber fremd waren wir, und die wie die Tunten verkleideten Strichjungen erinnerten mich an die Künstlichkeit der Welten, aus denen wir kamen, an unsere Berechnungen, die in die Irrtümer unserer Kriege und Vergiftungen ausliefen, in die Manipulationen und Forschungen, welche Milliarden verschlangen, während die Erdbevölkerung an sich selbst erstickte, und jedes Forschungsergebnis, das uns den Göttern näherbringen sollte, am Ende darauf hinauslief, uns auf den Beginn einer neuen Steinzeit, einer neuen Eiszeit vorzubereiten. Wie da diesem Berg begegnen, der in diesem Spiel eine zufällige Größe war, der in den Kalkulationen der Navigatoren keine Rolle gespielt hatte.

In den letzten Sekunden verging uns der Atem. Wir folgten ohne zu begreifen den Anweisungen des Kapitäns, uns in die Sitze zu drücken, in gebückter Haltung den Oberkörper auf die Knie zu beugen und die Hände vors Gesicht zu halten und zuvor die Brillen abzunehmen und jeden Gegenstand fallenzulassen, der uns verletzen könnte ... Und das Rauschen nahm zu, der Wind der an der glatten Außenhaut der Maschine leckte, und dann hörten wir die seltsame Musik, die aus dem Wahnsinn unserer ebenso alarmierten wie betäubten Sinne kam. Oder war es der Kapitän, der uns mit Musik trösten wollte? Aber dann hätte es das Kol Nidre sein müssen oder das Shema Israel, aber dies, und ich will es bis zum letzten Atemzug bezeugen, war eine Kantate von Johann Sebastian Bach, und der Berg mit seinen Stufen aus Basalt und Lava begleitete mit seinem Orgelklang den zarten, wie von Jünglingen gelispelten gesäuselten Gesang, dessen Worte unverständlich blieben und mich an die Zeile erinnerten, die ich aus einem anderen Land kannte, ICH HATTE VIEL BEKÜMMERNIS.

Dann war es, als tauchten wir in den Berg ein, und es erlosch das Licht.

Jahve besinnt sich auf ein Wunder

Der Uralte, JAHVE, alt an Tagen, heißt es, rührte sich just an jenem Tag. Er rührte *sich*, nicht daß es *ihn* rührte, die 99 Passagiere der El Al-Maschine, Panama City via Roma nach Tel Aviv, in den Abgrund zu stürzen. Was hatte ER damit zu tun? Rührten ihn denn die Engel in ihrer Menschengestalt, die er einer Metamorphose entgegenführte? ER hatte die Engel erschaffen, den Menschen durch ihr Bild zu vervollkommnen; und die Menschen, sich in ihrem Bild zu erheben. Nun ging IHM das durcheinander, doch würde sich IRGENDWER schon darum kümmern. ER rührte sich, haben wir gesagt (und lassen einmal beiseite, wer denn nun wir sind, ob nun Itzhak der Berichtgeber oder der von ihm ermächtigte Daniel Abesser). ER rührte sich, wie ER es 850000 Jahre nicht mehr getan hatte, das heißt, ER wälzte den schweren Leib von einer Seite auf die andere, ächzend nach Art alter Männer, und es geschah das Wunder: JAHVE, der Uralte, alt an Tagen und Jahren, bewirkte eine Umpolung – Sie haben richtig verstanden, ER bewirkte eine Umpolung des Erdmagnetfeldes von Nord nach Süd, und es geschah *just in time*, in der Zehntelsekunde, da die Maschine im Begriff war, sich in den Berg Teide zu bohren. Es geschah dies unter enormen Feldstärkeverlusten, wie schon einmal, wie gesagt, vor 850000 Jahren. ER blies seinen Odem sozusagen in eine entgegengesetzte Richtung, um sogleich weiterzuschlafen. Die Folgen würden dennoch unübersehbar sein. Schiffe und Zugvögel würden ihre Orientierung verlieren, der Kompaß sich zunächst im Leeren drehen, Kommunikationssatelliten auf ihrer Erdumlaufbahn wären bedroht, schlimmer noch, die Mikrochips in den Flugzeug-Computern würden zeitweise ihr Gedächtnis verlieren – weshalb spätere Analysen des Flugzeugabsturzes der El Al-Maschine (haben wir gesagt, daß sie Golda Meir hieß?) die jähe Umpolung des Magnetfeldes für die einzige, erklärbare, Ursache des Absturzes hielten.

Also, was nun? Kein Wunder, sie stürzt tatsächlich ab? Sie stürzte ab. Wie es schien, wollte sie kopfüber ins Meer. Sie bohrte sich nicht in den Berg Teide, dem dies nichts weiter ausgemacht hätte. Das Meer war da empfindlicher. Es erschrak ob dieser zu erwartenden Penetration, der keine Liebeserklärung vorausgegangen war. Es bäumte sich wild auf, das Meer, es toste und kreischte und schüttelte seine Mähne, seine wilden Locken, *ay la mar serena,* denn in diesen Breiten ist es ein weibliches Meer, so weiblich wie der Tod, *la muerte,* oder der Mond, *la luna.* Es schrie, also: sie schrie und rief ihre Untertanen um Hilfe, und es eilte herbei die Palastwache von Schwertfischen, Delphinen und die Ritterschar der Hummern und Langusten, die Fünfte Kolonne der Tintenfische und Austern mit dem Geheimnis ihrer versteinerten Klitoris, doch was konnten sie ausrichten gegen soviel himmlische Bedrohung. Sie stoben allesamt zurück und hielten dies für die beste Verteidigung. *La mar,* an manchen Tagen mit ihrem Künstlernamen Heddy Lamarr kokettierend, würde sich wieder beruhigen, nachdem sie alles wieder von sich gegeben hatte, das schwerverdauliche Kerosin und die klumpigen Menschen samt ihrem Gepäck, aus dem sich Lamarr die besten Stücke aussuchen würde, putzsüchtig wie sie war und ein Star.

So erfüllte sich das auf den Kanaren bekannte Sprichwort: Nichts ist so schlimm, daß es nicht noch schlimmer kommen könnte. Dank der Umpolung hatte die Maschine in letzter Sekunde an Höhe gewonnen, doch nun setzte eine gewaltige Schubumkehr ein, eine unbekannte Hand zog die Maschine am Heck zurück, riß sie in den Sog eines Magnetbergs auf der Insel Hierro; ein Berg, von dessen Existenz bis zu dieser Stunde keiner etwas gewußt hatte und der erst in den nächsten Monaten zum Gegenstand des 3. oder 4. Leibniz-Kollegs werden würde, auf welchem man sich mit den Möglichkeiten und Grenzen der numerischen Modellierung der Dynamovorgänge im Erdinneren befassen würde, ein Thema, das Herrn Dr. Falk, sozusagen am Beginn seiner wohlverdienten Pensionierung stehend, zu einer tiefschürfenden Analyse verhelfen würde.

Freilich verschwieg er, daß die Entstehung des Magnetbergs auch den Tod Daniel Abessers zur Folge hatte, der ein Sohn seines Freundes Abesser gewesen war. Die Wissenschaften können sich nicht mit privaten Angelegenheiten beschäftigen. Am Ende spielten wohl andere Dinge eine Rolle, die einen Naturwissenschaftler bis zu ihrer naturwissenschaftlichen Erhellung nicht tangieren durften. Herr Dr. Falk bekam die Nachricht durch seinen alten Schulfreund Dr. Retard, der ein Freund des Hauses Abesser war, und beide Herren wunderten sich, daß die Eltern zögerten, ans Sterbe- oder Totenbett ihres Jungen zu eilen. Immerhin war die Insel Hierro von Berlin in weniger als sechs Stunden zu erreichen, nahm man den Umweg über Teneriffa in Kauf. Womit hier auf unzulässige Weise (und durch wen auch immer) dem Ablauf der Handlung vorausgeeilt wird.

Denn noch wirkt die Schubumkehr, und die mehr als hundert Kilometer Luftlinie vom Berg Teide in Richtung Hierro gaben den Passagieren das trügerische Gefühl, mehr als hundert Jahre Lebenszeit vor sich zu haben. Allein, das Singen hatte nicht aufgehört. Aufgehört aber hatte jede Zuwendung des Flugpersonals. Der Kapitän schwieg, und was schlimmer war, keine Stewardeß ließ sich herbeiklingeln, um sich mit mütterlichem Lächeln hinunterzubeugen zum Gesicht des Passagiers und ihm einen letzten Wunsch von den Lippen abzulesen. Die Passagiere, sofern sie ohne Begleitung reisten, fühlten sich alleingelassen wie Kinder, die in einem Wald ausgesetzt werden.

Abesser beugte sich zu Ribka, sein Gesicht auf ihrer bloßen, von kaltem Schweiß bedeckten Schulter. War sie denn so müde wie er? Ein altes Schlaflied fiel ihm ein, das seine Mutter an seinem Bett gesungen hatte, wenn sein Vater, der Parteiarbeiter, nicht zu Hause war. Er flüsterte ihr die Worte ins schöne Ohr, ungeachtet daß es Worte auf deutsch waren. Es war das Lied der vierzehn Schutzengel aus der Kinderoper von Hänsel und Gretel, und es ging so: »Abends will ich schlafen gehen, vierzehn Engel um mich stehn: zwei zu meinen Häupten, zwei zu meinen Füßen, zwei zu meiner Rechten, zwei zu meiner Linken, zweie, die mich decken, zweie, die mich wecken, zweie, die mich weisen zu Himmels Paradeisen.« Er hatte das Lied mehr wie eine Rechenaufgabe verstanden, und mitgezählt: Falls er nicht vorher einschlief, waren es jedesmal vierzehn Engel.

In der Tiefe aber wartete Abaddon auf uns, der Engel des Abgrunds, der auch über die drei Engel an Bord das Kommando übernehmen würde. Konnte sein Antlitz denn schlimmer sein als die Verwandlung, die mit Itzhak, Uriel und Israfil vor sich gegangen war? *Und hatten Haare wie Weiberhaare und ihre Zähne waren wie der Löwen. Und hatten Panzer wie eiserne Panzer und das Rasseln ihrer Flügel wie das Rasseln an den Wagen vieler Rosse, die in den Krieg laufen. Und hatten Schwänze gleich den Scorpionen, und ihre Macht war zu beleidigen den Menschen fünf Monate lang. Und es fiel ein Stern vom Himmel ins Meer, und ihm ward der Schlüssel zum Brunnen des Abgrunds gegeben. Und es ging auf ein Rauch aus dem Brunnen, und es ward verfinstert die Sonne und die Luft von dem Rauch des Brunnens.*

In Sorge und Alarmbereitschaft beobachtete der Tower des Flughafens Granadilla de Abona auf Teneriffa den Irrflug der vom Kurs geratenen Maschine. Da sie über La Gomera hinwegflog, wo zum Teufel wollten sie denn landen? Doch nicht auf Hierro mit seiner vier Kilometer langen Piste, die schon für einen Cityhopper ein Vabanque-Spiel war. Dann sahen sie es, sie sahen, wie sich die Maschine in der Luft aufzulösen schien und wie einzelne

Teile, gleichsam magnetisch angezogen, dem Gebilde des Flugzeugs, oder was man noch dafür halten konnte, vorausflogen, vorausschossen, zerlegt wie ein Baukasten, eine Blaupause am Himmel, eine Computersimulation ... So mußten in den alten Zeiten die Karavellen am Magnetberg zerschellt sein, in den alten Zeiten, in den alten unverbürgten Geschichten, als die Reisenden in eiserner Rüstung herumfuhren auf der Suche nach Ruhm und Abenteuer. Und der Magnetberg riß ihnen die Kleidung von der Haut, jeden Nagel und jedes Scharnier. Es blieb jetzt keine Zeit, sich das vorzustellen oder sich zu fragen, was der Berg damit sagen wollte.

Der Diensthabende im Tower empfing die Anweisung, keiner Maschine Lande- oder Starterlaubnis zu geben.

Abesser schlägt seine Zelte auf

Das Recht des Soldaten, steht er im Feld, ist es, gelegentlich schlafen zu dürfen. Er macht Quartier, schlägt sein Zelt auf, zieht sich zurück.

Ein Kriegskorrespondent wie ich hat das gleiche Recht. Nur hängt es von der Situation an der Front ab. Nach tagelangem Warten an einer Grenze, Warten auf die Erteilung eines Visums, einer Akkreditierung kann die überstürzte Abreise erfolgen, im Jeep, unter Beschuß von Milizen, Aufständischen, unbekannten Kräften, geduldet von den Blauhelmen, mit Mißtrauen beobachtet von den im Kampf stehenden Soldaten, die das Gefühl haben, die eigentlichen Protagonisten dieser Oper zu sein und aus Leidenschaft zu singen, für uns, die wir als Zuschauer gekommen sind und in den bequemen Logen des weißen Mannes sitzen. Oder besser, weil in einem gewissen Abstand, auf den Polstern vor einem Fernsehapparat, vor sich das Glas Bier und die Schale mit den Salzstangen. Oder, für dich hingestellt, Ribka, die Schachtel mit Konfektchen. Hörst du mir überhaupt zu? Das nächtliche Geplänkel, der Austausch von Feuerstößen am schwarzen afrikanischen Himmel oder am zerstückelten Himmel der Balkanstaaten, es ist ein schönes Bild für den Betrachter, nicht ohne eine ästhetische Note, die einzufangen unser Kameramann sich auch ohne meinen Hinweis bemüht. Es lenkt die Zuschauer am Bildschirm zu Hause ab von den schwachen Argumenten meiner Berichterstattung, der es an Überzeugungskraft mangelt; denn für welche der kämpfenden Parteien soll man sein Herz auf die Waagschale legen, wenn schon morgen die Wahrheit die Fronten wechselt und mit den Siegern ins Bett geht.

Und welches Gesicht ziehst du, Ribka, beim Verlesen deiner Abendnachrichten, wenn wir dir das Bild eines totgeschossenen, von Granaten zerfetzten Kindes liefern? Lies bitte etwas schneller, sagt dir dein Redakteur mit dem Schriftzeichen, das die Falte auf seiner Stirn bildet, lies verdammt noch mal etwas schneller, damit wir das verdammte Bild heraushaben und meinetwegen im Archiv verschwinden lassen können. War es überhaupt ein Kind und kein überfahrener Hund? Und wenn es ein Kind war, wir hätten gern gewußt, ob Junge oder Mädchen, der Schmerz kann dann besser abgeleitet werden. Aber jetzt, endlich, bist du bei der nächsten Meldung, eine Konferenzrunde in Camp David, Brüssel oder Tokio, und schau sie dir an, die gelackten Fressen am Tisch, und hör dir an, was sie reden, oder was dein Redakteur, in seiner zeitsparenden Zusammenstreichung ihrer Argumente, sie reden läßt. Und wer von deinen Zuschauern, Ribka, der sich vielleicht gerade Gedanken macht über dein heute besonders blasses Aussehen, aber schick sieht sie wieder aus, die russische Katinka, mit ihren frischgedrehten Blondlocken, ihrem sehr gewagten Ausschnitt, was wohl ihr Mann dazu sagt, denn verheiratet ist sie doch, nichtwahr, mit diesem Journalisten, wieheißtderdochgleich, Herzele, du weißt doch sonst immer alles ... wer merkt schon etwas?

Und schon zum nächsten Bild, und keinem ist aufgefallen, daß soeben die Mörder des zerfetzten Kindes im Bild waren und sich die Hände reichen und ihre Gesichter breitmäulig zum Lächeln verziehen, indes sie sich unterm Tisch ans Schienbein treten. Jetzt lachst du, Ribkaleben, und auch ich frag mich, wenn ich dich sehe, wie es unterhalb der Bildkante aussehen mag – hast du dir den Rock über die Knie gezogen, und hältst du die Knie fest geschlossen, um mehr Kraft nach oben zu pressen, in die Kehle, in den Mund, der abliest, was sie dir aufschreiben?

Es ist der Artikel über die Hintergründe der Kriege, den Daniel Abesser sich jedesmal zu schreiben vornimmt, wenn er seine Reportagen im Kasten hat und das Team, für Tage beurlaubt, nach Hause fliegt. Er kann es nicht, ich kann nicht aus Menschen Theorien machen, Ribka, aber ich müßte es tun, wir alle müßten es tun, anstatt uns mit der pittoresken Abenteuerlichkeit der Kriege zu begnügen, mit Gerüchen, Ribka, du weißt nicht, wie zerschossenes Eisen riecht, das tagelang in der afrikanischen Sonne steht, es riecht nach bitteren Exkrementen, nach der Fäulnis eines Wochenendmarktes, der im Kosovo von Granaten getroffen wird, an einem späten Freitagvormittag, wenn die Frauen und alten Männer durch die Stände gehen und die Preise prüfen und die Kohlstrünke und die vielleicht aus Kreuzberg herangefahrenen halbverfaulten Apfelsinen und Bananen, Geschenke aus Deutschland, in die Hand nehmen ... Jetzt lachst du wieder, aber könnte auch sein, es sind Grapefruits aus Israel dabei, und wenig später muß man es vom Boden aufkratzen, das blutende Fleisch, die zerquetschten Südfrüchte ... Und wir, zum Glück in der Nähe und genügend Film in der Kamera, wie im Rausch halten wir durch, bis wir es im Kasten haben – *gestorben!* sagt der Kameramann, der einmal für eine Filmgesellschaft in Ostberlin gearbeitet hat, *gestorben!* Und dann haben wir Zeit, in den Rinnstein zu kotzen.

Ah, du willst auf bessere Art unterhalten werden, weil mein Lied dir nicht gereicht hat, zum Einschlafen? Für eine Weile mag ich keinen sehen, keinen von den Kollegen, auch keine Kollegin, nein. Ich zieh mich zurück, Ribka, ich geh ins Hotel, nach einer Zwischenlandung auf dem Weg zu dir, nach Hause ... Wie Hemingway, sagst du, um mich zu ärgern. Nicht wie Hemingway, denn wo hätten wir heute noch einen Krieg wie den spanischen Krieg, als Hemingway im Madrider Hotel Gaylord auf seine Martha Gellhorn wartete und seine Artikel von Arturo Barea in der Telefónica zensieren ließ.

In Madrid, wenn du es hören willst, steige ich im Gran Versalles ab, ein Zufall, oder hatte ich den Namen, als Kind, aus den Erzählungen meines Vaters gehört, als er noch Minister war, nebbich: mein Vater, du weißt, daß er nicht mein leiblicher Vater war ... Ja? Das eine Mal, da er dienstlich in Madrid gewesen war, hatten ihm seine Genossen dieses Hotel ausgesucht, offenbar weil es sie in seinem Plüsch und einem kopierten Mobiliar à la Louis XIV. an Moskauer Hotels erinnerte. Wie dem auch sei, mir ist es lieb und vertraut inzwischen, und eine Möglichkeit, sich in der Vergangenheit früherer Jahrhunderte zu bewegen und an den Krieg nur zu denken wie an eine Jagdszene, die als Ergebnis den Gästen diese Stilleben im Speisesaal beschert, diese Fasanen und Hasen und blumengeschmückten Wildschweine, umgeben von glitzernden Karaffen voll des herrlichen Weines ... Draußen lähmte ein kalter Februartag das Madrider Leben, die Menschen liefen in langen Mänteln herum, trugen Pelzmützen, und aus ihren Mündern kam die helle Fahne eines Hauchs wie die Sprechblase in einem Comic. Ich vergaß meinen Artikel.

Madrid an so einem Tag glich jeder anderen Stadt. Sagen wir, Amsterdam, eine Cousine des Habsburgischen

Madrid. In welches Hotel ich mich in Amsterdam zurückzog? Es heißt Alexander und steht an der Prinsengracht, eine noble Ecke, die Mitte des Tourismus, aber ein kleines Hotel. Stünde es in Nähe eines Kriegsschauplatzes, würde auch dieses Hotel für meinen Freund Hans-Paul Richter – du hast ihn in Panama City kennengelernt, und er hat dir gefallen, wie er jeder Frau gefällt – der Eingang zum Hades sein. An sich eine großartige Vorstellung, ein Zerberus an der Drehtür, und sobald du in die Halle eintauchst, fühlst du dich wie versunken und in Gesellschaft der seltsamsten Wesen, die eben noch, auf der Straße, ganz andere Gesichter hatten. Das Hotel als eine Art Vorstufe zur Hölle? Denn es sind alles Reisende, die aus irgendeinem Grund hier gestrandet sind und die, in der Vorstellung von Richter, auf etwas warten und im Warten den eigenen Tod, der ihnen in der Außenwelt beschieden sein würde, verpaßt haben.

Im Hotel Alexander fing ich an, mir Notizen zu Arthur Koestler zu machen, in der Überzeugung, ihn eines Tages im Foyer sitzen zu sehen, in einem Anzug aus den dreissiger Jahren, die erloschene Pfeife in der Hand. Im übrigen war dies ein Hotel aus den dreißiger Jahren, mit einer Erinnerung an Mondrian, ich meine in seiner linearen Einfachheit, in den Reproduktionen, die in den Zimmern hingen und deren Anblick meinen Nerven guttat, so als hätten auch diese Maler der holländischen Moderne gewußt, was auf uns Nachgeborene zukommen würde und wie sie uns mit dem Anblick einer geordneten Welt zu Hilfe kommen konnten.

Erzähl du mir, Ribka, vom Hotel in Odessa in der Nacht vor eurer Ausreise.

Du sagst, es gibt nichts zu erzählen?

Ribkas Erinnerung

Gibt nichts zu erzählen, und was zu erinnern? Unser letztes Abendmahl in Odessa, schon war es ein Essen unter Vertriebenen. Denn wenn es an Schabbes war, wie mein Vater noch in Tel Aviv behauptete, so feierten wir nicht mehr zu Hause, hinter zugezogenem Fenster, am weißgedeckten Tisch, im Schein der Kerzen. Bedingung für die Ausreise, war uns gesagt worden, sei vor allem der Verzicht: der Verzicht, Angehörige der großen sowjetischen Heimat zu sein, und also hatten wir keinen Anspruch mehr auf Wohnung, Arbeit, Bildung und verbilligten Einkauf, den du hattest, wenn du, wie mein Vater, zu den ausgezeichneten Arbeitern gehörtest.

So zogen wir am Tag vor der Abreise mit unseren Bündeln und Koffern in ein empfohlenes Hotel am Hafen, Mama, mein Bruder und ich, natürlich Papa, der immer alles wußte und jeden kannte. So wußte er, das Hotel sei in jüdischer Verwaltung, und er teilte es uns wie ein Geheimnis mit, in diesem so jüdischen Odessa, wo jeder zweite anstelle des gelben Sterns den Antrag auf Ausreise bei sich trug, du verstehst, es war ein Kainsmal in den Augen der anderen, und es war zugleich die Einladung zum Schachern, zum billigen Ankauf von Möbeln und Dingen aus dem Besitz der ausreisenden Familien. Meine Mutter hatte sich geweigert, etwas wegzugeben, nicht aus Angst vor den Gesetzen, vielmehr träumte sie schon jetzt von einer Rückkehr – und wo sollten wir schlafen, von welchen Tellern essen, wenn wir alles weggaben, verkauften, verschenkten?

Glaubst du, es fiel meinem Vater leicht wegzugehen? Er versammelte uns, eh wir hinunterstiegen zum Hafen, noch einmal alle auf der Treppe, du weißt, die berühmte Treppe, die Potjomkin-Treppe, die meine Mutter nur mit Tränen sehen konnte, weil mein Bruder sie stets an den hinabrollenden Kinderwagen erinnerte, in Eisensteins

Film, den nur er gesehen hatte, aber in seiner sadistischen Art beschrieb er meiner Mutter das Bild, und es hätte gut eines ihrer Kinder in dem Kinderwagen sein können, sagte er, was natürlich eine Gemeinheit war, denn es hätte vielleicht meine Großmutter als Kind sein können. Aber es genügte, um meinem Vater das Abschiedsbild zu verderben, ich meine den Ausblick von der Treppe auf die Stadt seines Lebens und auf den Hafen, wo er die Kornsäcke auf die Schiffe getragen hatte. Meine Mutter zerdrückte ihre Tränen ins Taschentuch, und ich hatte Lust, meinen Bruder die Treppe hinabzustoßen, aber ich hätte es nicht fertiggebracht, denn auch er weinte, als ahnte er seinen Tod im Gelobten Land fünf Jahre später, du hast darüber geschrieben.

Das Hotel? Der Natschalnik, wie sich herausstellte, war ein Freund meines Vaters, *on toshe ne franzuski*, wie mein Vater meiner Mutter augenzwinkernd zu verstehen gab, ein Meisterkoch der internationalen Küche, und musisch begabt dazu, ein Fiedler vor dem Herrn, und wie jeder Jude in Odessa, der auch nur die Tonleiter hersagen konnte, versicherte er, zwar in einer Nebenlinie nur, mit den Oistrachs verwandt zu sein. Und was waren das für begnadete Leute, Vater und Sohn, die es in der Welt zu etwas gebracht hatten!

Uns zu Ehren zog er seine Fiedel hervor, und während wir aßen, und Sabbat kann es nicht gewesen sein, da es Musik gab, während wir Fisch, Reis, Bohnen, Huhn und einen Karotteneintopf aßen und es wie zum Sabbat kleine Kuchen gab, versuchte mein Vater meine Mutter auf die koscheren Bräuche in Israel vorzubereiten, auf all die Töpfe und Tiegel, die sie dort brauchen würde, um in dem einen Milch und in dem anderen Fleisch zuzubereiten, und meine Mutter, die aus dem polnischen Osten stammte, fragte, ob sie da unten auch Rote Beete kochen und Borschtsch, und Gurken in den Heringssalat schneiden dürfe. Und mein Vater fragte seinen geigenden

Freund, und als der seine Meinung gesagt hatte (und so genau wußte er es auch nicht) und mein Vater mehr Wodka getrunken hatte, als er vertragen konnte, fuhr er seinen Freund an, mit der Fiedelei aufzuhören, es sei ja wie in Auschwitz auf dem Weg zur Gaskammer, und hier wolle man fröhlich sein wie zu einer Hochzeit, und zu diesen Worten schwenkte er die abgestempelten Pässe und wedelte mit den Fahrkarten, die uns nach Kiew zum Flughafen bringen würden. Der Natschalnik, der gerade einen Tango von Leschenko spielen wollte, den die Leute am Nachbartisch verlangt hatten, packte Geige und Bogen mit seinen starken Händen, daß es aussah, als wolle er beides wie eine Waffe gegen meinen Vater schwingen, dann legte er es behutsam beiseite und goß sich ein Wasserglas voll der beinahe unsichtbaren Flüssigkeit, die er mit einem Ruck in den Hals kippte.

Schwarze Augen, sagte er und sah dabei mich an, sie werden mich immer verfolgen. Ich wußte nicht, was er meinte, denn was gingen ihn meine Augen an, die nicht schwarz sind? Mein Vater, der nie locker ließ, wenn er sich etwas vorgenommen hatte, hörte nicht auf, meine Mutter unterweisen zu wollen, und er tat es auch, um sie zu beruhigen; denn was kümmerte ihn die Sorge um Arbeit in Israel, sorgte doch Gott für alle seine Geschöpfe, denn wie schon Rabbi Schimon, Elasars Sohn sagt: Meiner Lebtag sah ich nicht einen Hirsch als Feigentrockner, einen Löwen als Lastträger oder einen Fuchs als Krämer, und sie werden mühelos ernährt ...

Meiner Lebtag, sagte meine Mutter, habe ich solche Tiere nicht in Odessa gesehen, was also gehen sie mich an?

Mein Vater ließ sich nicht stören und fuhr fort: Wenn diese, die nur erschaffen wurden, um mir zu dienen, mühelos ernährt werden, wäre es nicht rechtens, daß ich, da ich erschaffen wurde, um meinem Herrn zu dienen, mühelos ernährt würde?

Aber du hast, mischte sich der Freund ein, ich glaube, er hieß Teitelboim, aber du hast, sagte er, deine Werke verdorben und deine Ernährung beeinträchtigt ...

Deshalb, sagte mein Vater, geh ich ja nach Erez Israel, wo das Fleisch vom Himmel fällt. Ihr kennt die Geschichte?, wandte er sich an uns Kinder, die wir hofften, in Israel werde es, wie wir aus Illustrierten wußten, Milky Way und Kaugummi regnen, und sagte: Der erste Mensch saß zu Tisch im Garten Eden, und Dienstengel brieten für ihn Fleisch und seihten für ihn Wein. Da beneidete ihn die Schlange um seine Herrlichkeit. Das war Fleisch, das vom Himmel herabkommt. Gibt es denn Fleisch, das vom Himmel herabkommt? Ja. So ging einst Rabbi Schimon, Chalaphtas Sohn, gerade seines Weges, da begegneten ihm Löwen, die ihm entgegenbrüllten. Er sagte: *Die Junglöwen schreien nach Fraß.* Da fielen zwei Flanken herab; eine fraßen sie und eine ließen sie zurück. Er brachte sie mit, als er ins Lehrhaus kam, und fragte darüber: Ist diese Sache maklig oder ist diese Sache tauglich? Sie sagten zu ihm: Vom Himmel herab kommen keine makligen Sachen ... Was aber ist, fragte einer, kommt vom Himmel etwas herab in Gestalt eines Esels?

Zuviel Fleisch, sagte meine Mutter, ist ungesund, ob nun in Gestalt eines Esels oder eines Ziegenbocks.

Das ist wahr, sagte der Hotelverwalter, der uns nur Huhn auftischen konnte. Erst nach dem Sündenfall hat Gott dem Menschen erlaubt, Fleisch zu essen.

Warum, sagte mein Vater, es gab bis zur Sintflut zuviel davon auf der Erde.

Mein Bruder wollte wissen, ob maklig und eklig ein und dasselbe Wort seien, und mein Vater verwies darauf, daß man in Erez Israel seinen Kindern werde endlich eine fromme Erziehung geben können, die alle Fragen des Diesseits und des Jenseits beantworte.

Eine koschere Erziehung, sagte meine Mutter.

Teitelboim brachte ihr ein, wie er sagte, Rosenlikörchen, wohl nur um ihm und meinem Vater Gelegenheit zu einem weiteren Abschiedstrunk zu geben.

Uns Kinder schickte man zu Bett, weil morgen ein langer Tag sei. In den Schlaf, der lange nicht kam, begleitete uns Teitelboims Geige. Es war wohl das Lied von den schwarzen Augen, und in unseren Träumen fielen alle Tiere des Zoos von Odessa vom Himmel auf die Erde.

Die Hunde von Hierro (Erster Bericht des Hundefängers)

Als oberster, in königlichen Diensten stehender Aufseher aller Hunde auf den Kanaren entbiete ich Ihrer Majestät meinen ehrerbietigsten Gruß und versichere meinem königlichen Herrn und Gebieter Hispaniens untertänigsten Gehorsam. Bedecken Sie sich, Don Arcerón, höre ich Ihren Zuruf, und ich stülpe meine bescheidene Lederkappe, unnötig zu sagen, daß sie aus Hundeleder ist, auf mein glatzköpfiges Haupt. Bedecken Sie sich: als wären wir Vettern, Majestät, in gerader oder krummer Linie aus dem Geschlecht der Bourbonen stammend, die den Schoßhund nach Hispanien brachten, indes die Habsburger ein kräftigeres Geschlecht bevorzugten, womit ich beileibe keine Anspielung auf Ihr Haus gemacht haben wollte. Es ist nur, daß zuweilen ein König und ein Hundefänger auf einen gleich langen Stammbaum zurückblicken können, der wie bei den Vierbeinern recht eigentlich die Reinheit des Blutes garantieren kann. Und bei Lichte besehen, bin am Ende ich der Ältere, dessen Ur-Vater den Styx bewachte, in Gesellschaft seines Hundes Cerberus.

Majestät! Glückliche Umstände haben mich zu dem gemacht, was ich heute bin, zu einem Oberaufseher aller Hunde auf diesen Inseln, die der Teufel, mit Verlaub, ins Meer schiß, und die also entstanden, und ich sage: glückliche Umstände; denn nachdem ich der Garotte des Caudillo entkam, galt ich als Verfolgter des Alten Systems, das Sie, Majestät, so glorreich umgekrempelt haben, und ergo erfolgte, zur Belohnung meiner Leidenszeit, die Ernennung zum Hundeinspektor, wenn auch nicht vor den Toren Ihres Madrider Palastes, sondern hier, auf den Inseln, wo es gilt, den Staatsdienst in vorderster Front zu absolvieren, da nämlich, wo das Gold, ich meine das Geld in die Staatskassen fließt, und die Geldbringer, die sonnenhungrigen blassen nordischen Völker, Touristen genannt, vor der zudringlichen Hundemeute zu schützen sind.

Und unsereiner tut, was er kann! Mit Knüppeln und Gas rücken wir ihnen zuleibe, die sich über die Jahrhunderte vom Freund des Menschen zu einer Plage des Menschen entwickelt haben, in tausendundeiner Blutsvermischung, der arabisch-jüdische Einschlag ist dabei der schlimmste, kaum daß sich unter ihnen noch ein reinrassiger Schäferhund findet – diesen haben deutsche Tierschützer längst heim ins Reich geholt; aber nun kommen sie und wollen auch die anderen Rassen retten, was zuweilen, wozu soll ich Ihnen etwas vorlügen, Majestät, ein Geschäft sein kann. Es sind diese merkwürdig wachen Jagd- und Hütehunde, die es ihnen angetan haben, den schlanken Damen vom Tierschutz, die in ihren Bikinis so grazil sind wie manche Hündinnen, so goldbraun die Haut ihrer Schenkel und frei gezeigten Brüste, daß sie Diana der Jägerin gleichen auf den Gobelins Ihrer königlichen Vorfahren, Majestät, ihnen zur Seite die Meute der schlanken Hunde, zimtfarbene Rassen, kurzhaarig, mit rosa Zunge und einem Augenausdruck, Majestät, der in seiner verlangenden Frechheit, klugen Erkundungsart dem Ausdruck der Schulmädchen gleicht, die seit längerem diese Inseln bevölkern, im Auftrag ausländischer Fernsehstationen, die das Auge ihrer Kameras Tag und Nacht auf sie richten, um sie bei allen Verrichtungen zu filmen. Und sie lecken und putzen sich, urinieren und koten, kopulieren, wenn ein Jüngling auftaucht, mit der gleichen natürlichen Selbstverständlichkeit, wie es Hunde in aller Öffentlichkeit tun. Den Hunden hat die Natur nichts anderes mitgegeben, aber aus welcher unbekannten Religion, Majestät, kommen diese Menschenweiber, die, wenn ich recht zu lesen verstehe, alle christliche Namen tragen und vermutlich in ihren Ländern die Taufe erhalten haben?

Nicht davon, o König, sollte mein Bericht handeln. Denn was habe ich mit den Menschen, mit den Lebenden zu tun? Als Totengräber, einst, hatte ich mit den Toten zu tun. Es war ein langweiliges Geschäft. Tote sind wie verpackte Gegenstände, sobald sie im Sarg liegen. Man gibt ihnen eine Nummer, und die Überlebenden zahlen einen Preis, daß man sie beiseite schafft. Hunde dagegen sind Beute, Jagdbeute, keiner von ihnen, und sei es der mieseste Pinscher, den eine englische Touristin auf der Insel vergaß, gibt sein bißchen Leben freiwillig auf. Ah, sie hassen mich und meine Gehilfen, und so hassen auch wir sie, und zuweilen jagen wir sie in den Tod wie der Torero den Stier, und lieber greif ich zum Knüppel – und riskiere, gebissen zu werden – als zur Gaspatrone. Hier auf den Inseln sind wir altmodisch in unseren Methoden.

Und keine Rede ist davon, daß wir einem Herrn seinen Hund wegnehmen, einem Schäfer, einem Bauern oder einer Bäuerin, denn hier auf Hierro, von wo ich Ihnen eines Phänomenes wegen schreibe, sind Männer eine Seltenheit, weil sie auswärts das Brot für ihre Familien verdienen, manche in Übersee, viele in Frankreich und Deutschland, wo sie willkommener sind als das marokkanische Pack, dessen wir uns in Hispanien erwehren müssen. Also einer vom Mann verlassenen Frau den Hofhund wegnehmen – niemals!

Doch das Kroppzeug vermehrt sich, als hätte es Gottes Segen. Es lauert den Touristen am Strand und vor ihren

Hotels und Bungalows auf, und was haben diese Europäer und Amerikaner denn aus ihrem Leben gemacht, daß sie der falschen Anhänglichkeit eines Mastins, eines Jagdhundes, eines Terriers und buntfleckigen Mischlings bedürfen, um mit sich und der Welt ins Reine zu kommen? Die Rückkehr ins Paradies, wo wir alle friedlich miteinander verkehrten und die Löwen mit den Kühen Gras fraßen? Mir komme man nicht mit solchem Kleister, denn niemand denkt daran, Skorpione, Fledermäuse, Ratten und Krokodile vor Verfolgung durch den Menschen zu retten. Es muß ein Wesen sein, das kuscht und wie Christus die andere Backe hinhält, wenn es getreten wird. Als ein Freund des Menschen ist der Hund auch dessen Opfer. Denken Sie an den Foxterrier, der auf der Reise zum Mond stirbt und aus der Luke geworfen die Rakete eine Weile begleitet wie ein Geschoß. Ich meine, in diesem Roman von Jules Verne. Nebenbei bemerkt, eine Möglichkeit künftiger Leichenbestattung. Oder die Hündin Laika, die von den Kommunisten ins All geschossen wurde und postum zur Heldin der Sowjetunion avancierte. Oder jener Hund des Dichters Malaparte, Caneluna, der ihm eines Tages abhanden kam, und wiederfand er ihn auf dem Tisch eines Vivisecteurs, und die Ärzte hatten ihm zuvor die Stimmbänder durchgeschnitten, um sich bei der Arbeit nicht durch sein Weinen ablenken zu lassen. Ich führe, Majestät, ein wenig Buch über diese vom Menschen nicht zu trennende canine Geschichte.

Nun, Majestät, es ist nicht das, was ich Ihnen mitteilen will, vielmehr ist es ein Ereignis besonderer Einmaligkeit. Legen Sie los, Don Alecrón, oder wie immer Sie heißen, höre ich Sie sagen.

Es war so, daß wir an einem Tag eine ganze Meute jagten und schon in die Enge getrieben hatten, als die Hunde uns entkamen und hinuntereilten zum schwarzen Strand von Hierro. Fast schien es uns, als verschwänden ihre Schatten im schwarzen Lavagestein, und manch einer von uns, Majestät, meinte, wir hätten es mit den Höllenhunden zu tun, die hier irgendwo den Eingang zum Hades suchten, und ich als ihr Capo und oberster Hundejäger müßte es wissen, doch hab ich mir zur Angewohnheit gemacht, nicht alles zu sagen, was ich weiß. Kurz, die Hunde, da wir sie wieder vor uns hatten, versammelten sich am Strand, hoben die Köpfe himmelwärts und begannen ein Geheul, das uns das Blut in den Adern erstarren ließ. Vor Angst, meine ich, wuchsen uns die Ohren am Kopf, schwollen gewaltig an, so daß wir sie kaum mit den Händen bedecken konnten. Eine merkwürdige Scheu, Majestät, hielt uns zurück einzugreifen, so daß auch wir uns in den Stein drückten, um als unsichtbare Zeugen der Katastrophe ansichtig zu werden, die sich zweifellos sogleich ereignen würde. Einige erinnerten an den Knall, den wir hinter den Bergen gehört, an ein Geheul in der Luft, als seien alle Winde losgelassen, und schon zeigte sich ein Gebilde, aber es kam aus dem wogenden Meer.

Es war ein Hund mit schwarzem Kopf, der groß war wie ein Amboß, er schwamm heran, und ihm folgte ein Floß, mit Menschen beladen, ob nun mit Toten oder Lebenden, war zunächst nicht auszumachen, obschon ich mich mit Toten auskenne seit meinen frühen Tagen als Totengräber. Aber die Toten, Majestät, sind eine langweilige Sache, verschnürte Bündel, für deren Verbringung die Überlebenden bezahlen. Wieviel aufregender ist es, einer Hündin die Garotte anzulegen und zu beobachten, wie das Licht in ihren schönen bewimperten Augen bricht.

Der Hund, der beim Heranschwimmen zu erkennen war, schien aus der Rasse der Landseer zu sein, also aus der Familie englischer Fleischerhunde. Er trug ein Bündel im Maul, es war ein Kind, er legte es in den Sand, leckte ihm das Gesicht, rollte es hin und her, und da es sich nicht rührte, mußte es ein totes Kind sein. Der große

Hund, der ein weißgeflecktes Fell hatte, bewegte wie zur Klage seinen schwarzen Kopf, wohl um sich das Wasser aus den Ohren zu schütteln, und es sah aus, als wüchsen ihm in der Bewegung drei Köpfe. Die anderen Hunde zeigten alle Zeichen der Unterwerfung, drückten die Köpfe und die Bäuche in den Sand, und uns wurde klar, daß wir es von nun an mit einem Rudel zu tun haben würden, dem ein Anführer und Häuptling entstanden war, doch war dies für den Augenblick unwichtig, da wir uns, schon aus Neugier, um die Insassen des Floßes zu kümmern hatten.

Ich spüre Ihre Ungeduld, Majestät, und höre Ihren Zuruf: Komm zur Sache, Don Alercón, oder wie du heißt. Und ich verstehe, eine Majestät wie die Eure, Don Juan, kann sich nicht einen Vormittag lang das Geseire eines Hundefängers, recte Inspektors anhören. Majestät haben die Berichte anzunehmen der anderen europäischen Höfe, Parlamente meine ich, die Mitgliedschaft zur Europäischen Union erfordert Rücksichten, nicht anders als in den Tagen des Sieges von Lepanto und der Übergabe von Breda in Flandern. Schon damals haben Hunde die spanischen Heere begleitet, so daß ich zu sagen wage, Majestät seien auch der Herr und König über alle hispanischen Hunde und ergo interessiert daran, wenn dero Untertanen den Aufstand proben in Hierro.

Denn hier kommen wir nunmehr zum Kern meines Berichts, und der Knochen liegt nie weit vom Hund. Und der Hund gehört seinem Herrn und die Katze zum Haus.

Es ist also zu vermelden, Majestät, daß sich seit dem 22. Dezember A. D. kein einziger Hund mehr hat von uns erlegen lassen. Hierro, das muß in parenthesis gesagt werden, galt bislang als relativ hundefreie Zone, bis im vorigen Jahr eine Invasion, eine canensische Immigration aus den anderen Inseln einsetzte, wo wir die Population so ziemlich dezimiert hatten. Wer entkam, machte sich auf nach Hierro, fragen Sie mich nicht, wie. Aus den Flugzeugen sprangen sie an Land, unterm Vorwand, zu dem und jenem Passagier zu gehören. Aus den Schiffen kamen sie, die Fracht nach Hierro bringen, und einmal an Land, verschwanden sie im Lavagestein der Insel, ich meine, ihre Schatten drückten sich an die Felswände und lösten sich auf, und da wir sie aus dem Stein herausjagten oder herauslockten und vor uns hertrieben, verschwanden sie abermals und eilten hinunter an den einzigen Strand der Insel – in Erwartung eines Ereignisses. Am Strand erregten sie auf andere Art unsere Aufmerksamkeit. In Rudeln beieinander, große und kleine Hunde, voran die Nachkommen, die Kaiser Karl aus Flandern hatte einführen lassen, und im Gefolge die Schoßhunde der Europäischen Union, bildeten sie eine Kette, zuweilen einander behindernd und beschnüffelnd, doch einig im Gesang, ich meine im Geheul, das sie, die Schnauzen himmelwärts, anstimmten.

Es war ein Geheul wie das der armen Seelen im Fegefeuer. Meine Treiber, und beinahe auch ich, bekreuzigten sich, und keiner wagte es, das Fangnetz auszuwerfen oder zu Knüppel und Flinte zu greifen. Eine heilige Scheu band uns die Hände, indes uns die Ohren anschwollen und wir wie von Geisterhand verzerrt unsere Gesichter hinter Busch und Stein zu verstecken suchten.

Nun, es kam doch anders. Gegen Mittag, da wir lauschten und beobachteten und uns dieses Bild noch immer nicht deuten konnten, sahen wir, daß der Hund nur ein Bote gewesen war des Unheils, das ihm folgte in Gestalt des Floßes. Nun bekamen wir es mit den Schiffbrüchigen zu tun, ich meine mit den Toten, Verletzten und Überlebenden der Katastrophe, weshalb wir für eine Weile von der Verfolgung der Hunde absahen. Jedenfalls verschwanden alle Hunde in den nächsten Tagen in den lavaschwarzen Höhlen und Schrunden der Insel, die manche für den Eingang zum Hades halten und andere für den Einstieg zum Mittelpunkt der Erde. Ich darf mich, Majestät, in diesem Punkt einer Meinung enthalten. Gegebenenfalls darf ich eine Fortsetzung dieses Berichts an die Königliche Kanzlei zu Madrid schicken.

Der Berichtgeber mischt sich ein

Wie könnte ich, Itzhak der Spaßmacher, Itzhak der Springer und Berichtgeber, diesem Höllenhundverwalter das letzte Wort überlassen. Ich verständige mich mit meinen beiden Gefährten, die wie ich die abstürzende Maschine verlassen mit der Eleganz von Fallschirmspringern im Sechs-Tage-Krieg, und indes wir drei um den Magnetberg kreisen, bedeutet mir ihr Nicken, daß ich mich um das weitere Schicksal Daniel Abessers und seiner Frau Ribka zu kümmern habe. Diese Aufgabe hängt, nebbich, mit dem Amt zusammen. Das kann ohne genügend Berichte, die zu Akten werden, seine Berechtigung nicht verlängern, und wenn uns die Geldgeber in der Regierung, oder wo immer sie herkommen, den Geldhahn zudrehen, können wir uns zu den Schiffbrüchigen zählen, die ich in diesem Augenblick in den von El Al mitgeführten Schlauchbooten sehe, mehr tot als lebendig, und an Land treiben sie, im Strudel, den der große Hund ihnen mit seinen gewaltigen Schwimmbewegungen öffnet.

So weit, so gut. Aber was soll dieser Don Alercón (wir kennen ihn unter ganz anderem Namen) in diesem Spiel, und was seine Berichte an den spanischen König, der ein guter König ist, mit guter Presse in Israel, da er dabei ist, sich für die Vertreibung unserer Vorfahren in Hispanien zu entschuldigen. Der Hundefänger kommt uns da quer, er verschiebt die Geschichte ins Antik-Christliche, wo es UNS, und nicht nur aus einer Staatsräson heraus, darauf ankommt, sie im Bereich christlich-judäischer Geschichtsschreibung zu halten.

So also schwebe ich über den Wassern, und daß ich den Tod des Jungen nicht verhindern konnte, schmerzt mich. Ich sehe das gelbe Floß, das die Wellen an den Strand tragen, und eine Frau deklamiert, stehend, am Bug des schwankenden Fahrzeugs. Es ist Ribka, aber sie ist allein, ich meine, Daniel Abesser ist nicht bei ihr. Sie deklamiert in einer fremden Sprache, die ihr die Angst vor dem Sterben, also der Wahnsinn eingegeben haben muß. Aufrecht steht sie, in ihrem roten zerrissenem Kleid, das sie wie eine Toga mit einer Hand über die nackte Schulter zieht, indes sie mit der anderen Hand in Fahrtrichtung zeigt, wie man es auf den Gemälden heiliger Büßer oft sieht – nur daß es hier ein Weib ist, mit wehender Mähne, die Beine unterm Kleid entblößt, und niemand schaut auf sie, es ist ein Jammern und Zähneklappern in dem Boot, so daß ich näher herunterstoße, mich an ihrem Anblick zu weiden, ich meine, ihre Stimme zu hören, *un angel loco, si direbbe ch'io sia la sola a vederlo,* ich meine, ich sei der einzige, der sie sehen kann, und im Eifer gerät mir in der Zeile der Erinnerung (an Panama City) mein Geschlecht durcheinander, und ich höre, ohne zu begreifen, ihre Stimme, die sagt:

Si todas las gaviotas de esta orilla
Quisieran unir sus alas,
Y formar el avión o la barca
Que pudiesen llevarme a otras playas ...

Bajo la noche enigmática y espesa
Viajaríamos rasando las aguas.
Con un grito de triunfo y de arribo
Mis gaviotas saludarían el alba.

De pie sobre la tierra desconocida
Yo tendería al nuevo sol las manos.
Como si fueran dos alas recién nacidas.

Dos alas con las que habría de ascender
Hasta una nueva vida!

Zweifellos ein Liebesgedicht, bei dem mir meine endgültige Entfernung von meinem Weibe bewußt wurde. Und wie jede Liebesklage hofft Ribka auf ein neues Leben, also auf ein rettendes Ufer, an welchem der Geliebte gleich einem Lebensretter sie in die Arme nehmen wird.

Ribka, ich sagte es schon, war nicht meines Amtes. Welches Geschick ihr zugedacht war, konnte ich in diesem Augenblick nicht sagen.

Meine Aufgabe war, mich nach Daniel Abesser umzusehen. Er lag im zweiten Floß, das der Kapitän der El Al-Maschine befehligte, und dieser schien unter lauter Verletzten, vielleicht Gestorbenen der einzig Gesunde zu sein, und ich hätte ihm gern geholfen, schneller an Land zu kommen. Der Kapitän, ich gebe es zu Protokoll, hieß Elohim Gutman, er war einer der dienstältesten Kapitäne der Linie, ergo ein nicht mehr junger Mann, der in dieser Stunde zum Greis wurde, zerrissen zwischen der Aufgabe zu rudern und der Unmöglichkeit, den Verwundeten erste Hilfe zu leisten. Ich streifte das Floß mit dem Windhauch meiner Flügel und war froh, daß wir in einem Jahrhundert waren, das eine derartige Szene nicht in seine Genrebildchen aufnahm. Es wäre von einem unerträglichen Kitsch gezeichnet gewesen. Allerdings muß ich sagen, daß Abesser die Augen aufschlug, und das Lächeln auf seinem Gesicht deutete ich als ein Lächeln der Erinnerung. Er mußte wohl mehr als einmal auf den Kriegsschauplätzen, die sein berufliches Metier waren, seinem Schutzengel begegnet sein, und also schöpfte er Hoffnung auf Rettung.

Und am Strand warteten ihrer nicht nur der Hundefänger und seine Kumpane, die Inselverwaltung hatte ihren einzigen Krankenwagen geschickt, und die Hundefänger, fürchte ich, boten sich als Träger und Wärter an und schleppten die Hilflosen herbei und legten sie auf die einzige Bahre und kippten den Betroffenen in den weißen Volvo mit dem roten Kreuz auf Dach und Klapptür und rannten zurück, und ich beobachtet diesen Don Alarcón, oder wie er sich Seiner Majestät vorgestellt hatte, wie er ein Grinsen im bartstoppligen Gesicht nicht verbergen konnte – grinste er ob der hüpfenden Art, wie seine Männer hin und her rannten, oder schien er die Vergeblichkeit dieser Rettungsaktion vorauszusehen? Jedenfalls notierte er die Anzahl der derart Geborgenen und versah die eine und andere Zahl in seiner Kladde mit einem Kreuz.

Der Abendwind drückte sich in die Schrunden und Höhlen der Lavafelsen. Niemand achtete auf das Geheul der aus ihren Verstecken beobachtenden Hunde.

Der Krankenwagen fuhr ins Hospital Insular del Hierro, in der Calle Doctor Quintero Magdaleno, wo Daniel Abesser ein Bett im Schatten der Eukalyptusbäume vorm Fenster fand. Ein hohes Fieber umgab ihn bis zum Einbruch der Dunkelheit über Land und Meer, so daß er die Empfindung hatte, die Bäume vorm Fenster würden ihn mit ihren Armen hinausziehen und hinuntertragen ans nahe atlantische Meer.

Von Stund an begann seine Wanderung durch das unendliche Reich seiner Delirien, so daß der Berichtgeber sich zurückziehen kann, um hinter seinem Rücken seine Wanderungen zu begleiten.

Das gestaltlose Meer

Warum Jakob mit dem Engel rang, es fiel mir nicht ein, als sie mich an Land trugen und auf den schwarzen Sand legten. Die Frage beschäftigte mich, als könnte ihre Lösung mich davon befreien, warum ich mich mit mir selbst entzweit hatte. Oder war es die Suche nach Ribka, ihr Bild so greifbar nahe, näher als jede Vorstellung, die ich von mir hatte auf dem schwarzen Sand, umgeben von den schwitzenden Trägern. Wohin brachten sie mich, und was schrieb einer auf, indes er seine Lederkappe vom Kopf zog, um sich Luft zu verschaffen oder um uns zu grüßen, die man der Reihe nach in dieses stinkende Gefährt schob wie Brote in den Ofen. Ribka, wie kam es, daß wir uns verloren? Mein Bewußtsein kreist wie ein Vogel, der Beute sucht, um die Lösung meiner Fragen, und es dämmert mir, daß es nur um mich geht. Ich allein, bin ich, wenn nicht die Lösung der Fragen, so doch ihr Gegenstand? Und es beginnt der Kampf des einen Abesser gegen den anderen, ineinander geschachtelt beide wie diese russischen Holzpuppen, die ein Mädchen mitbrachte, welches Mädchen und woher kam sie? Der Kampf mit dem Engel, aber wie könnte ich Jakob sein in der Gottlosigkeit meiner Jugend, und nie ein Kind gezeugt, denn Gott kommt zu den Vätern und sucht sie heim und führt sie in Versuchung und nimmt ihnen das Liebste und opfert seinen eigenen Sohn. Und man wird mich ausstoßen aus der gewonnenen Yiddishkeit, wenn ich zugebe, Sohn eines Vaters zu sein, der an den Messias mehr denn je glaubt, oder sagen wir, seit Jahren daran glaubt und Zeugnis ablegt, und ich habe mich von ihm losgesagt, was ein leichter Kampf war, und schwerer wird es sein, mich von mir loszusagen, dem Ziehen nachzugeben, als könnten dann die Schmerzen verschwinden, die der andere, der sich erhebt über diesem gestaltlosen Meer der namenlosen Gottheit ... oder ist es das namenlose Meer der gestaltlosen Gottheit ... woher nur kommt mir dieser Satz, ich meine, der andere, der mich verläßt und sich mit den Schmerzen entfernt überm namenlosen Meer. Ist nicht ein Wimmern und Zähneklappern in diesem höllischen Gefährt, in diesem weißgekalkten Zimmer, in welchem ich allein liege und kann mich sehen, ohne die Augen zu öffnen, als sähe ich mich auf dem Monitor im Schatten eines Kriegsschauplatzes, unterm Gezweig einer Zeder, das Mikro in der Hand, hinter mir der Kameramann, und vor mir aber ist es der Chefarzt dieses Krankenhauses, den ich interviewe, ein weißgekalkter Mann, ich meine, weiß von Kopf bis Fuß, so daß sein schwarzes Bärtchen noch besser zur Geltung kommt, und neben ihm die schwarzhäutige Krankenschwester. War sie nicht einmal Stewardeß in einem der Flugzeuge, die ich benutzte, ihr blauweiß gestreifter Kittel bringt ihre Rundungen zur Geltung, und ich trete ein wenig beiseite, um dem Kameramann nicht das Bild auf die Schwester zu nehmen. Und als das volle Licht auf sie fällt, sehe ich, daß sie gar nicht schwarzhäutig ist, sondern weiß und rosa und das Gesicht meiner Schwester Sabrina hat. Seltsam, daß sie Krankenschwester in diesem Krankenhaus am Rande der Welt geworden ist. Aber ich kann jetzt nicht darauf eingehen, der Arzt zeigt Ungeduld und hält mein Krankenblatt ans blaue Fensterlicht. Daniél Abessér, sagt er und schnalzt ein wenig mit der Zunge. Er ist kleiner als ich, und ich halte ihm das Mikro mundgerecht vor seinen Schnurrbart und frage nach den Symptomen seiner Krankheit, und der Arzt schaut mich an, als ginge mich das einen Furz an, wie sie hier im Spanischen sagen, und dabei legt er Trauer in seine arabischen Augen. Und dann sagt er: Eine Schädelfraktur, inoperabel, letaler Ausgang. Und dann flüstert er Sabrina etwas zu, und er stellt sich dabei auf die Zehenspitzen, um ihr hinter einer blonden Strähne versteckte rosiges Ohr zu erreichen. Und als ich die Aufnahme im Monitor überprüfen will, bellen Schüsse aus dem Hinterhalt, ein Überfall der Regierungstruppen, denn hier sind wir im Lager der Rebellen, und der Arzt duckt sich, reißt sich den Kittel herunter und steht da mit dem vermummten Gesicht der Rebellen, und die Kalaschnikow im Anschlag feuert er zurück, über unsere Köpfe hinweg. Ich habe ihn gleich für einen Palästinenser gehalten, und ich schau mich nach Sabrina um und sehe, wie sie flieht, aus dem Bild rennt und dabei immer kleiner wird, ein Kind, ein Schulmädchen, obgleich sie doch älter als ich ist, und sie trägt die vorgeschriebene Schulmädchenkleidung, weiße Kniestrümpfe und ein blaues Jäckchen mit Goldknöpfen und einen Rock, über dessen schickliche Länge sie mit meiner Mutter einen täglichen Streit führte, und ich zeige auf sie, und der Kameramann hält drauf, und wer immer in unserem Rücken schießt, entdeckt das anwesende Fernsehteam und nutzt die Gelegenheit, mit einem toten Schulkind Politik zu machen. Und eh ich dem Kameramann die Kamera aus der Hand schlagen kann, als könnte ich dem Todesschützen das Gewehr aus der Hand schlagen, und ehe ich Sabrina mit einem Schrei warnen kann oder doch nur mit einem beruhigenden Satz wie Lauf nach Hause!, fällt der Schuß aus nächster Nähe, daß uns das Trommelfell reißt, und Sabrina hebt die kleinen Arme, fällt hin und zuckt ein wenig mit den Beinen, ein getroffener Vogel in einer Blutlache. Keine Frage, sagt der Kameramann, das war ein Treffer, und die Aufnahmen, für die wir beide verantwortlich zeichnen, gehen dank CNN von einem Land zum andern. Der Monitor verlöscht, schwarze flimmernde Nacht, ich sehe mich nicht mehr, das Kopfkissen, von Sabrina aufgeschüttelt, ist kühl. Ich kehre zu mir zurück, und alles ist vergessen und vergeben, *all is forgiven,* der Engel des Todes singt mit der Stimme von Mahalia Jackson, und der Tod bittet mich, das Bett zu verlassen und ihn auf eine Wanderung zu begleiten.

Día de los Inocentes (Herodes)

Abaddon, der Engel des Abgrunds, befahl uns zurück an Land. Auf der Insel schrieb man den 28. Dezember, und seit ihrer Christianisierung war es der Tag der Unschuldigen. Aus dem Tag vor nahezu 2000 Jahren war der Tag der Narren geworden, der unbescholtenen Gemüter im Namen Christi. Es war der Tag des Herodes, da kamen die Weisen vom Morgenlande gen Jerusalem und sprachen, wo ist der neugeborene König der Juden? Und Herodes, der falsche König, schickte sie aus gen Jerusalem und sprach zu ihnen: Ziehet hin, und forschet fleißig nach dem Kindlein, und wenn ihr es findet, so saget mir's wieder, daß ich auch komme und es anbete ...

Das Kindlein hieß Daniel Abesser, und es war Abaddon, der uns Dienstengel aussandte, nach ihm zu suchen. Wie hätte er ihm durch die Lappen gehen können, dachte ich, und wußte, noch lebte er, doch wußte auch yours truly Itzhak der Springer nicht, was die Übergeordneten Dienste mit ihm im Schilde führten.

Wir hatten leichtes Spiel, uns an diesem Tag der Narren zu zeigen. Uriel wie Israfil, von mir zu schweigen, in unserer neuen Gewandung. Uriel in Purpurrot, Israfil ganz Kastanie und Haselnuß, ich im weiten Rock und Überwurf wie eine türkische Mutti vom Kreuzberger Basar (einmal mehr dachte ich in den Bildern Abessers), und so kamen wir vom Meer hinauf in den Ort, der mit seinen wenigen, über Hang und Berg verstreuten kubischen Häusern so biblisch aussah wie vor zweitausend Jahren.

Niemand trat uns in den Weg. Die Insel wurde fast nur von Frauen bewohnt, die auf den Flachdächern ihrer Häuser standen und einander zuriefen, als müßten sie sich ihrer Gegenwart versichern. Ihre Männer waren in Deutschland, Spanien oder in Übersee, und als sie uns sahen, drückten sie ihre Kinder enger an sich, ehe sie in Gelächter ausbrachen und sich gegenseitig auf uns aufmerksam machten. Sie versteckten sich hinter ihrer zum Trocknen aufgehangenen Wäsche, die sich im Wind bauschte und uns mit drohend ausgestreckten Armen und herausgedrückten Bäuchen wie eine fremde Armee bedrohte. Ich halte meinen blühenden Ast in der Rechten, und das scheint sie einmal mehr davon zu überzeugen, daß wir zu den Narren des Tages gehören, und dank der Entfernung können sie unsere Gesichter nicht erkennen, die ich mir von maskenhafter Bosheit und Grimmigkeit vorstelle, weit weg von der gütigen Weisheit jener drei Könige aus dem Morgenland. An alles hatte Abaddon gedacht, außer daran, uns andere Gesichter zu geben. Es waren Gesichter untrennbar von unserem Gewand.

Wir zogen wie Pilger über die Uferstraße, vom Ralen der Esel begleitet und überholt vom Kastenwagen einer Bäckerei, die das Krankenhaus unten am Ufer belieferte, das in dieser Nacht ein Opfer der Sturmfluten werden würde. Wir zogen vorbei an der Telefonzelle, darin ein deutscher Tourist mit seiner Frau in Berlin telefonierte, und Uriel (Lilienthal) konnte nicht umhin, mir bei seinem Anblick einen Vogel zu zeigen. Der junge Mann in der Zelle trug trotz des kalten Dezembertags kurze, ausgefranste Hosen, Sandalen an den nackten Füßen und eine Sonnenbrille im Gesicht, und das an einem Morgen, der sich kalt und bleigrau über der Insel wälzte. Vermutlich hatte er sich so austaffiert, um seine Frau besser anlügen zu können: subtropische Hitze über den Kanaren! Hatte er nicht bezahlt für seine Illusion? Welche Lügen würde ihm seine Frau auftischen? Auf dem trügerischen Grunde welcher Illusion? In Gedanken an mein Weib Rebecca, das ich nicht wiedersehen würde, hätte ich es zu gern gewußt.

Später trafen wir den Mann in Valverde, wo er seine Kreditkarte in einen Automaten steckte und Geld in die

Hand bekam, und für eine Sekunde geriet unser Zeitempfinden durcheinander. Jemand machte den Vorschlag, im Supermercado Geschenke für das Kind zu kaufen, zu dessen Suche man uns ausgeschickt hatte, und da merkten wir, das uns einmal mehr die Zeit durcheinanderkam.

Die Frauen hatte die Neugier aus ihren Häusern getrieben. Über Ziegenpfade und Schleichwege kamen sie von ihren Höhen herunter. An den Häusern am Straßenrand, die, je tiefer sie lagen, desto begünstigter vom Klima waren, blühten die Weihnachtssterne in blutigem Rot. Die Frauen, die Gesichter in ihre Kopftücher gebunden, liefen uns nach. Derart bedroht, wollten wir uns auf Uriel verlassen, *being a womanizer,* und ich wollte mich zurückhalten, da ich keine entdeckte, die mir an Jahren und Gestalt gefiel, und wir beschleunigen den Schritt, soweit unsere Röcke es erlaubten, und hatten wir gehofft, in den Augen der Frauen als Frauen zu erscheinen, so sahen wir uns getäuscht. Von ihren Männern am Tisch und im Bett getrennt, hatten sie ein feines Gespür entwickelt, das ihnen die geringste Kadenz unserer Hüften in die Sprache des Verlangens übersetzte. Wir mußten ein Wunder tun, wollten wir ihnen entkommen beziehungsweise wollten wir den Vorhaltungen des Amtes entkommen, in unserer Dienstzeit Verabredungen getroffen zu haben, die uns nunmehr auszuführen verboten und unmöglich war. Ich gebe zu, ich hätte meine unterm Rock klopfende Männlichkeit zu gern ein letztes Mal erprobt, es würde sich die eine und andere jungfräuliche Ziegenhirtin finden lassen, die sich mit einem Schiffsbillett zum Besuch der Disco auf der Nachbarinsel würde einfangen und auf den Rücken legen lassen.

Nichts dergleichen. Da ich, Abaddon zu besänftigen (oder zu einem Wunder zu veranlassen), ihm auf telepathischem Wege verriet, Daniel Abesser befände sich im Hospital Insular, in der Calle Quintero Magdaleno, schlug er entschlossen zu. Schon hatten die Frauen uns umringt, und einige von ihnen hatten sich für den Tag kostümiert, und es war naheliegend, daß sie sich mit Stroh und Winterheu Perücken zurechtgeflochten hatten und in den Händen Dreschflegel und Hexenbesen hielten, dazu riesige Warzen am Kinn und schlecht klebende Pappnasen auf den vom kalten Wetter verschnupften Nasen. Sie umringten uns, als gelte es, uns zu einem Scheiterhaufen zu bündeln, bevor ein neuer König Herodes über ihre Kinder herfallen konnte. Wie aus weiter Ferne beobachteten einige Touristen die Szene, als gehörten sie nicht dazu, und doch waren es gerade sie, die wie die Statisten dieses Tages aussahen unter ihren Sonnenhüten, mit schwarzen Brillen, kurzen Hosen, karierten Hemden und geblümten Blusen, darunter das Wohlstandsfett schwappte, das sie sich in ihren Heimatländern angefressen hatten. Ich sah, wie Uriel und Israfil bei ihrem Anblick vom Ekel gewürgt wurden wie vor einer Schüssel Schweinefleisch.

Da erbarmte sich Abbadon. Er peitschte das Meer mit tausend Ruten, und das Aufschäumen der gequälten Wogen erreichte zuerst das empfindliche Ohr der in den Lavahöhlen versteckten Hunde. Dann schreckten die Frauen hoch und erkannten die Gefahr. Ein Seebeben kündigte sich an, und sie eilten zurück auf ihren stämmigen Beinen, auf ihren Füßen, die in selbstgemachten Sandalen und billigen Schuhen steckten. Die Touristen begriffen als letzte die sich ankündigende Gefahr. Das Meer rollte heran, und die Vorhut der Wellen zerschellte an den Lavaklippen. Doch schon stieg die zweite Kohorte über die Leichen der Vorhut und überrumpelte himmelwärts stürmend das Bollwerk der Landzungen. Am Abend drang sie in die Keller des Hospitals und unterspülte die Fundamente. Von Valverde flog ein Militärhubschrauber heran. Man flog zuerst die kranken Kinder aus der Gefahrenzone. Die Toten ließ man zurück. Unser

Einsatz, der vermutlich auf Abaddons übertriebenen Diensteifer zurückging, war beendet. Der Berichtgeber meldet den Tod Daniel Abessers, und damit das Ende seiner diesseitigen Mission.

II

Die Wanderung

Die Unruhe, die ihn trieb, hatte ihre komischen Züge. Abesser in diesem Spiel, wenn es denn eines war, besaß die Ruhe des Zuschauers. Dann wurde ihm deutlich, er sah sich selber zu. Sollte er über sich selbst lachen? Ein Film lief ab, in welchem er mit doppelter Geschwindigkeit bewegt wurde, indes die anderen um ihn, ob sie nun liefen oder in ihren Verkehrsmitteln steckten, wie in Zeitlupe vorankamen in dieser unbekannten Stadt. Nur er, Daniel Abesser, wurde von diesem unsichtbaren Wind in den Rücken gestoßen, und gut, daß er seinen Trenchcoat trug, der sich nach vorn bauschte wie ein Segel, wie ein Laken, und es fiel ihm ein, wie sie als Kinder an der Ostsee Segelschiff gespielt hatten, mit Hilfe eines Lakens oder großen Handtuchs, bis die Mutter sie zurückgerufen hatte mit der Bemerkung, hört auf, ihr seht ja aus wie die Mumien, und sie verstanden das Wort nicht, und der Vater hatte es in seiner drastischen Art erklärt, wie in Leichentücher gewickelt.

Tatsächlich aber trug er in dieser Stadt, die er nicht kannte, seinen geliebten Mantel, den er auf den Kriegsschauplätzen der Welt getragen hatte, jedenfalls *after hours,* wenn die Schlachten geschlagen und die Bilder im Kasten waren und die blaue Stunde begann, die im Kosovo nicht anders begangen wurde als am Kurfürstendamm oder im Sheraton in Bagdad. Und offenbar erklärte ihm dies seine Eile, den Anbruch der blauen Stunde nicht zu verpassen und sein Hotel zu finden, wo die anderen warten würden. Mit dem Eis in ihren Gläsern würden sie ihn geräuschvoll begrüßen, und ein Handzeichen würde genügen, damit ihm der Barkeeper sein Glas übern Tresen schob, randvoll gefüllt mit schimmernder Flüssigkeit, in der das Eis langsam schmolz, bis man es in den Mund nehmen konnte, und ein Schmerz vom Gaumen in den Kopf stieg, und man schnell einen Schluck trinken mußte. Denn Durst hatte er, wie er da durch die Straßen eilte, ob nun vom Wind in den Rücken gestoßen oder von einem Magneten angezogen.

Die Unruhe kam auch daher, glaubte Abesser sein Bild deuten zu können, daß ihn jemand erwartete. Wer? Ribka würde ihn erwarten, denn eine *heure bleue* ist fad ohne das Lächeln einer Frau, das in den schummrigen Räumen der Hotelbar das Licht ist, Licht in den Augen, im Schimmer des feuchten Mundes, Licht der Illusion nach den Toten des Schlachtfelds, wie sonst hätte er seine Arbeit erledigen können, am Tag, und wie sonst hätten seine Kommentare jenen Rest Optimismus bewahren können, den der Zuschauer brauchte, um seinerseits zurückzufinden zur blauen Stunde seines Abendbrots, die ihm die zänkische Gattin zur Geliebten verklärte.

Gut, daß Ribka und er noch immer in diesem Vor-Zustand waren, der mehr von Liebe als von Ehe hat. Es würde Ribka sein, die ihn erwartete, daher die Eile, zu der ihn auch Eifersucht trieb; denn Ribka allein in einer Bar, indes sie sich rauchend einhüllte und zu verbergen hoffte und ihre nackten Beine zur Schau stellte, die jeder einmal sehen wollte, der sie vom Fernsehen kannte, wo sie wie auf einer Spielkarte erschien, zweigeteilt in die öffentliche Person der Nachrichtensprecherin, und unsichtbar in ihrer unteren, sozusagen privaten Hälfte. Diese Hälfte zu retten, zu bewahren, eigentlich zu beschlagnahmen und zu verteidigen gegen den Ansturm der Männer um sie herum – eine Hundemeute beim Umzingeln einer Beute –, hier einzubrechen und zu erobern und ihr Held zu sein (Ribka hatte eine Schwäche für die frühen Superman-Comics, da der unerkannte Held, der ihr Kollege ist in der Redaktion, sie rettet), dies schien Abesser zur Eile anzutreiben.

Dennoch zweifelte Abesser. Etwas war zwischen Ribka und ihn getreten, das eine Begegnung unmöglich machen würde; aber was war es?

Abesser konnte sich nicht erinnern, und so begleitete er sein Bild mit Neugier. Abesser eilte einer Lösung zu, kein Zweifel, und er wußte, daß er weit ab vom Ziel war. Er tat das einzig Richtige, er kaufte ein Ticket für die Hochbahn, die sich schlangengleich durch die Stadt zog, eine Stadtbahn, welche donnernd in die Bahnhöfe schoß, mit Druckluft bremste, daß ein heißer Wind aufkam, und schon jagte sie in Serpentinen weiter, rollte wie eine Geisterbahn durch erdtiefe Tunnel und kam ans Licht, erklomm Brücken und ratterte über Kanäle und Flüsse und bewegte sich wie eine in Fahrt gesetzte Gemäldegalerie, wenige blasse Gesichter an den Fenstern, und von Wagen zu Wagen eine Botschaft in tanzenden Buchstaben und Ausrufezeichen, welche die höllische Angst in den mit Spraydosen hingefetzten Gesichtern steigerte. Indes die Stadt in der Tiefe im Dunst, im Nebel zu vergehen schien, so daß Abesser, der dies alles von außen sah, fürchten mußte, sein gefährdetes Ich, sein von Unruhe krankes Selbst würde sein Ziel nicht erreichen können. Würde er sehen können, wo er sich befand? Hatte er die Augen, die es in dieser anderen Welt braucht, um sehen zu können?

Daß er irgendwo unterwegs an einem Bahnhof, dessen Name von den Sprayern mit schwarzer Farbe vertuscht und umbenannt worden war, ausstieg, konnte den Beobachter nur beruhigen. Hier nun würde Abesser seine Beobachterolle aufgeben und sich seinem Ich nähern. Er trat ihm in den Weg, da Abesser leichtfüßig die Treppe zur Straße hinabeilte. Gleichsam wie im Wettlauf liefen sie einer neben dem anderen, zum Fuße der Treppe, neben dem Zeitungsstand, in welchem eine wachsblasse Frau die Nachrichten von gestern verkaufte. Und als würde eine Kamera sie dirigieren und ihre doppelte Erscheinung zu einer Gestalt einschmelzen, rannten sie, nun wieder einer im anderen, über die Straße und folgten der Gestalt, Mann oder Frau, die in der Drehtür des Hotels verschwand. Es war Krieg in der Stadt, Beginn der Sperrstunde, da mit einem Schlag der Verkehr stillstand und eine betäubende Ruhe sich wie ein nasses Laken über die Stadt legte. Zugleich wurden alle Lichter gelöscht und im Hotel die Kerzen angezündet.

Diese Art Zwielicht war ihm vertraut. Es war ein sanfter Schleier, der sich über die Augen legte, nach den grellen Blitzen der Granaten, den Flutlichtern der Scheinwerfer, der ausgeleuchteten Szenerie für die Zuschauer der Tagesschau. Er würde sich hier mit seinen Kollegen über den Stand des Krieges austauchen, und das hieß, auch über den Zustand der Stadt, die für die internationale Presse aus lauter Sperrbezirken bestand. Was tat die Armee? Sie telefonierte mit ihren Flugzeugen am Himmel, die ihre gezielte Last abwarfen und die Stadt auseinanderrissen. Indes die Führer des Krieges ausrechneten, was sie ausgaben, rechneten sie aus, was sie einnehmen würden, wenn sie die Uniformem mit der Berufskleidung der Geschäftsleute vertauschten und in der dann befriedeten Stadt als Handelsvertreter auftreten würden, die mit der Freiheit den Wiederaufbau der Stadt anboten, zu Vorkriegspreisen plus einem geringen Zinssatz, den das Zerstören der Stadt gekostet hatte.

Abesser fand den Weg zur Rezeption. Eine Frau sah von ihren Papieren auf. Abesser nannte seinen Namen, er hatte ein Zimmer reservieren lassen, auch wenn er sich dessen nicht mehr sicher war. Und die Zimmerresrevierung würde um so glaubhafter sein, da seine Frau, Ribka, vor ihm hier eingetroffen sein würde.

Er lächelte die dunkle, von Kerzen gerahmte Erscheinung an. Meine Frau, sagte er, Ribka Abesser, sie ist vor mir hier angekommen. Sagen Sie mir ihre Zimmernummer. Ich bin ihr Mann.

Die Dunkle lächelte. Die Erwähnung einer anderen Frau schien sie zu stören, zumindest zu einer spöttischen Bemerkung zu veranlassen.

Es sind hier nur Sie, Herr Abesser, registriert. Keine Frau. Unterschreiben Sie hier. Behalten Sie das Papier und verwahren Sie es gut, es ist Ihr Propusk, wie wir zu anderen Zeiten sagten, ich meine, Ihr Passierschein mit Berechtigung zum Aufenthalt im Vesitbül und in der ersten Etage. An der Bar werden Sie von einem Herrn erwartet.

Meine Frau, sagte Abesser. Wir sind, Umstände halber, auseinander gekommen.

Und mit einemmal vermissen Sie sie, sagte die Dunkle und lächelte boshaft. Mit einemmal steht Ihnen die Liebe zu ihr wie ein Fieber in den Augen. Ich bedaure, Herr Abesser.

Er sah sich um, im Schattenreich des Vestibüls. An der Wand die gerahmte Tafel, erloschene Buchstaben, an denen Abesser, wie an allem Geschriebenen, nicht vorbei konnte. Er las die Anordnung des Hauses, im Vestibül keine Versammlungen abzuhalten und sich beim Aufenthalt in der zugewiesenen Etage den Anordnungen der diensttuenden Deschurnaja zu fügen. Die Anordnung war in zwei Sprachen abgefaßt, deutsch und russisch. Abesser machte sich keine Gedanken darüber. Ihn beschäftigte die Frage, wo er sich denn befand und wo er Ribka finden würde.

Die Reisenden der Oberklasse

Was Abesser nicht wissen konnte und was unsere Dienstleistungen im »Lux« erschwerte, war die doppelte Funktion des Hotels, wenn wir einmal bei dieser gästefreundlichen Bezeichnung bleiben wollen. Ich meine – ich, der Berichtgeber (und Sohn der Magd), also Itzhak der Springer –, ich meine, das Haus war am Tage eine simple Absteige für Durchreisende, bessere Geschäftsleute, Vertreter, Wanderprediger, Sportler, die ein wenig Komfort brauchten und von ihren Spesen die Übernachtung und ein wenig Spaß bezahlen wollten. Ein wenig Spaß, nebbich, den würden sie hier kaum finden, keinen Striptease bei Kerzenlicht, und die Bar im Vestibül blieb ihnen unerreichbar. Denn man schickte sie, wenn sie lärmend und im Benehmen von ihren amerikanischen Reisen geprägt ins Hotel kamen, die Hüte auf den Tresen knallten und dem weiblichen Personal eine Obszönität zuriefen, in die fünfte Etage. Hier gab es einen Ausschank und die schönste Deschurnaja, im weißen Kleid.

Diese weißgekleideten Damen in jeder Etage waren uns suspekt, trugen sie doch die Farbe gefallener Engel, und dazu Gesichter von zerknitterter Bösartigkeit. Nicht so in der fünften Etage. Jener Engel war von Gestalt und Antlitz geradezu ein Weihnachtsengel, sozusagen die Devisenausgabe in der Sonderabteilung des populären Kaufhauses in der Stadt. Abesser hätte seinen Blick nicht von ihr wenden wollen, da bin ich sicher, und auch ich ... Aber claro, da war das Problem. Wir kamen nie zusammen, denn unser Dienst begann in der Nacht. Und um unseren Leumund ein wenig aufzubessern, sage ich: Es war nicht unseres Amtes, uns um diese Reisenden der, wie ich sie nenne, Oberklasse zu kümmern. Denn die meisten von ihnen sahen das Tageslicht nicht wieder, jedenfalls nicht aus den Fenstern ihres Hotelzimmers.

Was mit ihnen geschah? Vorstellbar wäre, daß eine Mafia, die das Hotel und andere Romantic Hotels besaß, sich die Besserverdienenden aus der Schar der Hotelgäste herauspickte, um sie gegen Lösegeld ihren bangenden Angehörigen, Firmen, Banken, Organisationen zurückzugeben. Gewiß, ein lukratives Geschäft. Es war nicht so, und hier, *entre nous*, vermute ich, daß unser Hohes Amt die Finger im Spiel hatte und sich seine Statisten für die dem Tag abgekehrte Seite des Hotels aus der Schar der Reisenden holte. Arme Seelen im Fegefeuer, sozusagen, die aus ihren Betten heraus verhaftet und in die Vorhölle tieferer Etagen verbannt wurden, wo man sie auf ihre Rolle nicht besonders vorbereiten mußte; denn sie schrien und jammerten ganz ohne Drehbuch, sie schrieben ihre Eingaben und Petitionen, mit denen sich eine besondere Abteilung befaßte (die freilich saß in der fünften Etage, und ich verdächtigte den Engel der Etage, zugleich der Bürovorsteher zu sein), so daß eine Schar junger Leute, Volontäre des Hauses von unbestimmter Herkunft, hin und her trabte, treppauf treppab – habe ich schon gesagt, daß nur bei Ankunft der sogenannten Tagesgäste die Aufzüge im »Lux« funktionierten –, und von ihren Schuhen dröhnte das Hotel Tag und Nacht wie von einem sich ankündigenden Erdbeben. Und so gesehen, war es diese unermüdliche bürokratische Aktivität, welche die Tages- und Nachtseite des Hotels verband und sozusagen mit der Büroklammer der Akten untrennbar machte.

Daß zu diesem Ostinanto zuweilen der trockene Knall eines Revolverschusses hinzukam, mag Einbildung gewesen sein. Denn die Keller des Hotels waren schalldicht. Niemand würde akustisch von einer gelegentlichen Exekution Kunde haben. Erschossen wurde, dank auch unserer Wachsamkeit, immer wieder ein Überläufer von der einen zur anderen Seite, ich meine einen (oder eine), der sich hatte befreien können und nun das Gespräch mit den Toten der Nachtseite suchte, um sie zu warnen. Was hätte er (sie) schon ausrichten können, etwa einen Aufstand der von uns Betreuten? Einmal exekutiert, gesellte er sich rasch zu ihnen, so daß das Hohe Haus seine von fernher dirigierten und diktierten Pläne ungestört und mit immer neuem Menschenmaterial ausführen konnte.

Mit fremden Federn: Der Berichtgeber

Der Engel der Geschichte haucht den Toten Leben ein. Er wischt ihnen den Kot vom Gesicht; von daher die Verleumdung, wir hätten kotbefleckte Flügel.

Itzhak Springer, Sohn der Magd, ich schlüpfe in die neue Rolle, die das Amt mir aufbürdet, ich verwandle mich in den Schriftsteller Arthur Kesztler oder Koestler; mit welchem Namen ich mich vorstellen werde, bleibt mir überlassen, es wird die einzige Freiheit sein, die mir bleibt, da ich den Mann zum Leben erwecke und sozusagen Wohnung in ihm nehme, so daß auch mein Gesicht in seinem aufgeht, ich auf die Brille verzichten kann, obschon der Typ kurzsichtig ist; mein krauses Haar legt sich in Wellen und glättet sich, meine Nase kommt gerade, herausfordernd aus dem Gesicht, das durch breite Wangenknochen auffällt, die ein wenig kaschiert werden durch die starken Falten, die von der Nase zum Mund laufen, der sich gern in die Breite verzieht zu einem mokanten Lächeln. Der ganze Mensch steckt in bestem englischen Tuch. Mein Gewand fällt von mir ab und wird zu Zunder, als entstiege ich einem Grab in Hefziba. Wie komme ich auf Hefziba? Es ist der Ort, da Besagter um 1926 sich einen Spaten kaufte, um sich in einem Kibbuz den Traum seiner Jugend zu erfüllen. Er mußte aufstecken, der Spaten war nicht sein Werkzeug, Palästina nicht sein gelobtes Land. Denn er war, denn ich war ein Mann der großen Städte, Budapest, wo ich geboren, hatte mich geprägt, Wien, Berlin, Moskau, Madrid, schließlich Paris und London, glauben Sie mir, verehrter Abesser ... (Ich vergaß, einen Nachteil dieser Inkarnation zu erwähnen, besagter Kesztler ist Kettenraucher). Und die Großstadt erzieht ihren Mann zum genauen Hinschauen, und wie anders könnte man dieses Anhäufen von Bildern und Daten in seinem Kopf, von Unfällen und Reden der Politiker im Parlament und andere Sottisen loswerden, als durch das feine Rohr seiner Füllfeder.

Ein Tintenstrahl hat mich mein Leben begleitet; auf feinere Art habe ich mich kundgetan als diese jungen Leute heute, die, wie Sie gesehen haben werden, die Stadt überziehen mit ihren inkognitiven Schriftzeichen, die vielleicht die später Geborenen entziffern werden. Aber was heißt, später geboren zu werden! Wie ich sehe, könnte ich Ihr Großvater sein, aber was trennt uns, außer meine Ihnen vorausgehende Erfahrung, für die niemand mehr einen Penny geben möchte, nun, da wir beide in der Hölle sind. Ah, Sie hegen Zweifel am Ort Ihres Aufenthalts?

Daniel Abesser möchte seinen Durst löschen, ehe er sich seinen Zweifeln hingibt. Jemand, der im Flackerschein der Kerzen ein Schatten bleibt, stellt ihm ein Glas hin.

Trinken Sie, sagt Kesztler, es ist der übliche Begrüssungstrunk des Hauses. Niemand weiß, was sie einem da ins Glas tun, aber für eine Weile löscht es den Durst und beruhigt das Gemüt. Und verzeihen Sie meine Aufdringlichkeit, und habe ich mich Ihnen überhaupt vorgestellt? Arthur Kesztler, nein Kestler oder Koestler, mein eigentlicher Name ist mir entfallen, da ich schon lange kein gedrucktes Buch von mir in der Hand gehalten habe. Dies hier, mein Lieber, müssen Sie wissen, ist ein Ort des Vergessens. Und daß ich mit Ihnen rede, verdanke ich Ihrem Auftauchen und der daraus resultierenden Aufgabe, Ihr, nun Ihr Cicerone und Führer durch die Unterwelt zu sein, wenigstens in dieser Etage des, wie Sie es sehen, Hotels.

Ob es ein Souterrain gibt? Möglich, irgendwo müssen doch die ganz großen Verbrecher durch die Ewigkeit gequält und bestraft werden, von Nero bis Stalin und Hitler. Ich fürchte, das Personal könnte überfordert sein, wenn sie alle Kanaillen der Geschichte hier unterbringen möchten.

Hier, in diesem Foyer, sehen Sie, sind wir ganz unter uns, ich meine, unter unseresgleichen. Ich könnte Ihnen Namen nennen, die ihnen nicht unbekannt wären, und Sie würden ihre Gesichter erkennen, wenn uns der Krieg in der Stadt nicht jeden Abend den Strom wegnähme. Nun sehen Sie vor jedem Gesicht eine flackernde Kerze, aufgesteckt auf einem Flaschenhals, ein sogenanntes Hindenburglicht, eine Erfindung, wenn ich nicht irre, aus den Schützengräben des Ersten Weltkriegs.

Es ist, wie Sie kaum sehen, aber ahnen können, ein schönes Foyer. Art Déco mit den dazu passenden Möbeln, eine Geste des Hohen Hauses vielleicht, uns zu schmeicheln, die wir alles verzeihen, wenn es nur in Schönheit geschieht. Schauen Sie nur, es liegt Verzückung auf manchen Gesichtern, vor allem auf denen einstiger Musiker, ausübender und dirigierender, aber es ist die Verzückung tiefen Schlafes, in den zu fallen wir nicht fürchten müssen, solange wir im Gespräch sind.

Ah, wir kommen Ihnen hier vor wie die Gäste an der Tafel Don Giovannis, in Erwartung des rächenden Komturs? Eine gewisse ängstliche Vorsicht waltet gewiß unter uns, keiner, der sein Glas erhebe und riefe: Viva la libertà! Zumal bei den Zeitläuften, denn glauben Sie nicht, die Unterwelt reagiere nicht auf die Veränderungen der Oberwelt, aus der die Umstände Sie ausgestoßen haben. Ich werde Ihnen bei Gelegenheit einige Fragen diesbezüglich stellen, meine alte Journalistenneugier ...

Warum ich ein Verbannter in diesem Foyer bin? Mein Lieber, es gibt da eine unbeglichene Rechnung, müssen Sie wissen. Ich war so leichtsinnig, meine Konfessionen ein paarmal zu wechseln, und zuletzt galt ich als römisch-katholisch – und fürchte, meine jüdische Mischpoche eines Tages hier zu treffen; nein, im Ernst: jede Konfession hat ihre ehernen Gesetze. Und Sie wissen, ich ging 1983, am ersten März, freiwillig aus dem Leben, zusammen mit meiner Frau Cynthia, Schlaftabletten und mehrere Gläser Whisky, um die Angst vor einem unwürdigen Ende zu ersticken, ein Ende in den Krallen von Krankheiten, die Krankheit ist die Hölle, was immer Ihnen der Pastor oder der Rabbi erzählen, Krankheiten sind die Dämonen, die den göttlichen Funken in uns zu löschen suchen. Ich habe darüber nachgedacht und ein Buch geschrieben, doch sollten Sie, der Sie ein so junger Mann noch sind, von mir Belehrung erwarten? – Sie täuschen sich. Bevor man über mich das Urteil spricht, werde ich nicht wissen, ob ich als Kommunist, Renegat, Jude, Katholik, Skeptiker, Romancier oder wissenschaftlicher Spekulant eingestuft werde. Sie werden erleben, von der Einstufung hängt Verdammnis oder Seligkeit ab.

Jener kommt Ihnen bekannt vor, am Ende des Tisches? Ein Dichter Ihres Landes, ich meine, des Landes, das Sie verlassen haben? Er ist erst das dritte Jahr hier, und man hat ihm aufgegeben, seine Biografie ins Reine zu bringen. Das hält ihn vom Schlafen ab. Sprechen Sie ihn nicht an, er hält jeden neuen Zugang – jeden neuen Hotelgast – für einen Vertreter jener Journaille, die ihn der angeblichen Heroisierung seiner Lebensumstände überführt hat, eine läßliche Sünde, gegen die kein Autobiograph gefeit ist. In seinem Fall aber vergoldet die eigene Glorifizierung den Glorienschein des Staates, dem er gedient hat. In meinen Augen alles eine kalkulierte Attacke unserer Kollegen, auf deren Erscheinen ich hier dringend warte. Da sie ein zähes Geschmeiß sind, bekommen wir vorerst nur ihre Opfer zu sehen, die natürlich in ihren besseren Tagen auch nicht eben zartbesaitet waren.

Abesser hätte den in sich versunkenen Dichter zu gern begrüßt. Er dachte daran, wie er in seinen Schuljahren dessen Hymnen auswendig gelernt und damit seinem Vater imponiert hatte, der für jedes Gedicht zehn Mark spendete, die Abesser in den Antiquariaten der Stadt ausgab für abgegriffene Taschenbuchausgaben der Gedichte von Gottfried Benn oder anderer dekadenter Autoren aus dem Westteil der Stadt, Mitbringsel westlicher Besucher, die sie zufällig oder absichtlich wie Konterbande zurückließen. Er hätte seinen Begleiter gern nach den Dichtern seiner Jugend gefragt, nach Benn und nach Becher, die irgendwo hier sitzen würden, um ihre Gedichte zu vergleichen.

Kesztler aber machte ihn auf ein anderes Paar aufmerksam, das in der Perfektion einer Szene aus dem Wachsfigurenkabinett erstarrt war.

Schauen Sie dorthin, sagte er: Was sehen Sie, wenn wir einen Schritt näher herangehen? Marlene Dietrich und Erich Maria Remarque, in der Bar eines Hotels am Lido. Er reicht ihr Feuer für ihre Zigarette, und sie leckt sich einen Tabakskrümel von den schönen Lippen. Es sitzt ein Dritter am Tisch, der Regisseur Erich von Sternberg, der sich sogleich entfernen wird. Seinem geübten Auge entgeht nicht, was sich hier ereignet: der Beginn einer großen, weil unglücklichen Liebe. Man könnte es eine Strafe nennen, da sie, zu dritt, diese Szene immer wieder von vorn beginnen müssen.

Kommen Sie, Abesser, setzen wir uns an die Bar. Auch ich könnte mir ein Glas genehmigen, um nicht der Verführung zu erliegen, Sie nach Ihren Frauengeschichten zu fragen, um Ihnen die meinen erzählen zu können. Reden wir besser von den Zeitverhältnissen. Und da Sie über das, was ich Ihnen sogleich gestehen will, nichts nach außen verlautbaren können, will ich Sie mit einem

Grundproblem meines Charakters konfrontieren: Es ist die Schüchternheit. Mag sein, dies kommt daher, wenn man zwischen den Sprachen, zwischen den Nationen aufwächst, auch wenn zwischen Ungarn und Österreich zu meiner Zeit kein so großer Unterschied war, deutsch die gemeinsame Sprache der meist jüdischen Kulturträger war, und wenn Sie sich umschauen, soweit das diffuse Licht der Hindenburgkerzen es erlaubt, werden Sie an den Tischen im Foyer, mit Gesten der Verzweiflung in die Sessel gedrückt, halb Kakanien entdecken von Musil über Broch bis Karl Kraus, Canetti, Erich Fried und Qualtinger, der an manchen Abenden in Gestalt seines Herrn Karl erscheint. Mimikry ist die einzige Lizenz, der wir uns hingeben dürfen. Doch zweifeln Sie nicht an meiner Identität. Meine Romanfiguren spielen Skat im Séparée. Ich werden sie Ihnen später vorstellen, wenn Sie es wünschen. Vielmehr, das Hohe Haus wünscht es. Trinken wir.

Wer stellte ihnen die Gläser hin? Abesser bemühte sich vergebens, im Schein der Spiegel hinter der Bar die Gestalt einer Frau zu erkennen. Wie, wenn es Ribka wäre? Vor Aufregung hörte er nur unaufmerksam auf Koestlers Worte.

Marx und Engels, sagte er, sind aus der Geschichte des menschlichen Wissens ebensowenig wegzudenken wie Darwin. Doch haben in den letzten hundert Jahren sowohl die Soziologie als auch die Genetik so viel Neues zutage gefördert, daß ein *orthodoxer Marxist* heute ebenso anachronistisch wirkt wie ein Biologe, der sich als *orthodoxer Darwinist* bezeichnen wollte. Hören Sie mir zu?

Abesser nickte.

Als ich in den dreißiger Jahren unter Franco zum Tode verurteilt war, habe ich der reinen Lehre abgeschworen. Ich wollte leben! Der englische Geheimdienst, heißt es, habe mir aus dem Zuchthaus von Alicante herausgeholfen, um den Preis der öffentlichen Widerrufung. Schauen Sie, es hatte mit meiner Schüchternheit zu tun. Ein schüchterner Mensch ist ein unreifer Mensch. Er verteidigt seine Schwäche mit seiner Individualtät. Aus Schüchternheit habe ich nicht widersprochen. Ich, bis dato ein klandestiner Parteiarbeiter, wurde zum kleinbürgerlichen Individualisten, um meine Haut zu retten, und als ich auf dem Nagelbrett der Selbstkritik keine Ruhe mehr fand, reihte ich mich ein in die Phalanx der Anti-Stalinisten, zur Zeit da eine Anti-Hitler-Koalition die einzig mögliche Haltung war, um den Faschismus zu bezwingen.

Ich sehe, Abesser, Sie können mir folgen, es erinnert Sie, was ich hier sage, an den Schulstoff Ihrer Oberschule in Berlin-Baumschulenweg.

In Pankow, korrigierte Abesser.

Kesztler ließ sich nicht unterbrechen. Sie erinnern sich, wie wir in vorderster Front im Kalten Krieg standen, 1945 zu Berlin, und wir kosteten die Amerikaner weniger als sie für ihre Atombomben über Hiroshima und Nagasaki ausgaben, der Welt zu zeigen, wer von nun an die Welt beherrschen würde. Abesser, keine Frage, es war wunderbar, für die Freiheit auf die Barrikaden zu gehen. Nicht einmal in Spanien hatte ich dieses Gefühl. Worauf will ich hinaus? Wir besiegten Stalin und seine Satrapen, und was haben wir heute? Wir haben die Zeit zurückgedreht, *we turned back the clock* bis in die Jahre des Manchester-Kapitalismus, wir haben ein Banditentum inthronisieren helfen, das nur von der Tscheka vertilgt werden konnte, mit den gleichen kriminellen Methoden, zugegeben, und die Göttin Aurora haben wir auf den Strich geschickt.

Abesser fand keine Gegenargumente in seinem Kopf; dabei hatte er – wann? – ähnliche Gespräche mit seinem Vater geführt, lange bevor dieser sich dem seit 1914 unerkannt in der Welt regierenden Jesus Christus unterworfen hatte. Hätte er mit Kesztler über Christus sprechen können, an den auch er nicht glaubte? Oder glaubte er an den Erlöser, der ein Glaubensartikel seiner Konversion zum Katholizismus war. Wovon eigentlich wollte ihn dieser Mann überzeugen, an diesem Ort, der jeden Widerruf sinnlos machte, weil er mit keiner Wiederkehr verbunden war.

Die Spieler

Sollten Sie gehofft haben, sagte Kesztler zu Abesser (und auch ich merkte auf seine Worte), hier wie in einer Bibliothek die Geister aller Jahrhunderte vor und nach *Jesus Christ* (er sprach es englisch aus) zu finden, so muß ich Sie enttäuschen. Das Hohe Haus, wie schon angedeutet, wäre überfordert, und schließlich sind wir hier nur eine Filiale, und die ist gut getarnt. Wußten Sie, daß unser Hotel ironischerweise nach dem Engel des Lichts genannt ist, also nach Luzifer, und ergo Hotel Lux heißt?

Es kommen Ihnen Erinnerungen, Verehrter? Nein? Sie sind zu jung dafür und genießen das Privileg der Jugend, wenig Erinnerung, und das heißt wenig Schuld auf den Schultern zu tragen.

Abesser wollte protestieren, doch klebte ihm die Zunge am Gaumen, trotz der Gläser, die er bisher getrunken, und es mußte an der dicken, dunklen Flüssigkeit liegen mit ihren bittersüßen Aromen, daß er seinen Durst nicht löschen konnte.

Koestler schien weder von Hunger noch Durst geplagt. Etwas wie der mandelbittere Geruch aus einem nicht ganz geleerten Glas mit aufgelösten Tabletten umgab ihn, doch konnte man es auch für die raffinierte Mischung eines englischen Parfüms halten, das an Sonnenblumen erinnerte, an die Sonnenblumenfelder Kakaniens, wie das untergegangene Land seiner Jugend hieß. Von Gestalt war er um vieles kleiner als Abesser, und er vermied es, sich allzu nah neben den langaufgeschossenen Abesser zu stellen, der, was immer er trug, und hier trug er noch immer wie im Flugzeug seinen Tropenanzug, das Gefühl hatte, daß ihm die schmalen Hände allzu lang und verräterisch aus den Ärmeln wuchsen.

Der Eingang bin ich zur Stadt der Trauer, zitierte Koestler und entnahm seinem Etui eine weitere Gold Flake, doch steigen wir nicht hinab, bester Freund, wir folgen den Gängen dieser ebenerdigen Hölle und gelangen ins Chambre séparée, nein, Irrtum, das ist den Damen vorbehalten, und drängen Sie mich nicht, es Ihnen zu zeigen. Ich weiß, wen Sie suchen, und Sie werden sie hier nicht finden, ebensowenig wie ich die Damen gefunden habe, die mir abhanden gekommen sind, und genügen würde mir, die eine, Cynthia, wiederzufinden, die durch meine Schuld in den Tod ging.

Hier entlang, bittesehr! Es ist die Bibliothek, die sich dieses schäbige Hotel leisten zu müssen glaubt. Und sie besteht aus einer Handvoll in Antiqua gedruckten Bü-chern, in Lederimitation gebunden und mit der Schnörkelschrift des neunzehnten Jahrhunderts versehen. Zufällig zusammengetragen, etwas Balzac, etwas Fontane, ein wenig Billigware von den Bestsellertischen des Vorjahrs. Klar daß Sie meine Bücher hier nicht finden werden. Aber finden werden Sie einige unserer Protago- nisten.

Auch hier warf das flackernde Kerzenlicht die Schatten der Versammelten an die Wände, doch steckten die tropfenden Kerzen in stilvollen Haltern, die am Bücherregal befestigt waren. Was an den Tischen getrunken wurde, schien von anderer Beschaffenheit als das klebrige Zeug an der Bar; und während im Foyer eine empfindliche Kälte herrschte, dampfte hier die Wärme einer Sauna. Es schien, als verdampfte der Inhalt der Gläser, noch ehe die Spieler sie ausgetrunken.

Es ist nicht ganz die kakanische Fraktion, sagte Kesztler, denn einer meiner Leute, der Russe Rubaschow, sitzt dabei, und wie ich sehe, spielt er gerade seinen *full house* aus.

Abesser erkannte keinen der Anwesenden und war auch hier auf die Erklärung seines Begleiters angewiesen.

Der polnische Gnom Matzerath, sagte Kesztler, hat sich zu ihnen gesetzt, schließlich gehört sein Urheber mehr in den Osten als in den Westen. Aber schauen Sie sich die anderen an, den Mann ohne Eigenschaften sollten Sie kennen und die Schlafwandler von Bloch, die hier als Zwillinge auftreten und sich den Gewinn teilen. Man spielt um Chips, die einen Verfallswert von einem halben Jahrhundert haben. Schauen Sie, mit welch angewidertem Gesicht die Herren Schildknapp und Adrian Leverkühn die Karten anfassen und zu überlegen scheinen, ob sie sich bei ihrem Erzeuger beschweren sollen, der sie in diese mißliche Lage gebracht hat. Wären sie nicht zu ewigem Spiel verdammt, und also zu einer Herausforderung Mann gegen Mann, sie würden sich mit dem Sinologen Kien verbünden, der sich wie sie in der falschen Hölle wähnt. Und ich kann Sie versichern, Abesser, es ist die falsche Hölle, und verglichen mit dem Leben draußen in der Stadt nichts als ein Fegefeuer, das, wie Sie bemerken, im Kamin brennt, auch dies ein Zugeständnis des Hohen Hauses an die neue Zeit, die aus dem Hotel Lux ein *Romantic Hotel* gemacht hat, freilich eines, in dem Sie Ihre Beatrice kaum finden werden.

Die Spieler klopften weiter ihre Karten, unbeeindruckt davon, daß Abesser und Kesztler ihnen über die Schulter schauten. Abesser fragte sich, ob er die Helden seiner Schullektüre erkennen würde, säßen sie am Tisch, jenen Pawel Kortschagin oder die tapfere Witwe Grasbach oder wenigstens die historisch verbürgten Figuren aus den Romanen Lion Feuchtwangers, den falschen Nero wie den listigen Beaumarchais, aber er konnte sie nicht entdecken.

Der Eifer der Spieler, sagte Koestler, rührt auch daher, daß sie alle der Illusion leben, Schlag zwölf Uhr zurückkehren zu können in ihre Bücher und somit Ruhe zu finden. Aber es gehört zu den Regeln des Hohen Hauses, sie zu ewigem Spiel zu verdammen, solange ihre Aktenlage ungeklärt ist. Dies mag, wie Sie sich erinnern, Abesser, den Mißmut in den Gesichtern ihrer Väter und Mütter, ihrer Erzeuger also, im Foyer erklären. Ist ihnen nicht aufgefallen, wie grau im Gesicht Anna Seghers aussah, als sei es ausgemacht, daß man ihr und den Ihren das Transitvisum verweigern wird.

Und wie Sie am eigenen Leibe, wenn ich so sagen darf, erfahren werden, bedeutet ein Transitvisum nur die Genehmigung zum Umzug in eine höhere Etage. Bei Lichte besehen wird man auch diesen Umzug als Strafe deuten können, denn er bedeutet einen Umzug in der Zeit, eine Rückkehr in andere geschichtliche Zeitläufte.

Nichts für mich, der ich mich am Ende in einen Beaumarchais oder da Ponte verwandelt sähe. Und fiel Ihnen nicht Peter Weiss auf, wie er auf eine Kindertrommel starrte, auf ein Zeichen des Hohen Hauses wartend, mit einem Schlag seiner Hand den Auftakt zur Verwandlung der Kulissen geben zu dürfen? Was wird er, nebbich, erreichen als die Verwandlung des Foyers in ein Tollhaus, nach bewährtem historischen Muster.

Es ist der Kreislauf, der aus Aufklärung Wahnsinn erzeugt, als bringe man Ihnen die schönsten Möbel zur Haustür herein, die Sie im Handumdrehen aus dem Fenster werfen. Daraus, sagen Sie, sei der Kreislauf des Kapitalismus geworden, das dialektische Verhältnis von Komsumtion und Müllproduktion? Doch hatte Abessser auch diesmal nichts gesagt und sich mit der Rolle des Schülers begnügt, dem an einem Wandertag die Katakomben der Stadt gezeigt werden. Die einzige Möglichkeit, die Spieler zu befreien, fuhr Koestler fort, sie wie Galeerensklaven von der Kette zu lassen, wäre, sie zurückzunehmen, ich meine, ihnen ihre Position streitig zu machen. Sie sehen, auch in der Hölle gelten diplomatische Spielregeln, und so lassen Sie mich überlegen, ob ich meinen Rubaschow zurücknehme und Ihnen eine Weile an die Seite gebe. Nur, ich kann ihn lediglich gegen einen anderen austauschen, der sein Format hätte.

Iwan Denyssowitsch, schlug Abesser vor und hoffte, einen klugen Vorschlag gemacht zu haben.

Geht nicht, sagte Koestler, sein Autor lebt noch, und wir verstießen gegen die Gesetze des Hohen Hauses. Lassen Sie mich darüber nachdenken, indes ich Ihnen den Kinosaal zeigen werde, in der Hoffnung, daß der Krieg in der Stadt um Mitternacht pausiert und man uns die Elektrizität zurückgibt.

Kunigunde

Dies, sagte Kesztler, als sie um Mitternacht den Kinosaal betraten und das Hotel an den Stromkreislauf der Stadt angeschlossen wurde, dies ist ein Raum, den Frauen reserviert. Aber hier werden sie kaum eine finden.

Warum nicht? Der Kinosaal, könnte man nach einem Besuch folgern, ist die Folterkammer des Hotels. Und die Qual besteht darin, daß man mit Lust Frauenfilme zeigt, ich meine, Szenen aus dem Leben der Frauen, die sie in den Armen des Lebens zeigen, wenn ich mich gegen meine Gewohnheit metaphorisch ausdrücken darf: Es sind die Verstrickungen, denen sie unterliegen, und die Perfidie der Filme ist so angelegt, daß die Frauen das Unglück stiften, das sie am Ende an Leib und Seele frißt. Es soll Frauen geben, heißt es in der Gerüchteküche des Hotels, die nichtsdestotrotz diese Perfidie genießen wie eine lang entbehrte Liebesnacht, und Lust saugen aus der Qual der Bilder.

Setzen wir uns doch, das Programm, wetten, es wird heute ganz auf Sie als Neuankömmling abgestimmt sein.

Abesser schaute sich um. Die ansteigenden Sitzreihen, dunkelblau gepolstert, waren leer. Wenn es so war, wie

Koestler erzählte, und sich hier die Frauen trafen, konnte er hoffen, eines Tages – eines Tages? Die Vorstellung einer in Tage und Nächte eingeteilten Zeit schien ihm absurd – Ribka zu treffen.

Welche Filme hatten sie zusammen gesehen? Ribka hatte einen kindlichen Geschmack und bevorzugte Trickfilme, Cartoons, aber von einer sanften, märchenhaften Art, darin die listigen Füchse am Ende mit den scheuen Hasen einen Krakowiak tanzten, und es waren die Filme, die sie in Odessa im Kindergarten gesehen hatte und die das Fernsehen in Tel Aviv, auf Wunsch der größer werdenden russischen Kolonie, immer wieder zeigte. Abesser, am Fernseher oder im Kinosaal, hatte dann keine andere Wahl, als die sich von ihm entfernende Ribka mehr als sonst zu lieben.

Koestler machte es sich bequem, er rauchte auch hier und streifte die Asche unter den Sitz, indes er die in schimmernden Stiefeln steckenden Füße gegen den Sitz vor ihm stemmte. Wie in jedem Kino der Welt blieb auch hier der Vorführmann unsichtbar. Ohne die Ankündigung eines Gongs teilte sich der Vorhang und schob sich rauschend nach links und nach rechts. Abesser dachte an Berliner Kinos, und auch Koestler, der lange in keinem Kino gewesen war, erinnerte sich an die Kinos des Kurfürstendamms, an die Aufführung von Remarques »Im Westen nichts Neues« im Marmorhaus, an die Panik des Publikums, als die Nazibrüder weiße Mäuse durch die Reihen schickten und zu krakeelen begannen. Abesser dachte an das Cinéma Paris und das Filmhaus Wien, wo er nach dem Fall der Mauer gesessen, und das Gefühl, hier sitzen zu können, war ihm wichtiger gewesen als die Filme, an die er sich nicht erinnern konnte.

Koestler stieß ihn in die Seite, um ihn auf den Vorspann aufmerksam zu machen. Abesser schüttelte den Kopf, was bedeuten konnte, er habe es längst gelesen und wollte nicht gestört werden, oder sein Kopfschütteln meinte Enttäuschung. KUNIGUNDE, EHEWEIB DES LOHNGERBERS HEINRICH ABESSER las man auf dem Vorspann, und dann folgte das zerkratzte Bild einer mittelalterlichen Szenerie, ein Dorf mit windschiefen Hütten und rauchenden Kaminen, und die totale Geräuschlosigkeit ließ das Bild noch tiefer in das schwarze Loch vergangener Zeit hinabgleiten.

Eine entfernte Verwandte der Familie, dachte Abesser, war Schauspielerin, sie hieß Doris Abesser, diese konnte es nicht sein, diese Kunigunde auf dem Schinderkarren, mit ihren Kinderaugen und den blonden Flechten, das war die echte Kunigunde. Abesser traute den Betreibern des Hotels zu, die Originalaufnahmen zu besitzen, und sein professionelles Interesse erwachte. Hinter dem Karren lief buntes Volk, humpelnde Greise, rotznäsige Kinder, Weiber die sich die Hände, die sie eben erst aus der Waschlauge gezogen hatten, an ihren Röcken trockneten; die Würdenträger waren schon vor Ort. Nun gab es doch eine Information in verschnörkelter Schrift: DIE EXEKUTION ERFOLGTE UNTER GROSSER VOLKSANSAMMLUNG AUF DEM RICHTPLATZ ZU THAMAR AM 27. MÄRZ 1683. GOTT SEI IHRER SEELE GNÄDIG!

Kesztler wußte bescheid. Er kannte die Hintergründe und informierte seinen Nachbarn.

Ihre Vorfahrin, Urahnin, mein Bester, sagte er, trieb es mit der Hexerei. Sie las aus der Hand wie eine Zigeunerin, und den Männern, welche in Liebe brannten und sich nicht trauten, half sie auf mit Kräutern und Tränken, und half auch das nicht, bot sie ihren schönen Körper an, und darin war sie eine Hexe, sie ließ jeden einen Blick ins Paradies tun, der den Aufstieg auf ihren blonden Hügel schaffte.

Abesser empfand Mitgefühl mit seiner, wie Koestler sagte, Urahnin, und er legte den Finger auf die Lippen. Koestler, schien ihm, machte sich über eine Tote lustig und erzählte von ihr, als sei er dabeigewesen.

Die Kamera zählte genußvoll die Einrichtung der Folterkammer auf, die Daumen- und Beinschrauben, die eisernen Masken, in deren mit Nägeln versehenen Hohlformen das Gesicht zerquetscht wurde; die Spieße und Zangen, die an Geräte im Stall eines Bauern oder in der Werkstatt eines Schmieds erinnerten und vielleicht aus dem Nachlaß des Lohngerbers Abesser stammten. Dann wurde noch einmal eingeblendet: GOTT SEI IHRER SEELE GNÄDIG! Und schon hob der Scharfrichter das Schwert, Abesser schloß die Augen (und sah, wie sein Kameramann die Szene nicht aus den Augen verlor, das Gesicht, sagte Abesser, halte auf ihr Gesicht!). Und die schöne Kunigunde tat ihnen den Gefallen, sie öffnete noch einmal die dunklen Augen, sie steckte die Zunge aus den vollen Lippen und begann mit den Augen zu rollen und zu schielen – war es Angst oder teuflischer, hexischer Spott, sie riß sich das Mieder auf und zeigte die vollen Brüste, die Dörfler reckten die Hälse, ein paar Weiber hielten die Hände vor die Augen und lugten durch die Finger. Dann hieb der Scharfrichter zu, und der Kopf rollte in den bereitgestellten Korb. Eine letzte Einstellung zeigte den kopflosen Leichnam auf dem Schindanger, umgeben von hechelnden Hunden. Eine Weile rollte die Filmspule weiter, und die Kratzer blitzten auf dem schwarzen Zelluloid wie Schneeflocken in der Nacht.

Sie können zufrieden sein, sagte Kesztler und machte keine Anstalten, sich zu erheben. Das Hohe Haus hat sich die Mühe gemacht, in Ihren Familienakten zu stöbern. Das mag Sie beruhigen, denn es bedeutet, man nimmt Ihren Fall ernst und man wird Sie durch alle Etagen des Hauses schicken. Kompliment. Mir hat man die Ehre nicht angetan, bei meiner Mischpoche ist der Einzelfall ohne Interesse, und der Massenmord wiederum hat nicht das Zeug für eine rührende Geschichte. Ein Grund, weshalb ich Schriftsteller geworden bin: ich wollte meine ganz eigene Geschichte. Da Sie nunmehr gut angeschrieben sind, Abesser, werde ich beantragen, Ihnen zwei Szenen aus meinem Leben vorführen zu dürfen. Für heute lassen Sie uns zurück ins Foyer gehen.

Schlafen? Sie werden sehen, hier schläft man nicht.

Olga

Da wir die Frauen nicht kennen, sagte Koestler, und wir deshalb nicht wissen, wie mit ihnen umgehen, laden wir ihnen auf, was wir selber kaum tragen können, ich meine, wir verwandeln sie uns nach unserem Gusto, und das heißt, lieber Freund, sie verkörpern für uns, wenn ich so sagen darf, den Geist des Jahrhunderts, seine Essenz und wechselnde Stimmung.

Abesser nickte, er dachte daran, wie sehr Ribka für ihn das ganze Israel darstellte, und wie seine Behauptung, Jude zu sein, von der Liebe zu ihr getragen wurde und wanken würde, entzöge sie ihm ihre Liebe.

Koestler hatte ihn noch einmal in den Kinosaal geführt, zur Mitternacht, da mit einemmal im ganzen Hotel die Lichter flammten und der Rückzug in den Kinosaal den Augen wohl tat, die sich an das Halbdunkel des Foyers und an die darin sich bewegenden Schatten gewöhnt hatten.

Und wieder saßen sie allein in dem Saal, und Kesztler trug seine Lackstiefel, auf die er zeigte, um zu erklären: Ich habe sie um 1926 bei Leiser in Berlin gekauft und auf meiner Reise zum Berg Ararat getragen. Nun stellen Sie sich, zu den Stiefeln, den Jüngling vor, der ich damals war, Abesser, ein gefragter Journalist und auf klandestine Weise eingeschriebenes Mitglied der kommunistischen Partei, und als ein solches reiste ich in die Sowjetunion, mit Aufträgen versehen, über die zu reden nicht mehr lohnt. Ich galt den Russen als »Delegierter der Komintern«, da, schauen Sie, Verehrter, da haben Sie mich auf der Leinwand, dank der Aufmerksamkeit der Genossen von der GPU, die mich im Wartesaal von Tiflis gefilmt haben.

Abesser öffnete die Augen und folgte den Worten seines Mentors durch die Unterwelt: Der Warteraum, erklärte Kesztler, sah aus wie alle Warteräume in der Sowjetunion: wie ein mit Leichen besätes Schlachtfeld. Männlein und Weiblein auf dem Boden, schlafend, und die Stiefel der GPU-Posten steigen über sie hinweg, und schauen Sie, da sehen Sie mich, zwischen den Bündeln und Körben, ein Westler, die eine Hand auf seinem eleganten Gepäck, denn in den Taschen hat er, was er vor Tagen in der Delikatessenabteilung von Wertheim gekauft hat, Sie werden es noch zu sehen bekommen, und eingehüllt ist er in feinstes wärmendes Tuch, und auf dem Kopf trägt er seinen weichen Borsalino, der ihn auf dem Ku'damm vor allzu raschem Erkennen schützen würde, nicht hier im Land der Fell- und Strickmützen. Die Beamten aber werfen keinen Blick auf ihn, sein Kommen ist ihnen längst bekannt. Dafür sieht ihn dieses Mädchen an, eine stämmige, runde Person mit einem typisch ukrainischen Bauerngesicht, das blonde Haar unter buntem Tuch, die runden Arme wie geschaffen, Heuballen aufzuladen. Olga. Doch hatte sie auch Zement gekarrt und beim Bau des Dammes in Dnjeprostroi gearbeitet.

Abesser hatte Mühe, alles zu erkennen. Allzuviele Schatten huschten über das Bild wie Pinselstriche, die nachträglich etwas verdecken oder betonen sollten. Olga, die unter ihrem Kopftuch mit auffälligem Mienenspiel nach dem Fremden äugte, schien ihm eine Schauspielerin zu sein in der Rolle eines Bauernmädchens, und sie erinnerte ihn an Kunigunde, und beide Frauen erinnerten ihn an Ribka, und so schmerzten ihn die Sinne beim Anblick dieser Olga, mit der sein Nachbar nun ins Gespräch kommt, denn man sieht, wie sich ihre Lippen bewegen.

Sie möchten wissen, fragte Kesztler, was wir uns zu sagen hatten? Ich frage sie aus, wie man auf Reisen fragt, nach dem Woher und Wohin. Sie fuhr zu ihrem Schwager, in der Hoffnung, Arbeit zu finden. Der Delegierte der Komintern ist ganz Ohr: Sicher, fragt er, sei sie Mitglied der Partei oder des Komsomol?

Sie sehen, sagte Koestler, wie sie den Mund öffnet zu einem schallenden Gelächter. Der Delegierte ist enttäuscht, fast beleidigt, als sie ihm seine Illusion nimmt, hier sei jeder Kommunist.

Sie sehen, jetzt kommt die Mahlzeit: Ich breite eine Zeitung aus auf den Boden, vielleicht ist es die Prawda, und unter den lauernden Blicken der anderen Reisenden, die mit einemmal nicht mehr schlafen, entkorke ich die Weinflasche, schraube den kleinen Silberbecher von der Thermosflasche ab und packe die Dauerwurst aus und die in Silberfolie verpackten Scheiben Weißbrot und tausend Köstlichkeiten mehr.

Ah, Sie sehen, wie das Kind zulangt! Sie erzählt, ihre Leute hätten das Dorf in der Ukraine verlassen. Um in eine Kolchose einzutreten? Wieder Gelächter, und sie hatte eine aufreizende Art zu lachen. (Wie Ribka, dachte Abesser.)

Kolchose! sagte sie. Wir waren alle am Verrecken! Der Hunger trieb uns fort. Wie dumm ihr Ausländer seid.

Gegen Mitternacht, fuhr Kesztler fort, traten die beiden GPU-Leute zu mir, beugten sich herunter, kündigten die Einfahrt des Zuges an und fragten augenzwinkernd, ob es mir recht wäre, wenn meine Genossin auch im Schlafwagen untergebracht würde.

Und schon sehen Sie uns im Zug. Olga hatte wortlos zugestimmt, einzusteigen, nun überwältigte sie die Pracht des zaristischen Schlafwagens. Wir machten uns an die zweite Flasche, und diesmal war es Hennessy oder ein anderer Cognac. Aber ich bin sicher, auch ohne ihre Beschwipstheit wäre sie mir um den Hals gefallen – aus Dankbarkeit, sie in die Welt der Genüsse und Privilegien eingeführt – emporgehoben! zu haben.

Hier gab es einige Sequenzen in totalem Schwarz, als führe der Zug durch einen Tunnel, und als wieder ein Bild zu erkennen war, sah Abesser, wie Koestler und das Mädchen in ziemlichen Abstand zueinander saßen, wie zerstritten.

Nun, sagte Kesztler, als sei es ihm noch immer peinlich, sie war bereit sich mir hinzugeben ... Er korrigierte sich: sich erkenntlich zu zeigen und auf ihre Art, mit ihren Schätzen zu zahlen. Es wurde nichts daraus, ich versagte, peinlich für einen jungen Mann voller Komplexe. Peinlicher noch, was der Delegierte der Komintern dachte: der bürgerliche Intellektuelle, trotz seiner radikalen Gesinnung, hatte er das »Arbeiter-und-Bauern-Mädchen« nicht bekommen. Warum nicht? Der Respekt vor der Sache des Proletariats hatte die automatischen Reflexe seines Nervensystems gelähmt. Olga nahm meine Niederlage als Beleidigung und reagierte wie jede Frau in ihrer Lage. Sie sind natürlich feinere Damen gewöhnt, sagte sie und schwieg dann verächtlich, bis sie bei Tagesanbruch in Leninakan ausstieg. Kein Grußwort, kein Abschied. Ich hatte ihr, was an Eßbarem noch in meinen Taschen war, in ihr Bündel getan, heimlich. Sie wird, vermutlich, ihren Stolz bezwungen und es gegessen haben.

Die Filmspule rollte ins Leere und hielt an am Berge Ararat, der in seiner unnahbaren Schönheit immer kleiner wurde.

Koestler schwieg eine Weile und rauchte seine Gold Flake, nach deren Herkunft Abesser fragen wollte.

Was lehrt uns das ..., wollte Koestler zu reden anfangen. Dann schnitt er sich selber mit einer Handbewegung das Wort ab. Stattdessen sagte er: Morgen erzähle ich Ihnen meine Geschichte mit Nadeschda.

Bis zum Tagesanbruch saßen sie mit den anderen Schatten im Foyer, Koestler rauchte und schwieg, Abesser trank sein Glas aus, in kleinen Schlucken. Das Getränk, wenn es auch den Durst nicht löschte, beruhigte die Nerven und löschte das Verlangen nach Erinnerung, so daß der eintretende Zustand einem oberflächlichen Schlaf glich.

Nadeschda Smirnowa

Da es im Hotel »Lux« niemals Tag wurde, das Licht im Foyer und auf den Gängen diffus blieb, bekamen Zeitangaben etwas Illusionistisches. Abessers Zustand hatte sich nicht verändert, das heißt, er litt, wie ihm Kesztler erklärte, an der Krankheit der Neuankömmlinge, er verwechselte die Traumbilder in seinem Kopf, die ein kurzes Schließen der Augen erzeugte, mit den realen Bildern seiner Umgebung – gesetzt den Fall, spottete Kesztler, wir können dies hier im philosophischen Sinne eine Realität nennen. Abesser glaubte, mit dem Vorrecht der Jugend, Anspruch auf einen tiefen und traumlosen Schlaf zu haben; stattdessen saß er schon wieder mit dem Literaten, der sich aus dem Rauch seiner ständigen Zigaretten zu manifestieren schien, im Kinosaal, ohne Neugier auf die nächste russische Liebe des Mannes, auf Nadeschda Smirnowa.

Sie hatte, sagte Koestler, ein Profil von klassischer, hochmütiger Reinheit. Ihre Erscheinung ließ mich an die sagenhaften Ballerinen der Petersburger Oper denken, nichtwahr, an Paradiesvögel im rosa Federschmuck. Dabei, Sie werden lachen, lieber Abesser, war sie, als ich sie 1931 in Baku kennenlernte, eine Büroangestellte im Städtischen Wasseramt. Und, schauen Sie, es ging mir zu Anfang mit ihr nicht anders als mit der bäuerlichen Olga: in meiner Schüchternheit tanzte ich ihr die Pirouetten meiner bunten Vergangenheit als Zeitungsschreiber vor, Berlin, Paris, der Nil und das vom Zeppelin aus gesehene Weltall, das heißt, ich lockte das Kind in ihr an die Oberfläche ihrer großen, vermutlich kurzsichtigen Augen, ich legte ihr die Welt auf den Tisch des Speisewagens, in welchem wir uns auf dem Weg nach Baku näher kamen.

Und Kesztler klatschte in die Hände, wohl um dem Vorführer in seiner Kabine ein Zeichen zu geben, und der Vorhang entfaltete sich und der Film rollte an.

Wieder hatte Abesser die Vorstellung, ein und dieselbe Schauspielerin zu sehen; auch wenn diese Nadeschda eine schwarze Perücke trug, konnte ihre verführerische Weiblichkeit nicht darüber hinwegtäuschen, daß sie nicht schon die Rollen der Kunigunde und der Olga gespielt hatte, und insofern, was Abesser das Wichtigste war, auch der vermißten Ribka glich. Koestler, der seine Gedanken lesen konnte, korrigierte ihn: Sie glauben, Sie sehen immer nur die eine Frau, respektive Schauspielerin? Irrtum, Abesser, es ist unsere Sehnsucht, welche uns einen Streich spielt und durch die wir Helenen in jedem Weib erblicken ...

Abesser nickte, er sah zwei fremde Menschen, die einander gegenübersitzend Gespräche führen, lautlos, und die sich in den Mund schieben, was der Kellner ihnen gebracht hat, Schwarzbrot, Gurken, gesalzene Heringe, Wodka, Tee und Kaviar – *roten* Kaviar, wie Kesztler erklärte, und Abesser wunderte sich, daß ihm das Wasser nicht im Munde zusammenlief, nach so vielen Tagen, an denen er nichts gegessen hatte.

Woditschka, sagte Koestler und vollzog eine Geste, als tränten ihm die Augen, die Riesengurke ist in Salzwasser und Dill gebeizt, und ich kann Sie versichern, es war trotz des roten Kaviars keine Mahlzeit, die eine ausbrechende Liebe beförderte. Meine errungene kommunistische Gesinnung wankte in solchen Augenblicken, und meine Sehnsucht nach der Welt des zerfallenden Bürgertums kehrte zurück, wo Nadeschda eine so gute Figur gemacht hätte, nach Parfüm duftend und in Samt und Seide gehüllt. Stattdessen war ihr ganzer Stolz, was sie beim Einkaufen in Kislawodsk erbeutet hatte, ein wollener Jumper und ein Paar ausländische Wildlederhandschuhe. Beim Anblick ihrer kindhaften Freude versprach ich ihr einmal mehr das Blaue vom Himmel, schauen Sie nur auf den Jüngling von siebenundzwanzig Jahren, er steht in Ihrem Alter in etwa, Abesser!, wie er in seinen Breeches und Stiefeln vor ihr im Zugabteil in die Knie fällt, um sozusagen den Ritterschlag ihrer Liebe zu empfangen, und tatsächlich, sie beugt sich zu ihm herunter und gibt ihm nach russischer Sitte einen Kuß auf die Stirn.

Abesser konnte sich nicht erinnern, von Ribka je auf die Stirn geküßt worden zu sein, sie hatte ihn immer nur auf den Mund geküßt, und dies in aller Öffentlichkeit, in jedem Straßencafé zwischen Haifa und Tel Aviv, und es war ihm jedes Mal peinlich gewesen, so ins Blickfeld gerückt zu werden, ins Blickfeld vor allem der patroullierenden jungen Soldaten, die sich eine solche Szene nicht entgehen ließen. Jecke, schimpfte Ribka und gab ihm das Spottwort für die deutschen Juden, und er hatte mehr als einen Grund, dies von sich zu weisen.

Der Stummfilm rollte weiter, von Schlieren und Strichen durchzogen auch dieser Streifen, und die Personen tauchten, wie von schlechter Regie geführt, zuweilen nur als amputierte Gliederpuppen auf, stückweise erfaßt von einer unbeholfenen Kamera. Wieder saß man bei Tisch, aber in größerer Gesellschaft.

Es ist nicht das Café Metropol in Moskau, erläuterte Koestler und senkte mit einemmal die Stimme, doch dient es dem gleichen Zweck. Der Betreiber des Beisels ist die GPU, und diese glaubt die parasitären Überlebenden der NEP-Zeit so besser kontrollieren zu können, nebst anderen Schleichhändlern, Ausländern und verdächtigen Personen, die bei den Tangos und Walzern der Zigeunerkapellen ihre Vorsicht aufgaben.

Wer ist der Mann an Ihrem Tisch? fragte Abesser.

Ich geb Ihnen sogleich Auskunft. Lassen Sie mich zuvor etwas weiter ausholen. Sehen Sie, meine Liebe zu

Nadeschda war so irrational wie kurz zuvor die zur Arbeiter-und-Bauern-Tochter Olga. Bei jener hatte mich ihre proletarische Aura gehemmt. Bei dieser begann mich etwas anderes zu irritieren; denn es schien mir unmöglich, sie mit dem System, mit der Partei, der ich diente, gleichzusetzen. Je länger ich Umgang mit ihr hatte, begriff ich, daß sie dem Sowjetsystem gleichgültig, wenn nicht feindlich gegenüberstand. Am Ende war sie eine Agentin des Feindes und lieferte mich ans Messer, der ich in Berlin meine Mitgliedschaft zur Partei bislang so gut kaschiert hatte. Einmal stahl sie mir ein Telegramm aus der Jackentasche, das mir meine Zeitung mit Anweisungen geschickt hatte. Für wen hatte sie es gestohlen? Für die Geheimpolizei GPU? Wohl kaum. Die Genossen kannten es sicher längst, und ich stand sowieso unter ihrem Schutz. Erst später begriff ich, und ich erzähle Ihnen dies, damit Sie begreifen, in welch fatale Nähe Liebe und Partei rücken konnten (Abesser war bereit, an dieser Stelle wie ein Schüler zu nicken), also später verstand ich, es war nichts als frauliche Neugier gewesen nach dem Absender des Telegramms. War es eine Frau in Berlin? Was wollte sie, und sie argwöhnte auf Frauenart, die andere wollte ihr den Geliebten wegnehmen.

Abesser schaute auf die Leinwand, auf den unbekannten jungen Mann am Tisch, der sichtbar in seiner Rolle als Bösewicht aufging, so wie er seine Unbeholfenheit – und hatte er nicht einen Buckel? – verbarg hinter einem zweideutigen tückischen Grinsen, wenn er das Wort an Nadeschda richtete. Und schon wechselte das Bild und zeigte ein kahles Amtszimmer, in welchem man Koestler erkennen konnte und bei ihm zwei Uniformierte mit glattrasiertem Schädel.

Der Reihe nach, sagte Koestler. Der junge Mann mit der hohen Schulter und dem verdrückten Gesicht eines hungrigen Straßenjungen ist der kleine Löwy aus meinem Roman Sonnenfinsternis, und er hieß eigentlich Paul

Werner und stammte aus Leipzig. Nun gut, er arbeitete für die GPU, deren förmliche Vertreter Sie nunmehr sehen. Tatsächlich war ich so naiv, mich in Baku in ihr Hauptquartier zu begeben, um Auskünfte für einen Artikel über Saboteure und Diversanten zu bekommen. Nichts zu machen, war die Antwort, und ich nahm doch etwas mit, da mir der Glatzkopf und der andere später als Vorlage für meine beiden Vernehmer Iwanow und Gletkin im genannten Roman gedient haben.

Aber nun zur Sache, und Sie merken, daß ich Mühe habe, auf den Punkt zu kommen. Zum einen sah ich damals in der GPU eine väterliche Autorität. Sie war der Beichtvater und der beste Freund eines jeden Genossen. Wie hätte ich da nicht über meine Liebe zu Nadeschda Smirnowa sprechen sollen? Ich sprach darüber mit meinem Freund und Genossen Paul Werner und wußte, er würde nicht schweigen. Wurde Nadeschda, als ich Baku längst verlassen hatte, verhaftet? Werner konnte ich nicht fragen, er wurde zur Zeit der Großen Säuberungen verhaftet und verschwand wie viele deutsche Kommunisten in einem Lager Stalins. Hatte ich Nadeschda verraten? Und wie sehr hatte ich dabei auch mich verraten? Wäre ich Katholik, sagte Koestler (Abesser dachte, er vergißt daß er zu diesem Glauben konvertiert ist), wäre ich Katholik, so würde ich in meinen Verrat an Nadeschda vielleicht die Dialektik der Vorsehung erkennen und Trost daraus schöpfen. So aber ... So aber hatte ich eine Frau verraten, die in keinem anderen Dienst stand als im Dienst ihrer altmodischen Empfindungen, als Frau, meine ich, und in dieser Eigenschaft hatte sie mit Liebe, Eifersucht und Hoffnung genug zu tun, abgesehen davon, daß sie mit subalterner Arbeit ihren und den Unterhalt einer alten Tante, die Werner eine *staraja spionka,* eine alte Spionin genannt hatte, verdiente. Es war die erste Frau, die ich verriet, und mein Aufenthalt in dieser Etage des Hotels, mein Lieber, wird so lange währen, bis ich sie gefunden habe und sie mir Verzeihung gewährt. Leider wird sie auch in diesem Punkt eine Frau sein und also nicht verzeihen können.

Abesser war in Gedanken längst bei seiner eigenen Geschichte, und Kesztlers letzten Satz nahm er als Warnung auf, auch Ribka würde ihm nicht verzeihen können, sollten sie sich auf den Gängen dieses Hotels treffen. Immerhin war ihm Koestler näher gerückt, und er würde versuchen, in seiner Nähe zu bleiben, denn glichen sie nicht zwei Verdammten auf dem Weg ins Paradies?

Allein, Kesztler schüttelte den Kopf, drückte ihm dann lange die Hand, als sei dies ein Abschied auf immer.

Der zweite Bericht des Hundefängers

Majestät, versprochen ist versprochen, und das Gold des Mohren ist verloren, und es heißt, Silber ist, was die Katze scheißt. Vergebung für diesen wirren Anfang Ihres Untertanen hier auf den Kanaren, der sich nichts sehnlicher wünscht, als Dero Majestät vor den Toren Madrids zu dienen, als königlich bestallter und ernannter Hundewärter, und der die Tierchen Ihrer königlichen Hoheit, unserer geliebten Reina Sofia, ausführt über den Rasen der Zarzuela. Ach, Madrid, wo unsere Vorfahren gemeinsam an einem Tisch saßen! Was dagegen ist diese eiserne Insel anderes als ein Ort der Verdammten. Und so komm ich, Majestät, als Ihr Diener Alercón, zum Eigentlichen meines heutigen Berichts.

Es mischt sich in die Chronik der Ereignisse viel Merkwürdiges, wie immer am Übergang vom Leben in den Tod. Und der Nachen, den zum Styx zu rudern ich einst befehligte, wäre in der Nacht des großen Wassers zu klein gewesen für all die Ertrunkenen. Die Flut kam über uns und riß an den Fundamenten nicht nur des Touristenhotels, in welchem – ich komme darauf zurück – die

Eltern des Kriegskorrespondenten untergebracht waren, und wenn ich sage Eltern, so verwirrt sich abermals der Faden meiner Erzählung, denn der Mann hatte zweierlei Eltern, will sagen, Majestät, ein christlich Paar und ein hebräisch Paar, was in unserem Hispanien einst keine Seltenheit war. Aber hier war irgendwie eine eingesperrte Katze zu befreien, ich meine ein Geheimnis zu lüften, das der Tote, fürchte ich, mit ins Grab genommen hat.

Denn begraben haben wir die Toten des Flugzeugabsturzes und die des Wassereinbruchs auf Weisung der Landesregierung vor Ort, in Hierro also. Und besagter – jetzt habe ich den Namen auf meiner Liste – besagter Daniel Abesser war, wenn Sie so wollen, das Opfer beider Katastrophen. Als halbe Leiche lag er im Spital Insular, als ganze Leiche fischte ich ihn aus dem Wasser, und die Guardia Civil besorgte den Rest, ich meine, ihn in den Sarg zu legen und diesen zuzunageln – auf Anweisung höherer Stellen, die Angst vor Seuchen hatten. Indes die Jungs von der Armee, deren oberster Feldherr Sie, Majestät, sind, mit ihren Hubschraubern die Gäste des Strandhotels retteten, ehe es über ihren Köpfen zusammenbrach, in tiefster Nacht, im Wettkampf mit dem grausamen Meer, das im Licht der Scheinwerfer sein Haifischgebiß bleckte – wie immer war es es ein ergreifender Anblick, dieser ästhetische Aspekt der Katastrophe.

Nun, sie wurden trockenen Fußes an Land gebracht, die aufgeschreckten Touristen, die ihre Betten verlassen mußten. Gefaßt die einen, unter Weh und Wai-Geschrei die anderen.

Wer sie hergerufen hatte?

Die Angehörigen der Opfer kamen von selber, aus Israel, Italien, Amerika und Deutschland. Sie mußten die Nachricht vom Absturz aus den Abendnachrichten erfahren haben, und auf den jeweiligen Flughäfen ihrer Länder zeigte man ihnen die Passagierlisten, ohne Angaben über die Zahl der Opfer machen zu können, eine Routinesache, und schon rannten sie los, flogen sie davon, die Mütter, Väter, Brüder, Schwestern, Ehemänner, Liebhaber, Geschäftspartner. Man wird sie alle entschädigen müssen, da sie nun Opfer der Flut geworden sind, so wie sie ihrerseits die Fluggesellschaft anklagen werden, die zum Glück keine iberische ist.

Wer sie hergebracht hat durch Sturm und Wind? Nun, so viele waren es am Ende doch nicht, und ich behielt sie alle im Blick, die am Morgen nach der Flut mit ihren Erkundungen beginnen wollten. Man fuhr sie ins Manrique, ich meine in den Glaspalast mit Restauration, den schönsten Ort auf der Insel, Majestät, halb Kirche, halb Tanzpalast, und durch eine gläserne Wand schaut man auf die fernen Kulissen unserer Lavafelsen, die eine Art schwarzer, gefälteter Umhang sind, eine Capa, wie sie Gott am Sonntag trägt – und der Teufel an allen anderen Tagen. Und ihr Saum reicht tief hinunter ans tosende Meer. Doch kein Laut ist zu hören. Stille ringsumher, vollkommene Stille des ersten Schöpfungstages. Und man wartet auf die Stimme, die verkündet: Am Anfang war das Wort!

Aber alles, was an diesem verregneten Morgen zu hören war, war die Stimme des Geschäftsführers, der beim Anblick der scheuen Ausländer anfing, Gott und seine eigene Mutter zu verdammen und dann im einzelnen die Mütter der frühen Gäste, die mit ihren nassen Schuhen über die Marmorböden rutschten. Und am Ende bekreuzigte er sich und alles endete in einem klassischen – mit Verlaub: *Me cago* ...

Da ich an keinen Zufall glauben kann, fügte es sich, und hätte jemand die Hand im Spiel, daß sich die vier Leutchen, die Anspruch auf einen gemeinsamen Sohn hatten, zu haben glaubten, an einem Tisch fanden. Der eine Mann, der eines steifen Knies wegen am Stock ging, stellte sich und seine nicht minder steife Frau vor: Gestatten, Abesser. Und bei Nennung des Namens hob das andere Paar die Köpfe und starrte ihre Tischgenossen mit übergroßen Augen an, und dies meine ich ganz wortwörtlich, Majestät, denn auch wenn das zweite Paar im Alter dem ersten in nichts nachstand, so waren ihre Züge wie mit einem Kohlestift nachgezogen, und ist nicht Leid der beste Maskenbildner, Majestät?

Nun, die Frau hatte sich nicht unterkriegen lassen wollen vom Leid und von den Jahren und der Natur den Pinsel entwendet, will sagen, ihr Haar so gelb gefärbt wie der Kranz einer Sonnenblume im Frühsommer, und sie hatte offenbar ihr Rouge vor den Fluten gerettet (und danach suchend den Abflug des Hubschraubers verzögert), und so erhitzte künstliches Rot ihre Wangen, in die ein paar Tränen eine Spur gruben. Es kam nicht gleich zu einem Gespräch, denn ein drittes Elternpaar eilte an unseren Tisch – ich sage unser, weil ich in der Nähe sitzend fast dazugehörte: und die Neuen umarmten das eine Paar, und man küßte und herzte sich ab, und einer wie ich hat ein Ohr für alle Sprachen dieser Welt, einschließlich die der Hunde, vor allem, wenn es sich um ungläubige Hunde handelt, denn es war ein Gemisch aus russisch, hebräisch und jiddisch, was da gesprochen, gegurgelt, gekrächzt und dann wieder zärtlich gehaucht wurde, und das zärtlichste Wort schien eine Frau zu meinen: Ribka, Ribkaleben! Und ob sie am Leben war, wußte nicht einmal ich zu sagen. Ich fand keine Ribka auf meiner Totengräberliste.

Die Dazugekommenen zogen, ohne mit Reden aufzuhören, die Stühle des Nachbartisches an unseren Tisch, und das deutsche Elternpaar rückte zusammen, und ich sah, wie der Mann mühsam versuchte, dem Gespräch der anderen einen Sinn zu entnehmen, was sich schon in den nächsten Sekunden zu einem dramatischen Höhepunkt entwickeln würde, so daß ich mich beeilte, meinen königlichen Cognac auszutrinken, der mir, da ich einen Nachfolger bestellte, den Gehörgang waschen würde. Ich hatte, Majestät, das sichere Gefühl, einem Geheimnis auf der Spur zu sein. Und nebenher empfehle ich mich, Majestät, als Zuträger staatspolitischer Geheimnisse. Hier brach das Wehgeschrei sogleich im Chor aus, als der Name Daniel fiel, Daniel Abesser, der heute begraben wurde mit den anderen Opfern, und das deutsche Paar warf sich quasi über den Tisch, den anderen entgegen und rief: Daniel Abesser? Und es hielt ein Foto in die Höhe, so wie der Priester am Altar die heilige Hostie hochhält. Und die vier anderen hoben die Hände, abwehrend, aufnehmend, und noch einmal fiel der Name, und auch von dieser Seite wurde ein Foto gezeigt, und diesmal dachte ich an eine Spielerrunde, in der einer die Trumpfkarte zieht –, und schon lagen sich alle weinend in den Armen und das Wort *tot* – oder sagten sie *toyt* – begleitete ihr gemeinsames Schluchzen, und dann, mit einemmal, entstand Stille, eine bedrohliche Stille, die ich mir zu deuten wußte: Denn die Frage flog wie ein Unglück verkündender Vogel über ihren Köpfen: Zu wem gehörte denn der Tote – und daß er mir gehörte, der ich ihn mit Hilfe der Guardia Civil in den Sarg gelegt hatte und begraben würde, konnte ich ihnen ja nicht sagen.

Es sind die Eltern, erklärte der Mann der blondgefärbten Frau den anderen beiden. Die Schwiegereltern? riefen diese, was sagst du da, Mann, die Schwiegereltern seid doch ihr, Ribkaleben, unsere Tochter, geheiratet hat sie euren Sohn! So ist es, nickte der Mann und schneuzte sich in sein Sacktuch. Und so ist es wieder auch nicht. Denn aufgewachsen ist er bei denen – er deutete über den Tisch, und die beiden blassen und irgendwie krummen Leutchen aus Deutschland zuckten zusammen wie ertappt, so als hätten sie das Kind, das offenbar nicht ihr Kind war, gestohlen, bis die Sache ans Licht kam und Daniel Abesser zu seiner richtigen Familie in Israel fand.

Aber damit, Majestät, schien die Katze noch nicht aus dem Sack zu sein. Denn im gegenseitigen Belauern, wessen Sohn denn nun unter den Toten sei, kam eine Art heimlicher Genugtuung auf: beide Väter blickten sich fest ins Auge und prüften einander mit der stummen Frage: Wer von ihnen denn nun der eigentliche Abraham sei, der seinen Sohn zum Opfer gebracht habe. Ich verstand, ohne je in die Wissenschaft der Psychologie eingedrungen zu sein (wie unsere Seelsorgerin vom Dienst), daß hier der Schmerz in der väterlichen Brust nach Linderung und zugleich nach Überhöhung verlangte.

Mit einemmal erschien der Flugzeugabsturz als Fanal höherer Bestimmung und Auslegung, und wieder einmal war ein Sohn geopfert worden, damit der Vater oder die Väter sich auf einen höheren Sinn hinausreden und ergo trösten konnten. *Deus le vult,* wie die Kreuzritter, Majestät, zu rufen pflegten, wenn sie ans Abschlachten der Ungläubigen gingen, und hier schien mir, war der deutsche Vater des toten Daniel Abesser ganz beruhigt: Es schien alles zu einem Heilsplan zu gehören, den seine Zeugen Jehovas aus der Bibel erfuhren – Gottes Sohn kündigte seine Rückkehr auf Erden an in einem Feuerball von Kriegen, Unglückszeichen, Hungersnöten, Erdbeben, Überschwemmungen, Flugzeugabstürzen. Ich stellte mir vor, wie Herr Abesser jeden Morgen die Zeitung absuchte nach neuen Zeichen des Unheils und diese mit freudiger Genugtuung seiner Frau mitteilte. Der tote Sohn war ein Bote des sich ankündigenden Jesus Christus!

Für das jüdische Elternpaar zweifellos eine Zumutung: Sie hatten einen verlorenen Sohn zurückbekommen, der ihnen nun ein zweites Mal genommen wurde. Würden sie diese Tatsache mit einem in der Bbel angekündigten Heilsplan in Verbindung bringen wollen, wo ihnen der Prophet aus Jerusalem als Aufschneider und falscher Messias galt? Später erfuhr ich, daß Herr Derkowitz im Auftrage des israelisdchen Geheimdienstes die Bibeltexte nach einem codierten Zahlensystem untersuchte, das, einmal erkannt und geknackt, Prognosen auf kürzeste

Sicht erlaubte. Majestät! Ein Flugzeugabsturz, ein paar Leichen, die ordentlich entsorgt wurden – und es stellt sich heraus, wir haben in ein Wespennest politischer Kalkulation und Intrige gegriffen. Jetzt wird mir klar, was die drei Kostümengel hier zu schaffen haben, sie sind die Aufpasser, damit ihnen das tote Jüngelchen ein Kreuzworträtsel zu lösen erlaubt, das ich, Majestät, erst zu lösen beginnen kann, wenn ich es vor mir habe.

Soweit kam ich der Sache auf den Grund, und da mir das Gelächter von jeher locker in der Kehle sitzt, krähte ich unwillkürlich vor mich hin, löschte sofort mit einem Schluck Cognac und tat so, als verschluckte ich mich am Rauch meiner schwarzen Ducado. Aber sie sahen nicht zu mir herüber. Mich lächerte diese Sorge um einen Toten, in wessen Familie er denn nun gehört, wo er doch längst in einem anderen Reich ist und in andere Bande gerät, doch wird er auch da sich seinen Vater nicht aussuchen können.

Nun, man gab sich die Hände, man beweinte einen verlorenen Sohn und eine verlorene Tochter, aber ich spürte, wie ein Ressentiment unter ihren Stühlen hin und her kroch wie eine Schlange, die nicht weiß, wen sie zuerst beißen soll: Ich nahm Partei für die Deutschen, schließlich waren sie Christen, und ich erkannte es auch daran, daß sie ein Gebet sprachen, in welchem die Worte Jehova Gott vorkamen ... was die andere Partei, ich meine die vier Hebräer, stutzen ließ: So leichten Mundes würden sie den Namen des Obersten Herrn nicht aussprechen wollen. Den Sohn hatten diese Gois gestohlen, ihren Sohn, und ihm eine jüdische Erziehung vorenthalten. War er überhaupt beschnitten worden? Hatte er seine Bar-Mitzwa gehabt? Man hatte alles nachreichen müssen, nachholen, als man ihn wieder hatte, den einzigen Stammhalter, da alle anderen zwischen Kiew und Odessa umgekommen waren, Asche im Wind der Zeiten ... Und Ribka war immer ein so *frahlich Kind* gewesen, sagte die andere Frau, die aussah, als sei sie schnell mal aus der Küche an den Tisch gekommen oder von den Bergen herunter, um nach ihrem Mann zu sehen.

Ich kam nicht dazu, an ihren Tisch zu treten, meine Kappe aus Hundsleder zu ziehen und, meine Liste zeigend, sie in einem Punkt zu beruhigen: eine Ribka Abesser stand nicht auf meiner Liste, wohl aber hätte ich ihnen den Weg zum Friedhof zeigen können. Ich kam nicht dazu, Majestät, eine Frau trat mir in den Weg, die ich für eine Kellnerin gehalten, aber nein, man hätte sie hier in dieser feinen Restauration nicht angestellt, dafür war sie nicht devot genug in ihrer übertrieben blondgefärbten Frisur im Stil von vorgestern. Das heißt, hier auf den Inseln imitieren wir, was auf dem Festland, besser in Amerika und Europa längst passé ist, und so sah sie aus, modisch und altmodisch zugleich.

Majestät, ich weiß, Sie müssen zu Ihren Geschäften, und ich schwatze Ihnen hier die Ohren voll. Die Dame kam im Auftrag der Inselverwaltung, sie war die amtliche Psychologin, die eine moderne Verwaltung auch auf unseren Inseln bereithält, um den vom Unglück heimgesuchten Touristen gegebenenfalls Beistand und Aufrichtung zu gewähren. Sie stellte sich vor, indem sie auf ein Kärtchen am Revers ihres Kostüms zeigte, Cristina Alvarez, und sie sprach die Betroffenen an in diesem etwas zahnlosen Englisch, das wir Hispanos zu bieten haben und das den Angelsachsen, mögen sie gerade in Tränen ausbrechen wollen, das Lächeln zurückgibt.

Die Frage würde auch sie nicht klären können, wessen Sohn der Beweinte denn nun war, aber da sie so viele Trauernde an einem Tisch sah, ermunterte sie die Runde überflüssigerweise zu einem Gespräch untereinander, denn das hatte sie ja gelernt: Reden Sie, sprechen Sie sich aus, Sie müssen sich nicht auf die Wiener Couch legen, sagen Sie es mir von Ihrem Stuhl aus! Eine hilflose Disziplin, Majestät! Eine Afterwissenschaft mäuseäugiger langohriger Adepten, die zur Realmedizin in eingebildeter Partnerschaft stehen, wenn sie aus dem Patienten herausgeholt haben, was er von den Zuständen hält, in die er geraten, um ihm dieselben angereichert mit ein paar Vokabeln zurückzugeben und dick aufs mitgebrachte Tränenbrot zu streichen. So auch hier, und ich wandte mich ab und bestellte noch einen Carlos III.

Nein, diese Innung nimmt keinem die Beichte ab wie unsere Patres, die wie Blitzableiter sind für die Sünden der Welt und unsere Sache vor Gott verhandeln. Ihr Trost ist der Bodensatz verschiedener Disziplinen, ein lauer Trank, gegen den es nur den über die Jahrtausende ungetrübten Satz zu stellen gilt, den wir Spanier aus dem Talmud der vertriebenen und verbrannten Judäer haben: Allein wirst du leben, und allein wirst du sterben!

Die sechs alten Leute am Tisch begriffen, daß ihnen hier in der Fremde, auf unserer schwarzen Insel, eine Leitkuh zugelaufen war, der sie folgen würden. Und schon erhoben sie sich und hatten kaum etwas angerührt von dem, was man ihnen gebracht. Und es sprach sich rasch herum, daß da eine Helferin ihrer armen Seelen aufgetaucht war, denn schon kamen andere Familienangehörige von anderen Tischen, die Ithaker als erste, die sogleich versuchten, die Seelentrösterin für sich allein in Beschlag zu nehmen, indem sie mit großen, rudernden Armbewegungen meine Hebräer zur Seite drängten. Die aber, denen Ähnliches auf ihrer Wanderschaft von Odessa nach Tel Aviv schon öfter begegnet sein mußte, umgaben ihre Dame mit ihren Leibern, als errichteten sie die Mauern von Jericho. Es würde ihnen nichts nutzen.

Am Ausgang wartete die Guardia Civil, die für Ordnung und Abstand sorgen würde. Und auch ich erhob mich und folgte ihnen und winkte dem Geschäftsführer zu, der bei unserem Anblick noch einmal auf seine Mutter und auf alle Heiligen schiß.

Der Berichtgeber mischt sich ein

Dies droht mir zu entgleiten, aus den Händen zu fallen: Ich, Itzhak der Springer, Daniel Abessers Schutzengel, wenn Sie so wollen, und bislang erfolgreich, erfolgreich im Sinne meines Amtes, ich meine, jeder Atemzug meines Schützlings ist zu Protokoll gegeben, und haben WIR ihn nicht, kaum daß er seinen letzten Atemzug getan, befördert in die ewige Unterwelt, und nun dies: Der Hundefänger, der larmoyante Angeber im Dienste der hispanischen Majestät, pfuscht uns ins Handwerk mit seinem Bericht an den König: auf die Spur sei er gekommen einem Geheimnis, wai geschrien, und es fehlt nur noch, daß in der Folge seines Berichts eine diplomatische Verwicklung entstünde, die mit einer kleinen Anfrage in Madrid begänne, mit einer Note des spanischen Innenministeriums an den Botschafter Israels, betreffs der wahren Nationalität eines gewissen Daniel Abessers, einer unbekannten Größe im abgeflauten Kalten Krieg, welcher durch seinen Tod auf spanischem Hoheitsgebiet zu einer Stellungnahme des spanischen Königreiches herausfordert, und im übrigen habe man die gesicherten Angaben einer Vertrauensperson vor Ort.

Einer Vertrauensperson! Schon immer haben UNS diese aus der Antike auftauchenden Figuren ins englische Handwerk pfuschen wollen – ideologische Diversanten, die in ihrer Dialektik auf das ärmliche Maß von Diesseits und Jenseits beschränkt blieben, indes wir Heerscharen Gottes den Kosmos von Ewigkeit zu Ewigkeit überschauen. Fahren ihre Toten in den Styx und legen sie zu den Akten, indes WIR die Geschichte als unabgeschlossen, unabgegolten und ergo erzählbar verbuchen.

Gut, soll der Hundefänger das stinkende Aas begraben, WIR haben die Seele und geben ihr einen Körper.

Ach, Itzhhak, nun spring herum auf dieser kahlen Insel und sorge für Ordnung und Fortsetzung unserer

Geschichte, und wo bleibt Dein Spott und Dein grottenschlechtes Benehmen? Als ein Beamter Deiner Mission mußt du hier die Fäden neu knüpfen und den Weg freischaufeln, der uns zum Hotel Lux führt und hin zu Abesser. Der, von Kesztler verlassen, und von UNS geführt, wird die Bekanntschaft Rubaschows machen, den zu verkörpern *yours truly* wahrlich nicht leicht fallen wird, vereinigt doch der zum Tode verurteilte Revolutionär, dank Koestlers Imagination, mehr als eine revolutionäre Persönlichkeit in seinem Wesen.

Zum Glück ist der Mann ein Schelm, der seinen Zwicker auf- und absetzt wie ein Clown seinen Hut, und er ließe im Augenblick der Urteilsverkündung die Hosen herunter und zeigte seinen Richtern den blanken Arsch, wie Jahrzehnte später die Angeklagten des Slansky-Prozesses zu Prag, wäre er nicht überzeugt von seiner welthistorischen Mission, der Öffentlichkeit einen Verräter an der Sache der Revolution vorzuführen ZUGUNSTEN eben dieser Revolution, die ihre treuesten Anhänger, also auch ihn, verraten hat, doch nicht den Geist, der sie über die Steppen Kasachstans und die Eiswüsten Sibiriens getrieben hat, hin zum Roten Platz, auf den der Woschd hinunterblickt, bis der Platz im Dampf seiner Pfeife unsichtbar wird und er die Gespenster heranjagender Tataren sieht. Nebbich, er selber ist der größte Tatar in dieser Schmierenkomödie, die Iwan der Schreckliche heißt.

Ah, Genossen, welche Mühe wir uns mit der Erziehung dieses Grünhorns Daniel Abesser machen. Warum? Dies zu deuten bleibt ein Geheimnis des Amtes. Und es ist ein Geheimnis, in das UNS der Hundefänger nicht hineinzuspucken hat mit seiner von Ducados geschwärzten Nikotinspucke.

Der Berichtgeber in seinem Protokoll

Des weiteren zu vermelden ist ein Fehlschlag. Der Berichtgeber kann sich nicht mit jeder Person identifizieren, will sagen, er kann es nicht, wenn die Person eine imaginierte, aus der Phantasiewelt der Dichter und Denker ist.

Dies zu wissen hätten wir beizeiten in der Hohen Schul unseres Meisters lernen können; man hat uns im dunkeln gelassen über die Schattenwelt der Bücherseelen. Oder soll ich in Dreifaltigkeit erscheinen, aufgespalten der Genosse Rubaschow in die Elemente, die sein Urheber gemixt hat zur neu gedachten Figur? Soll erscheinen ich in der Gestalt Radeks, eines spitzbärtigen Kümmerlings? Oder in der Würde des Revolutionärs Bucharin? Oder gar in der Pose des permanenten Revolutionärs Trotzki? Auffahrend, siegesbewußt, in tausend Zungen redend, bis der Eispickel des Verräters ihn niederstreckt in seinem Refugium, seiner Festung zu Mexiko? Wahrlich, eine Rolle, die du gern verkörpern würdest, Itzhak Trotzki.

Vermacht haben die drei unserem Rubaschow den Kneifer, die randlose Brille, am Ärmel zu putzen, um mit ihrer Hilfe den Blick zu schärfen und die Tabakswolken zu durchschauen, die ihnen die Nummer Eins, der Große Führer, ins Gesicht bläst. Aufklärer sie alle, die Koestler seiner Figur zur Seite stellt und aus deren Rippe er seinen Rubaschow schneidet, diesen Nachfahren europäischer Denker, die nun anfangen, ihre eigenen Kinder, wie Saturn, zu fressen. Und also gibt er ihm, diesem Nicolas Salmanowitsch Rubaschow, die Unruhe als Mitgift, die jüdische Unruhe, die auch unser englisches Erbteil ist und über die antik-christliche Beschaulichkeit hinausweist ins Faustisch-Unzufriedene. Faust? Von daher, würde mein Kollege Uriel sagen, die fatale Nähe des Deutschen zum Jüdischen und die Fixierung der einen auf die anderen. Bitte um Nachsicht für diese Abschweifung.

Denn wo finden wir den zum Tode Verurteilten? Wir haben ihn zuletzt am Kartentisch des Hotels gesehen, einen Skat klopfend mit den anderen Geistern aus der Schemenwelt der Bücher. Kesztler hat seinen jungen Freund Abesser verlassen und empfohlen, sich an den Kartentisch zu setzen und ein Auge auf Rubaschow zu haben, der täglich von seiner Hinrichtung im Keller der Lubjanka hierher zurückkehren und seine abermalige Hinrichtung erwartend die Zeit mit Kartenspiel totschlagen werde. Abesser setzt sich an den Tisch und beobachtet den Delinquenten, der seinen Kneifer putzt, um die Karten erkennen zu können, und den Nebenmann, der im Qualm der hier ständig brennenden Zigarren, Pfeifen, Papirossi und Stummel zu verschwinden droht. Abessers Gesicht zeigt die freundliche Verlegenheit des Jünglings, der auf diese Weise erkennen läßt, etwas lernen zu wollen, was ihn nicht unbedingt interessiert. Denn vom Kartenspiel hat er keine Ahnung, es ist ihm zuwider, erinnert er sich nur an die Skatabende seines Vaters, zuerst mit den Kollegen und Genossen vom Ministerium, später mit den Kollegen von der Müllabfuhr, von denen einige die Genossen aus dem evaluierten Ministerium waren.

Rubaschow aber, als ein leidenschaftlicher Sowjetbürger, liebt die neugierige Verlegenheit der Jugend, wie er sie in Clubs und Patenbrigaden kennengelernt hat. Und daß er selbst keine Kinder hat, gibt seinem pädagogischen Eifer nur immer neuen Auftrieb. Mit dem Scharfsinn des dem Tode Geweihten erspäht er hier die Gelegenheit, über die Erklärung der bloßen Spielregeln hinaus einen Schüler zu finden, der die Stafette weitertragen könnte, welche man ihm, Rubaschow, aus der Hand geschlagen hat. Warum man ihn verhaftet, als Staatsfeind und Spion angeklagt hat, er weiß es von Mal zu Mal weniger.

Um ein Exempel zu statuieren, erklärt Rubaschow seinem Nachbarn, es ist zufällig der Gnom Matzerath aus

Danzig, der das kehlige Deutsch des Russen ganz gut versteht, um ein Exempel zu statuieren, schleppte man die französischen Revolutionäre zur Guillotine. Warum? Robespierre, mein Bester, war ein begnadeter Regisseur, bis er sich selber opfern mußte. Das Volk, das weder lesen noch schreiben kann, und wenn es lesen und schreiben kann, kapiert es wenig, was über den nackten Buchstaben hinausgeht –, das Volk muß Blut sehen, will es überzeugt werden. Wovon überzeugt, werden Sie fragen?

Matzerath schwieg und machte keine Anstalten, eine Frage zu stellen.

Überzeugt, sagte Rubaschow und fischte mit seinen dicken Fingern eine weitere Papirossi aus der Schachtel, überzeugt mußte es werden von der gemeingefährlichen Allmacht seiner Feinde. Und diese Feinde standen im Land. Jeder von uns konnte der Feind sein, ja? Und ergo, gab es den Feind, mußte man auf die dialektischen Mätzchen der Gewaltenteilung, der demokratischen Spielregeln – ein Löffelchen für dich, ein Löffelchen für mich – verzichten. Es galt, die Reihen fest geschlossen zu halten. Um den Feind zu besiegen? Den auch. Aber in der Hauptsache, um das Volk in seiner Dummheit zu überlisten und es eines Tages, eines Tages, meine Herren! in ein Reich ewiger Freiheit und Gerechtigkeit zu führen. Gut gedacht, nicht wahr? Aber ändert sich denn der Mensch in seiner Art? Eine gute Frage, was? Denn ändert er sich nicht, es sei denn, wir änderten die Gesetze der Natur und züchteten eine neue Rasse –, also: ändert er sich nicht, war alles umsonst, und wir rotten uns *in eternam* weiter aus – im Namen einer Idee, einer Klasse, einer festgeschriebenen Verfassung, und in Äonen stehen wir in der Lubjanka am Fahrstuhl zum Keller, oder wo immer: Genickschuß! Der Nächste bitte.

Rubaschow rieb sich bei diesen Worten den Nacken und sah sich nach Abesser um. Die anderen droschen ungerührt weiter ihren Skat. Aber, sagte Matzerath und blinzelte kurzsichtig, wenn wir das Problem auf Ihr Land erweitern: Stand nicht der Feind, als man Ihnen und Ihresgleichen den Prozeß machte, an den Grenzen Ihres Landes, bis an die Zähne bewaffnet?

Rubaschow nickte müde, als habe er diese Frage zu oft schon beantworten müssen.

Aus der Ferne erhob sich ein leises Trommeln, dessen Herkunft und Sinn nur Rubaschow bekannt war. Er schloß die Augen und schien in der nächsten Sekunde in einen tiefen Schlaf zu fallen. Den Bewegungen seiner Lippen, dem Zucken der Augenlider zufolge träumte er. Er träumte wie immer, daß an seine Tür geklopft wurde und daß draußen drei Männer standen, die ihn verhaften kamen. Und die drei Männer, die Uniformen trugen und Pistolen am Halfter, traten durch die Tür, ohne sie öffnen zu müssen, beugten sich über den Schlafenden und trugen ihn davon. Und mit einemmal war Rubaschows Platz leer, und ein leises Erschrecken ging durch die Spieler, die ihre Karten auf den Tisch legten, bis diejenigen, die einen Trumpf ausspielen wollten, mit den Knöcheln auf die Platte klopften und zum Weiterspielen aufforderten.

Mit Rubaschow in der Zelle

Abesser, da er mit ihm in der Zelle saß, mißtraute dem Mann. Nebbich, Kollegen, er kannte mich seit Panama City, aber er kannte mich in anderer Gewandung. Sein Mißtrauen war um so schärfer, da er sich den Tänzer gemerkt hatte, *aquel angel loco,* der mit seiner Frau Ribka getanzt hatte, im Ballraum des von Klimaanlagen gut gekühlten Hotels. Er hatte mich im Flugzeug wiedererkannt, als wir drei Beauftragte auffällig unauffällig uns in unserer saloppen Kleidung glichen, diesen Chinos und Sakkos und großgemusterten breiten Hawaiikrawatten, die ahnen ließen, in welch buntere Verkleidung das Amt uns wenig später steckte, ich meine, diese biblischen Gewänder, die wie von Ernst Fuchs entworfen aussahen und am Tag der Unschuldigen auf Hierro die Frauen und Kinder erschreckten, als seien wir die zurückgekehrten Krieger des Herodes.

Nun aber, in dieser gut gekühlten Zelle, trug ich die Maske Rubaschows, indes der wahre Rubaschow zu seinen Kartenspielern zurückgekehrt war. Es war ein Versuch, im Bild einer literarischen Figur zu erscheinen, zu einem guten Zweck, und so hoffe ich, den Dispens des Amtes für mein kleines Spiel zu erlangen.

Die Zelle auszustatten war nicht schwierig gewesen. Das Hotel verfügte über einige dieser kahlen Räume, um Verhöre auszuführen oder die Außenwelt in ihrer Architektur zu imitieren. Die Pritsche war täuschend echt, die Decke stank nach dem Angstschweiß einer Generation verurteilter Schläfer. Der Kübel zeigte die braunen Ränder, in der Mischung aus Rost und Kot. Die vergitterte Fensterluke zum Hof ließ ein diffuses Licht ein, das vom Scheinwerferkegel der Wachttürme oder vom Mondlicht auf den Schneewällen rühren konnte.

Rubaschow saß rauchend und seinen Kneifer am Ärmel reibend auf der Pritsche. So konnte sein Gast auf dem Schemel Platz nehmen, und obschon dieser sehr niedrig war, blickte Abesser, dank seiner Länge, dem etwas höher sitzenden Rubaschow ins Auge.

Gern hätte ich mich, der ich mich Trotzki näher fühlte als, sagen wir, Radek oder Bucharin, über die permanente Revolution ausgelassen. Immerhin war auch ich in diesem Gespräch der Lehrer und er der Schüler, oder? Einen Schüler muß man aufbauen, man muß ihm Hoffnung geben, daß er die von den Vätern (Lehrern) kaputtgemachte, kaputtgeredete Welt wieder ins Lot schiebt – und nicht aufgibt, wie dieser junge Mann, der von den Narben seines Berufs gezeichnet den Frieden mit einer unkorrigierbaren Welt gemacht zu haben schien. Oder? Luzifer hatte ihn auf die Kriegsschauplätze der Welt geführt und gefragt: Und du glaubst noch immer an den Fortschritt? Oder? Oder glaubst du an die Erlösung der Welt durch Jesus Christus?

Und Abesser konnte weder das eine noch das andere bejahen. An den Fortschritt zu glauben hatten ihm seine Lehrer in Berlin ausgetrieben. (Sie hatten, so meine ich, Itzhak Springer, die Sache zu simpel angepackt.) Und an Jesus Christus zu glauben, da kam ihm der Opportunismus seines Vaters in die Quere, der sich, die Reihen der Partei verlassend, den Zeugen Jehovas angeschlossen hatte, die ein kindliches Gemüt propagierten und den blinden Glauben an einen Vater, der den eigenen Sohn geopfert hatte, um irgendeiner These zum Durchbruch zu verhelfen. Da war er doch kaum besser als die Nummer Eins, die Rubaschow zum Tode verurteilt hatte. Oder?

Abesser glaubte, wenn er von einem Krieg zum nächsten flog, an die Gerechtigkeit. Welche? Sie glich der moralischen Stärke, die eine siegreiche Mannschaft durch erhöhte Punktzahl erreicht. Und da war noch etwas, das er verdrängte: Es war der Streit mit Ribka. Denn war Israel im Recht, wenn es die Palästinenser verfolgte, ihre Häuser in Trümmer legte, sie in Lager sperrte? Oder? Oder waren nicht die Palästinenser die neuen Faschisten, die mit Hitlers Fahnen die Juden ins Meer treiben wollten? Was war er, Daniel Abesser, für ein Jude, fragte Ribka, wenn er nicht blind zu Israel stand?

Augen zu haben für die Gerechtigkeit der Welt, erklärte Abesser Rubaschow, ist es nicht die Tugend Israels immer gewesen?

Rubaschow nickte bedeutungsschwer und drückte sich vor einer Antwort.

Die Gerechtigkeit der Welt ist immer eine Tugend der Mächtigen gewesen. Für mich, lieber junger Freund, ist es zu spät, die Mächtigen zur Gerechtigkeit zu mahnen.

So in etwa, denke ich, hätte auch Trotzki gesprochen am Ende seiner Tage, wenn er in Mexiko die traurigen mexikanischen Lieder im Radio hörte.

Aber so fand ich den Übergang zu meiner Aufgabe: Ich hatte Abesser auf die nächste Bekanntschaft in diesem Hotel vorzubereiten, und der Sprung zu ihr würde über die Jahrhunderte zurückgehen, und also ihn in eine höhere Etage des Hotels befördern.

Wir alten Haudegen eines Kriegskommunismus, sagte ich und vollführte mit dem Kneifer eine Pirouette, die mich an die Verlegenheitsgesten eines Chaplin erinnerte, wenn er sich seiner Lügen schämt –, also wir haben den Menschen nur als mathematische Größe gesehen, auf einem Planquadrat seiner ökonomischen Befindlichkeit. Diktatur des Proletariats, das hieß Befreiung von ausbeuterischer Arbeit. Alles richtig, alles gut und schön. Begnügt haben wir uns mit dem Diktum von Nummer Eins: Der Künstler ist der Ingenieur der Seele. Ha! Stellen Sie sich vor, jemand hantiert mit einem Schraubenschlüssel an Ihrer Seele ...

Mein Lachen schien ihn erneut mißtrauisch zu machen; es erinnerte ihn an meinen Tanz mit Ribka, auf deren Lachen ihr Tänzer geantwortet hatte in sinnlicher Übereinstimmung eines gemeinsamen Gelächters, Kopf an Kopf, beinahe Mund an Mund.

Das ist nichts Neues, sagte Abesser. Kunst ist Waffe, ich will meine Feder ins Waffenverzeichnis ...!

Ich will mehr, sagte ich. Denn wer hat der Menschheit den Glauben an sich selbst in finsteren Zeiten bewahrt, und diesen an künftige Geschlechter weitergegeben ...?

Nun sprach ich wirklich wie ein Lehrer, der Papier gefrühstückt hat, anstatt seine Frau zu vögeln ... ich meine, zu küssen.

Die Kunst, sagte Abesser.

Die Musik, sagte ich und griff unter die Pferdedecke und zog einen Packen Papier hervor.

Erlauben Sie mir, Ihnen ein Manuskript anzuvertrauen, das diese Gedanken fortsetzt. Es ist unabgeschlossen, Sie können es ergänzen, wenn Sie wollen ... Es sind ein paar Szenen und Betrachtungen zum Leben von Henricus Sagattoris, Ihnen besser bekannt als Heinrich Schütz ...

Abesser nickte höflich. Heinrich Schütz?

Der Geist Italiens weht aus seiner Musik, sagte ich ein wenig zu pathetisch, aber meine Rolle hatte mich nun ganz: In den Zeiten von Pest und Krieg, von einem dreißigjährigen Krieg, der Europa verheerte, gelang es ihm, etwas zu bewahren und weiterzugeben, das keiner von uns, ich meine von uns Revolutionären, erreicht hat.

Nämlich was? sagte Abesser und verzog den Mund.

Soviel Spott hätte ich dem blassen Jungen nicht zugetraut.

Lernen Sie ihn kennen, es wird Ihnen eine neue Welt offenbart werden.

In diesem Augenblick hob die Stadt die Stromsperre auf, Licht flutete durch unsere Zelle, daß wir die Augen schlossen und uns Sekunden später im überhitzten Spielzimmer befanden. Abesser rieb sich die Augen, doch er hielt die Papierrolle in der Hand, die ich ihm gegeben.

Rubaschow spielte einen Grand mit Vieren aus. Sein Lachen, das er aus der Tiefe des Bauches holte, war unnachahmbar.

Doch schon kam man, ihn zu holen und zur Hinrichtung zu führen. Diesmal hörten alle den Trommelwirbel, der Matzeraths Gesicht zu einem Lächeln verklärte. Es war ein an- und abschwellendes Tremolo, das einen Chorgesang einleitete.

Der dritte Bericht des Hundefängers

Majestät, gestatten Sie mir, in meinem Bericht fortzufahren. Ein Bericht tanzt auf einem Bein, wenn er unvollständig bleibt, und die Toten gehören unter die Erde, wenn alles seine Ordnung haben soll, unterwärts, zu Füßen der Lebenden, in gehörigem Abstand die einen zu den anderen.

Nun, es wurde eine schöne Beerdigung. Aus Las Palmas hatte man einen Rabbi eingeflogen, der von Grab zu Grab ging und sein Zeug sprach, und in der Eile, Majestät, hatte man weder ihm noch unserem Pater und seinem Kollegen von den Evangelen klar machen können, in welchem Grab wer lag, also daß die Konfessionen kreuz und quer zu liegen kamen und der Sicherheit halber die drei Herren an jedem Grab ihre Notdurft verrichteten, was sage ich, ihre Not hatten, und die demokratischen Spielregeln achtend, die wir, dank Ihnen, Majestät, im neuen Spanien beachten, sprachen sie ihre Gebete in wechselnder Reihenfolge, mißtrauisch beobachtet von den Angehörigen, wenn diese nicht sicher waren, daß ihrem lieben Toten die richtige Tröstung zuteil wurde.

Merkwürdig still aber verhielten sich die sechs Menschen am Grabe besagten Daniel Abessers – es war bereits von ihnen die Rede in meinem letzten Bericht. Merkwürdig still, sage ich, und nur aus den Augenwinkeln belauerten sie einander, als der Rabbi brabbelte und unser Pater auf Hierro murmelte – bei letzterem schüttelten die Eltern aus Deutschland ein wenig den Kopf und lauschten dann um so aufmerksamer den Sprüchen des Evangelen, der, nebenbei gesagt, einer der Wintertouristen war, den man aus Lanzarote herübergeholt hatte, ein Deutscher oder Amerikaner, und man würde ihn mit einem Extrabonus, Freitisch oder Freibier, für den Rest seiner Urlaubstage regalieren.

Geschah sonst etwas? Heulen und Zähneklappern?

Nicht unbedingt. Die Angehörigen bewahrten Fassung, und die Stille wäre unerträglich gewesen, wenn nicht ...

Euer gehorsamster Diener schämt sich, das weitere zu bekunden ... Denn in die Stille hinein, die aus der Fassungslosigkeit der Angehörigen und Freunde entstand, die einer Vorstellung beizuwohnen glaubten, die im Grunde nichts mit dem Verlust zu tun hatte ... in die Stille hinein heulte ein Hund, einer zuerst, und ich erkannte ihn sogleich, es war der Hund aus dem Flugzeug, der versucht hatte, das Kind zu retten – das wir in einen kleinen, weiß gestrichenen Sarg gelegt hatten –, der Hund mit dem Kopf wie ein Amboß, den wir nicht hatten fangen können, und beschämender noch für mein Amt als bestallter Hundefänger, Majestät: er hatte sich zum Anführer der überlebenden Hunde gemacht, die nun seinem Geheul folgten und ihrerseits in kehlige Laute ausbrachen, Wölfen ähnlich, ein ganzes Rudel mußte es sein, das unsichtbar den Friedhof umkreiste, in sicherem Abstand, die Lavafelsen und Höhlen im Rücken und in der Nase – der Wind war ihnen günstig – die Witterung der Lebenden und der Toten. Ich schwor mir, jeden einzelnen von ihnen zu jagen und ihm den Garaus zu machen und ihn in die Unterwelt zu schicken.

Das Geheul ließ die drei Abgesandten des Herrn verstummen. Einmal mehr, Majestät, erwies sich die Macht einer, wie soll ich sagen, archaischen Bekundung, jenes Ur-Lauts des Schmerzes, welcher der Worte entbehren kann, die doch alle nur billigen Trost bereithalten, indes hier die Zeit aufgehoben wurde, der Raum mit seinen Wänden zurückwich.

Am Anfang war das Wort? Irrtum! Am Anfang war das Geheul. Am Ende wird sein das Geheul. Und so gestehe ich, und ende meinen Bericht, Majestät, mit der Versicherung, stolz auf meine kanarischen Hunde gewesen zu sein, stolz auf ihre Kriegserklärung gegen unser aller Zeitgefühl.

III

Mein Sohn, warum hast du uns das angetan?

Die Rolle, ich muß es in meinem Protokoll nicht extra erwähnen, ist mir ein Plaisir. Das Amt, es kennt unsere Schwächen, und zuweilen unterdrückt es sie, zuweilen lockt es uns mit der Leimrute unserer Leidenschaften.

Aaron Spitzer, was für ein Genie geht an dir verloren! Und hättest du das dir gemäße Jahrhundert gefunden – keine ganz unzeitgemäße Frage für einen Engel –, du hättest auf die Pauke gehauen wie Beethoven, wärst zwischen Syphilis und Melancholie unsterblich geworden wie Schubert (doch bist du unsterblich an sich), oder hättest dir die Sphären unterworfen mit der Disziplin meines vertrauten Arnold Schönberg ... Nun aber, um diese Ausflüge ins private Gemüt zu beenden, bin ich der beflügelte Adlatus dieses greisen Jüngelchen Daniel Abesser und erdulde, was das Amt mir aufgetragen: Ich schlüpfe in die Rolle des betagten Heinrich Schütz – Sagittarius, und nie war ein Name unpassender für einen so friedlichen Mann.

Hinzu kommt die lästige Behaarung im Gesicht und auf meinem Haupt. Dieser gezwirbelte Schnurrbart als waagerechte Komponente über dem spitz zulaufendem Kinnbart. Und das Haupt voll von straff nach hinten gekämmter gelblich weißer Haarpracht, die an einen Acker im Winter erinnert ... Ein Compositeur des 17. Jahrhunderts, fragen Sie mich nicht nach genauen

Lebensdaten, mir genügt die wunderbare Melange von Musik und himmlischer Leichtfüßigkeit, weshalb die Maler vornehmlich jenes Jahrhunderts uns *angeli* als Posaunenengel (des Jüngsten Gerichts), aber auch als die Zimbel und Harfe schlagenden Jünglinge dargestellt haben, wie sie Maestro Sagittarius, also ich, in Venedig in der Accademia zu sehen bekam.

So man mir eine eigene Beobachtung zu dieser, meiner Musik erlaubt: Sie gleicht der des späten Schönberg. Wie das? Sie ist unterkühlt, aus einem doppelten Schrekken heraus komponieret, dem Schrecken des entsetzlichsten aller Kriege, den die Menschheit bis dato gekannt; und sie ist aus dem Schrecken geschrieben, den der Anblick des Schönen erzeugt. Die Engel im Flug über der Lagunenstadt, und aus der Nähe alles Theaterengel, die zu einer Aufführung von Monteverdis Opern übers Wasser getragen werden.

Ecce homo! Der Mensch zwischen Teufel und Engel, es schnürt dem Maestro Schütz, es schnürt mir die Kehle zu. Welch exemplarische Musik, lieber Abesser, und verzeihen Sie, daß ich von mir quasi in der dritten Person rede, es wird darin ein Verhör angestellt, wer wird verhört? *Mein Sohn, warum hast du uns das getan*?

Die Frage ist ein Schrei der geschundenen Kreatur, ich werde sie Ihnen zeigen, wir sind fast am Ort des Geschehens, unweit meines Geburtsorts nahe Weißenfels, es ist die Frage an den Messias, ich meine an den Heiland, ja, die Frage an den Menschensohn, den uns Gott schickt: Warum läßt Du, den der himmlische Vater schickt, dies zu? Und der Messias schweigt, und es ist ein Schweigen in dieser Musik, das in den tiefsten Abgrund führte, hätte der Meister seine Lektion südlich der Alpen nicht gelernt. Er hat sie gelernt, er füllt den Hohlraum aus mit zartem Pastell, ganz ein Maler, er schenkt uns die Blüten und Blumen des Frühjahrs und malt sie auf die Brandmauern des Krieges in Dresden, Stralsund oder Nördlingen ... Diese in den rauhen Norden heimgebrachten Madrigale ... Es sollte mir gelingen, hier einen Chor zusammenzustellen, damit ich sie Ihnen zu Gehör bringen kann ... Aber sonst? Wer fällt auf die Knie bei meiner Musik? Hundert Jahre nach mir, als keiner mehr ein Echo der Protestantischen Union und der Katholischen Liga in meiner Musik suchte ...

Sie meinen Bach, sagte Abesser, der wie ein guter Schüler sein Wissen nicht lange für sich behalten konnte.

Sehr wohl, mein Sohn, sagte Schütz und strich sich nach Art eines zufriedenen Lehrers den eisgrauen Spitzbart.

Nun aber würde ich ihn in meine Welt einführen. Die Welt des Glaubenskrieges, da für eine Weile der Teufel losgelassen war und mit dem Menschen buhlte und diesen von Gott abfallen ließ. Doch von welchem Gott? Hie die Protestantische Union, da die Katholische Liga. Es war ein rechtes Gruselkabinett, eine schwarze Geisterbahn, die ich ihm zeigte; allein, er fürchtete sich nicht. Ausgezogen, das Fürchten zu lernen in seinem Jahrhundert, konnten wir ihm nichts Neues zeigen auf dieser Etage des Hotels »Lux«, die er für eine Dependance, eine Effektenkammer des städtischen historischen Museums nahm. Wie immer macht eine Ansammlung von Scheußlichkeiten einen eher lächerlichen Eindruck.

Abesser, der greise Jüngling, wie ich in zu nennen beliebe, lachte, als ich ihn vor das Panorama des Dreissigjährigen Krieges schob. Ein Rundbau, halb Arena und halb großes Theater, gut ausgeleuchtet an den Rändern, ein ins Überdimensionale erweiterter Guckkasten, wie ich ihn als Bub im Wiener Prater erlebt hatte, in jenem Zwischenleben Ihres ergebenen Dieners Aaron Spitzer alias Israfil. Und Vergebung, daß ich mich einmal mehr zur Sprache bringe.

Abesser lachte, da er sich bückte und das Papier auflas, das unseren Schritt behinderte, und das im Wechsel mit den Insignien des Krieges am Boden lag, ausgeschissen, mit Verlaub, von der Bestie der Schlachtfelder, besudelt vom Gestank der Angst, wenn die Kaiserlichen auf die Schweden oder Böhmen stießen und diese auf die Spanier, und die Söldner, die eben noch die heilige Jungfrau in ihren Kriegsgesängen hatten hochleben lassen, sich den Thesen Luthers zuwandten, die sie, des wechselnden Kriegsglücks eingedenk, in den Taschen ihres Wamses versteckten, und drehte sich das Glück, zeigte ihnen Fortuna abwechselnd den blanken Arsch und dann wieder den einladenden Schoß, zogen sie die Skapuliere und geweihten Bildchen heraus, küßten sie und schmähten die Gegenpartei, aus der sie, waren sie die Sieger, Kleinholz für ihr Lagerfeuer machten, buchstäblich ihnen die Glieder abhackend in langsamer Art, auf daß die Heiligen, die als Fachleute des Martyriums galten, interessiert zuschauen konnten, so ihnen die Lutheraner nicht bei ihren Schießübungen in den Kirchen am Wege mit ihren Musketen die Augen ausgeschossen und den heiligen Agathen und Annen die Brüste heruntergesäbelt hatten, auch wenn diese aus Stein waren – die Prozedur ließ sich in den Bauernkaten wiederholen, am lebenden Objekt der sich im Heuschober, auf der Tenne, im leeren Brunnen versteckenden Mägde und Bauerntrinen.

Eine rechte Bauernhatz war dieser Krieg, erläuterte ich meinem jungen Freund. Und ich führte ihm die Szene vor Augen, da ein Trupp Landsknechte einen Bauern nach seinem Gott befragt. Er ist der Letzte seines Dorfes, die anderen haben die Musketiere über die Klinge springen lassen. Dieser wird also befragt:

Wann du Gott und alle seine Heiligen verläugnen wilt, so werde ich dich lauffen lassen, wohin du begehrest.

Der Bauer antwortet, *er hätte sein Lebtage nichts auf die Heilige* gehalten und *auch bißher geringe Kundschafft mit Gott selbst* gehabt, und er schwört, diesen nicht zu kennen und kein Teil *an seinem Reich zu begehren.* Hierauf jagt ihm der Soldat eine Kugel an die Stirn, *welche aber soviel effectuieret, als wenn sie an einen stählernen Berg gangen wäre. Darauff zuckte er seine Plaute und sagte: Holla, bistu einer von denen ...? Ich habe versprochen, dich lauffen zu lassen, wohin du begehrest; sihe, so schicke ich dich nun ins höllische Reich, weil du nicht Himmel wilt, und spaltete ihm damit den Kopff biß auf die Zähne voneinander.*

Abesser sah sich um, als suchte er nach einem Zeugen für diese Szene. In einem Baum versteckt, saß ein Knabe, den er jedoch nicht wahrnahm und auf den ich ihn nicht aufmerksam machte.

Um an das erleuchtete Panorama näher heranzukommen, mußten wir uns den Weg, wie gesagt, durch Papier, abgelegte Beinschienen, hohle Armstützen, Kokarden, Federbüsche, abgebrochene Lanzen, Kürassiere, Musketen und Armbrüste bahnen, indes Abesser immer wieder vergilbtes Papier auflas und vor seine Augen hob, um die Schmähungen, Bekundungen und Treueschwüre auf den alleinseligmachenden Glauben zu lesen. Was er dabei dachte, verschwieg er.

Königin Christina und ihr Narr

Daß er ein Mann des Wortes war, ein Bocher alles Geschriebenen, erkannte ich an seiner Geduld, seinem Eifer mit dem nach Gutenbergs Erfindung bedruckten Papier, mehr noch mit dem Pergament mit der kalligraphischen, vielfarbig illuminierten Mönchsschrift. Als einen jungen Novizen konnte ich ihn mir vorstellen, die heimlichen Sünden durch Übereifer vertuschend, den Gänsekiel in der mädchenhaft zarten Rechten, wie sie die Buchstaben setzt, traumwandlerisch, und indes alles nach Vorlage der Heiligen Schrift geschieht, setzt der Kopf die Schrift neu zusammen zu einer Imitatio jener Gedichte unseres Martin Opitz, unseres Angelus Silesius ...

Ich drängte ihn zum Gehen. Abesser erwachte aus den Welten der Pamphlete und Gedichte, doch erwachte er in diese andere Scheinwelt, die wir ihm hier aufgebaut hatten, aus Gründen, die allein dem Amt beziehungsweise der Direktion des Hotels »Lux« bekannt sein mögen.

Ich zeigte auf ein seltsames Paar, das unseren Weg kreuzte. Es ist, sagte ich flüsternd, die Königin Christina, minderjährig und jungfräulich, Nachfolgerin Gustav Adolfs auf dem Thron von Schweden –, und ich senkte abermals die Stimme: mit ihrem Hofnarren, der in einer Sänfte – es ist mehr ein hölzernes Scheißhaus mit allem, was dazugehört, das von vier Dienern, jeder am Ende einer Tragstange – durch halb Europa geschleppt wird. Denn der Narr, in die Jahre gekommen, ist fett geworden von der Völlerei im Schatten des Krieges, und laufen kann er nicht, nicht weil, wie erzählt wird, eine Kugel bei der Schlacht von Nördlingen sein Knie zertrümmert habe, sondern weil er sich die Gicht angesoffen hat.

Abesser achtete nicht auf meine Worte. Die Frau, das war zu sehen, hatte es ihm angetan, die jungfräuliche Königin, die nach Art eines Kindes bunte Bänder in ihr Blondhaar geknüpft hatte, das ihr wie eine Haube auf dem kleinen Kopf mit dem Raubtiergesicht saß. So sie ein Kind war, so war sie doch auch eine reife Frau, die die Bosheit eines Kindes mit der Häme einer erfahrenen Frau verband, die sich lustig machte über die Neugier des Pöbels am Wege ob dieses seltsamen Paars, und die, war sie doch die Königin, die zu lauten Spötter exekutieren ließ, nachdem sie sie für Staatsfeinde erklärt hatte.

Ribka, sagte Abesser, was mehr eine Beschwörung war als die Versicherung, seine Frau wiedergefunden zu haben.

Die Königin, so angesprochen, schüttete sich aus vor Lachen. Sie befahl ihren Dienern, den Kasten samt Inhalt abzusetzen, indes sie mich umarmte, um zu fragen: Sagittarius, Maestro, wer ist der Narr? Ihr kleiner Finger wies auf Abesser.

Majestät, auf seine Art ein Schriftgelehrter, aus einer anderen Welt. Anders gesagt, ein Wanderer zwischen den Welten und in Kriegsdingen beschlagen.

Wau! rief die Königin, was Abesser mit Verwunderung quittierte, war es doch ein archaischer Laut aus der Welt der Teenager, die er verlassen hatte. Sie nahm ihn genauer in Augenschein, indes der Narr aus dem Fensterchen seines Gelasses lugte, um notfalls eine unüberlegte Handlung seiner Königin verhindern zu können.

Taugt er etwa zum Kriegsminister? fragte Königin Christina, der man in Schweden erlaubte, Minister zu ernennen und abzusetzen, ohne daß diese ihre Ämter ausführen mußten, weil der Hohe Rat lediglich die Launen eines Kindes befriedigte, indes der Glaubenskrieg in Europa hin und her brandete wie Pest und Cholera im Gefolge der einander abschlachtenden Soldaten. Ab und zu griffen sie ein, die Ratsherren, und beauftragten etwa einen Hauptmann Deveroux, Wallenstein in seinem Schlafgemach zu erstechen, mittels einer Partisane, eines Wurfspießes, begleitet von den Worten: Stirb, du meineidiger Schelm!

Abesser, im Bann der blonden Königin, wollte nicht länger schweigen.

Majestät, sagte er, und die Königin zog die Hand zurück, auf die er einen Kuß drücken wollte, Majestät, zum Minister tauge ich wohl nicht, eher zum Chronisten Ihres Krieges, und glücklich wäre ich, in dieser Eigenschaft zu Ihrem Gefolge zu gehören.

Hier mußte ich einschreiten. Daß mir die Dame Christina den Mann entführte, war nicht vorgesehen. Doch ehe ich vermitteln konnte, stieß der Hofnarr sein Türchen auf, zappelte mit seinen kurzen Armen und Beinen und begann, seinen Protest hinauszukrähen.

Wer ist das? fragte mich Abesser.

Auf seine Art ein Chronist dieses Krieges, sagte ich. Er hat ein Buch geschrieben, nachdem er den Krieg als Koch, Marketender und Landsknecht erfahren hat.

Und wieso ist der Kerl in ihrem Gefolge?

Er hat ihr, kaum daß sie eins und eins zusammenzählen konnte, prophezeit, sie werde Königin von Schweden werden. Und so ist es gekommen. Seitdem betrachtet sie ihn als ihren Talisman, ihren Dackel, ihren Glücksbringer und schleppt ihn durch die Lande, aus Furcht, man werde ihr sonst die Krone nehmen, sie in die Gosse stürzen und an ein Bordell verkaufen.

In der Rolle des Chronisten, sagte Abesser, sind wir Konkurrenten.

Womöglich auch in der Rolle des potentiellen Liebhabers, flüsterte ich.

Abesser lachte und schüttelte den Kopf.

Doch, doch, sagte ich. Aber als Narr ist er Ihnen überlegen.

Ich kenne sein Buch, sagte Abesser.

Unmöglich, sagte ich. Es ist noch gar nicht erschienen.

Doch, beharrte Abesser. Ein Freund meines Vaters hat es ins Deutsche übersetzt.

Ihres Vaters? (Ich wußte, wie ich ihn treffen konnte.)

Ich meine, sagte Abesser und sein blasses Gesicht zeigte rote Flecken, ich meine, ein Freund meines Ziehvaters in Berlin.

Und wie heißt denn das Buch? fragte ich.

Abesser besann sich nicht lange.

Estebanillo González, ein Mann fröhlicher Gelassenheit, sagte er.

Ich nickte, doch nun wurde der Narr in seinem hölzernen Käfig mobil, da er aus Abessers Munde seinen Namen vernommen hatte. Auch die Königin sah hoch, als habe Abesser sie bei einem ihrer Geheimnisse ertappt.

Der Narr verlangte, aus seinem Kasten herausgetragen

zu werden, was die Königin verweigerte. So fuchtelte er weiter aus der aufgestoßenen Tür seines Gelasses. Gekleidet war er ganz und gar als spanischer Grande, mit Stulpenstiefeln und feingefälteter Halskrause, auf der sein dicker Kopf ruhte wie das Haupt des Täufers auf dem Tablett, das Salome vermutlich aus der Küche des Königs Herodes hatte bringen lassen. Auf der Brust trug er, farbig eingestickt, die Insignie eines spanischen Ritterordens und darunter eine Art Kreuzband in den blaugelben schwedischen Farben.

Seine Sprache kam schneidend, und er wechselte von der einen in die andere, als er begann, uns zu beschimpfen als Wegelagerer und Lutheraner, die wir im Sold des Teufels stünden. Die Diener horchten auf, wohl aus Sorge, daß sie am Ende den Auftrag bekämen, uns zu erschlagen oder mit dem Kopf nach unten an die nächste Eiche zu hängen.

Die Königin hörte belustigt zu. Sie klatschte in die Hände, und es klang wie Peitschenknall und Ansporn für ihr närrisches Hündchen, mit einer neuen Volte zu beginnen.

Seine Stimme war kräftig und gestelzt in ihrer Diktion.

Ich! sagte er, Ihrer jungfräulichen Majestät ergebenster Diener, Sohn eigner Taten und Stiefvater fremder, ich hab mich auf den Markt der Welt gestellt und in die Palästra begeben, als ich das Buch meines Lebens, und keineswegs Wundermären, in den Dreck, pardon, Druck gegeben ...

Die Königin winkte ab und klatschte noch einmal in die Hände. Sie kannte die Eitelkeiten ihres Narren nur zu gut. Doch dieser ließ nicht ab in seinem Eifer, uns zu beeindrucken, und zählte die Stationen seines Lebens auf.

Bartkratzer war ich bei den Eierköpfen, sagte er und lüftete den zu großen Hut, um seine Glatze zu zeigen. Mogler auch in allen Künsten, Lehrjunge im Mästen von

Wänsten, Küchenjunge, Unterfähnrich, Feldscher mit Nadel und Zwirn, Silberputzer, Büttel und, mit Verlaub, Gast hinter schwedischen Gardinen.

Bei jedem Wort krähte er Zustimmung, und in abgebrochenen Pantomimen machte er seine wechselnden Professionen deutlich.

Silberputzer, Trödler, Wasserträger, Page gar, Kaufmann und millionenschwer, arm dann über Nacht, Kirchenmaus und Kuppelschmied, Handelsmann mit altem Eisen, Koch bei der schnellen Eingreiftruppe, der Majestäten Briefzusteller ... Sekretarius hernach des Grafen Piccolomini. Wahrlich, ein Narr ist König in diesem Krieg.

An dieser Stelle unterbrachen die Diener die Suada des Narren und riefen im Chor, wie sie es mehr als einmal getan:

Mögen die Grazien dich krönen mit Lorbeer,
wo du deren Höchster bist,
mit dir der delphische Gott selbst seine Feder mißt
und dir seinen Kranz gibt her ...

Eine feine einschmeichelnde Musik ertönte aus dem Hintergrund, und ich erkannte eines meiner vielen Madrigale, die in aller Munde waren, und obschon sie den Namen des Komponisten trugen, Heinrich Schütz, ging ich leer aus.

Der Narr verstummte und verdrehte entzückt die Augen. Dann fiel ihm ein, daß er in der Gestalt Daniel Abessers einen Konkurrenten zu fürchten hatte, und er machte, diesmal in spanischer Sprache, seiner Königin einen verdrehten Heiratsantrag, der in jedem Satz seine Werbung steigerte, um sie dann zurückzunehmen nach Art einer Fughetta.

Dígame, reina, qué paciencia o sufrimiento me ha columbrado, que me codicia para marido? ... Maride por otra parte; que yo he determinado morir ermitano de mi rincón, donde son mas apacibles telaranas que suegras ... Si vuesa merced me quiere para mientras marida, o como para marido, o para entre marido, aqui me tiene corriente y moliente ...

Königin Christina eilte bei diesen Worten zu ihm, halb zog sie ihn aus seinem Kasten, um ihn besser fassen zu können, und mit ihrer beringten rechten Kinderhand schlug sie ihm ins Gesicht, um ihn sogleich auf die Stirn zu küssen.

Abesser beobachtete die Szene sozusagen mit leidender Anteilnahme, und auch ich, dem die Frauen nichts mehr sagten, in meiner Rolle als Sagittarius wie in meinem anderen Leben als Aaron Spitzer, meinte zu erkennen, wie hier die Liebe zwischen dem Narren und der Königin sich vom Gift der Verachtung und der heimlichen Wünsche nährte, und beide Protagonisten nur die Schatten ihrer selbst waren, indes sie auf den platonischen Wolken der Illusion himmelwärts schwebten. Mir gefiel diese Vorstellung, sie hatte mit der Art meiner Compositionen zu tun. Ich würde mit dem jungen Abesser darüber ein Gespräch führen, sobald ich ihn ein wenig mehr in mein Leben eingeführt hatte.

Und so nahmen wir unseren Abschied von der jungfräulichen Königin und ihrem Narren.

Magdalena, Traualtar und Totenbett

Einem alten Mann, der in Tränen ausbricht, schaut man nicht ins Gesicht. Jedoch, ich konnte mich nicht beherrschen. Die Tränen, gebe ich zu Protokoll, waren der Beweis meiner vollendeten Menschwerdung. Denn wer hätte je Israfil, den Engel der Toten, weinen sehen?

Abesser schien betroffen, er zögerte, ob er seinen Arm nach mir ausstrecken solle, in der richtigen Überlegung, daß der seelische Schmerz den Verfall des Leibes nach sich ziehe, ich also für den Augenblick geschwächt sein würde und mir die Glieder den Dienst versagten. Doch rührte er mich nicht an. Er schlug die Augen nieder, was seinem Gesicht die Sanftheit seiner gespielten oder tatsächlichen Unschuld zurückgab, und hätte ich ein Gesicht gebraucht zum Komponieren meiner Psalmen Davids, ich hätte mir seines vorgestellt.

Weshalb ich in Tränen ausbrach? Ich weinte um die Liebe und den Tod meiner lieben Frau Magdalena Wildeck, 1619 bei Beginn des Krieges zu Dresden geehelicht, woselbst sie 1625, im blühenden Alter von vierund- zwanzig Jahren dahinschied. Sechzehn Jahre war ich älter als sie, ein alter Mann in den Augen ihrer Familie, der sich diese Muse für seine Musiken angelt und eine Stütze fürs hohe Alter dazu. Da sie starb, war ich ein Greis von vierzig Jahren.

Abesser sah mich an, als wollte er schätzen, in welchem Lebensjahr ich nun vor ihm stand. Ich hätte es nicht zu sagen gewußt.

Wir traten vors schöngemalte Dresdner Panorama, eine Stadt, die auch Abesser zu kennen schien und mit liebevollen Augen betrachtete, das Elbufer mit den Brücken, die von Natur und Klima gemilderte barocke Geste seiner Imponierbauten. Die Stadt war das Paradiesgärtlein inmitten der Kriege, die über sie hinwegfegten, und meine Musik, ich sagte es dem Jüngling, trug dazu bei, daß eine Erinnerung ans Paradies blieb, wenn die Pest über uns kam; und daß wir uns im Paradies wähnten, sobald Orgel und Harfe, Geige und Fagott unser Ohr umschmeichelten.

Und gesungen wurde auf der Hochzeit, Hochzeits-Carmina gedichtet, und bei Tisch wurde das Brautgedicht des Conrad Bavarus vorgetragen, es fällt mir gewiß ein, während wir hier hinunter auf Lobetal und Loschwitz blicken, es geht so: Viel mehr der Jungfräwlein/ Gezieret hübsch und fein/ Den Schützen wollten han/ Weil Er schön singen kann/ Er ist welcher kann machen/ Das Hertz im Leibe lachen ... Fürwahr, keine große Dichtkunst, die menschenfreundlichen Poeten sind nun mal die schlechten Poeten, und erst im Krieg, unter den vom Feuer geschwärzten Bäumen, fielen ihnen die Früchte ihres schlummernden Talents zu. Merkwürdig, nicht wahr?

Ach, Magdalena, sie liebte mich vom Grund ihrer Seele, mit dem Gemüt eines Kindes. Sehen Sie sie hier, mit Schleier und Jungfernkranz, ein wenig schelmisch sieht sie ihren Herrn an, der hier an ihrer Seite steht und mitnichten demjenigen gleicht, Abesser, der Ihnen den Cicerone macht. Möglich, daß allein der Maler Rembrandt mich so gesehen hat, mit diesem schwarzen Gelock unterm Hut und den leuchtenden Augen. Wie aber hätte ich nicht leuchten sollen angesichts dieser sächsischen Unschuld meiner schönen Wildeckin. Was meine Musik im Kriege war, war sie in meinem Leben für mich, das Paradiesgärtlein, und verzeihen Sie diese Sentimentalität, sie war damals unser Teil nicht, da wir noch nicht gelernt hatten, mit Gott zu hadern, und in der besten aller Welten zu leben glaubten, stand man nur fest zum rechten Glauben, also gegen die Papisten und ihre Katholenliga. Obschon ich heute zugeben muß, erst dieser Schritt auf den Menschen zu hat uns von Gott entfernt und ins Jammern gebracht.

Abesser schwieg und betrachtete die Braut. Dann fragte er: Können wir sie nicht zum Leben erwecken? Sie ist so starr, und wir sind lebendig.

Über unsere Art lebendig zu sein, sagte ich, täuschen Sie sich. Und vergessen Sie nicht, an welchem Ort wir uns befinden.

Wenn es ein Totenreich ist, sagte Abesser nach einer Weile, warum dann setzt sich unsere Imagination in Worte um – wie bei den Lebenden?

Eine Frage, erwiderte ich, die mein Wissen übersteigt. Bin nie auf der Hohen Schul zu Wittenberg oder sonstwo gewesen. Theologie, log ich, war nie meine Stärke.

Kann es Musik ohne Theologie geben, fragte Abesser in dieser seiner Unart, einen Spott in eine Artigkeit zu verpacken.

Eine gute Frage, wich ich aus. Doch genügte mir die Bibel, meine Psalmen zu komponieren.

Indes wir weitergingen, dunkelte der Horizont. Es dunkelt schon die Luft, wie es im Gedicht eines Nachgeborenen heißen würde, ein unsterbliches Gedicht, da es in Musik gesetzt wurde. Ich wußte, wohin der Weg uns führte. Es war der Weg in den Schmerz, den ich mir nicht ersparen konnte, als sei mir alles vorbestimmt gewesen, es ein und tausendmal zu erleben. Mit Magdalena hatte ich im Gebet die Nacht zum 6. September 1625 verbracht. Der neue Tag war noch nicht angebrochen, als sie gegen halber drei den Geist aufgab. Von Todesahnungen heimgesucht, als Israfils schwarzer Flügel sie berührte, hatte sie längst Abschied von mir genommen. Ein hohes Fieber nahm ihr das Bewußtsein, im Sterben war ihr Gesicht entstellt bis zur Fratze – oder war es, daß Israfil mir ihr eigentliches Gesicht zeigen wollte? Ich konnte es nicht glauben und bat, sie ganz, von Kopf bis Fuß, in weißes Tuch einzuhüllen, ehe man sie in den Sarg legte, der einem Kindersarg glich, so klein und zerbrechlich war ihr blühender Leib in der Krankheit geworden.

Mein Harff ein Klag, mein Pfeiff ein Plag: dem Leichenprediger hatte ich das Stichwort geliefert für seinen Sermon. Doch was wußten sie alle von meinem Schmerz, meinen Tränen.

Und sie blieb, fragte Abesser, die einzige Frau in Ihrem Leben, Maestro?

Können wir denn mehr als einmal lieben? sagte ich. In der Wiederholung lieben wir nur, was wir schon geliebt haben, und im Verlust verlieren wir, was wir schon verloren haben.

Auch diesmal fürchtete ich den feinen Spott des Jünglings über meine Sentenzen. Was wußte er schon von meinen Verlusten in späterer Zeit, die ich ihm, hätte er mich als Aaron Spitzer kennengelernt, hätte aufzählen können.

Magdalena, sagte ich, starb, wie die Heiligen sterben, sie erwachte zu neuem Leben als eine Ikone ewiger Jugend, und als eine solche diente sie meiner Kunst, so lange ich ihr treu war. Also bis ans Ende meiner Tage als Compositeur von Königen und Grafen, Kirchenmännern und gemeinem Volke ...

Die Hölle, sagte er, falls es die Hölle ist, die wir hier erfahren, sie wäre komplett eingerichtet, könnte sie uns die nichtgelebte Zukunft zeigen.

Ich weiß, sagte ich, worauf Sie hinauswollen. Sie möchten hier eine Magdalena sehen, die, in die Jahre gekommen, ihrem Gemahl den täglichen Becher Gift reicht, den er mit seinem Wein vermischt und austrinkt. Wie sähen dann seine Compositionen aus, junger Mann?

Es würde, sagte Abesser aufgeräumt, ein Feuer in ihnen brennen, das keine Hölle zu bieten hätte.

Ich schwieg dazu. Dann breitete ich meinen weiten Mantel auf dem Boden aus und lud Abesser ein, darauf mit mir Platz zu nehmen.

Kommen Sie, sagte ich, die Nacht ist auch in der Hölle kühl. Setzen Sie sich zu mir.

Wäre es Mephistos Mantel, sagte Abesser, bäte ich ihn, mich in ein anderes Land zu entführen.

Das können Sie haben, sagte ich. In diesem Krieg sind auch die Wundertäter unterwegs. Ein Wort genügt, und Venedig ist unser Ziel.

Der Sternenbote

Da es, sagte ich, beschlossene Sache ist, daß wir hier in der Zeit zurückgehen, so als trügen wir das Gesicht im Nakken, macht es nichts, wenn wir zu den Anfängen des Krieges zurückkehren und ich meinem Vaterland Valet sage.

Abesser, neugierig wie ein guter Schüler, schien mit allem einverstanden. Mit der Unruhe des Liebenden, suchte er doch seine entschwundene Ribka, war ihm jede Reise willkommen. In dem Wahn, den der Schmerz erzeugt, glaubte er der Verlorenen an jedem Straßenrand, in jeder Herberge und Poststation am Wege begegnen zu können, und ich bestärkte ihn darin, indem ich von den Wundern jener ersten Oper der Musikgeschichte erzählte, von Jacopo Peris »La Dafne«, welche im ominösen Jahr 1600 das Licht von Florenz erblickte.

Eine Liebesoper? fragte Abesser hoffnungsvoll, als könnte am Ende die geliebte Dafne aus den Kulissen treten und ihn wiedererkennend umarmen.

Amor, sagte ich, das laszive Kind hat die Hand im Spiel. Apoll, der Held und Sieger über die Pythonschlange, hat den kleinen Gott durch seine Arroganz beleidigt. Der spielt ihm einen Streich, indem er die hinter einem Hirsch herjagende Dafne – eigentlich sollte sie eine Schäferin sein, die ein verirrtes Lamm zu seiner Mutter bringt –, in einen Lorbeerbaum verwandelt, um sie also vor Apolls Zudringlichkeit zu bewahren. Fortan krönt Lorbeer die Stirn der Dichter, zum Trost dafür, daß die Kunst das Leben nicht ist und Werk und Liebe einander ausschließen.

Abesser, trotzig wie es ihm seine Jahre erlaubten, zog ein enttäuschtes Gesicht und sagte: Ich bin kein Dichter, dem ein Gott zu sagen gab, was er leidet.

Ich tröstete ihn, indem ich log: Es gibt eine Fortsetzung der Oper aus der Feder des begnadeten Monteverdi. Darin heißt Apoll Orfeo, und er findet seine entschwundene Eurydike.

Noch immer lagerten wir im Schatten des Eichbaums (der sich auch unter den Blicken Abessers in keinen Lorbeerbaum verwandelte) auf meinem Mantel.

Und die Stationen der Reise? fragte Abesser.

Da wir uns in Augsburg befinden, behauptete ich, reiten, fahren oder wandern wir von Augsburg über

Landsberg, Schongau, Mittenwald und Seefeld nach Innsbruck ... Einmal mehr bewunderte ich, wenn auch mit leisem Unbehagen, die Macht, die mir gegeben war; denn zu meinen Worten drehte sich das gläserne Panorama um uns, und während die Wolken am Himmel uns mit ihrem grellen Weiß blendeten, dann mit einem rosa Hauch betörten, dann schwarz färbten, dann mit grünen und rosa Rändern den Morgen anzeigten, tauchten die Türme und Mauern der genannten Städte auf.

Von Innsbruck, fuhr ich fort, dauert die Überquerung des Brenners an die zehn Stunden, und dies, lieber Freund, ist die eigentlich riskante Etappe unserer Reise. Der Abstieg vom Brennerpaß ist, als ließen wir die Hölle zurück, die uns mit Klauen und Zähnen festhalten will und die uns, je tiefer wir, eingeklemmt noch immer zwischen Felswänden, in die Schlucht gelangen, Steine und Felsbrocken nachwirft. Doch dann muß Luzifer, sagte ich, angenommen, er hat das alles inszeniert, die Augen schließen, geblendet vom Licht des Südens, das auch uns mit seinen Lanzen grüßt und den Weg weist. Italien winkt. Durchs liebliche Brixen kommen wir nach Bozen und Salurn, und über Trient, Rovereto, Borghetto, Chiusa, Verona, Vicenza ...

Verona, sagte Abesser. Lassen Sie uns doch länger in Verona bleiben ...

Ich durchschaue Ihre Gründe, sagte ich, doch bedenken Sie ...

Abesser winkte ab: Julia, wollen Sie sagen, ist entweder noch nicht geboren oder schon tot, und wir kämen auf jeden Fall zu spät.

Über Vicenza und Padua, fuhr ich fort, gelangen wir bis Cà Fusina, steigen auf ein Schiff, und vor uns, am Saum der Lagune, erblicken wir das stolze Venedig, eine Phantasmagorie, getragen von den Wellen des Meeres ... Der Traum unserer vom Parteienzwist und ideologischer Besserwisserei abgestumpften Landsleute.

Und schon wölbten sich die Mantelschöße zur Barke, krümmten die Ärmel sich zu den Schnäbeln der Gondel, die uns über die Lagune ans löwenbewachte Ufer trug. Wer uns ruderte? Ich wollte es nicht wahrhaben, doch war es mein Kollege Izthak Springer, der Spaßvogel, Sohn der Magd und eilender Bote, der Mann für schnelle Einsätze.

Mit welchen Taten hatte er dem Amt dieses Privileg abgeluchst, und falls es ein Privileg war, dann weil er die Überraschung auskostete, den Spott im Gesicht, da ich in Stummheit mich ihm ausliefern mußte mit meinem Schützling. Er beugte sich zu uns und erzeugte bei jeder Bewegung einen Wind, der die Gondel wie von Segeln gezogen vorantrieb.

Eh, Signori, wohin geht die Reise?

Und er nannte die jedem Venedigreisenden geläufigen und heiligen Stationen.

Itzhak versorgte uns mit dem neuesten Klatsch zur wirtschaftlichen und politischen Lage der Serenissima. Ich winkte ab. Der Stadtstaat war stabil genug, erinnerte ich mich, daß er ein Mäzen der schönen Künste sein konnte. Die Herrschaft in der Levante war zwar an die Türken übergegangen, doch hatte die Stadt ihre Souveränität im Streit mit dem Papst behauptet.

Hier atmet man die wahre Freiheit, meine Herren, und die Freiheit, weil sie in allen Sprachen eine Frau ist, zuweilen eine Nutte, will unterhalten werden mit Musik und Tanz und schönen Roben.

Wir schwiegen.

Ah, die Herren sind Künstler? sagte der rudernde Itzhak und setzte an zum Belcanto, der zu seinem Beruf gehörte. Sie sehen, Signor Henrico Sagittario, wandte er sich an mich, und der Spitzbube stahl mir gewissermaßen die Belehrung, die ich meinem Schüler in diesem Augenblick, da wir uns San Marco näherten, zu geben gedachte –, Sie sehen, dank unseres Maestros Giovanni Gabrieli, Signor Sagittario, der Sie das alles noch lernen werden, sagte er, sind wir dabei, alle Tonartensysteme zu verschmelzen und den Niederländern den Rang abzulaufen. *De harmonia musicorum instrumentorium!* Die alte Gregorianik, die Quarten- und Quintenpolyphonie der Deutschen und Niederländer haben wir über Bord geworfen, als in Italien die leichtgeschürzten Damen Terz und Sext, oder waren es Knaben, Wohnung nahmen. Signori! Ein vertikales System harmonischer Reize und Spannungen!

Mich ärgerte sein Halbwissen, das er sich in Eile, wie alles, was er tat, angelesen haben mußte, und ich gedachte, ihm bei nächster Gelegenheit auf die Finger zu sehen, um ihn bei einer Verfehlung zu ertappen, die ich dem Amte melden könnte.

Ah, die Herren schweigen auf meine Musik. Die Herren sind Maler, ja? Pittori? *Anch'io sono pittore,* was könnte man sonst in dieser Stadt des schönen Scheins sein, der nun in die Musik Einzug gehalten hat, und man die Herren Giorgione, Tizian, Tintoretto für Musiker halten könnte, und die Herren Gabrieli, Monteverdi *e tutti quanti* mit ihren Klangbrechungen und imressionistischen Valeurs für Verteter der venezianischen Malerschule. Was aber ist Ihr Ziel, Maestro Sagittario? Ein teutscher Gabrieli zu werden? Und der Herr an Ihrer Seite? Wie verantworten Sie, was Sie ihm antun, wenn er mit gebrochener Seele heimkehrt und ewig sich am Widerspruch von Nord und Süd, von Wort und Sinn, von Kargheit und Schönheit verzehren wird?

Gut, daß die Barke Land unterm Kiel bekam, ein feines Knirschen unterbrach Itzhaks Suada, und er hatte alle Hände voll zu tun, uns zu vertäuen und mit hilfreicher Hand an Land zu helfen.

Ich zahlte, was ausgemacht worden war, und Itzhak hielt noch eine Weile die Hand hin, in Erwartung eines Trinkgelds, während er mir im Wiener Dialekt meiner anderen Kindheit eine Grobheit an den Kopf warf.

Ah, wir kamen zur rechten Zeit an diesem 20. August 1610. Denn wir gerieten gleich anderen Gaffern in die Prozession, die über den Markusplatz zum Campanile defilierte. Und ganz Venedig war auf den Beinen, und die Stadt glich im Schmuck der Fahnen und Wimpel, der Roben in den Farben des Regenbogens einer Opernkulisse, zu der die Musiker paßten, die dem Zug vorauseilten, im Gefolge die acht edlen Herren der Signoria, die dem zugereisten Professor Galileo Galilei den Weg zeigten. Dem folgte ein Träger, der die Erfindung des Wissenschaftlers transportierte, das sechzig Zentimeter lange, in roten Samt verpackte Fernrohr.

Abesser staunte nur mäßig und schien bemüht, die Stadt in ihrer Architektur wiederzuerkennen, und möglich, daß er dies und das vermißte, weil es erst in künftigen Jahrhunderten entstand, obschon ich behauptete, die Serenissima sei ein für allemal aus den Fluten aufgestiegen, von Gott aus dem Meer gezogen, und so bleibt sie bis zur Stunde ihres Untergangs.

Galilei war der Held des Tages. Er hatte vorgesorgt, er war ein listiger Mann, der die Entscheidung der Signoria, sein Fernrohr zu kaufen, vom Druck der Massen abhängig wußte, die zwar nichts von seiner Erfindung begriffen, dafür aber an ein Wunder glaubten, das ihrer Stadt von all ihren Heiligen beschert wurde. Galilei nämlich hatte eine Schrift in Umlauf gebracht, genannt »Der Sternenbote«, darin er sein Rohr beschrieb und es als eine Art Brücke vom Diesseits ins Jenseits anpries, will sagen, es würde die Erde mit den Planeten, Sonnen und Sternen des Universums verbinden. Die Kirche horchte auf und verfaßte heimliche Dossiers für den Papst, der, wenn schon nicht die Serenissima, so doch ihren Günstling vernichten konnte.

Vorerst überzeugte er die hohen Herren, die mit ihm den Campanile bestiegen, schweißtriefend an diesem Augusttag, sich die Hände an den Roben trocken reibend, bevor sie das Rohr in die Hand nahmen. Und was sahen sie, wenn sie ein Auge zukniffen und durch das andere ins Rohr blinzelten? Man konnte weiter als bis nach Chioggia sehen, mehr noch, man konnte die Gesichter der Kirchgänger von San Giacomo in Murano studieren. Stumme Aufregung unter den Honoratioren. Wer dachte noch an Mond und Sterne. Dies war eine Waffe von einem gefährlichen Kaliber, gefährlich für den, auf den sie gerichtet wurde: man denke nur an die Bewegungen feindlicher Truppen im Hinterland. Das Rohr brachte sie so nah heran, daß man sie zählen und treffen konnte, verband man das eine Auge mit dem Auge der Kanonen und Musketen. Und erst der Blick ins Fenster. Die Voyeure unter ihnen schnalzten mit der Zunge und dachten an einen Aufschwung erotischer Phantasien, da ja bekanntlich das Auge der größte Verbündete der Lust ist.

Sie klopften dem noch jungen Professor auf die Schulter. Der schüttelte die Hände ab, er war sichtlich mit seinen Gedanken woanders, vermutlich bei den Sternen des Universums und bei der Frage, ob die Sonne für alle Zeiten am Himmel hing wie eine Lampe am Nagel, oder ob sie zusammen mit den Planeten einen Reigen aufführte zu einer unhörbaren Musik.

Und eben das war die Frage, die ich mir stellte, lieber Abesser. Da die Signoria, das Ereignis zu feiern, dem Erfinder ein Bankett gab, schlich ich mich unter die Musiker. Ich bat um eine Fiedel, der ich eine rasch ausgedachte Komposition entlockte, und so trat ich, nach Art lästiger Kaffeehausmusiker, an die Tafel, beugte mich hinunter und umschmeichelte das Ohr des Gelehrten mit meinen Tönen, dann mit meinen Worten.

Es könne, sagte ich, seine Erfindung die Musik bereichern, würde man das Gesetz, das die Planeten in Bewegung setzt und in Balance hält, auf die Noten übertragen ... und so sei Musik am Ende, folgte sie den

Sphärenklängen, die Brücke zwischen Mensch und Gott ... zwischen Mensch und Kosmos.

Galilei warf den angeknabberten Fasanenschlegel auf den Teller, riß sich die Serviette vom unrasierten Kinn und erhob sich. Er umarmte mich, küßte mit seinen fettigen Lippen meine Wange und rief: *Ecco e la marcia!*

Wer sind Sie, Bruderherz, daß Sie soviel Weisheit, ungewöhnlich für einen Musicus, mit soviel Talent – er zeigte auf meine Fiedel – verbinden?

Ich wehrte ab. Ein Niemand aus Teutschland, sagte ich, ein Studiosus zu Füßen des Meisters Gabrieli.

Anderntags kam sein Diener, da ich mich im *Findaco dei Tedeschi* aufhielt, und brachte mir in seinem Namen ein Fernrohr, ein kleines zwar, das bei Vollmond kaum die Krater und Schrunde des Mondes zu erkennen erlaubte, dafür aber, in meiner Herberge auf die Badestube der Mägde gerichtet, deren Halbmonde und Gebirge zu studieren ermöglichte.

Wenig später konnte man für wenig Geld Fernrohre aller Größen und Schärfen in Venedig kaufen. Eine Weile verloren die Leute schier den Verstand ob dieses neuen Spielzeugs, das sie auf alle und alles richteten. Die Signoria ließ sie gewähren, taugten doch diese Fernrohre weder für den Krieg noch für den Geheimdienst. Sie besaß ja das große Rohr, das Cannochiale, das der Professor ihr zum Geschenk gemacht hatte, bevor er die Stadt verließ.

Abesser, von der Unruhe getrieben, deren Gründe ich kannte, lieh sich mein Fernrohr aus, das die Gegenstände dreimal näher und neunmal größer erscheinen ließ, und auf einem Stühlchen inmitten des Markusplatzes sitzend, spähte er mit dem Rohr in die Runde. Mehr als einmal unterlag er einer Augentäuschung, denn die Mädchen hier sind oft asch- oder weizenblond, dabei kräftig, gut gebaut, breithüftig, gute Mütter, gute Köchinnen, aus den Bergen in die Stadt gekommen, die sie die Eleganz und den leichten Schritt gelehrt hat. Jedes Mal sprang er auf, riß das Rohr vom Auge und sah mit beiden Augen, was nur eine verwischte Kopie Ribkas sein konnte.

Am Ende wird das Amt ihn begnadigen müssen – der Liebe wegen.

Das Bankett der Verräter

Als Hofkapellmeister, erzähle ich meinem Schützling, wurde ich ein Instrument der Mächtigen. Sie setzten mich ein, wie sie mich brauchten, sie spielten mit mir, wie es der Anlaß gebot, beim Tod eines der ihren oder bei der Geburt eines Thronfolgers.

Abesser hört nicht zu. Ihn beschäftigt die Frage nach unserem derzeitigen Aufenthalt.

Wo sind wir, verehrter Maestro Schütz?

Wir sind, erfinde ich, zurück in Teutschland. In Regensburg, wohin ein Auftrag mich ruft, die Festmusik beim großen Bankett zu leiten.

Das Ende des Krieges also, vermutet Abesser. Man zählt die Leichen und setzt sich an die Tafel, und weil man kein Kannibale ist, verzehrt man anstelle der erschlagenen Feinde die erschlagenen Säue, Hirsche und Rebhühner. Die Zivilisation des Abendlandes ein sublimierter Kannibalismus.

Ich applaudiere seinen Worten, um ihm eine Freude zu machen.

Standen solche Sätze in Ihren Artikeln, Herr Abesser? Klangen sie an in Ihren Kommentaren vom Kriegsschauplatz?

Wohl kaum, sagt er. Der Chef vom Dienst hätte mich damit ins Feuilleton abgeschoben oder in die Spätsendung »Das kulturelle Wort«.

Auch zu meiner Zeit, sage ich (und welche Zeit meine ich denn, die meiner Jugend in Wien oder die meiner Rolle als Musicus am dänischen Hof), zu meiner Zeit ging die Kunst nach Brot. Meine Kantaten klangen den Kriegsherren lieblich in den Ohren, und christlich waren sie in einem Maße, daß beide Parteien daraus den Zuspruch der Religion für ihre Zwecke heraushörten.

Tatsächlich kommen wir in Regensburg an. Die Brücke schlägt ihre Bögen über den schwarzen Fluß, vom Dom ertönt die dritte Stunde. Das Bankett vor dem Rathaus fängt spät an. Die Adjutanten haben lange um die Sitzordnung gestritten, die sich mit dem Kaiser als Mittelpunkt leichter ergeben hätte. Aber dero Majestät glänzen durch Abwesenheit, und so wird es schwer, zu entscheiden, wer in diesem Glanz präsidieren darf, ob Wallenstein, Piccolomini, Graf Terzky oder Feldmarschall Illo.

Eine Schrift war aufgesetzt worden, die Treue zum Kaiser zu bekräftigen und den als Verräter zu brandmarken, der sich vom Bunde absondern würde. Sie sollte vor dem Mahl verlesen werden, und der Satz, Wallenstein würde dies kraft seiner im Dienste des Kaisers stehenden Armee bekräftigen, galt allen als Garantie, daß die Fronten sich nicht verändern würden.

Jedoch, erzähle ich Abesser, da wir die Brücke hinter uns lassen, es kam nicht so. Der Verrat ging um und mischte die Karten und fälschte die Würfel. Ging es doch darum, den Kaiser zu stürzen und Wallensteins Zusicherung, mit seiner Armee den Fortbestand des Reiches zu garantieren, zu unterlaufen.

Dies gelang mit Hilfe des Mundschenks oder besser gesagt des Wirts, der ein Regensburger war, in verschiedenen Diensten beschlagen und am Gewinn beteiligt jeden Liters Wein, den er seinen Gästen anbot. Und davon verstand er etwas, und die Gäste, trinkfest wie sie waren und altgediente Haudegen dazu, überboten sich mit Wetten, wer wen zuerst unter den Tisch trinken würde. Ein unwürdiges Schauspiel, weshalb man den Platz weiträumig abgesperrt hatte, um das gaffende Volk im Zaum zu halten. Und nur wer sich aus Venedig ein

Fernrohr unseres Professors Galilei hatte besorgen können, konnte aus sicherer Entfernung sehen, wie der Wirt von einem zum anderen sprang, er war ein knollennasiger beleibter Bauer aus der Umgebung, der den aus Amerika eingeführten Mais propagierte, und wie er Wein nachgoß in die hingehaltenen Humpen und Pokale, die funkelten und gleißten, wenn sie von edler Hand zum Munde geführt wurden, und der Traminer und Malvasier aus den Gästen gutgefüllte Weinschläuche machte.

So kam es, daß sie alle etwas unterschrieben, das sie nicht gelesen hatten, und nur Piccolomini durchschaute den Betrug, doch war auch er des Weines so voll, daß er, seine Wildschweinhaxe zerlegend, diese mit Kaiserliche Majestät ansprach, was sofort Befürworter, Spötter und Parteigänger (die aus bloßem Widerspruch formulierten) auf den Plan rief, und also die Sitzordnung ins Wanken geriet und sich neue Parteien fanden und umarmten, indes sie sich unterm Tisch mit den gespornten Stiefeln stießen und traten und dabei auf den Nachbarn wiesen, als habe dieser seine Umarmung nur benutzt, um die Heimtücke zu kaschieren.

Ach! Der Lärm war so, daß ihn keine Musik übertönen konnte. Ich gebot meinen Musikern, die Instrumente ruhen zu lassen, es fiel keinem auf, daß wir nicht spielten. Das Gespenst des Verrats manifestierte sich mal in dem einen, mal in dem anderen Gesicht. Damals beschloß ich, eine Oper zu schreiben, die Judas Ischariot gewidmet sein sollte, dem Verräter an der Seite unseres Herrn.

Und, fragt Abesser, was ist daraus geworden?

Es blieb bei der Idee, sage ich.

Wie endete das Bankett, das die künftige Politik festschreiben wollte? fragt Abesser.

Nun, ehe sie übereinander herfielen und zu den Tranchiermessern und Gabeln greifen würden, da sie feststellen mußten, man habe ihnen vor dem Bankett das Pulver aus ihren Pistolen entfernt und die jeweiligen

Ordonanzen und Diener außer Hörweite geschickt, ehe es also dazu kam, einte ein allgemeiner Seufzer der Wonne und Überraschung die erhitzten Gemüter.

Ja? sagt Abesser und blickt erwartungsvoll hinüber, wo hinter der Absperrung das Bankett zu erkennen ist.

Ganz einfach, sage ich. Man trug den Festschmaus herein auf übergroßem silbernem Tablett. Und darauf lag, lang ausgebreitet und umrahmt vom Schleier ihres blonden Haars ein nacktes Jungfräulein, dessen Beine in einem schwarzledernem Etui steckten, derart eine Seejungfrau imitierend. Garniert war sie anstellle von Seerosen und Tang mit den Gemüsen und Früchten der Saison. Arcimboldo in Prag hätte es nicht schöner gestalten können. Sie blinzelte mit ihren Blauäuglein und hob warnend den Zeigefinger der Rechten, zum Zeichen, daß sie lebendig sei und jedem die Augen auskratzen würde, der ihr mit seinem Messer zu nahe käme.

Man trug das Tablett an den Gästen vorbei, von denen einige sich bekreuzigten in der sicheren Erkenntnis, hier werde etwas Sakrales zelebriert. Nur was? Der Rebus kam der Lösung etwas näher, als man die Kleine vom Tablett hob, sie aus ihrem Fischwanz schlüpfte, die Gemüse und Obste abschüttelte, die Mähne dem Winde gab und man sie auf einen Stier setzte, den ein Stallbursche am Nasenring heranführte. Europa und der Stier, dieses Bild ging gerade noch in die Köpfe der Betrunkenen. Das eigentliche Mahl kam dann, und es war das übliche Wildschwein, mit einem Apfel zwischen den Hauern und Rosinen, anstelle der im Tode gebrochenen Augen.

Die Gaffer und Zaungäste aber johlten.

Wer war, fragt Abesser, die Jungfrau, und was wurde aus ihr?

Eine Frage, die ich nicht beantworten kann.

Bekanntlich begann nach dem Bankett ein gegenseitiges Morden und Hinrichten, und Europa kleidete sich neu aus den Lumpen der Schlachtfelder.

Der vierte Bericht des Hundefängers

Majestät, Euer getreuer Diener und Statthalter hier unten auf den Hundsinseln – die, wer es besser zu wissen glaubt, die Kanarischen, also die Kanarienvogelinseln nennen mag –, wir wissen es besser, und ich, Euer amtlich bestallter Hundefänger weiß, wie er ein Ding und eine Sach' zu reimen hat.

Um so peinlicher für mich, sollte man Euch vermelden, in meinem letzten Bericht von der Bestattung der Heidenkinder, ich meine, der beim Absturz der israelischen Linienmaschine ums Leben gekommenen Passagiere, habe eine Ungenauigkeit Platz gegriffen.

Berichtet habe ich Euch, Majestät, von der Beerdigung, und wie das Wort sagt, es ist eine Tätigkeit, die eine Rückkehr zur Mutter Erde meint, abwärts unterwärts und in den Schoß, aus dem wir alle kommen. Nun, ich gebe zu, diese Art der Beschreibung war eher eine ungenaue, in der Formulierung eher propagandistisch, um die anwesenden Ausländer nicht in ihren Gefühlen zu verletzten, vielmehr ihre in der Heimat verbliebenen Angehörigen, die diesen meinen Bericht zu lesen bekämen, in den Sprachen ihrer Zeitungen; denn da eine Beichte die nächste nach sich zieht, Majestät, habe ich mich eines weiteren Vergehens schuldig gemacht, und ich bekenne es, reumütig meine Kappe aus Hundsleder ziehend: Ich habe meinen Bericht an eine englische Presseagentur verkauft, beim Styx! für ein Handgeld, für eine Flasche Cazalla, die zu trinken mir am Abend bitter not tat, nach all den schweißtreibenden Geschäften des Tages, und auch die Psyche schwitzt ja durch die Haut, wenn man dies und das zu bedenken hat.

Mit einem Wort, die Toten kamen in keine Erde, was Euch, Majestät aller Hispanen, nicht verwundern wird. Denn wie sollte eine Nation, die über die Jahrhunderte mit den Hungergeistern zu ringen hatte, kostbaren Mutterboden vergeuden im Munde der Toten. So erfanden wir die Bestattung im Stein der reichlich vorhandenen Berge, und als es zu mühsam wurde, diese anzubohren, umzogen wir die Friedhöfe mit gemauerten Wänden, die, in Kammern aufgeteilt, die Toten aufnehmen wie auf dem Madrider Bahnhof Atocha in moderner Zeit die Schließfächer das Gepäck der Reisenden. Will zugeben, Majestät, daß mir diese Art, in den Hades einzukehren, nie gefiel, weil sie metaphysischen Spekulationen zuviel Raum läßt. Der Corpus verschwindet in seiner letzten Wohnstatt, in der ersten bis sechsten Etage der Mauer, je nachdem, was gerade frei ist. Entweicht seine Seele durch die Fugen im Mauerwerk? Wohin geht dann diese? Die Vorstellung, die mir die liebste ist, wie die Toten in die Unterwelt unterwärts durch das Wasser in die ewige Finsternis gerudert werden, diese Vorstellung braucht Körper, Leiber. Ein Nachen voller Seelen, eine jede dünn und lang wie eine Hundeleine, und dazu unsichtbar – mir graust davor.

Nun, meinen Bericht ende ich mit einer weiteren Beobachtung zum Operativen Vorgang Abesser – Sie erinnern sich, Majestät, es kamen da Verdachtsmomente auf, seine Herkunft betreffend. Dienen kann ich heute zu dieser Sachlage mit der von mir vorgenommenen Sichtung seines Nachlasses, gefunden in den Taschen seines Anzugs und einem Gepäckstück, das seine Insignien, DA, in lateinischen Lettern auf der Innenseite der Ledertasche enthielt. Die Aufzählung, Majestät, ist disparat genug.

Neben der Fotografie seiner unauffindbaren Ehefrau und einigen Ausweisen, die ihn als Journalisten und Mitarbeiter von Fernsehanstalten in Israel ausweisen, ist es eine Musikscheibe mit der Aufschrift THE DOORS (ich mache mich dazu noch kundig); dazu ein rätselhaftes blaßgelbes Stück Pappe, vermutlich eine Fahrkarte mit dem Aufdruck S-BAHN, PREISSTUFE 3, und ein Buch über das Leben, wie ich mir habe übersetzen lassen, des englischen Spions McLean.

Dies, ich meine Abessers Nachlaß, in einen Zusammenhang bringen zu wollen, verspricht für heute Ihr sehr untertäniger Diener Don Arcerón.

IV

Ein Zwischenbericht

Yours truly, Itzhak der Springer meldet sich zu Wort. Wieder muß ich dem Finsterling aus dem Styx, dem Hundefänger seiner Majestät, in die Parade fallen. Wenn auch mit leichter Handbewegung, wie man eine Fliege verscheucht.

Nebbich die Sorgen des Mannes, der aus Abessers Nachlaß seine Schlüsse zu ziehen hofft. Gewiß doch, auch unser Amt liebt es zuweilen, aus dem Kaffeesatz zu lesen, und wenn der Alte gutgelaunt ist, wird er, russophil wie er ist, ironisch ausrufen: Nu, was hat gebracht Recherche? Gut, gut, an jedem Ding klebt eine Geschichte, die kann man erzählen so und so. Eine Fahrkarte der Berliner städtischen Bahn? Eine Schallplatte von einem toten Sänger? Der dazu, in Klammern gesagt, einer von uns war, wenn auch aus einer anderen Ordnung minderer Engel, die sich auf ihren irdischen Guru William Blake berufen. The Doors! Das Portal zwischen Himmel und Hölle. Da hatte unser Abesser schon die richtige Musik für seine Ahnungen, falls er Ahnungen hatte. Und die Fahrkarte? Hat er nicht studiert in Berlin, bevor er kam nach Tel Aviv? Ist er nicht sentimental wie jeder Jecke, und hat also das kleine Stickl Pappe aufgehoben, weil es ihn vielleicht hin und her gebracht hat zum und vom Haus einer Geliebten. Wer wird glauben, er sei noch unberührt gewesen, als er Ribka Katinka traf und nahm? Für den Hundefänger sind diese Nachlässe stumme Zeugen im Arsenal seiner anderen Funde auf der Insel, die aus dem Dreck bestehen, den die wenigen Touristen auf Hierro zurück-lassen, geleerte Dosen und Flaschen, für die niemand einen Céntimo gibt; benutzte Tampons und angefaulte Essensreste, die der Mann als Köder für seine Hunde benutzen kann.

Nein, unsere Sorgen sind andere. Denn die Auswertung des Berichts des Kollegen Aaron Spitzer alias Israfil wirft ein merkwürdiges Licht auf unseren, nennen wir ihn, Schützling. Dabei hat Kollege Spitzer seine Rolle als Heinrich Schütz formidabel gestaltet.

Er hat ihn durch einen Krieg geführt, der die Mutter aller späteren Kriege genannt werden kann – doch Abesser hat gelächelt wie über Kinderkram. Es hat ihn nicht gegraust, sein Verstand hat, was er sah, zu den Bildern anderer Kriege gelegt und also eingeordnet. Aaron wollte ihn das Grausen lehren, es hat ihm nicht gegraust. Wie der Mann im Märchen, der auszog, das Fürchten zu lernen, es hat ihn alles kaltgelassen.

Doch immer, berichtet Spitzer, wenn ein Rock auftauchte, ein blonder Zopf, ein paar hüpfende Titten, ein planetarischer Arsch (wie ich mir zu ergänzen erlaube), hat es den Mann sozusagen aus seiner Achse gedreht, es hat ihn gehoben, es hat ihn bis ins Mark erschreckt und erschüttert. Auf andere Art als unser Kollege Uri Lilienthal ist er ein *womanizer,* aber einer, der auf eine fixiert ist, die ihm abhanden gekommen ist, auf Ribka. Und wo, um Gottes willen, mag sie abgeblieben sein? Und wie sein Gesicht leuchtete, wenn er die Verlorene zu entdecken glaubte. Für ihn gilt, was Kollege Spitzer, Salomonis zitierend, sagt: Wem ein tugendsames Weib beschert ist, der ist viel edler denn die köstlichsten Perlen. Und ich lege nach und sage: Wer eine Ehefrau findet, der findet was Gutes und bekommt Wohlgefallen vom Herrn. Doch Uri, in diesen Dingen unser aller

Meister, konterte: Da finde ich, bitterer als den Tod, die Frau. Und beschlagen wie er ist in allen hispanischen Schriften, die seine Vorfahren zusammen mit den Königen von Granada studierten und dann den Christen hinterließen, kam er uns mit einem gewaltigen Zitat eines Büchernarren aus dem 17. Jahrhundert, eines Mannes freilich, dem der Trieb unter der Priestersoutane so langsam erstorben war, als er das schrieb, sich gleichfalls auf Salomonis berufend:

»Salomon war der Menschen weisester und war der Mann, den die Frauen am meisten betrogen; und während er es war, der sie am meisten liebte, sagte er zugleich am meisten Böses von ihnen, ein Beweis dessen, zu welch großem Unheil ein böses Weib dem Manne gereicht, als sein größter Feind. Stärker ist es als der Wein, mächtiger als der König, und mit der Wahrheit steht es im Wettstreit, während es doch ganz und gar aus Lüge besteht. Mehr taugt des Mannes Schlechtigkeit als das Gute am Weibe. Gegen den Mann führen sie in seinen verschiedenen Lebensaltern verschiedene Versuchungen Krieg, die einen in der Jugend, die anderen im Alter, das Weib aber in allen. Niemals ist er vor ihm sicher, weder als Jüngling noch als Greis, als Weiser, als Held, ja selbst als Heiliger ...«

Eine Kampfansage? Ah, in diesen Ring würde ich gerne immer wieder steigen, könnte ich mein Weib noch einmal umarmen, anstatt ihr bei der Kondolenz des Amtes zu meinem und meiner Kollegen Ableben sanft in den Nakken zu blasen und ihr einzugeben, wo sie das Taschentuch findet, das sie wieder einmal verlegt hat. Und sie hat geweint und gejammert, der Stern meines Hauses, das Feuer meines Herds in einem anderen Leben.

Vergebung für die Abschweifung. Denn nun entstand der Plan, mit dem Segen des Hohen Hauses, Abesser von seiner Besessenheit abzubringen. Uri Lilienthal alias Uriel ist beauftragt worden, ihn durch die Hölle der Frauen zu führen, und er will sich dazu etwas einfallen lassen.

Die Hölle der Frauen

Der Ball wird mir zugeworfen, *me toca a mi*, wie wir in Uruguay sagten, du bist an der Reihe, *hombre*, wach auf! Und der Ball kam auf mich zu, im Schulhof, wo uns der baskische Emigrant die Grundregeln des Pelotaspiels beibringen wollte.

Schlief ich denn in den Jahren meiner irdischen Jugend? Wovon träumte ich in meinem Lilienthal? Uri, der Tagträumer, und immer nur Frauen im Kopf, wie meine Mutter sagte. Es waren die blassen Blondinen der Leinwand in meinem Kopf. Greta Garbo, die Harvey, später die Dietrich. Solange sie nicht in einer Mutterrolle auftraten, gehörten sie mir. Dieser merkwürdige Respekt vor der Mutter, den ein vaterlos aufwachsender Sohn entwickelt, er stand immer zwischen mir und den Frauen. Und sie blieben Schemen in meinen Filmen, die blassen Blondinen und Schwestern aus der Stummfilmzeit.

Vergebung, hohes Amt für diese private Einleitung zu einer Mission in Sachen Abesser. Weiß nicht, ob ich der richtige bin, ihn in die Hölle der Frauen zu begleiten. Ich soll mir etwas einfallen lassen? Einen Einfall umsetzen in eine Szene, wie aus den Tagen meiner Hingebung an die Kunst? Welche Hingebung. Ich vermochte gut zu unterscheiden zwischen der Hingebung an die Frauen und dem, was davon übrigblieb und die Schauspieler auf der Bühne und auf der Leinwand nährte, ausfüllte, der Regisseur eine Amme, die gut zu dosieren weiß und ihr Kind kennt und beobachtet.

In welcher Gestalt aber zeige ich mich unserem Schützling? Man hat ihn zu weit schon in die Tiefe der Zeit geführt, als daß ich ihm so salopp angezogen begegnen kann, wie es mein Wunsch wäre. Und so finde ich mich in der bequemen Toga eines griechischen Philosophen, römischen Senators wieder, eines Wanderpredigers im weiten Römischen Reich, und meine Kollegen prüfen augenzwinkernd mein Aussehen und sind einverstanden, wenn auch aus Spottlust und Besserwisserei, was meine künftige Rolle an der Seite des Jünglings meint.

Die Hölle der Frauen ist ein römisches Bordell in den Gassen hinterm Capitol. In diesem Hotel ist jede Verwandlung möglich, dank der Requisiten und Maschinerien, die das Haus zur Verfügung stellt. *O Tempora, o mores!* es ist jede Metamorphose möglich, und ich komme mir vor wie Ernst Lubitsch, als er in den Mottenkisten seiner historischen Filme stöberte, um seine Wunder zu vollbringen.

Auf die Gefahr hin, eines Plagiats verdächtigt zu werden – als ob ein Künstler zu mehr Originalität verpflichtet wäre als der Schöpfer aller Dinge! –, setze ich meinen einzigen Zuschauer vor eine Glaswand, durch die er sehen kann, ohne selbst gesehen zu werden. Was soll er sehen? Denn wie wirkt die Kunst, durch ein Abbild unserer vertrauten Wirklichkeit oder durch deren Verfremdung? Zeige ich ihm seine Ribka in meinen Szenen einer Ehe, wird er klagen, dies sei nicht seine Frau, es ginge ihn also nichts an, was sie treibt und welche Antworten sie ihm gibt, ehe sie ihm als eine mögliche Replik das Küchengeschirr an den Kopf wirft. Zeige ich ihm eine fremde Frau, möchte er ins Grübeln geraten und nach Ähnlichkeiten forschen zwischen dieser und seiner, und schon ist der Zuschauer involviert und verläßt die Rolle, die unser Lehrer in Montevideo als die des Leser-Weibchens definierte, als eines Wesens, das nur schluckt und schluckt und nur unterhalten sein will, ohne am Prozeß der Wahrheitsfindung (durch die Kunst) teilhaben zu wollen. Doch ist es mein Auftrag, ihm seine Ribka zu zeigen.

Uri, sind wir im Seminar – höre ich meine Mitstreiter sagen. Komm zur Sache.

Ich bin bei der Sache, Caballeros, ich nehme den Ball auf und spiele ihn an die Wand.

Lassen Sie mich noch ein paar Gedanken loswerden aus meiner Erfahrung mit den Menschenfrauen. (Ich sehe, wie Itzhak seine Fledermausohren spitzt.) Es sind Wesen, denen die Vergangenheit stets wegrutscht zugunsten einer ständig anhaltenden Gegenwart. So bewahren sie ihre Überlegenheit über uns. Zugunsten einer Attacke können sie vergessen, daß sie nichts vergessen können. Indes wir achtlos in diesen Krieg gehen im Tarnmantel einer Vergangenheit, der uns unsichtbar machen soll, mehr doch, der ihre Gegenwart verhüllt zugunsten eines Bildes, das wir von ihnen, besser von ihr, der einzigen, mit uns herumtragen in der Illusion, sie habe sich nicht verändert.

Und wie willst du die gegenseitige Untreue definieren? höre ich Itzhak fragen, und Aaron Spitzer macht ein ernstes Gesicht, als verstieße ich mit meinen Theorien ad hoc gegen die Bestimmungen des Hohen Amtes, die mehr auf Schwarz-weiß-Definitionen angelegt sind.

Die Untreue, sage ich, hat mit dieser Ungleichheit des Zeitgefühls zu tun. Das Bordell ist der adäquate Rahmen dafür. Ihr seht, sage ich – und schon sind wir im Bilde, das heißt, ich lade meine Kollegen zu dieser Generalprobe ein –, ihr seht, sage ich, wie hier, um im Bild der Zeit zu bleiben, Römer, Juden, Griechen, andere Vertreter des Römischen Reiches ein und aus gehen. Was suchen sie? Doch nicht, daß man ihnen in Eile den Beutel leere, in diesem und in jenem Sinne. Sie wollen vielmehr etwas wiederfinden, das ihnen abhanden gekommen ist, weil ihre Frauen, und die Römerinnen jener Zeit waren nicht weniger emanzipiert als spätere Frauen, also was ihre Frauen nicht mehr sind in ihrer ständigen Anverwandlung an die Moden und Sitten der Gegenwart. Und sie werden bedient, die Männer, und ergo betrogen. Für die Frauen ist es jedes Mal wie die Erschaffung einer neuen Welt.

Das wird ihn eher amüsieren, unseren Schützling, gab Spitzer zu bedenken. Er ist zu jung, um deine Erfahrungen gemacht zu haben. Er glaubt, daß seine Illusionen makellos bleiben und erfüllt werden, sobald er sie wiederhat, seine Matka Ribka.

Itzhak lachte und verwies darauf, daß meine Mission es sei, den Schützling ein wenig zu quälen und ihn durch die Hölle der Frauen zu führen.

Sehr einfach, sagte ich. Welche Qual kann größer sein, da er seine Ribka sieht, aber nicht sprechen kann, da er sie sieht und nicht umarmen kann, da er sie hört und nicht haben kann, indes sie ihre Rolle als Liebesgöttin spielt und einen anderen beglückt.

Möglich, daß du ihn, spottete Itzhak, mit deinen Theorien trösten könntest.

Wie ähnlich, fragte Spitzer, ist denn deine Ribka der wirklichen Ribka?

Sie ist total ähnlich, sagte ich, dank der Fernsehbilder, die wir von ihr haben und die ich nach der neuesten Technik zu einer täuschend ähnlichen Person zusammenschneiden kann, so wie ich euch hier Marlene Dietrich oder Greta Garbo auf die Beine stellen könnte ...

Am Ende, sinnierte Itzhak, wird man jede und jeden zum Zombie machen können.

Oder zum Engel, sagte Aaron Spitzer, der, nebenbei gesagt, seit einiger Zeit das Hohe Amt mit Eingaben belästigt, man möge seine in Auschwitz ermordete Familie in den Stand der Engel, wenn auch von niederem Rang, erheben.

Und so brachten wir unseren Schützling tatsächlich in die Hölle, wenn auch in die Hölle der Verzweiflung. Da er noch immer unter jenem Baum saß, unter dem Spitzer ihn in seiner Rolle als Sagittarius verlassen hatte, erschien ich ihm – angetan mit meiner Toga und einem Krummstab, wie sie die Schäfer nutzen, und ich kam mir vor wie in einem Film von Pasolini. Er achtete nicht weiter auf mich, er hatte begriffen, daß er in diesem historischen Zirkus, in den er geraten, mit jeder

Überraschung rechnen konnte. Seit Panama City tauchte ein *angel loco* nach dem anderen in seiner Nähe auf, also nun ich. Ich entbot ihm meinen Gruß, der lateinisch oder aramäisch ausfiel und von Abesser arabisch gekontert wurde. Man hatte mich ja vor seiner Spottlust gewarnt.

Allah akbhar, sagte er und erhob sich.

Und so erwiderte ich: Inschallah! Und dann bat ich ihn, mich zu begleiten.

Sein Schweigen quälte mich. In Anwesenheit eines andern muß ich reden. Da wir unsere Schritte einander anpaßten, erzeugten unsere Leiber einen Gleichklang, einen gemeinsamen Rhythmus. Ich konnte mich nicht zurückhalten und erkundigte mich bei ihm nach seinen Kinoerlebnissen. Abesser sah mich von der Seite an, abschätzend. Ein Mann in einer Toga, und der fragt nach Kinoerlebnissen. Womöglich also ein Statist auf dem Weg ins Aufnahmestudio. Die Irrealität des Hotels »Lux«, dachte er, erlaubte jede nur mögliche Ungleichheit von Sein und Schein. Und tatsächlich liefen wir durch Gänge und an den Türen dieser Etage vorbei, die zum nächsten Besetzungsbüro, zum nächsten Schneideraum, Tonstudio hätten führen können.

Meine Frage beschäftigte ihn, doch war er noch nicht allzu lange in diesem Haus, um sein Gedächtnis verloren zu haben, oder bereits in einen Zersetzungsprozeß geraten zu sein, der das Gedächtnis in lauter Alpträume auflöst.

Filme? sagte er. Ein Freund meines Vaters besaß die Kassette eines Films, den ich nicht vergessen habe: Orphée. Es beginnt in Paris, in der Nachkriegszeit, in den Cafés der Existentialisten. Dann aber erscheint der Tod in einem schwarzen Rolls Royce, der Tod ist eine Frau, La Morte, an Einzelheiten kann ich mich nicht erinnern. Der Dichter, also Orpheus, dem nichts mehr einfällt, folgt ihr in die Unterwelt. Was aber ist mit der zarten Eurydice, seiner Frau, die ein Kind erwartet?

Ich lenkte ab. Ich sagte: Erinnern Sie sich an den Spiegel, der zu Wasser wird und so den Zutritt freigibt in die Unterwelt?

Ja, richtig, sagte Abesser, uns Kinder, die wir den Film kaum verstanden, imponierte der Spiegel am meisten. Und Jean Marais, den wir als Haudegen und Abenteurer in anderen Filmen gesehen hatten.

Er dachte eine Weile nach und sagte: Wo gibt es in diesem Hotel einen Spiegel? Nicht einmal in der Hotelhalle habe ich einen gesehen.

Sie sind alle entfernt worden. Warum? Um das Selbstwertgefühl der Gäste nicht zu verletzen, ihnen das Abbild ihrer Misere zu ersparen.

Gibt es keinen anderen Grund? fragte Abesser.

Welchen sollte es geben?

Die Spiegel könnten zu Wasser werden und uns den Weg zurück ermöglichen.

Es gibt keinen Weg zurück, sagte ich. Aber ich kann Ihnen, sagte ich mit dem Stolz eines Hotelmanagers, der seinem Gast die Besonderheiten seines Hauses vorstellen will, ich kann Ihnen eine Art Spiegel zeigen, der allerdings nicht zu Wasser wird, auch nicht von den Tränen derer, die ihn anschauen (hier trug ich zu dick auf), der es aber erlaubt, hindurchzusehen wie durch ein Fenster – ohne selbst gesehen zu werden. Es ist, wenn Sie so wollen, eine Art gläserne Leinwand.

Und so hatte ich ihn, wie ich glaubte, gut vorbereitet für die Szenen einer Ehe, die ich ihm zeigen wollte und die von einer Zeitlosigkeit sein sollten, die es ihm leichter machen würde, sich mit den Personen, beides Doppelgänger seiner Ribka und seiner eigenen Person, vergleichen zu können. An den Empfehlungen des Hohen Hauses vorbei verzichtete ich auf die Inszenierung des römischen Bordells. Und ich verzichtete auch darauf, um mich selber zu schonen, da mich zu viele Erinnerungen an mein anderes Leben quälten, an die

Liebe und den Verrat mir lieber Frauen. Und der Künstler in mir, meine Herren, sträubte sich gegen diese, wenn auch zu Prüfungszwecken erdachte, Erniedrigung der Frauen, die es verstehen, aus den Trümmern, die sie hinterlassen, neu aufzusteigen wie das unbefleckte Bild einer Mater Dolorosa oder auch nur im reinen Porträt eines Botticelli.

Hätte mir das Hohe Haus für dieses Experiment mehr Zeit und Raum gegeben, ich hätte dem Jüngling eine Reihe von exemplarischen Liebespaaren vorgeführt, alle aus der Neuzeit in den Tagen meiner Vergangenheit unter den Irdischen. Denken Sie an Marlene Dietrich und Erich Maria Remarque. Und ihnen so verwandt Melie und Nungo, ich meine Mary Gerold und Kurt Tucholsky. Ah, die Lust, die ich dabei empfände, ins mir entschwundene Berlin der zwanziger Jahre zurückkehren zu können, ins Hollywood der dreißiger, ins Ascona der Emigranten, wo Remarque seine bitteren Liebesbriefe schreibt, da sein Raubtier in Hollywood, New York und Paris die Liebe zu dem einen auf einen anderen pfropft wie eine Gärtnerin auf einen Reis, eine Göttin der Inspiration für jeden, den es gerade trifft, und eine Göttin des Todes, Cocteaus Madame La Morte für jeden, den es getroffen hat. Ich lasse mich gehen?

Es wären diese Begegnungen Studien geworden zum unkalkulierbaren Gegensatz von Anziehung und Abneigung, Anbetung und Abstoßung, Liebe und Haß. Denken Sie – und ich wende mich an meinen Schützling –, denken Sie an die Ausflüchte, die Tucholsky braucht, seine größte und einzige Liebe zugleich anzulocken und von sich fernzuhalten. Wie er, in Berlin, in Paris nach Ausreden sucht, Ausflüchte macht, sie nicht kommen zu lassen, da er, ständig in Geldnöten, ihr angeblich nicht die richtige Wohnung, die richtige Apanage bieten könne. Und zwischendurch heiratet er eine andere und entheiratet sich, und Mary lebt in der Hölle der Frauen, nämlich in der Ungewißheit, und dann ist doch alles gut, sie kommt, man lebt, reist zusammen, und was folgt: die Trennung auf Zeit. Warum? Die Nähe hat die Sehnsucht erstickt, und die Sehnsucht, erlischt sie, tötet die Inspiration, und der Dichter in Tucholsky rebelliert. Er braucht die Inspiration, die Illusion. Sie reist ab, er angelt wieder mit Briefen nach ihr, und das Spiel beginnt von neuem.

Abesser war ganz Ohr. Erst jetzt wären wir in das von mir gewünschte Gespräch eingetreten, aber wir waren vor Ort, will sagen, ich öffnete die letzte Tür des Ganges und hieß ihn Platz nehmen vor einer zunächst blinden Glaswand, hinter der meine Puppen darauf warteten, sein und Ribkas vergangenes und künftiges Leben zu spielen. Fürchten mußte ich, daß mein Zuschauer aufspringen und an die Scheibe trommeln würde, sobald er im Licht der Scheinwerfer seine Ribka erkannte, in der Uniform der israelischen Armee, in einem Straßencafé von Tel Aviv, im gesprenkelten Licht der Straßenbäume.

Szenen einer Liebe

Abesser blieb sitzen auf dem Stuhl, den ich ihm angewiesen und vor die Mattscheibe geschoben hatte. Wie Lots Weib erstarrte er zur Salzsäule, als er hinter dem Glas Ribka zu erkennen meinte. Nun entfernte ihn ja die Szene, die ich aufgebaut hatte, vom Objekt seiner Begierde, da er Ribka nicht einfach in einem Nebenraum erblickte. Sie saß nicht auf einem Stuhl auf der anderen Seite der Scheibe, sie saß auf dem Korbstühlchen eines Straßencafés am Rothschild Boulevard oder sonstwo zwischen Tel Aviv und Jaffa, oder womöglich in Nähe des Flohmarktes, wohin wir, ich meine die Einheimischen, die Touristen zuerst führen, um sie nach dem Verzehr von ein paar ofenfrischen Pitas aus der Aboulafia Bäckerei durch diese seltsame Stadt am Mittelmeer zu führen. Und Daniel Abesser, wie er da vor Ribka am Caféhaustisch saß, sichtlich jünger als sein Gegenüber, konnte noch unter die Touristen gezählt werden. Ein Punkt übrigens, der ihre Spottlust reizte, so daß Abessser einmal mehr seine Geschichte erzählen mußte, die für Ribka weitaus weniger wichtig war als die Frage, ob sie ihn liebe.

Nein, er sprang nicht auf, mein Zuschauer, er glitt in diesen Traum einer nahen Vergangenheit, er verschmolz mit seinem Alter ego in diesem Straßencafé, er nickte zu seinen Sätzen. Feierten sie nicht das Ende von Ribkas Militärzeit damals? Oder war es, daß er sie über die Absage der Schauspielschule trösten mußte, die sie als total unbegabt abgelehnt hatte, und da saßen sie beide und berieten, welche Straße sie einzuschlagen hätten, um mit ihrer Liebe in einer Zukunft anzukommen, darin alles unterzubringen war, das Gefühl, die Arbeit, die Kinder und das Glück, das ein Schatz war, den man verstekken mußte vor dem Zugriff der Dämonen. Denn diese Stadt schien von Dämonen besessen, und es waren weniger die Dämonen, die mit Sprengstoff Autobusse in den Himmel jagten oder schwerbewaffnet an den Straßenkreuzungen standen und Passanten kontrollierten und gelegentlich aus Versehen totschossen. Tel Aviv, sagte Abesser, erinnert mich an die eine und andere tote Stadt in der DDR, an Straßenzüge in Berlin, deren Häuser wie die Gesichter alter Menschen sind, griesgrämig und zerfurcht und voller böser Geheimnisse.

Ribka widersprach. Das Licht erinnere sie an Odessa, das Licht vom Meer ziehe immer andersfarbige Schleier über die Stadt, wie eine Frau, die sich nicht entscheiden kann, in welchem Kleid sie ihren Liebhaber empfangen will.

Hier hatte ich das Stichwort für einen Schnitt. Die Szene wechselte, ich schickte mein Pärchen zum Yarkon River Park. Abesser hinter seiner Scheibe schien noch immer einverstanden mit diesen Bildern. Er lachte beim Anblick dieser mit spröder Zärtlichkeit, mißtrauischem Eifer sich im Schatten der Bäume in seine Arme legenden jungen Frau, die ein ärmelloses rosa Kleid trug, das an der Schulter von zwei schmalen Trägern gehalten wurde, und es entstand ein wortloses Geplänkel zwischen den Liebenden, für Außenstehende nicht ohne Peinlichkeit anzusehen, und für die Beteiligten von heiliger Notwendigkeit, den andern überzeugen zu müssen, ihm die Verfügungsgewalt über den eigenen Körper Zentimeter für Zentimeter abzutreten.

Der Tag endete in der Dunkelkammer eines Kinosaals. Wir in Tel Aviv sind eifrige Kinogänger. Es mag mit der Wehmut über eine verlorene Vergangenheit zusammenhängen, daß wir so gern ins Kino gehen, nicht nur der Bilder wegen; denn die meisten Filme sind nicht synchronisiert, einige wenige in Ivrith und vielleicht neuerdings in russisch. Und so bestimmte Ribka das Programm, um die Sprache ihrer Kindheit zu hören. Abesser ärgerte sich, in seiner Kindheit ein schlechter Schüler gewesen zu sein, da Russisch Pflichtfach gewesen war an seiner Schule. Aber hier, während die Filme von Bertoluccci, Lilienthal, Wenders, Truffaut oder Spielberg liefen, konnte er seinen Arm um ihre nackte Schulter legen und gelegentlich seine Hand zwischen ihre Knie schieben, wo sie eine Weile eingeklemmt ruhte, bis eine Szene des Films die Zuschauerin derart rührte, daß sie die Beine bewegte, die Schenkel öffnete und der Liebhaber seine Hand in Bewegung setzen konnte wie eine Armee, die ihrem Triumph immer näherrückt. Wenige Zentimeter vor dem Ziel, da das Umfeld sich veränderte wie eine Landschaft am Rande eines Sumpfes, erwachte Ribka aus ihrer Trance, in die die Kunst sie versetzt hatte, und stieß die Hand samt Arm ihres Nachbarn beiseite, ruckartig, feindlich, als wäre es die Hand, der Arm eines Fremden. Auch Abesser schien wie aus einem Rausch zu erwachen und über die Nähe von Anziehung und Abschreckung, Liebe und Feindschaft nachzudenken.

Abesser besucht auf Anraten Ribkas einen Rabbi. Der soll ihn in die Hochzeitsbräuche einführen, aber soll er ihm nicht eigentlich auf den Zahn fühlen – seiner fraglichen Yiddishkeit wegen? Abessers Geschichte stand in allen Zeitungen, und da er sich als Volontär bei der größten Tageszeitung von Tel Aviv, bei der Ha'aretz bewirbt, wird sein Antrag mit Wohlwollen geprüft, und man stellt ihn ein: Der Mann macht ihnen eine kostenlose Werbung durch seine Geschichte.

Ribka und er hatten darauf spekuliert, gemeinsam angestellt zu werden und ein Ressort zu bekommen wie: Prüfung aller Gaststätten auf ihr koscher zubereitetes Essen. So würden sie fürs erste die eigenen Ausgaben für Essen und Trinken sparen. Doch ist diese Rubrik schon in den Händen von Daniel Rogov. Und Ribka hat andere Pläne, sie geht zum Rundfunk und spricht die Nachrichten. Noch besser, man nimmt sie zum Synchronisieren der ausländischen Filme, wenn da eine junge, russischsprechende Frau gebraucht wird.

Der Rebbe aber (den ich spiele) schaut ihn mißtrauisch an. Wittert er den Betrug, der ein Betrug aus guter Absicht ist, eine moralisch unterbaute Lüge. Nun, wir begnügen uns im Gespräch mit dem Notwendigsten, auf einen Katechismus von Fragen und Antworten. Und da kann dieser Bocher glänzen, er kennt die heiligen Bücher und er kennt den Talmud, und die Fragen nach Rabbi Löw oder anderen Rebben der Historie bringen ihn nicht in Verlegenheit. Schlimmer ist das handfest Praktische, denn beschnitten ist er nicht, wie könnte er auch, hat er doch, ein geraubtes Baby, bis in seine Mannesjahre bei den Gois von Pankow gelebt, nicht gedacht werden soll ihrer.

Nu, sagt der Rebbe (also ich), und Abesser hinter dem Fenster, nehme ich an, wird sich ein Grinsen nicht verkneifen können, nu, sage ich, das Problem, wenn es denn eines ist, geht am Ende nur die Braut an, und kein Gesetz gibt es, Ihnen die Beschneidung aufzuerlegen, im nachhinein, und was eine Frau will, ist Sache des Mannes, sofern er beizeiten weiß, warum er sie liebt. Sie wissen es, mein Sohn?

Abesser nickt, weiß es aber in diesem Augenblick nicht, weshalb er froh ist, daß ich, also der Rebbe, zu einer anderen Frage übergehe.

Was reizt uns an den Frauen, sage ich, wenn wir an die vier der schönsten Frauen denken, die in der Bibel Erwähnung finden?

Abesser besinnt sich nicht lange und nennt ihre Namen: Die vier schönsten, sagt er, waren Sara, Rahab, Abigail und Esther.

Richtig, sage ich und denke an die vier schönsten Frauen meines irdischen Lebens. Ich kann mir nicht helfen, sie gehörten alle zu den unerreichbaren Göttinnen der Leinwand.

Und was wird von ihnen gesagt? frage ich den Schüler, der eine so lockere Prüfung seines Wissens wohl noch nie erlebt hat.

Unsere Meister lehrten, sagt Abesser, Rahab verführte durch ihren Namen, Sara durch ihre Stimme, Abigail durch ihr Gedenken, Esther durch ihren Anblick ...

Ungefähr ja, sage ich, der ich die Stelle im Talmud etwas anders in Erinnerung habe.

Und Ribka? frage ich den Bräutigam.

Durch ihre Stimme, sagt er, durch ihren Anblick, durch ihren Namen, durch ihr Gedenken, wenn wir dafür ein Wort wie Erinnerung oder Sehnsucht setzen können.

Ich nicke weise und warne den Schüler: Hüten Sie sich, mein Sohn, vor einer Frau mit zu vielen, wechselnden Eigenschaften. Nie wird sie sich verantwortlich zeigen, denn es sind die Taten der anderen, und nie werden Ihre Vorhaltungen sie treffen können, denn sie gelten einer anderen, und während Sie sich von der einen entzweien, kleben Sie in Liebe noch immer an der anderen. Erinnern Sie sich, wie Gott der Herr, als er Eva aus Adams Rippe schnitt wie aus einem Schnittbogen, von Skrupeln geplagt wurde.

Ja? sagt Abesser ohne große Neugier.

O ja, sage ich, denn folgendes wird überliefert: Aus Adams Kopf wollte Gott der Herr sie nicht machen, daß sie ihren Kopf nicht zu sehr erhebe; nicht aus dem Auge, daß sie nicht überall hinspähe; aus dem Ohr nicht, weil sonst würde sie jedem Gehör schenken; aus der Hand nicht, daß sie nicht überall hingreife, aus dem Herzen nicht, daß sie nicht auffahrend werde, aus dem Fuß nicht, daß sie ihm nicht wegliefe, und so blieb nicht viel übrig, was zu benutzen gewesen wäre. Und so nahm Gott der Herr jenes Stück, das Adam nach dem Sündenfall unter einem Feigenblatt verstecken würde, und formte daraus nicht ohne Skrupel das Weib, indes er beschwörend auf es einsprach: Sei ein frommes Weib, sei ein züchtiges Weib. Dies, mein Sohn, möge Gott auch Ihnen geben.

Daniel errötete bei der Vorstellung, aus welchem Teil sein Weib geformt worden sei, so daß sein Verlangen immer auch ihr Verlangen war und umgekehrt.

Und so sprachen wir noch eine Weile, ohne viel über Hochzeitsbräuche zu reden. Wir einigten uns auf das Datum und überließen alles andere Ribkas Familie, die sich mit Abessers Eltern absprechen würde.

Nach der Hochzeit

Die Hochzeitsfeier zu inszenieren war leicht und versprach große Wirkung für die Zuschauer. Doch konnte ich hier nur mit einem Zuschauer rechnen, der hinter der Scheibe und gleichsam auf dem Sprung saß, in einer Haltung, die dem Lachen und dem Weinen vorausgeht. Auch der Pfeil, ehe er die Sehne verläßt, erstarrt. Also begnügte ich mich mit Andeutungen, zeigte den Brauttanz, die Details von Ribkas weißem Kleid, länger verweilte die Kamera auf den Gesichtern der Gäste, auf denen der Brauteltern vor allem, die naß von Tränen waren. Auch die Väter weinten und sprachen sich gegenseitig Trost zu; denn war dem einen die Tochter genommen, so hatte doch der andere einen Sohn gewonnen, als wären sie alle die Teilnehmer einer Tombola. Von den Dialogen waren lediglich Fetzen hörbar und verständlich, der Rest ging unter im Geschepper und Gezirpe der Klezmer-Band, die sich die Brautleute gewünscht und ausgesucht hatten, und es hatte keine Mühe gemacht, die Musiker zu engagieren, die man in Tel Aviv an jeder Strassenecke finden konnte, wo sie auf den Glücksfall eines amerikanischen oder europäischen Impresarios warteten, der ihnen einen Plattenvertrag anbieten würde. Hoch über den im Reigen und getrennt tanzenden Männern und Frauen wurden die Brautleute gehoben und getragen, himmelwärts und unter dem Beifall der Zuschauer fielen sie herab auf die Erde, die hier der Patio eines kleinen Hotels war, darin die Brunnen rauschten und die Blumen blühten.

Dann kam die Nacht, und ich kündige das so pathetisch an, weil ich mir von der nun folgenden Szene viel versprach. Die Neuvermählten endlich allein in der neuen kleinen Wohnung, eine der Bienenwaben am Stadtrand. Die Beleuchtung spärlich, in den Fenstern schon das erste Licht des neuen Tages, die ersten Vögel zwitschern aus eingeschlafenen Kehlen, Abesser dreht das Radio an, die ersten Nachrichten des Tages sind eine Aneinanderreihung von Katastrophen, Katastrophen, die wenige Kilometer von dieser Wohnung sich ereignen. Aber die Eheleute hören nicht hin, es hat sie eine seltsame Starre befallen, die aus Müdigkeit nicht kommt, auch nicht von maßlosem Essen und Trinken, sie haben sich beide zurückgehalten und nur den obligatorischen

Bissen gegessen, das obligatorische Glas getrunken – es ist, so deute ich die Szene, die Lähmung, die den Leser überfällt, die neue Seite aufzuschlagen. Eben noch die Harmonie der Begegnung, die Lust, aufeinander zuzugehen, die blind machende Umarmung, und auf der neuen Seite der Überfall der Dämonen, das Feuer der lauernden Gangster, die Trennung im Tod. Dies aber ist schlimmer, so nah sie einander sitzen, sie sind wie gefesselt, und ihre Lust verglimmt – ein wirksames Kinobild – wie Abessers im Aschenbecher verglimmende Zigarette. Sollen sie die Geschenke auspacken? Unmöglich auch nur einen Arm zu heben.

Ribka hat am Nachmittag einen Termin beim Fernsehen. Kein Make-up der Welt wird ihr Gesicht zurechtmachen können, wenn sie nicht sofort ins Bett geht und acht Stunden schlafen kann.

Abesser ist einverstanden, daß sie vor ihm ins Bett geht. Er kann ja morgen zu Hause bleiben und seinen Artikel in Ruhe vorbereiten. Doch nein, er ist nicht einverstanden. Hat er nicht Rechte zu verteidigen in so einer Nacht, auch wenn es fast schon Tag ist? Muß er nicht auf der Hut sein, daß Ribka mit ihrer Androhung, sofort und allein ins Bett zu gehen, nur ein taktisches Spiel mit ihm treibt?

Szenen einer Ehe, denke ich, die wie die Spiele der Militärs im Sandkasten geprobt werden.

Mein Szenarium aber vermag meinen einzigen Zuschauer weder zu quälen noch zu foltern. Es löst sich seine Starre, er beginnt zu lachen, das Purgatorium der Kunst, sage ich mir, tut seine Wirkung, die Beklemmung von damals löst sich im nachhinein auf, und wie ich weiß aus den Akten des Hohen Amtes, hat er den Hochzeitsakt doch noch vollzogen, kurz bevor der Wecker klingelte, so daß Ribka ihr Fernsehstudio am Nachmittag mit einem leuchtenden Gesicht erreichen konnte und den Job bekam.

Die Sanduhr

Wie im Film mit der Zeit umgehen? Wie im Film Zeit markieren und mit der Zeit des Zuschauers nicht in Einklang bringen, vielmehr vergleichbar machen? Eine Frage, die, stellte ich sie meinen Kollegen vom Amt, nur Kopfschütteln und Gelächter hervorriefe. Als ob ein Engel nicht mit Zeitfragen befaßt sein könnte, in dieser Spannung, die ihn zu zerreißen droht, ich meine in diesem Spagat zwischen irdisch gelebter und offenbar unendlich gestundeter kosmischer Zeit – *unendlich gestundet,* ein Widerspruch an sich.

Von Spitzer bekam ich rügende Blicke, als ich anfing, von Zeit zu reden. Das Amt sah es nicht gerne, wenn wir anfingen zu spekulieren. Jede Spekulation konnte der Anfang einer Insubordination sein und einen neuen Aufstand der Engel ankündigen; denn hatten wir nicht damals vor Äonen aus Neugier nach dem Ablauf irdischer Zeit uns auf die Erde gestürzt, in Neugier nach den Menschenweibern, den Frauen, die so sehr in der Zeit leben, mit der blutigen Zäsur ihrer Regel als Zeitachse, und bleibt sie aus, beginnt ihnen eine neue Zeitrechnung. Wie sehr müssen wir damals vor Äonen erstaunt gewesen sein über diese der Zeit unterworfenen Wesen, und mit unserem Benjamin, mit Itzhak dem Springer, bin ich mir einig, daß der verbotene Apfel am Baum der Erkenntnis, im Paradies, kein Apfel war, sondern eine von JAHVE konstruierte Weckeruhr. Die Neugier nach dem Ablauf der Zeit war den Menschen eingegeben, und mit der Uhr in ihrem Besitz machten sie die Erfahrung, daß nur ein endliches Leben jedem Ereignis und Erlebnis den Reiz verschafft, um dessentwillen es sich zu leben lohnt.

Und so, lieber Abesser, sind wir doch wieder beim Film und dessen dem Leben abgeschauten Episoden. Die Frage bleibt, wie wir sie in die Zeitfolge eintakten, also wie wir mit der Zeit umgehen, die wir entweder großzügig verwalten oder mit der wir geizen. In Ihrem Fall die Frage, wieviel Zeit wir vergeuden können, ohne deshalb die Kontinuität Ihres Lebens, das wir hier dank der Kunst um weitere Jahre verlängern können, als Ihre siebenjährige Ehe mit Ribka währt, aufgeben zu müssen. Nun, es war das erste Mal, daß mein Zuschauer Interesse zeigte, aufhorchte, nach einer Fortsetzung der Szenenfolge verlangte. Diese Neugier wollte ich ausbeuten, sie gleichsam auf kleiner Flamme köcheln lassen, und so erfand ich die Sanduhr als eine Art Pausenzeichen zwischen den Jahren. Sie glich einem Trickfilmelement in einem Werbefilm, etwas, worüber die Leute lachen und dann um so leichteren Herzens in den Geldbeutel greifen und das Produkt kaufen.

Die Sanduhr, die meinen einzigen Zuschauer zwar nicht zum Lachen, aber doch zum Nachdenken brachte, hatte die Form einer fülligen Frauenstatue, die mit erhobenen Armen ein Gefäß trägt. Aber nicht das Gefäß enthält den feinen Sand, vielmehr die ganze Frauenfigur besteht aus Sand, der sie als Figur zeigt, nur solange sie auf ihren Füßen steht. Dreht man, wie ich es jetzt vor den Augen Abessers tue, die Figur um, stellt sie also auf den Kopf, wird sie zum formlosen Haufen Sand, und die Frage, die entsteht, ist: Wird der Sand je wieder zur Form, also zur lieblich fülligen Frau mit den erhobenen Armen und ihrem Eimer oder Gefäß, dessen Inhalt unbekannt bleibt?

Der rieselnde Sand, der die Konturen der Frau auflöste wie eine Laufmasche den Strumpf, der Sand erzeugte ein Geräusch wie eine leise tickende Taschenuhr, so daß Abesser auf seine Armbanduhr schaute, wohl das erste Mal, seit er Gast des Hotels war, und er mußte feststellen daß die Uhr stehegeblieben war. Mithin war ich, und das konnte dem Amt nur recht sein, der einzige der hier die Zeit diktierte und ihr Maß für meine Zwecke benutzte.

Die erste Krise

Die Sanduhr verschwand. Ein Ergebnis war nicht vorauszusehen, so sehr mein einziger Zuschauer darauf zu warten schien. Jetzt hatte ich ihn mehr denn je an der Leine, und seine nervöse Aufmerksamkeit stieg von Bild zu Bild.

An die Unruhe seiner ersten Ehejahre würde er sich wohl erinnern können. Es war die Unruhe, die aus Eifersucht kommt. Für die Frauen ist die Eifersucht des Mannes unzumutbar, sie kommt einer Schuldzuweisung gleich. Oder anders gesagt: Für den Prediger Salomon, hohes Amt, macht sie aus den Frauen Schuldige nur dadurch, daß ihnen jemand auf der Spur ist. Jeder Verbrecher ist unschuldig, solange ihm niemand auf die Finger schaut. Und jeder Verdacht materialisiert etwas, das in der Schwebe war und lediglich erkannt werden muß.

Dennoch eine schwierige Szene, schwierig in der Darstellung. Denn was konnte ich zeigen? Doch nur einen lauernden Ehemann, der sehr viel mehr Zeit hat als seine eingespannte angespannte Ehefrau. Denn nun hat sie ihren Job beim Fernsehen in Tel Aviv, und es reicht nicht, zur vollen Stunde im Studio zu sein und die Nachrichten zu verkünden, nicht gerade wie Moses auf dem Berg die Gesetzestafeln, aber doch in dieser einstudierten Mischung von Ernst und Heiterkeit, die den vollen Einsatz der Sprecherin erfordert und ihre latenten schauspielerischen Fähigkeiten hervorlockt, ohne den gemeldeten Vorfall allzu mimisch oder pantomimisch darzustellen. Ein ernster Vorfall in der deutschen Politik? Das konnte eher wie nebenbei vorgetragen werden, ganz gleich, welcher deutsche Außenminister gerade Israel besuchte. Die Nachricht vom Attentat palästinensischer Selbstmörder dagegen erforderte genaue Balance. Und gerade bei einer solchen Meldung versagte Ribka die

Stimme, so sie nicht ihre Wut zu konzentrieren verstand, oder anders gesagt, ihr Bewußtsein ausschaltete, ohne in Gleichgültigkeit zu verfallen. Zugleich verlangte der Redakteur, durch das Pathos der Trauer eine kämpferische Entschlossenheit aufleuchten zu lassen, denn schon in der nächsten Meldung des Tages oder Abends würde vom israelischen Gegenschlag die Rede sein.

Abesser verstand das alles, er ließ es sich genauestens berichten, also woher kam ihm dann die Eifersucht in dieser ihrer *fayerdike libe*?

Sie kam durch Ribkas Abwesenheiten in den langen Stunden, da sie in der Redaktion saß, im Kreis von Männern, die Ablenkung suchten, die Körperlichkeit dieser jungen Frau mußte ihre Phantasien anregen, wenn sie ansonsten nur technische und redaktionelle Probleme im Kopf hatten, jeder Text, den Ribka aussprechen würde, ihrer Selbstzensur unterworfen war, und wenn sie das Rasterdenken aus ihren Köpfen entfernten, verwandelten sie sich in Träumer und Verführer, sagte sich Abesser, und es begann mit einem Kaffee in der Kantine und ging weiter mit einem Spaziergang am Strand, mit Vorschlägen zu heimlichen Treffen, und Ribka würde dem nichts entgegensetzen können, hatte sie doch, sagte sich Abesser, alle ihre Energien schon ausgegeben, ehe sie in diesen Krieg der Geschlechter ziehen konnte.

Der Eifersüchtige ist ein scheuer Mensch. Er traut seinen Beobachtungen zunächst nicht, er hält sich zurück, er braucht Beweise, bevor er seine Anklage erhebt. So auch Abesser. Er zog sich zurück, wurde leise, sprach wenig. Die Katze, ehe sie die Maus fängt, erstarrt, wird in den Augen der Maus zu einem Stein im Gras.

Ribka spürte die Veränderung. Was war mit ihm? Die alte Glut in den Augen, wenn er sie sah, aber der Mund schwieg. In welche Phase ihrer Liebe gerieten sie nun? Oder war es schon vorbei, eine andere Frau im Spiel, und der Feigling weiß nicht, wie er es ihr sagen soll? Wer, wenn nicht sie, könnte ihm helfen zurückzufinden?

Sie machte Vorschläge, die freien Abende in diesem und jenem Lokal zu verbringen. Jetzt, da sie beide verdienten, kam es nicht darauf an, ob sie bei »Forel« 70 Schekel für eine Flasche Chardonnay ausgaben.

Sie fuhren hin. Am Nebentisch saßen die Redakteure des Studios und klatschten in die Hände, als Ribka eintrat. Die Königin und ihr Lakai, dachte Abesser und setzte sich grußlos mit dem Rücken zur Konkurrenz. Es half nichts. Sie kamen an ihren Tisch und bestellten, als ob sie Ribkas Wünsche kannten. Abesser ließ das volle Weinglas stehen. Er bestellte sich ein deutsches Bier, und die russische Fraktion unter den Redakteuren johlte und rief ihm zu: Prost, Kamerad!

Sie blieben nicht lange. Ribka schwieg auf dem Heimweg.

Der Tagtraum

Die Tagträume unserer zu observierenden Personen können auch wir nicht registrieren. Ein vom Amt beauftragter Filmemacher wie ich aber kann sie nachstellen, sobald er sich der Psyche seiner Charaktere und der Logik der Handlung sicher ist. Hier nun, da Abesser als mein einziger Zuschauer noch immer vor der Glasscheibe sitzt, durch die er sehen, aber nicht gesehen werden kann, und was besser ist: er kann auch nicht in die Handlung eingreifen, hier also zeigte es sich, daß ich mit meiner neuen Szene in seine geheimsten Wünsche und Gedanken, denn aus diesem Material bestehen die Tagträume, eingedrungen war. Ich machte ihm deutlich, was er sich damals kaum vorzustellen gewagt hatte.

Die Szene wird noch immer von seiner Eifersucht bestimmt. Wobei ich zugeben muß, hohes Amt, daß hier meine lateinamerikanischen Empfindungen Pate gestanden haben, diese über Spanien aus der arabischen Gefühlswelt eingeschleppten Zwangsneurosen, sich einer Frau bei dem geringsten Verdacht auf Untreue zu entledigen. Der Schatten, den ein Verdacht auf das blanke Tuch der Ehre wirft und der einen Fleck erzeugt, genügt uns, das Tuch zu zerreißen, uns von Tisch und Bett zu trennen, beides denke man sich weiß gedeckt, und so begann die Szene mit der spielerischen Sequenz eines zerrissenen weißen Tuchs. Dem Bild folgte das Arpeggio einer angerissenen Gitarrensaite.

Nun aber kam mein Held ins Bild, diesmal in der Rolle des Detektivs, des Beobachters und Fallenstellers. Er spioniert seiner geliebten Frau nach in Szenen von locker abenteuerlicher Machart, die meinen sich selbst zusehenden Zuschauer zunächst belustigten. Ich ließ ihn einen Hut mit breiter Krempe tragen, dann wieder eine Baseballkappe, welche die Blickrichtung seiner Augen verbarg; und mit den Hüten wechselte die Kleidung, indes Ribka, wo immer sie sich hinbegab, ihre luftigen Sommerkleider trug in wechselnden Pastellfarben, so daß sie bei entsprechender Beleuchtung beinahe nackt erschien inmitten des Verkehrs, an Straßenkreuzungen, beim Betreten der Straßencafés, wo ihr Liebhaber schon auf sie wartete. Ihr Liebhaber? Nun ja, in den Augen des eifersüchtigen Ehemanns war jede männliche Person an ihrer Seite ein potentieller Liebhaber.

Abesser immer auf den Sprung, und indes er noch grübelt, wie er vorgehen soll, laufen ihm die Gedanken davon und verwandeln sich zum Bild, zum geträumten Bild, zum Tagtraum.

In der nächsten Sequenz gleicht mein Held einem Gangster. Schlapphut und schwarze Brille, und er sitzt am Steuer eines amerikanischen Wagens, der in Nähe des Fernsehstudios parkt, mißtrauisch observiert von den Wachtposten am Eingang. Abesser wartet in gespielter

Gleichgültigkeit. Auf dem Nebensitz, mit einer Ausgabe der Tageszeitung Ha'aretz bedeckt, liegt die Uzi, die Maschinenpistole. Hier erlaube ich mir einen kleinen Spaß mit der Zeitrechnung, denn die Zeitung enthält, gut sichtbar eingeblendet, Abessers Artikel über die Unabhängigkeitsfeiern in Panama. Er hat diesen Artikel *in Wahrheit* nicht mehr schreiben können. Er schaut ein paarmal auf die Uhr, eine auffällig große Armbanduhr mit goldenem Armband. (Tatsächlich trägt der *echte* Abesser eine billige Armbanduhr aus DDR-Produktion, vermutlich *for sentimental reasons.*)

Um dem Zuschauer einzugeben, auf wen er wartet (manche Zuschauer brauchen derartige Stützen), gebe ich Ribkas Bild ein, wie sie sich von ihren Kollegen verabschiedet, mit der Linken ihr Blondhaar zurechtstreicht, in der Kantine eine Erfrischung zu sich nimmt, etwas zu lange die Hand des Mannes hält, den wir im Café an ihrer Seite gesehen haben. Aber dann kommt sie durch die Tür, nickt den Posten zu, läuft sozusagen auf der Geraden, die der Blickwinkel Abessers ihr bietet, auf den Mann im Auto zu. Der zielt mit der Maschinenpistole, die er aus dem offenen Wagenfenster hält, auf sie, und er möchte ihr Herz treffen, keineswegs ihr schönes Gesicht verletzen, ihr Herz, das sich wie eine Blume auf dem rosa Kleid entfalten wird, sie soll in Schönheit sterben, und er drückt ab. Ribka fällt mit den Händen nach vorn aufs Pflaster, und Blut fließt aus ihrem Mund, und noch ehe die Posten zurückschießen können, wirft Abesser die Waffe weg, steht mit erhobenen Armen hinter seinem Auto, um das er langsam herumgeht, und gibt sich gefangen.

Hier nun habe ich meinen einzigen Zuschauer überwältigt. Er springt auf, er schlägt mit den Fäusten an die kugelsichere, unzerstörbare Glaswand, er dreht sich um, die Sinnlosigkeit seines Tuns einsehend, er sucht den Ausgang und befindet sich auf einem der endlosen menschenleeren Gänge des Hotels. Wohin will er? In dieser Etage gleicht das »Lux« einem Irrgarten, und jede Bewegung ist in Wahrheit ein Stillstand, die Füße haften auf den himbeerroten Läufern wie festgeschraubt, indes der Kopf nach dieser und jener Richtung strebt.

Zum ersten Mal glaubt Abesser in der Hölle zu sein. Und er hat recht, diese Hölle straft auch die Vergehen im Geiste, die ausgedachten, nicht ausgeführten Taten, und Reue ist nur ein kleines Rinnsal, das sofort verdampft, wenn es mit dem Feuer des Gewissens in Berührung kommt, oder im Eis des abgestorbenen Gefühls versikkert.

Wohin will er? Er sucht die Frau, die er getötet zu haben glaubt, und er will ihr helfen, er hat sie doch nur verletzt, und er will sich stellen und sich den Behörden ausliefern, und er will es auch nicht, er wird die gewiß doch nur Scheintote in seine Arme nehmen, sie in sein Auto tragen, er wird sie heimlich zu einem Freund fahren, der ein Arzt ist, es wird sich alles fügen und richten, einrichten lassen.

Abesser geht zurück, wie ich erwartet habe. Er nimmt einmal mehr Platz vor der Glasscheibe. Er vertraut auf die Magie meiner Kunst, es gibt weit und breit, im ganzen Universum niemanden, der ihm helfen könnte. Ich, Uriel Lilienthal, kann ihm kraft meiner Kunst (und der Befähigung durch das Hohe Amt) seine Wünsche erfüllen. Und so sitzt er wie ein neugierig gespannter Zuschauer vor der Leinwand sitzt, und ich zeige ihm einmal mehr meinen Pausenfüller, die Frau als Sanduhr, und siehe, der

Sand läuft zurück und füllt die Form und markiert den Punkt ihres Bauchnabels, auf den Abesser starrt, als sei dieser ein Knopf, den man lösen kann, will man das Geheimnis sehen, oder auch nur ein Schalter, den es zu drücken gilt, damit sich eine Tür, eine Wand öffnet. Und die Tür, die Wand öffnet sich, der Spiegel wird durchlässig, aber er gibt nicht den Zugang zur Unterwelt, sondern zur Oberwelt frei.

Abesser im Auto, die Frau neben sich, eine Tote, nein eine Schlafende. An der nächsten Ampelkreuzung schlägt sie die Augen auf und lächelt den Mann an.

Die Arbeit im Studio, sagt Ribka, an manchen Tagen ist sie mörderisch. Ich bin tot, mein Lieber. Mach mich lebendig.

Abesser jagt das Auto aus der Kreuzung, gibt Gas und überholt seinen Vordermann. Er zeigt, was in ihm steckt. Vorerst ist es das Auto, das er um die Kurven jagt, aber dieses schnelle Fahren berauscht. Ribka ist glücklich wie ein Kind, das eine kleine Anzahlung auf größere Wünsche bekommt.

Der Tag endet glücklich. Geben und nehmen, nehmen und geben, die Waage, mit der im Himmel diese Ehe gewogen wird, kommt mit ihren beiden Schalen zu einem vollkommenen Ausgleich. Kommt sie auch ins Bild, die Waage? Gewiß. Ribka, die in ihrer Küche die kleinste Anweisung ihrer Kochbücher beachtet, wiegt Mehl und Butter ab für einen Kuchen, wie ihn Abesser beschrieben hat, und den er so aus Kindertagen in Berlin kennt. Sie ist, wenn sie will, eine penible Hausfrau.

In Odessa, sagt Ribka, haben wir ihn nicht anders gegessen. Sie weiß, daß sie in diesem Punkt lügt.

Der Zusammenstoß

Den Phantasien des Regisseurs Uri Lilienthal, Engel und Filmemacher im Auftrag des Hohen Amtes, sind keine Grenzen gesetzt. Es sei denn, die Bestimmungen des Amtes würden unterlaufen, und das heißt mit anderen Worten, ich würde mein Script so sehr verfremden, daß der Gegenstand meiner Arbeit, Daniel Abesser, unbeeindruckt bliebe.

Ich kann versichern, keine Willkür in meinen Phantasien walten zu lassen; es geschieht alles in den Möglichkeiten meiner Personen, meiner Schauspieler. Um Ribka geht es mir und dem Hohen Amt. Sie soll ihrem Mann entfremdet, weggenommen werden, und das Seltsame geschieht, sie gewinnt bei diesem Verfahren immer mehr an Profil und Statur, indes ihr Ehemann in seiner Leidenschaft gefangen bleibt und wie ein Tier im Käfig nur die Wahl zwischen Unterwerfung und Auflehnung hat, das meint, zwischen Liebe und Haß.

Der Mordversuch an Ribka, ich gebe es zu, hat eine Parallele, die mich zur Fortsetzung der Handlung anregt. Es ist der Mordversuch André Chazals, Paris 1838, an seiner Ehefrau Flora Tristan, einer Verwandten des Malers Paul Gauguin und somit vor Vergessenheit bewahrt. Chazal lauert ihr eines Tages auf einer Straße in Paris auf, von Eifersucht getrieben und in der Ahnung, sie werde ihn und die Kinder verlassen. Er hat zwei Pistolen eingesteckt, doch schießt er nur eine Kugel auf sie ab, die ihr Herz verfehlt. Auch er mag, wie Abesser, mit den Worten des Dichters Jaime Sabines gedacht haben, *que la muerte es la solución del amor,* also: der Tod ist das Ende einer quälenden Liebe, ihre Auflösung. Sie kommt mit dem Leben davon, sie verläßt ihn und wendet sich von da an, im Haß gegen die Welt der Männer und den von ihnen diktierten Sexismus, der Frauenbewegung zu. Davon später mehr. Als Person ist sie das Gegenteil der eher bäuerlichstabilen Ribka. Flora Tristan, Tochter eines peruanischen Militärs und einer Französin, ist von graziler dunkler Schönheit.

Zurück zu meinem einzigen Zuschauer. Da er in der ihm zugewiesenen Etage des Hotels »Lux« keinen Ausweg findet, kann er nur zurück zu seinem Sitzplatz vor dem Fenster. Er ist verdammt, sich selber nur in effigie zu erleben und seine Geliebte als einen unantastbaren Schatten zu sehen.

Da er sie erneut zu Gesicht bekommt, entspannt er sich. Einen Liebeskranken kann schon das bloße Bild beglücken. Er hat sie also nicht getötet, denn da sieht er sie in das kleine Auto steigen, das sie unbedingt haben wollte, um unabhängiger zu sein. Unabhängiger? Das Auto ist ein winziges knallrotes Gefährt, etwa ein Mini Cooper. Die Frau am Steuer, das störrische Blondhaar unter einer Baskenmütze, wird zur Ikone der Leinwand; auch ich bin durch die Schule Hollywoods gegangen. Abesser schaut aus dem Fenster. Diese Frau am Steuer, die stets zu schnell fährt, um zu ihren Terminen nicht zu spät zu kommen, das Bild ist ihm unheimlich. Es ist die Erinnerung der auf einem Besen reitenden Hexe, die, kaum hat man sie gesehen, verschwunden ist. Im übrigen ist das eine Eigenschaft Ribkas, in einem Zimmer anwesend und zugleich abwesend zu sein und das Gespräch mit ihm aus dem fernsten Winkel der Wohnung weiterzuführen wie selbstverständlich.

Eine Sekundeneinstellung, die Frau im roten Auto, und schon ist sie weg, und Abesser schaut auf seine Armbanduhr. Er hat ein Taxi zum Flughafen bestellt, in zwei Stunden geht seine Maschine nach Delhi, wo sein Team auf ihn wartet, um den Kriegsschauplatz im indisch-pakistanischen Grenzkonflikt zu filmen. Eine Angelegenheit von wenigen Tagen. Nicht ohne Risiko. Man kann aus Versehen erschossen werden, zwischen die Fronten geraten; sein Team ist kaltblütig genug, stets in der ersten

Reihe zu filmen. Gerät man an die falsche Partei, an eine, die nicht gefilmt werden möchte, hagelt es Beschimpfungen, vielleicht Steine, einer der Bärtigen, den Propheten oder Allah auf den Lippen, schießt in die Luft. Das Team stiebt auseinander in einer Wolke aus Staub. Wieder im Auto, zählt Abesser die Häupter seiner Lieben. Niemand fehlt, keiner ist verwundet. Der Kameramann ist eine Frau. Ihre Anwesenheit beunruhigt alle und ist am Ende beruhigend.

Eine durchaus filmische Konstellation. Die erschöpften Helden aus der unendlichen Kriegsserie der Medien und die Frau, die keinem von ihnen gehört und nach der sich alle sehnen am Abend nach der Schlacht, in der *heure bleue* der Quartiere und Hotels, wo sich die Creme der Journaille trifft, an der Bar, um etwa Christiane Armanpour von CNN auf ihre Trinkfestigkeit zu prüfen. So etwa stelle ich es mir vor, das heißt, so etwa stelle ich es meinem Zuschauer vor. Der ist amüsiert. Die nachgestellte Realität wirkt stets um so vieles naiver und also unglaubwürdiger als die Wirklichkeit. Was ihn aber erstaunt, ist die Liaison, die ich ihm erfinde zu dieser Kamerafrau, die eine verblüffende Ähnlichkeit mit Ribka hat, mit jener Ribka der Militärzeit, und sie trägt auch im Hotel das grüne Drillichzeug, das ihre Weiblichkeit kaschiert, wie sie meint. Nur daß sie einen zu runden Hintern hat, um die anwesenden Männer täuschen zu können.

Abesser ist zusehends gespannter. Er kann sich nicht erinnern, Ribka je untreu gewesen zu sein, aber ich mache es ihm leicht, seine Gedanken in die Tat umzusetzen. Es ist, sage ich ihm, die Nervenanspannung des Tages, die nach Auflösung verlangt. Alkohol ist eine Möglichkeit, Sex aber eine bessere Droge. Diese zu bekommen ist einfach. Es lungern genügend arme Mädchen herum, die der Krieg als Strandgut heranspült. Sie sind hungrig wie junge Katzen, die Entbehrung hat sie gierig gemacht, der Hunger in ihren Augen täuscht. *Selling pussy* ist ihr Angebot, aber ein Essen ist ihnen das Wichtigste. Sie sprechen Abesser an, diese grazilen schwarzen oder braunen Gestalten, die sich auf jedem Kontinent gleichen. Abesser, der, wie wir wissen, zu den herzensguten Menschen gehört, möchte sie alle an seinen Tisch setzen, und man soll ihnen geben, was sie möchten, aber er möchte keine von ihnen. Diese Medizin wäre ihm zu billig. Er braucht eine Frau, mit der er schlafen und reden kann, reden vor allem über die Sinnlosigkeit des gemeinsamen Tuns in diesen Kriegen.

Die Kamerafrau, nennen wir sie Hannah, ist so eine Frau, die Spaß an scharfzüngigen Bemerkungen hat, eine Zote nicht verschmäht, mit allen lacht und alle auf Abstand hält, weshalb sich das Team mit einem Spitznamen für sie rächt: die Maulhure. Ein Kumpel von einer Frau. Sie hat es auf Abesser abgesehen. Der Mann ist ihr zu still, zu brav, zu traurig. Das Leben am Rande des Todes muß unbekümmert sein. Weinen kann man später eine Ewigkeit lang. Und seine Ribka, so Hannah, ist eine eingebildete Gans.

Wenn sich beide Frauen im Fernsehstudio von Tel Aviv begegnen, setzen sie ein mokantes Lächeln auf und spitzen die geschminkten Lippen zu einem Kußmund, der nur ein verächtliches, kaum hörbares *Pah* produziert. Ist sie lebendig, diese Ribka? Ist sie nicht vielmehr eine Barbie-Puppe, ein künstliches Wesen, auf das ein wenig Leben, ein wenig Abglanz von den Nachrichten fällt, die sie spricht? Und hegt sie nicht einen heimlichen Neid auf diese Hannah, die ein lebendiger Teil dieser Nachrichten ist, so lebendig, das man eines Tages ihren Tod melden wird, an der Front gefallen, im Dienste der Wahrheit oder der Tollkühnheit, und im Tod ist sie zur Nachricht geworden in einer Reihe mit den anderen Nachrichten über gewaltsame Todesfälle. Hannah – eine Ingrid Bergman als Partisanin an der Seite des Helden in »Wem die Stunde schlägt«. Ich sehe schon, die Hölle ist auch ein

Ort, wo jede spontane Kreativität von Klischees überklebt wird.

Hannah, da sie ihren Abesser bekommen hat (sehr zur Überraschung meines Zuschauers), scheint nun ihren Spott mit ihm zu treiben, wenn sie ihm kleine Zettel, ausgeklügelte Liebesbriefe im Tonfall eines Backfisches, in die Taschen seines Anzugs schmuggelt. Und wie der Zuschauer ahnt, wird Ribka sie eines Tages aus diesen Taschen ziehen, und im Match der Eifersucht steht es dann eins zu eins für das Ehepaar.

Wieder möchte mein Zuschauer protestieren gegen diese Verleumdung seiner Person, gegen diese tödlichen Lügen. Er vergißt, daß wir ihm Szenen aus einem späteren Leben zeigen, das er in diesem Hotel nur als Möglichkeitsform betrachten kann.

Wie wird das Wiedersehen sein, diese Szene die wir in die Zukunft legen und aus ähnlichen Szenen in der Vergangenheit zusammenschneiden. Mein einziger Zuschauer ist gespannt, denn jetzt hat er das Prinzip verstanden: das Hohe Amt gewährt ihm Einblicke in sein nicht gelebtes Leben. Er fragt sich nicht, wie er dazu kommt, so privilegiert zu sein, dieser Jüngling Daniel Abesser, den ein Freund seines Berliner Vaters gelegentlich einen *tumben Toren* nannte, worauf seine Berliner Mutter zu antworten pflegte: Stille Wasser sind tief.

Die Szene wiederholt sich, und so können wir einen Zeitpunkt voraussetzen, da Mißtrauen und Eifersucht die Gespenster sind, die in der Wohnung auf die Rückkehr ihrer Bewohner warten. Ribka hat längst Hannahs kleine scharfzüngige Zettel gefunden, diese Natternbisse, von denen man nicht weiß, gelten sie einem trägen Liebhaber oder zielen sie auf die Ehefrau in ihren dosierten Mischungen aus Honig und Gift?

Abesser am Fenster wartet auf die Rückkehr der Ehefrau. Sie weiß von seiner Rückkehr, hat sie doch am Morgen den Tisch gedeckt für das gemeinsame Abendessen der Eheleute. Sie hat, wie sie das kann, einen schönen Tisch gedeckt, mit weißer Tischdecke, darauf das blauweiße Porzellan, ein Hochzeitsgeschenk, und sie hat die Blumen nicht vergessen, die Abesser vergessen hat mitzubringen, wie ihm beim Anblick des Tisches einfällt.

Abesser wartet am Fenster, in einer Haltung, die Ungeduld, Vorfreude, Mißtrauen ausdrückt. Endlich das kleine rote Auto, die Frau, die Hexe am Steuer, das wehende Kopftuch, das widerspenstige Blondhaar. Aber was tut sie, wo hat sie ihre Gedanken – zu spät bremst sie ab, sie hat vor sich das dicke Auto des Nachbarn, sie fährt dem parkenden Wagen vor ihr in die Stoßstange. Abesser reißt das Fenster auf, als könnte er noch alles verhindern, und es geht ihm nicht um den Blechschaden und um den Streit mit dem Nachbarn, es geht ihm um den fremden Mann, der in seinem Auto saß, nun aus der Tür springt, Ribka erkennt, die Arme hebt, als habe er auf diesen Augenblick gewartet, seiner hübschen kleinen Nachbarin so nah zu kommen, Aug in Auge, und sie schaut zu ihm hoch, und beide lächeln, und der Mann schüttelt den Kopf, alles eine Bagatelle, er nimmt ihre beiden Hände in seine Pranken, wie um sie zu beruhigen, und Abesser am Fenster hat nichts und niemand, der ihn beruhigen könnte.

Ribkas Fehlleistung, denkt er in den Schablonen einer durchschnittlichen akademischen Bildung, sie kam aus dem Unterbewußtsein, wo die Weiber ihr Doppelleben führen, ob nun in einer selbstgeschaffenen Hölle oder einem eingebildeten Himmel, und in beiden Fällen geschieht alles absichtsvoll, mit unbewußter Berechnung, und dies war die Initialzündung, sagt sich Abesser, für kommende Begegnungen, und man wird sich daran erinnern und lachen. Und der Nachbar wird die Rechnung trotzdem schicken, und Abesser wird sie bezahlen, um als Dritter im Spiel zu bleiben, Geld noch immer ein Machtmittel, und die größten Wunden, wird mein

Zuschauer später denken, schlägt einem noch immer die Phantasie. Denn der Nachbar zieht in eine andere Stadt und vergißt die Rechnung, und der Druck seiner Hände war von der Herzlichkeit eines Abschieds für immer bestimmt.

Aber verdorben ist der Augenblick des Wiedersehens, das Abendbrot schmeckt ihnen wie Gefängniskost, ein Wort jagt das andere, die Gespenster kriechen aus den Ecken und sind die Einbläser immer schärferer unüberlegter Stichworte. Als keine Worte mehr kommen, fliegen die Teller durch die Küche und zerschellen auf dem gefliesten Fußboden, die schönen blauweißen Teller, das Hochzeitsgeschenk, das man hätte an die Enkel weitergeben können. Nun brechen sie auseinander und holpern mit Gekicher in die Winkel, wo die Gespenster sie auffangen und sich zuwerfen.

Der Aufstand

Die nach Art des Stummfilms eingeblendeten Zwischentitel sind ins Bild umzusetzen. (Wieder höre ich meinen Kollegen Itzhak lachen und mir auf die Schulter hauend sagen: Mann, halte uns hier kein Seminar über ein Fach, das wir dir temporär eingeräumt haben. Itzhaks Hand hinterläßt einen nachhaltigen Schmerz, er hat die Stelle getroffen – wie es ausdrücken, das an der Schulter erborgene Keimblatt meines englischen Flügels.)

Nun, der ins Bild gesetzte Aufstand zeigt Ribka, die ihre Serviette den Scherben auf dem Boden nachwirft und dann den Tisch verläßt, sehr gerade, erhobenen Hauptes, die aufgelöste Mähne einer gereizten Tigerin schüttelnd. Sie geht, sie verläßt ihn, sie geht aus dem Haus. Schnitt.

Wenn mein einziger Zuschauer sie erneut zu sehen bekommt, dann als Foto auf einem Zeitungsblatt, unter der Schlagzeile DIE PALLAS ATHENE VON TEL AVIV. Und es folgt die Story der über Nacht in die Schlagzeilen geratenen ehemaligen Nachrichtensprecherin Ribka Abesser, die eine Leuchte geworden ist innerhalb der israelischen Frauenbewegung. Und da die Zeitung, die das berichtet, in Männerhand ist und zugleich andeuten will, daß die Besagte eine populäre Figur geworden ist, der man einen Scherz vor die Füße werfen kann, bekommen die Leser eine Karikatur zu sehen, die ihren männlichen Teil erfreuen wird: Ribka als Moses, aber mit allen Zeichen der Weiblichkeit versehen, verkündet auf dem Berg Sinai die zehn Gebote der Emanzipation. Entzifferbar ist nur das Erste Gebot, das da lautet: Du sollst Deinem Mann davonlaufen ...

Abesser liest dies im Gehen auf der Straße, die Zeitung aufgeschlagen vorm Gesicht. Er stößt mit den Passanten, die ihm entgegenkommen, zusammen, und die zeigen ihm einen Vogel, und stößt er mit einer Frau zusammen, blickt er sie grimmig an.

Ribkas Programm, das sie in Clubs und Universitäten verkündet, im Fernsehen und im Radio ist weniger allgemein als vielmehr nationalistisch. Sie nimmt sich, den Dichter Celan zitierend, der die Göttin Pallas Athene, die Göttin der Klugheit, eine Jüdin genannt hatte, der jüdischen Frauen an, in Vergangenheit und Gegenwart, und es entsteht der Eindruck, die Verfolgung des Judentums in den Jahrhunderten sei eher ein Geschlechterkampf gewesen. Denn die Männer an der Seite der hervorgehobenen Frauen, waren sie nun Christen wie Jaspers und Heidegger, der eine als Ehemann einer Gertrud Jaspers, der andere als Liebhaber einer Hannah Arendt, oder Juden wie im Falle von Gertrud Kantorowicz und Georg Simmel – sie alle haben versagt und letztendlich den Aufstand der jüdischen Frauen bewirkt. (An dieser Stelle ironischer Beifall von Seiten der männlichen Jugend in Ribkas Seminaren.) Tagelang spaltet sich die israelische Nation bis hoch in die Debattierrunden der Knesseth zu diesen Themen: Denn Ribka begeht einen Fehler. Sie greift die jiddische Mamme an, dieses Urbild jüdischer Geborgenheit und Hort des Überlebens, die Förderin ihrer Söhne (man denke nur an die Marx Brothers und ihre Mutter), die Beschützerin, die Heilige der Ghettos. Ribkas eigene Mutter bricht den Stab über die revoltierende Tochter, und man interviewt sie im Fernsehen, und sie ist so erregt, während die Tränen über ihr gutes bäuerliches Gesicht fließen, das sie ganz umsonst geschminkt hat und das Haar getönt –, so erregt ist sie, daß sie ihr bißchen Ivrith vergißt und anfängt zu reden, wie ihr der Schnabel in Odessa gewachsen ist, und es ist rührend anzuhören, aber es ist eine andere Generation, sagen die Zuschauer in einer Meinungsumfrage, und heute ist heute und Ribkas Popularität (im Maßstab der Einschaltquoten) steigt einmal mehr. Und es steigt ihr Einfluß. Statistisch gesehen, schreibt die Zeitung, verlassen immer mehr Ehefrauen, ob jung oder alt, ihre Männer, und sie rotten sich auf Straßen und Plätzen zusammen, schreibt die Zeitung, und schwingen dabei, wie einst die Maoisten die rote Fibel, Bücher von Rahel Varnhagen oder Else Croner in den Händen. In Spechchören zitieren sie aus einem Aufsatz von Margarete Susman, aus dem Jahr 1933, »Wandlungen der Frau«, und den zuhörenden Männern fliegen wie unheilverkündende Fledermäuse diese Sätze um die Ohren: »Es zeigte sich: der Mann hatte der Frau gar keine Welt mehr anzubieten; alle seine Ordnungen und Gesetze waren zerfallen ... Beim Erwachen aus einem Traum, der so lang war wie die europäische Geschichte, steht die Frau frierend im Leeren.«

Vergeblich versucht Abesser, sich mit Ribka zu verabreden und sie zur Rede zu stellen. Man bittet ihn um eine Stellungnahme, um eine Erklärung, und alles, was der Verlassene vorbringen kann, ist der Hinweis auf fliegendes Porzellan infolge eines seltsamen Auffahrunfalls. Die

Reporter bleiben höflich bei diesem Statement ihres namhaften Kollegen. Am Ende muß man fürchten, daß er in Zukunft keinen Sendeplatz mehr haben wird, weil man ihm nahelegen wird, eine Weile in einem Sanatorium auszuspannen, alles zu vergessen und neu anzufangen.

Abesser will neu anfangen, aber mit Ribka, seinem Eheweib, seiner kleinen Geliebten, die er bei sich Hasenkind nennt, Blondie, Seepferdchen und mit anderen Namen, die die Öffentlichkeit nichts angehen.

Kann ihn keiner retten in seiner Verzweiflung? Hannah versucht es. In der ganzen Stadt ist sie vielleicht die einzige, die über Ribka schallend lacht und sie eine altmodische Pute nennt, die die Zeit verschlafen habe. Die Emanzipation nach Israel tragen, das heißt doch, Eulen nach Athen tragen. Man nähme doch sie als Beispiel, eine Kamerafrau an vorderster Front, in Palästina wie in Pakistan, und brauche man eine Inkarnation der zitierten Pallas Athene, hier steht sie vor Ihnen, meine Herren: gewappnet und gerüstet und dabei eine gute Mutter und Geliebte. Die eine Hand am Auslöser der Kamera und die andere am Drücker der Maschinenpistole.

Käme Rosa Luxemburg wieder, schreibt die Zeitung, Hannah zitierend, sie würde ihre Mörder besiegen.

Das alles sagt Hannah, in der Öffentlichkeit wie im Freundeskreis, aber sie sagt es nur für Abesser. Der schweigt. Hält sich die Ohren zu. Zwei Frauen auf verschiedenen Barrikaden. Wenn er von seinen Kriegen heimkehrt, die Teil seines Berufs sind, sehnt er sich nach Frieden.

Abesser, ich kann es aus seinem Gesicht lesen, gibt nicht auf. Er bleibt auf seinem Platz, vor der verdunkelten Mattscheibe, er wartet auf eine Fortsetzung. In seiner Erwartung glimmt die Gier, noch in der Abkehr der Geliebten einen Hauch ihrer selbst zu spüren, festzuhalten, einzuatmen. Es ist der letzte Atemzug eines Ertrinkenden, in welchem die Erde noch einmal als schillernd bunter Scherbenhaufen erscheint.

Es ist mehr. Da die Abkehr Ribkas, so Abesser, auf einer vergleichsweise neutralen Ebene erfolgt ist, sich der Streit von Tisch und Bett sozusagen emanzipiert hat, kann man mit der Flüchtenden wieder ins Gespräch kommen auf der Bühne ihrer Einsätze zugunsten der jüdischen Weiblichkeit.

Abesser stellt sich vor, wie er ihr nachreist, im In- und Ausland, wie er unerkannt in der Menge der Zuhörerinnen und Zuhörer sitzt und, sobald die Diskussion zum Thema freigegeben wird, seine Fragen stellt, als säße er in der Pressekonferenz eines Militärs oder Ministers. Abesser, würde er sagen und sich erheben (und ein Raunen ginge durch die Menge – *Abesser?*), und er würde den Namen seiner Zeitung nennen: Ha'aretz, Tel Aviv. Und was würde er die Referentin fragen? An dieser Stelle würde ihm die Stimme versagen, sich ihm ein Knoten in den Hals schieben, daß ihn vor lauter Schmerz ein Ersticken ankäme, das sich in einem Schwall Tränen löste. Nichts, er würde sich lächerlich machen, nichts würde er erreichen als eine innere Abkehr Ribkas von diesem Mann, der sich selbst und damit auch sie blamiert, der Öffentlichkeit zum Klatsch freigibt, fast als ein Lügner erschiene, denn Ha'aretz hätte längst einen anderen Mitarbeiter geschickt aus der richtigen Überlegung heraus, daß ein Presseinterview einen kühlen Kopf braucht und ein Ehestreit ein Thema für eine andere Zeitung wäre.

Eine Weile, so ist vorstellbar, reist Abesser ihr nach. Er hat sich beurlauben lassen, die Kriege gehen ohne ihn weiter (und Hannah schickt ihm weiter ihre boshaft launigen Botschaften zu, per E-mail oder direkt in die Taschen seiner Anzüge – es grenzt an Hexerei), und Abesser weiß es so einzurichten, daß er eine Maschine eher, einen Bus eher als Ribka am Ziel ist. Er beobachtet sie mit der hartnäckigen Ausdauer (und Verzweiflung) eines Teenagers in seiner ersten unglücklichen Liebe. Er vermeidet es, die Lokalitäten, Universitäten, Clubs aufzusuchen, die Ribka zum Vortrag eingeladen haben. Aber er bleibt in der Nähe, er sieht sie von einem Straßencafé aus, von einer Bar mit verhangenen Scheiben, von der gegenüberliegenden Straßenseite sieht er sie aus dem Taxi steigen, zu Fuß kommend, beinah unsichtbar in Begleitung der sie umringenden Damen den Eingang passierend, und er hofft, nein er weiß, daß seine Nähe sie beunruhigen wird wie eine sich ankündigende Migräne, ein drohendes Gewitter, immer gab es zwischen ihnen eine Art Telepathie, einen wortlosen Austausch, ein gegenseitiges Gedankenlesen, und sei es, daß einer dem andern die Musik vorsang, vorpfiff, die dem gerade durch den Kopf ging, oder eine Antwort aussprach auf eine Frage, die der andere lautlos gestellt hatte.

Und so würde auch jetzt seine Nähe wie ein Störsender wirken, und er hoffte auf den Tag, da er ihre Gedanken so sehr okkupiert haben würde, daß sie nicht in der Lage sein würde, ihren streitbaren Vortrag zu halten, über Hannah Arendt oder Fanny Mendelsohn, und man die Veranstaltung wegen Unpäßlichkeit der Referentin würde absagen müssen. Dann wollte er sich in ihrem Hotel einfinden, in ihr verdunkeltes Zimmer eindringen, sie wortlos umarmen, die Tränen zurückhaltend, den Knoten im Hals hinunterschluckend, und anderntags würden sie gemeinsam zurückreisen in die kleine Wohnung in Tel Aviv, die ihr Aussehen seit der Hochzeit kaum verändert hatte.

Nichts von dem geschah. Abesser reiste allein zurück in die Wohnung, in diese Hochhausbienenwabe. Woher wußte er überhaupt, daß er seine Wohnung betrat, wenn er das Sicherheitsschloß öffnete? Er wußte es, sobald er die merkwürdige Ansammlung von Souvenirs, Geschenken wiedersah, die ihm Ribka von ihren Reisen mitgebracht und in letzter Zeit geschickt hatte. Unerklärliche Beweise einer Anhänglichkeit, vorausgeschickte Emissäre der Aussöhnung? Tauschobjekte, die an die Gaben des weißen Mannes erinnerten, der im Wilden Westen die Eingeborenen friedlich und geneigt stimmen will?

Schon immer war Ribka eine große Schenkerin gewesen, eine Geberin. Lag es daran, daß sie ihm kein Kind geboren hatte? Lag es daran, daß sie die Worte ICH LIEBE DICH nur mühsam über die Lippen brachte, und wenn, dann nur auf russisch, *ja ljublju tebja*, und da klang es wie Spott – Abesser, der wie jeder Mann stets in Verlegenheit geriet bei den Geschenken, die ihm eine Frau machte, suchte nach Gründen. Gründe treten in ein rationales Feld ein, hier aber materialisierte sich nur eine Zuneigung, die vielleicht eine Mutter-Sohn-Beziehung herstellte (dachte Abesser), und wenn es so war, dann verbargen diese Geschenke nur jene anderen Beziehungen der Mutter zu ihren Liebhabern. Schon war ihm jedes neue Geschenk suspekt, und sein Mißtrauen stieg, je schöner und kostbarer es war.

An manchen Tagen war der heimkehrende Abesser versucht, all diese nutzlosen, schönen, aber unpraktischen kleinen Dinge, diese indianischen Glockenspiele, mexikanischen Puppen, russischen Matrjoschkas aus Birkenholz, spanischen Kastagnetten, cubanischen Rumbarasseln, deutschen Teddybären (Steiff-Knopf im Ohr), Plüschhäschen, Katzen und Mickeymäuse in den Müll zu kehren. Aber was sollte dann die Leere ausfüllen, die ihr Verschwinden erzeugte?

Mein Drehbuch, werte Kollegen vom Hohen Amt, ist

damit nicht am Ende. Doch habe ich Weisung, dieses Experiment mit Daniel Abesser abzubrechen. In der jäh befohlenen Unterbrechung ahne ich eine Rüge meines Vorgehens. Ich lasse ihn vor der Scheibe sitzen, die sich in eine Wand verwandeln wird, in eine beliebige Zimmerwand des Hotels »Lux«. Leider habe ich nicht mehr vorführen können, ob die Venus aus Sand, Sie erinnern sich, diese von mir ausgedachte Pausenfigur in Form einer Sanduhr und in Gestalt einer Frau, ihre volle Gestalt wiedererlangen wird.

Nevermore

Die Rüge, die mir das Hohe Amt zustellen ließ, ich bin sicher, ich verdanke sie der Denunziation meiner werten Kollegen Spitzer und Springer. Wir alle, mich eingeschlossen, nehmen es mit der Diskretion nicht allzu genau. Geschwätzigkeit ist unser aller Erbteil, und wenn der Ur-Alte sich in den Mantel des Schweigens hüllt, dann ist es unser Vergnügen, Ihm die Knöpfe nachzuzählen, die er verloren hat über die Äonen, die Ihm keine neue Garderobe erlaubt haben; dann machen wir uns den Spaß, Ihm die Fäden aus den Rockschößen zu ziehen und die Löcher im Stoff zu betrachten; dann denunzieren wir hinter vorgehaltener Hand Seine Schöpfung, die von Gewalt und Gehorsam ausbalanciert wird. Wie also sollten wir dann nicht uns gegenseitig am Zeug flicken, und sei es aus Angst, Er könne *uns* nachtragen, was *wir* Ihm heimlich am Zeug geflickt haben.

Nun gut, mein Experiment mit Abesser hatte ich abbrechen müssen. Die eine letzte Szene hätte ich ihm gern noch angeboten. Ein Film ist erst rund, ich meine als Kunstwerk, wenn alles ausgereizt ist, was der Stoff hergibt. Es ist die Schlußszene, in der es zu einem Wiedersehen mit Ribka kommt, zufällig, in einem Berliner Straßencafé.

Es sind einige Jahre vergangen, man schreibt das Jahr 2008. Über der Stadt sind die sich um 2002 ankündigenden Naturkatastrophen hereingebrochen, schon greift das Meer nach den nördlichen Vorstädten. Abesser ist beauftragt worden, eine Reportage zu drehen, und er weiß, was er seinen Zuschauern in Tel Aviv schuldig ist, er vergleicht die drohenden Katastrophen mit dem Einbruch des Nazikrieges von 1939, in jenem Sommer der Gelassenheit, der überfüllten Strandbäder am Wannsee (in schwarz/weiß) und der vollen Straßencafés am Kurfürstendamm, der Gelassenheit der Großstadtbewohner, die ohnehin am Rande ihrer Möglichkeiten zu leben gelernt haben, also was soll ihnen denn noch passieren in einer von Inflation, Korruption und Verbrechen beherrschten Stadt?

Die Bilder gleichen sich, die Mode ist einmal mehr zurückgekehrt zu den späten zwanziger Jahren, auch wenn sie nun Stoffe verwenden kann, die aus der Retorte kommen, und aus der Retorte kommen auch die ersten Mannequins und Prostituierten, die von anonymen Unternehmern in die Schar der echten Mädchen aus Fleisch und Blut auf dem Laufsteg oder auf der Oranienburger Straße geschickt werden.

Abesser hat das Flair des Jünglings verloren. Er hat zugelegt an Bauch und Hüften, sein Haar zeigt graue Strähnen, das Gesicht verläuft kantig zum spitzen Kinn hin, die Falten von der Nase zum Mund läßt er sich ungern zuschminken, wenn er bei einem Interview sein Gesicht nicht verbergen kann, er will zeigen, daß er ein Gezeichneter ist. Seine Trauer hat ihn eitel gemacht, merkwürdig genug, wie das Selbstbewußtsein sich im Verlust behauptet und die Blessuren wie eine Botschaft ausschickt. An wen?

Nicht nur an die eine. Er hat, da er anfing, sich an Hannah zu gewöhnen und sich in ihrem Umkreis einrichtete wie auf einer schmalen, dennoch lebensrettenden Insel, in einer Mischung aus Vertrauen und Bequemlichkeit auf den Beginn eines neuen Lebens gehofft. Diese Insel ging unter. Sie war, die Insel, so würde ich die Szenen kommentieren, mit dem Festland verbunden – und die entsprechenden Bilder würden diese Matapher veranschaulichen. Das Festland mit der Hauptstadt Ribka ging unter, der Steg brach ab, eines war abhängig vom anderen, gut, ich höre schon auf, die Geduld des Hohen Amtes mit fraglichen Bildern zu strapazieren: Mit einem Wort, Hannah, da sie mit ihrem Tun und Lassen Ribka nicht mehr verletzen konnte, wechselte das Team, sie verlor sozusagen Abesser aus den Augen. Keine Botschaften erreichten ihn mehr, keine Zettel in den Taschen seiner Anzüge, wenn die Schnellreinigung der Hotels ihm den gebügelten Anzug ins Zimmer brachte, keine Botschaften per E-mail auf seinem Laptop. Einmal mehr war die Schule der Frauen darauf aus, auch diesen Schüler ins Leben zu entlassen. Und Abesser begann abermals nach Ribka zu suchen.

Die Spur, die Gerüchte führten ihn nach Berlin. Was tat sie dort? Sie hielt ihre alten Vorträge unter den Deutschen, die immer etwas später als andere Nationen akzeptierten, was in der Welt schon passé war, in ihrer ererbten Schwerfälligkeit, die nichts anderes als Bauernschläue war, mit der sie ein schlechtes Gewissen kaschierten und auf freien Eintritt in der Klippschule des Nachhilfeunterrichts hofften, wie Abesser kommentierte.

Und so also die Schlußszene, Ribka in einem Straßencafé am Savignyplatz, auch sie verändert, die Frisur nach neuester Mode von vorgestern, à la garçon, Abesser traut dem Bild nicht, aber sie kommt ihm entgegen, begrüßt ihn wie einen alten Bekannten, aber eben doch nur wie einen Bekannten, dem man die Hand reicht zu einem Halloh, du hier, das halblaut von ihren Lippen fällt, ohne daß sich dabei der Blick verändert oder das Herz aus dem Takt kommt.

Anders unser Mann. Ob er die Farbe wechselt, bleibt eine Redensart, die ich nicht werde zeigen können. Ob sein Herz schneller schlägt, wird sich in einer Art Sprachlosigkeit andeuten lassen, in einer Lähmung, die ihm die Nennung ihres Namens versagt, was sie zu einem spöttischen Kennst du mich nicht mehr? veranlaßt.

Seine Antwort fällt blöde genug aus: Doch, doch, sagt er und winkt dem Kellner, der sich mit einem Prego, Signore zu ihm herunterbeugt.

Was willst du trinken? fragt Abesser, als könne er das Glas Campari in ihrer Hand übersehen haben.

Du siehst ja, sagt sie, was nun alles Mögliche heißen könnte, und was er sieht, geht ihm langsam ein wie ein Narkotikum: ihre Freundlichkeit ist schlimmer als Vorwürfe und Feindschaft. Sie hüllt ihn ein mit Gleichgültigkeit.

Er bezahlt für das Getränk, das ihm der Kellner bringt, und er rührt es nicht an.

Und er hofft, die Stadt werde in dieser Sekunde vom Meer verschlungen werden.

Lilienthals Dilemma

In anderer Gestalt, zu anderen Zeiten, mein einziger Zuschauer hätte mir leid getan. Ratlos habe ich ihn aus meinem Film entlassen, mein Blick in seine Zukunft, sein Einblick also in seine mit Ribka nicht gelebte Zukunft, er weiß nicht, wie er sich die Geschichte deuten soll.

An Trennung von ihr hat er nicht geglaubt, nicht an diese derzeitige Trennung durch Tod, nicht an eine Trennung in, sage ich einmal, lebendigster Absicht, sich fern vom anderen das eigene Leben zu bewahren. Doch da, in diesem zweiten Fall, habe ich ihn an der Angel; diese Befreiung von ihm, kam sie aus ihren Gedanken, die auf Emanzipation und geistige Hervorbringung aus waren?

Da nagt der Zweifel an meinem Zuschauer, das mag er ihr zutrauen. Und schließlich das Wiedersehen, vom Zufall beschert, ans Herz gehend, fast eine Bedrohung, und er sitzt ihr gegenüber, in meinem Film und doch leibhaftig auch er vor der Glasscheibe, und er versäumt es, ihre Hand zu ergreifen, sie festzuhalten, sie herüberzuziehen an sein Ufer, was eine komische Vorstellung ist, so als zöge er sie über den Caféhaustisch auf seine Knie, auf seinen Stuhl, und wäre dies geschehen, im Film, er hätte das Gefühl gehabt, sie zu sich durch die Scheibe zu ziehen, hinaus auf den Gang des Hotels, um dann zu fliehen, zu fliehen, zu fliehen – wohin? Er hat es nicht getan, er ist aufgestanden, ohne sie, er hat sie verlassen. Aber sie haben sich doch die Hand gegeben?

Nun aber flieht er wirklich, er hetzt durch den Gang, und ich kann ihm nicht helfen. Er gehört, besser wir beide gehören wieder dem Hohen Amt und seinen Verfügungen. Er hetzt über den himbeerfarbenen Läufer in dieser Etage, wohin will er. Es gibt keinen Ausgang, kein Fahrstuhl wird seine Scherentür für ihn öffnen. Er bleibt stehen, noch nie hat er die Bilder bemerkt, die auch in dieser Etage das »Lux« zieren, und er bleibt stehen, weil er das eine Bild entdeckt hat, das wie zum Spott und allein für ihn die kahle Wand des Flurs öffnet und sich mit den Bildern in seinem Kopf verbindet.

Das Bild zeigt ein Liebespaar, und es zeigt es, trotz der realistischen Ausführung, was Kleidung und Gestalt betrifft, in einer traumhaften Pose. Der Liebhaber, ein junger Mann, Typ Abesser, zieht seine Geliebte quasi aus dem Nichts, aus der Luft zu sich heran, er hält ihren ausgestreckten Arm in beinahe circensischer Pose, so daß ihr Körper im rechten Winkel von seinem Körper absteht, was ihr nichts auszumachen scheint, denn sie lächelt ihn an, und man begreift, dies alles ist Teil eines Tanzes, eine Pirouette im Freien, unter rosa und grünen Wolken, und durch die Wolken jagen Fabeltiere, oder nein, es sind

Haustiere, sie gleichen dem Viehbestand eines Bauern, diese Kühe und Pferde, aber sieht man genauer hin, entdeckt man kleine Flügel an ihren Flanken. Abesser, der das Bild lange betrachtet hat, beginnt zu lachen, vielleicht über diese Kühe und Katzen, die sich von der Lust des Menschenpaars beflügeln lassen als ein Sinnbild aller irdischen Lust, die durch die Liebe leichter als Luft wird ...

Abessers Lachen dröhnt durch den Gang, und so kann es nicht ausbleiben, daß die diensthabende Deschurnaja dieser Etage auftaucht, eine in Weiß gekleidete Scheußlichkeit, und den runzligen Finger an ihren von Barthaaren verdunkelten Mund haltend, mahnt sie ihn zur Ruhe. Und sie tut es, indem sie auf das Bild an der anderen Wand des Korridors verweist, und das zeigt die Weite einer Tundralandschaft, eine aus Gräsern und Mooren dampfende Stille.

Abesser gibt nicht weiter auf sie acht und geht weiter. Doch sie zieht einen Schlüsselbund aus der Tiefe ihrer Kittelschürze und öffnet die nächstbeste Tür und schiebt Abesser in ein Zimmer, das ihm reserviert worden ist am Ende meines Experiments mit ihm.

Mir bleiben die Rügen, die Vorwürfe des Hohen Amtes, zu sehr auf die Kunst vertraut zu haben. Nichts hätten wir erreicht, ihn von Ribka abzubringen. Einmal mehr frage ich mich, was das Hohe Amt mit ihm vorhat, daß man sich so mit ihm beschäftigt, als wollte man seine Eignung für eine Stellung, eine Aufgabe prüfen, die einer Beförderung gleichkäme. Doch welche Beförderung kann schon ein Mensch erfahren, es sei denn die zu einem Engel?

Dagegen bleibt mir, Uri Lilienthal, die Befürchtung, zurückgestuft, oder, schlimmer noch, mit einer noch schwierigeren Aufgabe betraut zu werden. Wahr ist, daß man jeder Kunst mit Mißtrauen begegnet. Kunst ist die nachgemachte Schöpfung, so die unausgesprochene Meinung des Hohen Amtes, und der Schöpfer wacht eifersüchtig über seine Werke, als seien diese noch herrlich wie am Ersten Tag.

Ich korrigiere mich: Kunst imitiert nicht nur und pfuscht dem Hohen Herrn ins Handwerk, sie macht auch noch aufsässig. Drum sage ich: All Seine Werke sind herrlich als wie am Ersten Tag.

Im Büro angekommen, mich zu meinen Gesellen setzend, verneige ich mich vor der Schrift an der Wand über Spitzers Schreibtisch: JAHVE.

V

Der fünfte Bericht des Hundefängers an Seine Majestät

Majestät und König von Hispanien! Euer Statthalter hier am Rande Eures Reiches, amtlich bestallter Hundefänger aller Kanarischen Inseln, ich entbiete Euch meinen untertänigsten Gruß!

Um den Faden aufzunehmen, recte die Leine, daran die Meute meiner Gedanken hängt und hin zu Euch strebt, will ich vermelden, daß ich noch immer dabei bin, ein wenig mehr Aufklärung in die Angelegenheiten der Toten vom Flugzeugabsturz zu bringen. Denn die Überlebenden sind längst über alle Berge, wie man so sagt, in ihre Heimatländer, und auch die Toten haben sich, jedenfalls einige, auf den Weg gemacht, dank meiner Vermittlung mit den Ämtern, die sie samt Sarg freigeben mußten, und letztendlich war ich es, Euer Diener Alercón, der sein Kreidekreuz auf den Sarg malte, damit die Fracht verstaut werden konnte, um via Las Palmas weiterbefördert zu werden.

Nicht alle Leichen haben wir so von der Insel wegbekommen, was bedauerlich ist angesichts der geringen Friedhofskapazität auf Hierro, und anders gesehen, ökonomisch gesehen, wie man heutzutage angehalten ist, die Dinge zu betrachten, also so gesehen, meine ich, ist es auch ein Gewinn, die fremden Toten bei uns zu behalten, da sie Jahr für Jahr ihre Verwandten zu stillem

Gedenken auf unsere Insel zurückholen werden, und wie Majestät wissen, auf diesem Eiland, verglichen mit Fuerteventura, Teneriffa, Lanzarote, La Gomera, Gran Canaria, sind wir nicht gerade mit Touristen gesegnet. Etwas scheint die Leute abzuhalten, hier Station zu machen, der zu schmale Flughafen kann es nicht sein, die Lavastrände wohl auch nicht, die streunenden Hunde sind kein Thema, oder doch eines, das in meinem nächsten Geheimdossier an Dero Majestät eine Rolle spielen wird; ergo was kann es dann sein?

Mag sein, es hat sich auch in anderen Ländern herumgesprochen, hier fände man, auf dieser in den Atlantik so weit vorgeschobenen Insel, das Tor zur Unterwelt. Und wahrlich, der Absturz der EL Al-Maschine neulich um Christi Geburt, der Absturz ausgerechnet über unserer Insel hat den Gerüchten neue Nahrung gegeben, daß es nicht ganz geheuer auf unserem so sprödem Eiland sei.

Majestät! Behalten haben wir den einen Toten, diesen Daniel Abesser, von dem die Rede war und sein wird. Meine letzte Mitteilung an die Krone in Madrid enthielt die Kunde vom Nachlaß des Verblichenen. Nun: ich bin dem nicht weiter nachgegangen, da ich meine Witterung auf ganz anderen Spuren aufzunehmen gezwungen war. Will sagen, die ganze Familie ist noch immer auf der Insel, jenes Doppelpaar, das ein Geheimnis zu hüten scheint, welches um die Frage kreist: Wer nun sind die Erzeuger des teuren Toten, beziehungsweise wer seine Eltern? Daran sich für mich die Frage anschließt: Wenn der Tote der verlorene Sohn der einen Partei ist, warum reklamieren sie ihn nicht für sich?

Hier gilt es, wie wir Spanier sagen, die eingesperrte Katze aus dem Sack zu lassen, und mein Hundeinstinkt sagt mir, daß da etwas faul ist. Dann sind geblieben die Eltern der Ehefrau des Toten, und geblieben sind sie in der Hoffnung, ihr Kind, ihre Tochter noch zu finden, da sie auf keiner der Totenlisten auftaucht, welche die Fluggesellschaft und wir von der Insel aufgestellt haben. Ein Jammer, ihre Qualen der Ungewißheit, welche die schlimmsten sind; denn diese zwei alten Leutchen ziehen von Ort zu Ort, laufen auf ihren Plattfüßen über Lavastein und Geröll, um ihre Klagen in den Wind zu rufen: Ribka ... Ribka ... Denn so heißt die *Untergetauchte*, und dieser Ausdruck, Majestät, ist von mir; denn er enthält nicht nur die Vermutung, sie sei mit Hilfe der Wellen untergetaucht, vielmehr könnte auch sie etwas zu verbergen haben, wie Frauen im allgemeinen etwas vor uns verbergen, und so ist sie untergetaucht wie eine Kriminelle. Ergo habe ich sie insgeheim auf meine Fahndungsliste gesetzt. Eine Fotografie für ihren Steckbrief zu bekommen war ein leichtes: Ihr Gemahl, besagter Daniel Abesser, hatte ein Foto in seiner Brieftasche, die an mich zu nehmen ich keine Scheu hatte, führe ich doch in dieser dubiosen Angelegenheit die Untersuchung.

Nun aber ist eine siebte Person aufgetaucht, ein gewisser Herr Dr. Alexander Retard, ein Freund der deutschen Familie Abesser. Er war am Tag der Trauerfeierlichkeiten nicht zur Stelle, er kam zu spät und machte also seinem Namen alle Ehre – und des Spanischen mächtig, spielte er darauf an, als ich ihn kennenlernte: *Mejor tarde que nunca,* sagte er auf seine verschmitzte, etwas verbitterte Art. Er ist ein kleinwüchsiger Herr, ein Gelehrter offenbar, der sich mühsam mit Hilfe eines sehr eleganten Krückstocks bewegt, so als könne dieser vom Bild seiner Elendsgestalt ablenken. Einquartiert hat sich die ganze *Mischpoche* (man lernt dazu im Umgang mit fremden Kulturen!) im Balneario an der Westküste, einen Steinwurf vom Parador, den es neulich ins Meer gespült hat, als der Orkan über die Insel fegte. Für mich ein leichtes, da vorzufahren, über die Berge ins Tiefland zu gelangen auf schmaler Serpentinenstraße, und fast wäre es einmal zu einem Zusammenstoß gekommen, ausgerechnet mit dem Leihwagen, den besagter Dr. Retard steuerte, Herr und Frau Abesser im Fond, und ich hätte Lust gehabt, die Fahrerlaubnis des kurzsichtigen alten Herrn zu prüfen und notfalls zu kassieren, doch das hätte meinen weiteren Recherchen im Wege gestanden. So wich ich der Karambolage geschickt aus, grüßte jovial und erreichte das von exotischem Kraut und dürren Palmen umgebene Balneario, um von Inesita, die für mich arbeitet, die Tonbandkassetten zu erhalten, die, in winzigen Aufnahmegeräten steckend, die Gespräche zumindest der drei eutschen Hotelgäste festhalten. Ich gebe sie im Anhang dieser diplomatischen Post mit, mit der Bitte, am Hofe einen Dolmetschen zu finden, der das Deutsch der Abgehörten in unser christliches Parlando übersetzen kann. Möglicherweise ist die Ausbeute mager, aber ein Spurensucher und Fährtenleser wie ich möchte nichts auslassen.

Auch ist der Herr Doktor lieber ein Einzelgänger, der ganze Vormittage auf der Hotelterrasse verbringt, deren einziger Gast er bei dieser Kälte ist. Er läßt sich einen Liegestuhl hinaustragen, möglichst nahe ans tobende anilinfarbene Meer, die schwarze Kulisse der Lavafelsen im Blick – was alles den einsamen Mann zu faszinieren scheint, denn er kann den Blick nicht von den Elementen nehmen, außer er muß seine dicke Brille putzen, wenn die Gischt bis zu ihm schlägt und ihn benetzt, was er gleichfalls zu genießen scheint, bis er sich nach einer Weile der Andacht erneut seiner Lektüre zuwendet, und er liest Gedichte, die Gedichte einer Frau von zweifelhaftem Ruf, Majestät, Juana de Ibarbourou. Eine Frau, die Gedichte liest, Majestät, hat für gewöhnlich Liebeskummer. Aber ein Mann?

Und nur so ist zu erklären, daß die Wanze, die wir ihm in seiner Zelle, ich meine in seinem Zimmer unterm Bett versteckt hatten, nur seine deklamierende Stimme zu Tage brachte, einem Don Quijote ähnlich, der um seine Dulcinea klagt, und er tut es mit den Worten besagter

Dona Juana, wenn er ihr Gedicht, offenbar auswendig, in den Schlaf mitnimmt, dabei die Worte murmelnd: *Bajo la noche enigmatica y espesa / Vijariamos rasando las aguas ... Hasta una nueva vida ...*

Um wen trauert er? Vielleicht geht es aus den anderen aufgenommen Gesprächen hervor, die mit Herrn und Frau Abesser am Mittagstisch entstanden, unterm grünen Gestrüpp der Wandelhalle des kleinen Hotels, das in seinem Programm medizinische Kuren anbietet. Daher die vielen weißgekleideten Damen, die immerzu den Weg der Gäste kreuzen, beinahe wie Animierdamen, die ganz andere Dienste anbieten, und die, seiner Behinderung wegen, immerzu den kleinen Doktor aus Alemania anlächelten, der zurücklächelte und ihnen nachstarrte, wobei er etwas von *culos como planetas* murmelte, um sich sogleich bei seinen Begleitern zu entschuldigen, die des Spanischen nicht mächtig sind: Nichts als ein Zitat, eine Zeile von Federico García Lorca, Ärsche wie Planeten, sagte er ... Dies zu verstehen war leicht, und vorstellbar, Majestät, die sauren Mundwinkel der bigotten Frau Abesser. Doch geht es, wie aus den Tonbändern herauszuhören ist, in den Gesprächen mehr um fromme Dinge, sofern die Namen der genannten Propheten sowie unseres Erlösers Jesus Christus ein Indiz dafür sein können.

Abgehört
Operativer Vorgang Abesser

RETARD: Mich sollte wundern, lieber Genosse Abesser, ich meine: lieber Bruder, wenn ich nicht eines Tages doch wieder zu meiner historischen Betrachtungsweise der Bibel zurückkehre, versteht mich nicht falsch, ich meine, das Buch ist, wie immer man es betrachtet, ob nun aus der Eingebung JAHVES entstanden oder aus den inspirierten Köpfen der Propheten geschrieben, es ist das

Buch der Bücher, ein Kompendium an Horrorszenarien, Greultaten der Regierenden mischen sich mit Inzestgeschichten, Verrat und Hurerei, tiefste Einsamkeit und Verlassenheit des Menschen werden erhellt durch das Hohe Lied der Liebe, und diese ist eine ganz handfeste Sache zuweilen, die durch die Zurückhaltung der Übersetzer ...

HERR ABESSER: ... sofern du nicht Luther meinst, Bruder Alexander.

RETARD: Luther weniger, aber diese anonymen Roboter eurer, ich meine unserer Zeugen-Jehovas-Bibel, die jede Anstößigkeit vermeiden, so daß am Ende sich alles liest wie Reader's Digest.

FRAU ABESSER: Das kennen wir gar nicht.

RETARD: Weshalb ich immer meine alte Bibel bei mir habe, um herauszufinden, was Sache ist.

HERR ABESSER: Jetzt denke ich, Bruder Alexander, du kommst vom Thema ab. Nämlich was dir die Bibel nunmehr bedeutet, in dieser weit fortgeschrittenen Zeit des Endes.

RETARD: In dieser weit fortgeschrittenen Zeit des Endes, ja. Die Antwort liegt auf der Hand: Worum geht es eigentlich, was hat der Weltgeist, ich meine JAHVE Gottvater mit uns Kindern vor? Ein neue Sintflut, ein neues Strafgericht? Dies aus der Bibel herauszufiltern, bedarf es mehr als nur einer historisierenden Betrachtung, es genügt da, Bruder Abesser, wenn ich so sagen darf, unsere marxistisch-materialistische Grundausbildung nicht mehr, aber gut, wenn man sie, wie wir, noch auf der Pfanne hat, ich meine als ein methodologisches Rüstzeug parat; denn nur mit Zitieren und dem Absingen frommer Lieder, wie auf unseren Versammlungen, kommen wir nicht weiter.

FRAU ABESSER: Ich will gar nicht alles wissen. Mir genügt die Versicherung, daß Jesus Christus seit 1914 unter uns weilt und das Reich des Guten vorbereitet.

RETARD: 1914: Warum gerade 1914?

HERR ABESSER: Ist doch klar, weil ...

RETARD: Ich kenne deine Rechnung. Aber bedenke, Genosse Abesser, in welche Konkurrenz der Heiland da mit einer anderen Idee, die um 1914 schon in der Welt war und sich seit 1917 spätestens manifestierte, geriet ...

FRAU ABESSER: Als das Reich des Bösen.

HERR ABESSER: Nenne mich bitte nicht Genosse, wer weiß, wer uns hier zuhört ...

RETARD: Ich schlage auf und schlage vor, während wir uns hier ein Gläschen genehmigen – oiga, moza, nos sirve tres copas de – was wollt ihr trinken?

FRAU ABESSER: Nur Wasser.

HERR ABESSER: Na von mir aus, ein Glas Wein.

RETARD: Bueno, una de ginebra, un vaso de vino y para mi un aguardiente. Also wie gesagt, ich schlage vor, wir lesen und deuten Hesekiel eins, also der Prophet Hesekiel, Altes Testament, Kapitel Vier, Tiere und vier Räder.

HERR ABESSER: Ein ziemlich häretisches Unterfangen.

RETARD: Durchaus! Denn die Frage, die sich mir stellt, ist: Wie findet der Mensch zurück in Gottes Schöpfung, nicht als Verdammter oder Anbeter, sondern als ein Teilhaber an der göttlichen Gewalt. Und das Wunderbare an Hesekiels Visionen ist ja, er sieht keinen väterlichen Gott, er sieht eine Maschine, die mit ausgeklügelter Technik versehen ist, ein Ungeheuer mit vier Gesichtern, und bitte, hier ist das Merkwürdige und auf die Zukunft weisende: Das vierte Gesicht ist das eines Menschen, und dieser Mensch vergibt einen Auftrag, sozusagen wie der Sekretär einer göttlichen Akademie, die in ihrem Wappen Adler, Löwe und Stier trägt ...

HERR ABESSER: Na ja, du interpretierst. Mir kam die Stelle immer so vor wie von Däniken geschrieben ...

RETARD: Durchaus nicht. Ich lese es heraus.

KELLNERIN: Con su permiso ...

RETARD: Muchas gracias, guapa.

HERR ABESSER: Zum Wohl.

RETARD: Na dann, lesen wir doch: Es geht dem Hesekiel wie uns, er ist ein Gefangener am Wasser, als sich ihm der Himmel auftut: und Gott zeigte mir Gesichte. Wollen Sie ein Stück lesen, Frau Abesser?

FRAU ABESSER (liest): Und es kam ... ein ungestümer Wind von Mitternacht her mit einer großen Wolke von Feuer, das allenthalben umher glänzte ... und darinnen war es gestaltet wie vier Tiere, und unter ihnen eines gestaltet wie ein Mensch. Und ein jegliches hatte vier Angesichter und vier Flügel ...

RETARD: Danke. Fahre du fort, Bruder Abesser.

HERR ABESSER (liest): Ihre Angesichter zur rechten Seite der Vier waren gleich einem Menschen und Löwen; aber zur linken Seite der Vier waren ihre Angesichter gleich einem Ochsen und Adler ... Und die Tiere waren anzusehen wie feurige Kohlen, die da brennen, und wie Fackeln, die zwischen den Tieren gingen. Das Feuer aber gab einen Glanz von sich, und aus dem Feuer ging ein Blitz. Die Tiere aber liefen hin und her wie ein Blitz.

RETARD: Als ich die Tiere so sahe, siehe, da stand ein Rad auf der Erde bei den vier Tieren, und war anzusehen wie vier Räder.

KELLNERIN: Perdonen, señores: que van a comer?

RETARD: Sie fragt, was wir essen wollen?

FRAU ABESSER: Also, ich weiß nicht ... Nicht schon wieder ...

RETARD: Vielleicht ein Süppchen ...

HERR ABESSER: Gute Idee ... oder eine Pizza ...

RETARD: Una sopita para entrar en calor ...

KELLNERIN: Sancocho?

RETARD: Vale, y para el señor y la señora un estofado – Schmorbraten, einverstanden? Y para mi unos calamares a la plancha, ah, y que no falte el vino ... gracias, guapa. Nahezu ein biblisches Menü. Aber – wo waren wir stehengeblieben?

HERR ABESSER: Es bleibt eine rätselhafte Beschreibung, die mehr an einen Hubschrauber erinnert als an eine Inkarnation JAHVES. (liest): Und wenn die Tiere gingen, so gingen die Räder auch neben ihnen; und wenn die Tiere sich von der Erde emporhoben, so hoben sich die Räder auch empor. Daß unter dem Himmel ihre Flügel einer stracks gegen den andern stand, und eines jeglichen Leib bedeckten zwei Flügel.

RETARD: Nun gut, aber dann kommt das wesentliche. Denn wenn Adler und Löwe die Metaphern sind für JAHVES Argusäugigkeit und für seine königliche Macht, so kommt jetzt der Mensch ins Spiel, und leider erfahren wir nichts über seinen Rang oder was ihn befähigt hat, Teil dieser Maschinerie geworden zu sein. Ich darf weiterlesen: Und über dem Himmel, so oben über ihnen war, war es gestaltet, wie ein Saphir, gleichwie ein Stuhl; und auf demselben Stuhl saß einer, gleichwie ein Mensch gestaltet.

HERR ABESSER: Gleichwie, eine Einschränkung, als sei ein Quasi-Mensch gemeint, ein Homunkulus ...

FRAU ABESSER: Ein Roboter?

RETARD: Bitte, die Science-Fiction wollen wir anderen überlassen.

HERR ABESSER: Gut, aber worauf willst du hinaus?

RETARD: Auf die Botschaft des Mannes in der, sagen wir, Kanzel. Er wendet sich direkt an Hesekiel und sagt zu ihm (liest): Du Menschenkind, ich sende dich zu den Kindern Israels, zu dem abtrünnigen Volk, so von mir abtrünnig geworden sind undsoweiter undsofort. Und er verweist auf die harten Köpfe und verstockten Herzen des ungehorsamen, dennoch auserwählten Volkes, und er solle ihnen das Wort des Herrn predigen. Und dann geht es merkwürdig genug weiter: Hesekiel bekommt von dem Unbekannten einen Brief, ein inwendig und auswendig, wie es im Text heißt, beschriebenes Blatt – in anderer Übersetzung, die mir plausibler erscheint, ist es eine

Buchrolle –, und diese soll er aufessen! Seltsame Vorausnahme einer heiligen Hostie. (liest): Du Menschenkind, du mußt diesen Brief, den ich dir gebe, in deinen Leib essen, und deinen Bauch damit füllen. Da aß ich ihn und er war in meinem Mund so süß als Honig ...

KELLNERIN: Señores, la sopita ... que aproveche!

RETARD: Gracias! Wohl bekomms! Vielleicht daß wir nach dem Essen zu einer Erleuchtung gelangen. Soviel steht fest: die Gottheit braucht den Menschen als Vermittler, und der Mensch sucht sich seinen Propheten, mit anderen Worten, seinen Heilslehrer und Verkünder der gemäßen Heilslehre aus, um die göttliche Botschaft zu transportieren.

HERR ABESSER: Mit ein wenig anderen Worten sagte dies Karl Marx auch.

RETARD: Vergiß nicht, Bruder Abesser, daß Marx in seiner Art ein Nachfahre der Propheten ist.

FRAU ABESSER: Und wie geht es weiter?

RETARD: In der Bibel oder in unserer Welt? Hesekiel macht sich auf gen Babel, und es bleibt unklar, ob seine Mission von Erfolg gekrönt ist. Aber bitte, wir sollten der Suppe unsere Reverenz erweisen. Für den Nachmittag schlage ich einen kleinen Ausflug zu den Pinienwäldern der Insel vor.

FRAU ABESSER (weint): Immer denke ich, unser Daniel wird eines Tages auftauchen, als sei nichts gewesen.

HERR ABESSER: Ich trauere um ihn schon viel länger, seit er uns vor sieben Jahren verließ mit dieser albernen Geschichte, er sei das verlorene Kind dieser jüdischen Familie aus Odessa.

RETARD: Klage, Ach und Weh: so war der Inhalt jenes Briefes, den sich Hesekiel einverleibte. Interessant übrigens die Stelle, wo es gegen die falschen Propheten und Prophetinnen geht – eine Prophetin? Ich wüßte im Augenblick keine zu nennen, jedenfalls keine aus biblischen Zeiten. Nun, der Herr bläst dem Volke Israel die

Mauer weg, die es auf Anraten der falschen Propheten errichtet und getüncht hat. Getüncht! Man kann sich die Parolen vorstellen, die auf diesem Schutzwall standen ...

HERR ABESSER: Ultima ratio regis ...

RETARD: Vermutlich. Doch dann schickt JAHVE einen alles überschwemmenden Regen, weg ist die Tünche, und siehe, die Mauer fällt. »Und ich breche die Mauer ab, die ihr mit Tünche bestrichen habt, und lasse sie zu Boden stürzen ... und ihr werdet in ihrer Mitte umkommen ...« Man sage nicht, die Geschichte wiederhole sich nicht.

HERR ABESSER: Immerhin, Genosse Retard, wir leben ...

RETARD (unter einem Hustenanfall): Nun denn, ein Grund mehr, uns zu erheben und den Tag zu genießen. Vamonos!

Ein Gespräch über Müll
Operativer Vorgang Abesser (II)

(Ostinates Geräusch eines fahrenden Automobils)

(Musik: *Some times I feel like a motherless child)*

HERR ABESSER: Ich habe dir, Bruder Retard, eine Kassette mitgebracht von unserer letzten Berliner Versammlung. Wenn du sie während der Fahrt hören willst: Ist zum Thema: *Hat JAHVE einen Heilsplan mit uns?*

RETARD: Das möchte ich annehmen. Aber ich höre mir den Vortrag später an, mit mehr Aufmerksamkeit, als ich jetzt aufbringen kann beim Steuern dieser spanischen Ausgabe eines amerikanischen Wagens auf dieser Insel, die mit Verlaub der Teufel ins Meer geschissen haben muß, schaut euch diese Lavawände an.

FRAU ABESSER: Um so schöner machen sich diese blauen Glockenblumen auf dem schwarzen Stein, und das Rot der Christsterne ... Mir gefällt es, und dazu die Ruhe, himmlisch. Und alles so sauber und aufgeräumt.

RETARD: Keine Ahnung, wie sie hier mit dem Müll fertig werden.

HERR ABESSER: Eine Frage an den Fachmann.

RETARD: An dich.

HERR ABESSER: Mich beschäftigt viel mehr die von dir aufgeworfene Frage, Bruder Retard, wie diese Vision des Propheten Hesekiel zu deuten wäre: diese mit Flügeln und Rädern bestückte Maschine, die von einem Adler, einem Stier, einem Löwen regiert wird – sind das Gesichter JAHVES?

RETARD: Vergiß nicht den Menschen, der sozusagen in der Kanzel sitzt, vielleicht am Steuer ...

HERR ABESSER: So wie du in diesem Gefährt ...

RETARD: Nein, nein, der Mensch in JAHVES Hubschrauber ist zweifellos ein junger Mann ... Ich wäre höchstens der Ochse, wie der Stier in anderen Übersetzungen auch genannt wird.

HERR ABESSER: Dann wäre ich der Löwe und meine Frau – hörst du – du bist der Adler!

RETARD: Es entgeht ihr nichts, meinst du.

HERR ABESSER: Dafür hört sie schlecht. Sie hat mich nicht verstanden.

RETARD: In der Ehe ein altes Problem.

HERR ABESSER: Deine Frau?

RETARD: Vielleicht sollte ich eine Vermißtenanzeige aufgeben. Sie hat mich verlassen mit unbekanntem Ziel.

FRAU ABESSER: Wie heißt dieser Ort?

RETARD: Talbique. An die 680 Einwohner, meist Frauen, die sogenannten Venezuelawitwen, so genannt, weil ihre Männer nach Venezuela ausgewandert sind, indes ihre Frauen am Spinnrocken sitzen und warten.

FRAU ABESSER: Die armen Frauen.

RETARD: Aber sie sind die eigentlichen Herrscherinnen der Insel. Man könnte also meinen, daß sie ihr Ziel erreicht haben.

HERR ABESSER: Kannst du einen Moment anhalten: diese wundervolle Aussicht.

RETARD: Nun, dann kann ich endlich meine Zigarre in Brand stecken.

(Erneut das Geräusch des fahrenden Automobils)

HERR ABESSER: Mir kommt, wenn ich ehrlich sein soll, Hesekiels Gefährt wie damals unser Müllentsorgungsfahrzeug vor. Du siehst es vor dir, ja, diese imposante Maschine, die den Müll schluckt, um ihn der weiteren Verwendung zuzuführen. Und du siehst uns, die Müllmänner in den orangefarbenen Anzügen und mit Gesichtern, die von Anspannung gezeichnet sind, konzentriert, grimmig, scharfäugig, nichts darf uns entgehen, falls der Müll in den Haushalten nicht vorschriftsmäßig getrennt worden ist, und nur der Fahrer kann sich etwas Gelassenheit erlauben, obwohl er es ist, der zur Eile drängt und oft losfährt, bevor wir hinten aufspringen können. Geblendet von den ständig blinkenden Warnlichtern und Rückleuchten ...

RETARD: Man könnte meinen, du trauerst dieser Zeit nach?

HERR ABESSER: In gewisser Weise, ja. Denn erfüllte ich nicht eine heilige Mission? Ich meine, die Schöpfung zu säubern von den Zumutungen der Industrie, ihrer Verpackung, der menschlichen Verschwendungssucht, all diese Zeugnisse zu großen Wohlstands, all diese Versündigungen an einer gottgewollten Einteilung, die für jeden Brot genug hätte in der Welt ...

RETARD: Und die Möglichkeiten des Recycling, ja? Damit alles wieder von vorn beginnen kann.

HERR ABESSER: Papier und Pappe sind im Haushaltsmüll mit etwa 16 Prozent zu veranschlagen, Glas ...

RETARD: Nun gut. Aber mir ist ein anderer Aspekt der Sache auffällig. Diese ganze Müllentsorgung, die Sache mit dem Recycling: Es ist nicht nur ein Sinnbild für den allgemeinen Zustand einer Gesellschaft, es ist eine Metapher für das, was heute in unserer Kultur geschieht: Wir leben ständig aus dem Müll anderer Jahrhunderte, wir collagieren dies und das, als bauten wir einen Tempel aus Spray- und Bierdosen, wir waschen die Schrift von gestern aus unseren Buchrollen, um sie neu zu bedrucken ... Mit welcher Botschaft? Jeder Roman, der heute geschrieben wird, ist ein Palimpsest, und wenn du die Buchstaben neu zusammensetzt, bekommst du, etwas verwaschener und mit den Lumpen der Jahrtausende durchsetzt, die Buchrolle oder den Brief des Menschen in der Hesekielschen Maschine ... Vielleicht daß die Endzeit, die deine Zeugen Jehovas erwarten ... nur die Rückkehr zum Ursprung bedeutet.

HERR ABESSER: Meine Zeugen? Sind es nicht auch deine ...?

RETARD: Ja, sicher. Vielleicht daß die Endzeit der Beginn ist einer neuen Zeit, und eine neue Sintflut zuvor den Müll von der Erde spült.

HERR ABESSER: Wenn ich der Prophet wäre, ich ...

RETARD: Erlaube, daß ich dich unterbreche. Mir geht da etwas im Kopf herum ... als passionierter Europäer ist mein Spleen ein Eintreten für die Balance zwischen Kopf und Herz.

HERR ABESSER: Ja? ...

RETARD: Denn was heißt, wenn wir der Bibel folgen, daß die wahren Gläubigen in die Wolken zu Christus entrückt werden, während wir anderen im Armageddon eines Weltuntergangs, oder doch sieben Jahr lang von Seuchen, Erdbeben, Überschwemmungen und was weiß ich heimgesucht werden. The great tribulation, wie die Angelsachsen sagen. Das ist mir zu puritanisch, zu amerikanisch: Gott steht auf der Seite der Tüchtigen, der Gerechten ... Das klingt nach der Propaganda aus dem Weißen Haus ...

HERR ABESSER: Aber bedenke ...

RETARD: Ich bedenke ja ... Denn woher stammt diese typisch amerikanische Lust auf den Weltuntergang? Sie geht zurück auf die sogenannte Dispensationalism des englischen Evangelisten John Nelson Darby, 1860, wenn ich nicht irre, wonach der Heilsplan aus der Bibel zu entnehmen ist, also: wenn Gott die Welt in sieben Tagen erschaffen hat, und das heißt englisch dispensations, so wird ihre Geschichte auch in sieben Zeitaltern ablaufen, und wir stehen heute vor dem letzten und siebten Zeitalter. Die Uhr ist abgelaufen ...

HERR ABESSER: Du zweifelst daran?

RETARD: Ich bin gegen eine Theologie des *far west:* die neue Welt der Neuen Welt, sie teilt sich ihr Terrain in ein Aufmarschgebiet einer polizeilich verwalteten Welt, die ihre Claims bereits im Jenseits absteckt, wohin sie, im Falle einer Niederlage auf Erden, mit ihren Gerechten abziehen kann ... Da bin ich doch dafür, den Menschen in Hesekiels Maschine mit der Charta der Vereinten Nationen auszustatten ...

NB des Überbringers: An dieser Stelle bricht das Band ab. Andere Aufzeichnungen haben sich nicht finden lassen. Nachdem auch die Eltern der verschwundenen Ribka abgereist waren und mit ihnen das Paar, das um den toten Daniel Abesser trauerte wie um den eigenen Sohn, danach verließen auch Herr und Frau Abesser sowie Dr. Alexander Retard unsere Insel.

Wieder zur Stelle: Der Berichtgeber

Yours truly, Itzhak der Springer, Itzhak der Spaßmacher: zur Stelle und *presente!* Ein Augenblick der Besinnung täte gut, uns allen, die wir am Werdegang unseres jugendlichen Helden Anteil nehmen, aus diesen und jenen Gründen. Nu, was macht unser Jingelchen, fragt Kollege Aaron, den Uralten imitierend. Nu, was macht?

Kollege Uri Lilienthal wäre um eine Antwort verlegen. Denn er hat nichts erreicht mit seinem Filmchen, keine

Katharsis, keine Besinnung: Ribkaleben sitzt dem Jungen noch immer so tief unter der Haut, daß er sich schon kratzt bei der bloßen Erwähnung ihres Namens. Uri hat ihm die Dame nicht herauswaschen können, sozusagen, und noch immer frage ich mich, warum dieser Eifer im Auftrag des Hohen Amtes. Aber im Dienst gewöhnt man sich das Fragen ab, wenn man nicht eines Tages selber in Frage gestellt werden will. Ein wenig beginnt mir zu dämmern, wohin die Reise geht, ich meine was wir mit ihm vorhaben. Ich komme sogleich darauf zurück. Zu Hause, übrigens, höre ich, langweilt ein gewisser Derkowitz, der sozusagen Daniels erklärter Vater ist, das Amt mit seinen Auslegungen zum Propheten Daniel in der Bibel. Hier, so Derkowitz, lasse sich eine Spur finden. Eine Spur wohin? Frage ich Sie.

Zuvor muß ich vom Zustand des Helden Bericht geben. Der sitzt noch immer in der Kammer, in die ihn die Etagenhexe hineingeschoben hat, und wahrlich, er sitzt da auf einem Stuhl wie der zum Arrest im Dunkeln verurteilte Häftling, derweil an anderen Orten seine Akte einmal mehr studiert wird, damit wir herausfinden, wie mit ihm des weiteren verfahren werden soll. Sitzt da, sage ich, und man kann aus seiner Haltung folgern, daß er grübelt, mit sich hadert und zu Gericht geht, und er beginnt zu begreifen, wo er sich befindet. Die Hölle, das ist der Zustand absoluter Aufgabe des eigenen Willens, die Qual der Gedankenspiele ohne Auflösung, ein Labyrinth, das zum Kreis wird und in dem man am Ende der Gefangene einer Riesenschlange ist, die einen umzingelt und langsam erdrückt. Und so man dies als einen Alptraum erlebt, aus dem man aufwacht, so fällt man sogleich in einen neuen schweren Traum, der nichts als die Wiederholung des vorherigen ist.

Abesser, in der Zeitlosigkeit ständiger Dunkelheit, begann an die verschlossene Tür zu klopfen, mit den Füßen zu treten. Nach einer Weile rollte ein Echo durch den Gang, und es wurde an anderen Türen geklopft und mit der Schuhspitze eine Art Takt geschlagen – Brüder und Schwestern im Leid? Und erinnerte das Stakkato nicht an einen Trommelwirbel, der einen unhörbaren Gesang unterstrich – *wacht-auf-Verdammte-dieser-Erde-die* … Oder war auch dies eine Perfidie der Bewacher, die dem einsam Eingesperrten eine Solidarität seiner Mitgefangenen vorgaukelten, wo doch in Wahrheit nur sein eigener Protest in einer Art Echowirkung zu hören war.

Die Etagenhexe blieb ungerührt oder genoß, vermutlich, Abessers Trommelwirbel wie eine vertraute belebende Musik, wie sie zum Hexensabbat des Hotels gehörte. Gern wäre ich zu ihm ins Zimmer getreten, und in der Maske eines Freundes aus seiner Schul- und Studentenzeit hätte ich das Gespräch mit ihm gesucht und hätte ihn mit ein paar Anekdoten aus dem Potsdamer Hebräischseminar aufgemuntert. Doch mußte ich mir das verkneifen, die Bestimmungen ließen es nicht zu; und auch in der vertrauten Rolle als Arthur Koestler konnte ich nicht zu ihm. Der hatte zu dieser Etage keinen Zutritt, auch wenn sein Aufstieg in eine höhere Etage bevorstand, wollte man den Gerüchten glauben, die Aaron Spitzer zuweilen kolportierte – oder selbst erfand.

Ein Wort noch zu den Einmischungen des verdammten Hundefängers in unsere Angelegenheiten. Seine Tonbandprotokolle und »operativen Vorgänge« sind lächerlich und ohne jeden Wert. Nun gut, sie lenken die Eltern und diesen albernen Hausfreund und Wissenschaftler ein wenig von uns ab, obschon es unser Material ist, über das sie reden und spekulieren. Hesekiels futuristische Maschine! Schlimmer sind die Einmischungen des Hundefängers und seine Berichte an die Hispanische Majestät zu Madrid. Wie leicht entsteht daraus eine diplomatische Verwicklung, die wir zu verantworten hätten. By Jove, wenn er nun auch noch die Laptops beziehungsweise Disketten findet, die uns beim Absturz und unserer

Verwandlung ins Metaphysische verlorengegangen sind ... Dann hätten wir den Salat. Man sollte die Hunde auf ihn hetzen, um den Mann aus dem Verkehr zu ziehen. Allerdings scheint auch er unsterblich zu sein.

Da wir seine diplomatische Post kontrollieren konnten, wissen wir auch, was er da erschnüffelt hat. Und da gibt es einen Punkt, der mehr ein Gedankenstrich ist, ich meine, mir schwant, was diese ganze Prozedur mit dem armen Daniel Abesser, dem es in seinem Zimmer so grottenschlecht ergeht, eigentlich soll: Es ist, meine Damen und Herren, ein Test, der seine Befähigung erweisen soll, in Hesekiels Maschine den Part des Menschen zu übernehmen, will sagen JAHVES menschliches Antlitz zu präsentieren, zu den anderen Gesichtern des Uralten, der sich zuweilen darin gefällt, in den Masken Seiner Schöpfung aufzutreten und ein Löwenhaupt zu zeigen, einen Stierkopf und Aug' und Schnabel eines Adlers. *Und sie gingen ein jeder gerade vor sich hin; wohin der Geist gehen wollte, dahin gingen sie ...*

Ich werde mich hüten, diese Beobachtung, diese Vermutung über den Sinn unserer Mission mit den anderen zu besprechen. Oder, wie wir in Tel Aviv auf dem Schulhof sangen, in jener anderen Zeit meiner Existenz, als ich noch der Sohn der Magd war: Eins, zwei, drei, vier Eckstein, alles muß versteckt sein ...

Abesser in der Dunkelkammer

Jede Dunkelheit ist Täuschung. Ein gutausgeleuchteter Spot setzt auch die absurdeste Kriegshandlung in eine sinnvolle, zumindest einsehbare Szenerie. Ich schließe die Augen in dieser Dunkelkammer und kann sehen. Ich selber bin mir Licht genug, die Dunkelheit in meinem Kopf auszuleuchten. Ich bin Daniel Abesser, Fernsehkorrespondent aus Tel Aviv, vorübergehend gefangengenommen, und auf der Suche nach meinem Weibe. Und wird sie nicht auf der Suche nach mir sein? Wird sie nicht alle verfügbaren Mächte angerufen haben, mich zu suchen und zu finden ? Mit erstickter Stimme, denke ich, wird sie die Nachricht der Fernsehöffentlichkeit mitgeteilt haben, daß der Korrespondent Daniel Abesser, Mitarbeiter des Fernsehens von Tel Aviv, aus seinem letzten Einsatz nicht zurückgekommen sei, und man vermute, er sei von einer Schar mittelamerikanischer Guerrilleros (oder Banditen oder Terroristen) entführt worden, um möglicherweise gegen ein Lösegeld freigelassen zu werden. Berichten wollte er eigentlich über die Feiern zur Unabhängigkeit der Kanalzone von Panama, doch verliere sich seine Spur seit jenen Tagen im Dezember.

Wäre dies eine mögliche Version meines jetzigen Zustands? Es ist Wunschdenken, und im Wunsch steckt wie der Duft in der Blume die Hoffnung, Ribka sei am Leben und suche nach mir. Die Wahrheit ist, wir sind beide an jenem Tag im Dezember ums Leben gekommen, oder sagen wir genauer, um unser bisheriges Leben. Und der eine Tod ist, getrennt worden zu sein. Und der andere Tod, sich nicht finden zu können in der Dunkelheit dieses Zimmers, sich nicht sehen zu können im schalen Licht der staubigen Glühlampen auf den Gängen dieses Hotels.

Und so drücke ich die Augen fest zu, wie um den Schlaf herbeizurufen, und es gelingt, ich entferne mich vom Ort dieser Qual, eile durch einen Tunnel einem Licht zu, und ich bin derjenige, der auf dieser Steinbank unter Palmen und Zypressen sitzt. Ein weicher, nach Magnolien und unbekannten Früchten duftender Wind kühlt mein Gesicht. Ich lege die Rolle auf die Bank, um mir über Stirn und Augen zu fahren, und als ich mein Taschentuch suche, finde ich es nicht. Man hat mich in eine Art Leichentuch gehüllt, eine Art Nachthemd ohne Taschen, es gleicht den Gewändern der Palästinenser, ein Gürtel rafft den bauschigen Stoff in der Taille. Meine nackten Füße stecken in Sandalen. Ich berühre meinen Kopf und bin beruhigt, daß mich die vertraute Kipa zum Angehörigen der Sieger in diesem Land macht. Also bin ich meiner Gefangenschaft entronnen.

Doch wo bin ich? Die Gegend hat Ähnlichkeit mit dem Yarkon River Park und ist doch anders. Mit geschlossenen Augen fände ich zurück zum Rothschild Boulevard und zur Aboulafia Bäckerei, wo ich so oft mit Ribka und mit angereisten Freunden gesessen habe. Die große Stille und Einsamkeit ist irritierend. Wenigstens die Kinderkutsche mit den Ponys und den kreischenden Kindern könnte um die Zeit – die Sonne steht tief im Westen – vorbeikommen. Und da kommt sie schon, doch nein, es ist ein von vier Pferden gezogener zweirädriger Karren, wie er in der Antike bevorzugt wurde, und der Kerl, der auf die Pferde einpeitscht, trägt eine silberfarbene Uniform, wie aus dem römischen Museum, dazu eine helmartige Schirmmütze, und als er im Vorbeijagen mich auf der Bank gewahrt, schreit er mir sein hepp! hepp! hepp! entgegen, als befände er sich auf dem römischen Kolosseum und verspotte einen Juden.

Ich ducke mich ein wenig, als sei dieser Krieger nur die Vorhut einer Armee, die Palästina überfallen hat. Ich greife, wie um Schutz zu suchen, nach meiner Rolle, die mir Rybaschow vor seiner Hinrichtung überreicht hatte, mit dem Hinweis, das Leben von Heinrich Schütz kommentiert zu haben. Ich vertiefe mich, da alles still bleibt, in den Text, und entdecke, es ist weniger ein Kommentar zum Leben des Komponisten als die Beschreibung einer Kantate, die offenbar ein apokryphes Werk des alten Sagittarius ist, in welcher Judas Iskariot auftritt und seinen Verrat mit dem Verrat JAHVES am Messias in einen Zusammenhang bringt. Das ist der Text.

Unter den apokryphen Kompositionen des teutschen Tonsetzers Heinrich Schütz, auch Henricius Sagittarius genannt, ist auffällig ein offenbar spät geschriebenes Werk, von welchem wir nicht wissen, ob es eine Auftragsarbeit war oder aus freien Stücken komponiert. Wie dem auch sei, das Thema ist seltsam genug, wenn man es nach der inhaltlichen Seite hin untersucht. Musikalisch mag es sich kaum von den anderen etwas steifen Kantaten und Sinfoniae sacrae des Meisters unterscheiden.

Man fragt sich nur, warum die Fachwelt diese Komposition immer wieder unter die Bank schiebt und ihr keine Beachtung schenkt. Liegt es daran, daß ihr das Thema ein Unbehagen erzeugt? Es ist ja das Thema des aufgewerteten Verrats, das Schütz hier behandelt, ohne es durch seine Musik in Frage zu stellen; und er erzählt uns das Evangelium nach Judas Iskariot, was an sich schon eine Blasphemie ist und eine apokryphe Bibelstelle dazu. Nun, Genossen, ein Grund mehr, daß wir uns damit beschäftigen, die wir unsere letzten Tage im »Lux« verbringen, ehe man uns in die Hinrichtungskeller führt und per Genickschuß unserem Leben, und das heißt nicht unserem Verrat ein Ende macht.

Ich rede zu euch nicht als Musikologe, denn mich in dieser Kunst auszubilden war keine Zeit und kein Anlaß. Unser gärendes vorrevolutionäres Rußland verlangte nach anderen Köpfen, und die schönen Künste, ihr wißt es so gut wie ich, waren umgeben von einem Haut gout nach Dekadenz und bürgerlicher Fäulnis, letzten Endes nach Verrat an den Zielen unserer bolschewistischen Revolution. Merkwürdig genug, wie ich en passant anmerken möchte, wie der Verrat sich zur dialektischen Komponente mausert, wenn er als schäbiger Rest übrigbleibt, indes die Geschichte mit ihren Siebenmeilenstiefeln über ihn hinwegtritt.

Kommen wir zurück zur Komposition des Mannes, der wie jeder große Künstler seiner Zeit voraus war. Daß Judas Iskariot ein Jünger Jesu war, einer seiner zwölf Apostel, ich muß es euch nicht erklären. Dank unseres Alters sind wir im alten Glauben erzogen worden und können mit Verständnis und mildem Spott über den Atheismus der jungen Generation lächeln. Für zwölf Silberlinge verrät Judas seinen Herrn im Garten von Gethsemane an die römische Besatzungsmacht, und die Geschichte nimmt ihren Lauf. Nach dem Tod des Messias, so will es die Legende, hängt er sich auf: Somit ist seine Schuld bewiesen, und die Welt ist wieder einmal in Gerechte und Ungerechte eingeteilt. Cui bono, frage ich, wem nützt es, wer hat etwas davon? Zunächst einmal hatte die römische Fremdherrschaft einen Beweis mehr für die revolutionäre Subversivität der Hebräer. Diese wiederum sahen sich bestätigt: der angebliche Messias war elend am Kreuz verreckt – wie konnte er da Gottes Sohn sein oder dessen Heilsplan ausführen? In wessen Diensten also verriet Judas diesen Wanderprediger und angeblichen Wundertäter?

Ich denke, und die Interpretation, wenn nicht der Text in seiner Wörtlichkeit, legt eine andere Version nahe. Judas verriet seinen Herrn aus Liebe zu ihm. Vielleicht auch aus Mitleid, aus Erbarmen, welche beide Kinder oder besser Stiefkinder der Liebe sind. Denn ist die Liebe eine Produktivkraft, wie ein durch Moskau reisender deutscher Dichter behaupten wird, so will sie den Geliebten unterstützen, aufbauen, ihn als einen strahlenden Verkünder der Wahrheit erleben, wenn er nur ein mieser kleiner Lügner ist; will ihn befördern, der Propagandist seiner Ideale sein. Nicht nur mir, Genossen, fallen da Beispiele ein aus unserer jüngsten revolutionären Geschichte, und sei es, daß die Liebe der Massen zu unseren Führern, auch zu uns, die wir angeklagt sind, uns selber über uns hat hinauswachsen lassen.

Die Frage stellt sich an dieser Stelle: War Jesus Christus ein Lügner, ein Hochstapler? Die Jünger glaubten an seine Worte, mehr noch, sie glaubten an seine Wunder, an diese Heilungen der Blinden und Lahmen und Aussätzigen, sie glaubten an die Vermehrung der Brote, und sie glaubten an seine Keuschheit. Sie waren, wie das Wort sagt, Jünger, junge Leute, mit wenigen Ausnahmen. Eine Ausnahme war Judas Iskariot, dessen genaues Alter wir nicht kennen. Doch war er, nach den Vorstellungen der Zeit, ein alter Mann, als er sich diesem Wanderprediger anschloß und Aramäisch lernte, um ihn zu verstehen. Ein alter Mann also, ein Mann mit Erfahrung, und das heißt, er hatte in vielen Dingen seinen Glauben verloren, doch nicht die Hoffnung auf eine Änderung der Zustände. Er war nicht der erste um Jesus Christus, der in ihm einen Guerillakämpfer gegen die Römer sah, einen Spartakus, der sein Volk aus der Unterwerfung führen würde. Der Nazarener ließ sich nicht in die Karten schauen. Sein Reich sei nicht von dieser Welt, sagte man ihm, und vermutlich – die apokryphe Kantate legt es nahe –, vermutlich beschloß er von da an, sich in diese Heilslehre einzumischen und sie im Sinne der unterdrückten Patrioten seines Volkes zu politisieren.

Was konnte er tun? Zunächst einmal, er beobachtete den Mann auf Schritt und Tritt. Böswillige Zungen behaupteten später, er habe dies im Auftrage von Pontius Pilatus und der römischen Herrschaft getan – und diese habe ihn als einen Komplizen mit Gewalt aus der Welt geschafft. Das ist natürlich Unsinn. Er hatte seinen eigenen Kopf und brauchte keinen Führungsoffizier – was sag ich: keinen Dirigenten bei seinem Vorgehen. Und so kam er dem Heiland auf die Schliche. Man kann es sich aus heutiger Sicht vorstellen, die vor allem, Genossen, unsere Sicht als Kinogänger ist. Erinnert euch, wie man uns zu Anfang, als wir noch als Gäste ins »Lux« kamen, um den ausländischen Genossen unsere Aufwartung zu machen, in den Filmsaal lud, zu ausländischen Filmen, die unsere Nummer Eins eigenhändig ausgesucht und bestellt hatte. Wie sein Gegen- oder Mitspieler in Berlin liebte er die Chaplinaden des Stummfilms und die Einfälle eines Buster Keaton. Nun, diese und andere Wundertäter der Leinwand, diese Diktatoren im Reich des Komischen, sie treten ständig gegen die Tücken des Zufalls und gegen die Bosheit der Dinge an. Sie bauen ihre Kartenhäuser gegen Wind und Wetter, sie entkommen in letzter Minute, sie tun alles nicht nur, um sich selbst zu retten, sie tun es, um uns zu be- oder zu verzaubern, sie schlagen das Ei des Columbus auf den Tisch, und wir laufen ihnen nach in wachsender Gefolgschaft. Zuweilen glauben sie selber an ihre Wunderkräfte. Nur einen gibt es, und das sind sie meist selber, die sie Regie führen, der alles durchschaut und der ein Verräter an ihrer Legende ist, also der Regisseur, der Produzent, der die Tricks kennt, weil er das Geld gibt. So etwa, Genossen, dieser Judas Iskariot, der im Hintergrund Regie führt, damit die Kartenhäuser seines Herrn nicht einstürzen, bevor die Schar der Apostel weitergezogen ist; der sein eigenes Geld dazu hergibt, das er ein Leben lang gespart hat, um nun den Lahmen und Blinden und Aussätzigen für eine Stunde gegen einen Gesunden auszutauschen, gegen Bezahlung versteht sich, und der seine alten Geschäftsbeziehungen spielen läßt, um Fisch und Brot und Wein für eine Hochzeit herbeizuschaffen, und weil dies alles nicht ohne Helfer und Helfershelfer gelingen kann, muß er diesen und jenen einweihen, der dann eines Tages sich schuldig fühlt, denn der Messias könnte tatsächlich der Messias sein und am Tag des Gerichts ... und so sind sie später froh, daß alles an Judas hängenbleibt ...

Nur, werdet ihr fragen, es bleiben da einige Wunder übrig, die schwer zu erklären sind. Etwa diese Wanderung auf dem Wasser? Wie konnte das möglich sein? Und so können wir uns vorstellen, daß auch an Judas Iskariot zuweilen die Zweifel nagten, wie an jedem von uns, wie an jedem Materialisten und Aufklärer, ob da nicht vielleicht und doch ein unerklärbarer Rest bleibe, der sich im großen Staunen auf den Gesichtern Chaplins oder Keatons manifestiert, wenn ihnen gegen jede Logik etwas gelungen ist.

In der Rolle des Judas, der an seinen Beobachtungen zweifelt, warum wollen wir das leugnen, Genossen, stecken auch wir. Einst waren wir Verräter an unserer bürgerlichen Klasse, und unsere Ziele adelten jede Art Verrat, den wir in voller Absicht ausübten. Dann kamen die Zweifel, ob denn das Wunder des Sozialismus in einem Land gelingen würde, und diesmal zögerten wir, noch einmal zum Verrat zu greifen: wir vermuteten einen unerklärbaren Rest, eine Art Magie, die unser Kartenhaus aufrechthalten würde. Dieser Zweifel war es, der am Ende Judas in seine Rolle einsperrte. Dieser Zweifel ist es, der uns heute dazu überredet, den Punkten der Anklage gegen uns zuzustimmen.

Judas Iskariot

Nun war es entschieden, das Hohe Amt schickte mich, Uri Lilienthal, auf diese Strafexpedition. In der Rolle des Judas sollte ich unseren Schützling einmal mehr in Versuchung führen. Es war der Vorwurf des hohen Hauses, mit meinem Film versagt zu haben. Nun sollte ich ihn zum Verrat überreden, anders gesagt, ich sollte ihm die Rolle des Verräters nahebringen.

Was denn sollte er verraten? Noch immer seine Liebe zu Ribka, in einer Überlegung, daß nur der Verräter, der Widerwirker seinen tödlichen Schmerz überwinden und zu sich selbst findend ein neues Leben beginnen kann? Ausgerechnet ich, Judas Iskariot, der Verdammte vom Anfang der Schöpfung, JAHVES Spielball im Heilsplan seines Sohnes, ich sollte ihm Kraft geben, zu sich selber zu finden in der Abkehr von seiner, wie Abesser gesagt hätte, besseren Hälfte. Es war die Rückkehr zum Beginn der Schöpfung, da Adam das einzige Produkt des Schöpfers gewesen war und somit Herr seiner Welt und gleichzeitig der Träger aller Verdammnis, aller Leiden und Entbehrungen, die Gott der Herr in Seinem unerschöpflichen Ratschluß uns Menschen aufzubürden gedachte.

Mich schob ER von Anfang an zu den Verdammten, obschon ich zur tragenden Säule Seines Heilsplanes wurde. Denn wie wäre Sein göttlicher Sohn in die Welt gekommen ohne meinen Verrat im Garten Gethsemane, nach dem Abendmahl, da er mich vor allen Jüngern auszeichnete mit den ausgesuchten Bissen von seinem Teller, die er mir in den Mund schob.

Wie sehr sie da johlten und sich, mit Fingern auf mich zeigend, auf die Schenkel schlugen. Den Schatzmeister, riefen sie, den hält er sich warm! Der wird gemästet, die Sau, die ihm die Ferkel wirft! Wahrlich, wir waren nicht zimperlich mit unseren Ausdrücken, welche in den späteren Evangelien zugunsten erbaulicher Sprache unterdrückt wurden. Und wer von ihnen wußte damals, daß längst Satan in mich gefahren und ich zu allem bereit war?

Ich wußte es besser. Ich würgte an den Bissen und hätte sie am liebsten unter den Tisch gespien. Nun, da ich den Herrn und Meister soweit aufzubauen geholfen hatte, daß er nur noch meines Verrats bedurfte, um für ein Millenium und mehr als Gottes Sohn in die Geschichte einzugehen; nun, da er sich im Komplott mit JAHVE wähnte, sowohl was ihn und was Gottes Verdammnis meiner Person betraf – ich meine, den Sturz in den Feuersee, zum Dank, am Heilsplan mitgewirkt zu haben –, konnte er mich demütigen und dem Spott seiner Jünger ausliefern, obschon ihm Stunden vor seiner Verhaftung und Hinrichtung einsichtig sein mußte, daß wir beide von nun an die Prägebilder ein und derselben Münze sein würden.

Und eben an diesem Punkt beginnt, lieber Abesser (an dessen Seite ich eine Weile schon sitze und zu ihm rede), an eben diesem Punkt beginnt meine Bekehrung und somit der erste Schritt zu einer Konversion, die mich zur Entlassung aus den Diensten des Hohen Hauses führen könnte: Denn in dem Maße, wie ich ihn zum Messias gemacht habe, hat er mich zu einem Werkzeug Gottes gemacht und mich in die Reihe gestellt, die seit Adam Schuld und Sühne erfährt, und ich also der Gnade in seinem Namen teilhaftig werden kann.

Glauben Sie nicht, sagte Abesser, daß all diese Gedanken die reine Hoffahrt sind, weil sie davon ausgehen, daß Gott mit jedem von uns eine Absicht verfolgte? Vielmehr gilt es, Ihn von unseren Absichten zu überzeugen und als Bundesgenossen zu gewinnen.

Mit etwas anderen Worten, sagte ich, und Abesser sah mich erstaunt an, sagt es auch der Mensch, der in Ezechiels Gottesmaschine als Stellvertreter der Menschheit sitzt. Möchten Sie dieser Mensch sein?

Abesser schwieg.

Ich sah mir den Jüngling an, der mich dank der Verwandlungen, die das Hohe Haus an mir vollzogen hatte, nicht wiedererkannte. Er war, schien mir, der Talmudschüler, der er auch in zweitausend Jahren sein würde.

Sie wollen Ihre Frau wiedersehen, sagte ich und zog sozusagen meine beste Trumpfkarte aus den Falten meiner Toga.

Abesser spannte sich und griff nach meinem Arm. Wann? sagte er, wo?

Mein Herr und Meister, sagte ich, gibt morgen abend ein Essen in einem Lokal am Stadtrand, das da heißt »Das letzte Abendmahl«. Kommen Sie hin. Kommen Sie hin und schreiben Sie darüber, obschon wir in den nächsten Tagen genügend Publicity erfahren werden. Ihre Frau wird unter den Gästen sein.

La ultima cena

Wieder hatte ich freie Hand, meine Kulissen aufzubauen. Sollte ich die großen Meister konsultieren und ihre Gemälde studieren, etwa da Vincis Abendmahl, wie Abesser es kannte und in Mailand nach der Restaurierung in der Kirche Maria delle Grazie gesehen hatte; oder jenes andere Abendmahl eines unbekannten Malers, das in Locarno zum Stolz der Stadtväter gehörte und das Koestler bewundert hatte. Und was gab es nicht alles zu bewundern an diesen Ölbildern in den leuchtenden Farben auf den Gewändern der Apostel, im liebevollen Detail, das die brüchigen Falten des Tischtuchs nicht vergaß und nicht den Weinfleck und das zerkrümelte Brot, ganz zu schweigen von der raffenden Hand des Judas, die den Beutel mit den Silberlingen, der obszönerweise an einen Hodensack denken läßt, umklammert.

Der Filmmann in mir, Hohes Amt, rebellierte gegen soviel Harmonie und Rausch der Farben, die noch berauschender wirkten nach der Restaurierung der Gemälde. Man ließ mir freie Hand, und ich erinnerte mich an ein Lokal in Kreuzberg, das hieß »Das letzte Abendmahl« und war eine schmuddlige Kneipe, die von Schwulen bevorzugt wurde und die Abesser vielleicht kannte. Wie auch immer, in dieser Etappe seiner Bildungsreise waren das Hohe Haus und die ihn begleitenden Dienstengel einmal mehr auf Verwirrung aus. Gewiß schickten wir ihn ins Gelobte Land, zur Zeit römischer Besatzung, am Vorabend der Kreuzigung Christi (vorausgesetzt, wir hielten uns für diesmal an die Angaben des Neuen Testaments), doch wußten wir, daß wir unseren Schützling keinen Schritt aus dem Hotel »Lux« zu entfernen brauchten, um unser Spiel mit ihm treiben zu können.

Und so wählte ich ein Restaurant in einem Seitenflügel des Hotels und glich es jenem Verschlag an, der, am Garten Gethsemane gelegen, eine Art Ausflugslokal war, das die Jünger für diesen Anlaß auf Geheiß ihres Meisters gemietet hatten. Ein paar Zaungäste starrten von außen durch die eingeschlagenen, hier und da mit Klebeband gehaltenen Fenster. Der Einlaßdienst, bestehend aus den Jüngern Thomas und Mattäus, ließ keinen in den Saal, der das Losungswort »Passah« nicht wußte. Unser Mann, Daniel Abesser, war von mir informiert worden, und da er in meiner Begleitung kam, war es ein leichtes, ihn an den argusäugigen Jungs vorbei in den Saal zu lotsen und auf einem Stuhl an der Wand Platz nehmen zu lassen.

Bei Nennung seines Namens höhnte der Einlaßdienst und rief den anderen zu: Daniel! Der Prophet ist gekommen! Kannst du unserem Herrn aus der Hand lesen oder uns das Horoskop für die nächsten Tage verkünden?

Tatsächlich hatte ich in der Wahl der Apostel keine gute Hand gehabt und sie aus dem Wachpersonal des Hotels rekrutieren müssen und aus einigen Schwulen, die zu den Tagesgästen des Hotels gehörten, verhaftet worden waren und mit dem Versprechen versorgt wurden, mit dem Leben davonzukommen, mehr noch, das ewige Leben zu erhalten, wenn sie ihren Part zufriedenstellend spielten. Fragen Sie mich nicht, wer den Meister spielte, es bleibt ein Geheimnis. Viele illustre Namen der Filmgeschichte fielen mir für diese Rolle ein; aber ich kannte ihren Aufenthaltsort nicht, um sie zurückzuholen und engagieren zu können.

Den einen aber, der sich für den neuen Messias ausgab, den zu bekommen und aus dem Fegefeuer für diese Rolle zu erlösen, war einfach gewesen. Im nachhinein staune ich, Hohes Amt, wieviel Gewalt mir gegeben war, und ich sage es mit Genugtuung, sehe ich doch darin eine Abbitte des Amtes, mich zur Rolle des Judas Iskariot verdammt zu haben.

Abesser, als er des Meisters ansichtig wurde, erstaunte, oder mit den Worten seiner Generation gesagt: er meinte, im falschen Film zu sitzen. Der Meister saß, oder vielmehr lag er, einen Ellbogen aufgestützt, nach römischer Art an der Tafel, und er nahm den Platz ein, der ihm gebührte, das heißt, er saß an der Längsseite der Tafel genau in der Mitte. Nun, die Tafel war eine Art Bügelbrett, auf zwei, drei Holzböcke gestellt und mit einer von Zigarrenasche zerlöcherten Tischdecke notdürftig bedeckt. Eine der Deschurnajas, und es war gewiß die häßlichste, deckte den Tisch, das heißt, sie warf das rostige, verbogene und zerkaute Besteck unter die bereits Anwesenden und stapelte die zu einer hohen Säule getürmten Pappbecher in Nähe des Meisters, so daß dieser davon abließ, seine Wunde in Höhe des Herzens, diesen kleinen vernarbten Trichter, der ein Einschußloch gewesen war, zu streicheln, um stattdessen mit beiden Händen die papierne Säule zu halten und zu verkleinern, indem er Becher für Becher nahm und verteilte. Zu seiner Verwunderung zählte er genau dreizehn Becher. Er klatschte in die Hände, worauf sein Apostel Judas erschien, also ich, und mich, in meiner Eigenschaft als Marketender der Schar und als deren Schatzmeister, bat er um den ersten Krug Wein. Ich brachte den Wein, einen kräftigen Falerner, goß ihm ein, und wahrlich, die Becher waren eine Zumutung für einen so guten Tropfen. Der Meister trank und nickte.

Darauf sagte er: Dies bedeutet mein Blut des Bundes, das zugunsten vieler vergossen werden wird. Wahrlich, ich sage euch, ich werde keinesfalls mehr von dem Erzeugnis des Weinstocks trinken bis zu jenem Tag, an dem ich es neu trinke in dem Königreich Gottes ...

Markus, der nähergetreten war, nickte. Er hatte dem Meister diese Worte zu sagen aufgegeben, und der hatte sie gut gelernt.

Abesser schaute immer wieder zur Tür, und seine Ungeduld meinte die von mir angekündigte Ribka, die er hier und jetzt wiedersehen sollte. Die Ähnlichkeit mit der Ribka seiner Liebe würde verblüffend sein, und verblüffend würde am Ende auch für das Hohe Amt sein, wie unser Schützling reagieren sollte.

Noch einmal lief die Servierhexe hin und her, um aus einem Henkelkorb das Brot zu bringen und buchstäblich, als befände sie sich in einem Schweinekoben, unter die Gäste zu werfen. Diese, in Gruppen herumstehend und sich immer wieder liebkosend oder an die Schenkel unter der Tunika greifend, ließen sich langsam herbei und nahmen, vom Herrn und Meister dirigiert, ihre Plätze ein.

Abesser hatte zu lange gezögert, sich dem Meister zu nähern und um ein Interview zu bitten. Dachte er daran, wie sein Vater in Berlin diese so unheimliche Nähe des Heilsbringers und Erlösers empfunden hätte? Nun saß er hier, der Sohn, Daniel, der sich zum Judentum bekannte und somit überzeugt sein mußte, es bei diesem Messias mit einem Scharlatan mehr zu tun zu haben, mit einem Verräter an der Planung JAHVES, seinen einzigen Sohn in die Welt zu schicken und zu opfern zum Wohl einer Menschheit, die sich schwer tun würde, das Opfer zu begreifen und auf sich anzuwenden.

Mußte man den Mann nicht retten, indem man ihn verriet und im Verrat als den ausgab, der er vermutlich war, als einen Guerrillero unter einer Schar schwuler Träumer, die gegen das heilige römische Reich anzutreten bereit war und die Sache Israels verfechten konnte, solange sie nicht auf den Heilsplan JAHVES und somit auf eine, wie Abesser dachte, globale Schiene geschoben wurden?

War es nicht seine, Abessers heilige Pflicht, den Mann gegen seine eingebildete Mission als Messias zu schützen und, ihn seiner Yiddishkeit zurückgebend, sich selber im Recht zu wissen?

Würde er also, obschon die Tat sich glich, nicht genau das Gegenteil von dem tun, was Judas Iskariot tun würde, der ihn durch Verrat als den wahren Messias ausgab – und somit als ein Werkzeug JAHVES agierte(falls es sich um den wahren Messias handelte), das Dieser nach Benutzung in den kochenden Schwefelsee stoßen würde, ohne sich weiter um die Legenden zu kümmern, die sogleich entstanden und die es den Zuhörern überließen, ob sie nun an die Mär seiner Entleibung von eigener Hand oder an die Beseitigung des Mannes im Auftrag des Pontius Pilatus glaubten, der seinerseits ein Interesse hatte, bei seinen Auftraggebern in Rom als ein radikaler Kommissar zu gelten, der jeden Funken von Aufsässigkeit zertreten hatte.

Abessers Verrat geschah, sagte er sich, im Namen von Erez Israel.

Die Apostel hatten ihre Plätze eingenommen, und es blieb nicht die Breite eines Schenkels zwischen den Stühlen, um sich Gehör beim Meister zu verschaffen. Abesser saß und beobachtete, und er fuhr hoch von seinem Platz, als er meinte, Ribka hereintreten zu sehen. Die Jünger begrüßten sie mit Geschrei und Hallo, als sich die Frau, die eine Kittelschürze trug und auffällig lange Haare hatte, dem Meister näherte, der in halber Kehrtwendung sich vom Tisch abwandte und ihr die Hände aufs Haupt legte, als sie sich ihm zu Füßen warf.

Er hat sie geheilt, flüsterte Judas Iskariot dem faszinierten Abesser zu, geheilt dank seiner medizinischen Kenntnisse, als sie ihr Gedächtnis verloren hatte und umherirrte wie eine arme Seele im Fegefeuer. Nur sein eigenes Asthma, sagte Judas hinter vorgehaltener Hand, kann er nicht heilen.

Judas drückte den aufspringenden Abesser auf seinen Sitz, und dieser sah sich argwöhnisch beäugt von den anderen Jüngelchen, die, obschon an der Tafel sitzend und dem Wein zusprechend, nicht aufgehört hatten, ihn zu observieren.

Die Servierhexe brachte, von wem auch immer beauftragt, eine Waschschüssel, wie man sie in einigen Zimmern des »Lux« noch immer anstelle eines Lavabos finden konnte, sie goß aus einem Eimer Wasser hinein, und der Meister entledigte sich seiner Sandalen und tauchte, unter dem Beifall seiner Jünger, die wohlgeformten Füße ins Naß und schickte einen juchzenden Laut an die Zimmerdecke, der als ein Zeichen wohliger Entspannung oder auch als Schmerzenslaut über das zu heiße Wasser gedeutet werden konnte.

Ribka tauchte ihre Hände ins Wasser, berührte und knetete die Füße des Meisters, indes seine Hände nicht aufhörten, ihr kräftig flutendes Blondhaar zu berühren und die Strähnen durch seine Finger fließen zu lassen.

Unnötig zu sagen, daß Abesser Qualen der Eifersucht litt.

Sobald der Meister die Füße aus dem Wasser hob, wickelte sie diese in ihr Haar und rieb sie mit ihren Strähnen trocken. Sodann zog er die Frau auf seinen Schoß, rückte mit der süßen Last an den Tisch, ließ sie aus seinem Becher trinken und brach das Brot vor ihm in zwei Hälften und gab ihr die eine Hälfte.

Mann und Weib, sagte er, sind ein Laib.

Die Jünger johlten und baten um weitere Sentenzen.

Höher als mit der Liebe kannst du nicht fliegen, sagte der Meister und gab eine Probe seiner Talente, indem er sich, samt Stuhl und Frau einen guten Meter in die Höhe hob. (Niemand hatte bemerkt, daß er auf einem Friseurstuhl saß.)

Diesmal schwiegen die Jünger. Die Wunder ihres Meisters waren ihnen unheimlich. Allerdings entging ihnen nicht, wie er, kaum daß er festen Boden unter sich hatte, einen seiner Asthmaanfälle bekam und zu seiner aus Heilkräutern gedrehten Zigarre greifen mußte.

Und wieder entstand Bewegung an der Tür. Der Einlaßdienst grüßte militärisch, als eine Abordnung vermummter Gestalten mit ihren Geigenkästen und verpackten Instrumenten erschien. Tatsächlich enthielten einige der Hüllen Musikinstrumente, die, ausgepackt, auch gespielt wurden, so daß Ribka vom Schoß des Meisters sprang und sich sogleich im Tanz bewegte, die Augen wie in Trance geschlossen. Der Meister schickte ihr eine Handbewegung nach, die Bedauern oder Resignation ankündigte.

Doch waren in den anderen Hüllen und Kästen die Waffen zur Befreiung, die jene andauernde Diskussion unter den Jüngern zu klären helfen sollten, ob denn nun erst die Seelen und dann die Umstände geändert werden mußten, oder wie denn nun und in welcher Reihenfolge.

In diesem Punkt nämlich schwieg der Meister sich aus. Und sein Wort, sein Reich sei nicht von dieser Welt, konnte auch meinen, es sei nicht das römische Reich, das über Palästina herrsche und das man für die Welt schlechthin nehmen mußte, sondern ein neu zu gründendes Reich.

Zündet an, hatte der Meister gesagt, die vier Enden der alten Welt, damit das Feuer uns den Weg in eine bessere Welt weise.

Abesser nutzte die allgemeine Hochstimmung und Aufregung, und ohne sich um die tanzende Ribka zu kümmern, verließ er den Saal, und ich, sein ihn im Auftrag des Hohen Hauses begleitender Engel, Uri Lilienthal, un servidor, wußte es so einzurichten, daß er seinen Artikel schreiben und so den Meister an die nächste Nachrichtenagentur verraten konnte, in guter Absicht und doch auch, um ihn von Ribka zu trennen.

Ein Messias zuviel, titelte Abesser seinen Artikel, der im Jerusalemer »Gallus Cantat« erschien.

Ribka, unsere Marionette, gab ihre blonde Perücke zurück an die Requisitenkammer des Hotels. Und dann führten wir sie zurück in ihren Schlaf der Genesung.

Abessers Verrat

Durch die Brille des Hohen Amtes gesehen, gewiß, da war er zum Verräter geworden. Wir hatten ihn sozusagen ein Stück von sich selbst entfernt, von seiner Redlichkeit, die an sich ein Vorzug der Jugend ist und also ohne Wert, da sie aus mangelnder Lebenserfahrung kommt. Aber hier kam doch der eine Umstand zum andern, und der Fall lag nicht so klar auf der Hand, wie ich, sein vom Amt zugesellter Judas und Schutzengel glauben machen wollte. Denn es war Eifersucht im Spiel in dieser seiner Einbildung, Ribka laufe dem falschen Messias nach, und der habe sie durchaus nicht von irgendeinem Wahn, einer Depression, einem Gedächtnisschwund geheilt; vielmehr habe er sie kraft seiner dämonischen Kräfte verzaubert, an sich gezogen, zu seiner Konkubine gemacht. Und richtig ist, daß er sie für manch einen Dienst mißbraucht hat, sie zur Kundschafterin machend, indem sie sich gelegentlich in römische Dienste begab, als Scheuerfrau, Dienstmagd oder Kindermädchen, um so die strategischen Pläne eines Reiches zu erkunden, das iesen heiligen Boden mit seinen Kohorten entweihte und zur Beute von Senatoren, Konsuln und Generälen gemacht hatte.

Ribka erfüllte jeden Auftrag zur Zufriedenheit des Meisters, und sie schlüpfte aalglatt durch jedes Netz, das die mißtrauischen Ehefrauen auslegten, wenn sie das allzu große Interesse Ribkas an ihren Männern bemerkten.

Was das Hohe Amt positiv vermerkt, ist, wie wenig sich Abesser um Ribka kümmerte, die er doch endlich gefunden zu haben glaubte, wie eilig er es hatte, das Lokal zu verlassen, um sich an ihr mittels eines Artikels zu rächen.

Was aber hatte Abesser geschrieben?

Nun, es war eine Verhöhnung des Mannes, der doch auszog, um gegen die Feinde Israels zu kämpfen. Abesser, mit der gewissenlosen Akribie des passionierten Journalisten, machte Zahlenangaben über Waffenlager und über die Art der Bewaffnung und der heimlichen Ausbildung einer Schar von Jüngern, die mit zwölf anzugeben ein Untertreibung war. Zwölf mal zwölf, schrieb Abesser, käme der Wahrheit schon näher. Und wem folgten sie? Doch einem Ausländer, der als ein Wander- und Wunderprediger in dieses Land gekommen war, die Hoffnung auf den Messias ausbeutend in einem Kauderwelsch, das Jenseits und Diesseits vermengte, sich selber als Gottes Sohn und Rächer des erniedrigten Menschen ausgebend, und so die grundnaiven Bedürfnisse der Menschen für seine Zwecke mißbrauchend. Einmal an der Macht, schrieb Abesser, würde er sich zu einem Diktator aufspielen, der seine Glaubenssätze mit Blut und Eisen durchsetzen würde. Wehret den Anfängen!, schrieb Abesser, und es folgten einige Zitate, die den Schluß nahelegten, er habe den Mann ausgiebig interviewt.

Die römischen Behörden lasen das mit Wohlwollen. Pontius Pilatus, der ein schwacher Charakter war und lange zögerte, sich für etwas zu entscheiden, las den Artikel zum wiederholten Mal, rief dann sein überliefertes »Ich wasche meine Hände in Unschuld«, und gab Befehl, den Anführer dieser Freischärlerbande steckbrieflich zu suchen und dem Haftrichter vorzuführen.

Wie die Geschichte lehrt, kam Pontius Pilatus in noch größere Bedrängnis, als er, dank der Berichte des Judas Iskariot, das ganze theologische Ausmaß des Falles zu begreifen begann und das Erdbeben unter seinen Füßen spürte, das dieser Messias kraft einiger weniger Sätze auslöste. Einen Guerrillero erschoß man vorsätzlich oder aus dem Hinterhalt. Einen Messias, den die Massen verhöhnten, erhöhte man durch den Tod am Kreuz, und man gewann so seine eigene Unschuld, indem man sich – wer kannte sich schon in Jupiters Plänen aus – in einem Heilsplan wähnte.

Abesser wurde Zeuge der Hinrichtung. Unter den Frauen am Fuße der Kreuze auf Golgatha suchte er Ribka vergebens. Die nichtendenwollende Todesqual der Delinquenten, die Fliegen auf den von Schweiß und Blut aufgetriebenen Gesichtern, die Gier in den Augen der Massen, Abesser nahm es auf und rettete sich in eine tiefe Ohnmacht.

VI

Der sechste Bericht des Hundefängers

Majestät! Euer Diener hat ein wachsames Auge, und das begnügt sich nicht damit, diese eine Insel El Hierro im Blick zu behalten; ein amtlich bestallter Hundefänger wie ich muß im Austausch stehen mit seinen Kollegen auf den anderen Inseln der gottgefälligen kanarischen Region, die einst von Riesen bewohnt wurde. Und riesig, Majestät, sind die Hunde, die sie uns hinterlassen haben, denken Sie an den Bardino, auch Majorero genannt, ein Kampfhund, kurzhaarig, mit breiter Brust und gewaltigem Fang, ein Kampfhund und doch seinem Herrn, seiner Familie in treuer Gefolgschaft zugetan, dafür zuschnappend und feindlich gegenüber jedem Fremden. Der beste Freund für einen Kanaren in den heutigen Zeiten, da unsere Inseln immer mehr zur Beute der Fremden werden, zu einem Freizeitkino, darin unsere Jugend korrumpiert und verdorben wird, unsere Sitten verspottet und unsere Bräuche karikiert werden.

Kurzum, Majestät, ich habe mir einen Hund zugelegt, einen Bardino, der mir mit seinem Instinkt jeden Fremden anzeigt und der mich besser beschützt als die beste Keule. Scharf ist er nicht nur auf die fremden Zweibeiner, die zu erkennen auch mir zuweilen schwer fällt, zumal wenn sie sich in ihrem Zivil nicht von unseren Leuten unterscheiden – dafür umso mehr in ihrem Geruch; mein Bardino ist scharf auch auf fremde Hunde, und so hoffe ich mit seiner Hilfe jenen Hund zu fangen, der unlängst, Sie erinnern sich, vom Himmel fiel, ich meine, den Absturz des jüdischen Flugzeugs überlebte und zum Anführer der Hunde wurde, die wir jagen und denen wir den Garaus machen. Mein Bardino wird ihn aufstöbern und im Zweikampf erledigen, dessen bin ich sicher.

Majestät, dies ist sozusagen nur der erste Teil meines heutigen Berichts; denn etwas hat sich ereignet, das meiner Observation des toten Daniel Abesser zugutekommen könnte. Und auch hier liegt der Apfel nicht weit vom Stamm, ich meine, wenn man die Frau kennt, kennt man auch ihren Mann, und dem bösen Weib brich ein Bein und das gute sperr ein.

Ich beziehe mich, Majestät, auf Abessers Ehefrau Ribka, die von ihren Eltern beklagt worden und nicht unter den Toten des Flugzeugabsturzes zu finden gewesen war. Nun, Euer Diener Alercón, Majestät, hat eine verläßliche Spur, mehr noch, ich wage zu behaupten, ich kenne ihren Aufenthalt und die Umstände ihrer Rettung. Ein paar Telefonate mit meinen Kollegen, den Hundefängern auf den anderen Inseln, haben genügt, mich ins Bild zu setzen. Mein Kollege auf La Gomera glaubt zu wissen, wo sie zu finden ist. Denn seit einiger Zeit dreht ein deutsches Fernsehteam auf der Insel einen jener abartigen Filme, die das Überleben auf sich gestellter junger Menschen auf einer Insel, in einer Wüstenei, im Dschungel zeigen. Kameras beobachten sie, aber ansonsten überläßt man sie ihrem Schick-sal, oder ihrer Geschicklichkeit, sich von der Jagd und den Früchten des Waldes zu ernähren. Und wie ich höre, üben diese Filme auch in unseren hispanischen Reichen eine seltsame Faszination aus, die Einschaltquoten sind überdurchschnittlich, und es ist, als ob man eine Menschheit auf das künftige Überleben vorbereiten wolle, wenn das letzte Siegel erbrochen und die Stunde der Abrechnung kommt und Finsternis sich über die Erde legt.

Auf La Gomera, höre ich, geht man zurück zu den Anfängen der Menschheit, ich meine zum Aufenthalt im Paradies, und da genügen zwei Menschen, ein Mann und ein Weib, uns das Paradies zu demonstrieren, ich denke auch in seiner Langenweile, die wiederum der Keim für jeden Ehekrach ist. Die Frau ist es, wie ich höre, welche die Gomeros beunruhigt, denn sie läuft, wie kann es anders sein, nackt durch das Paradies, obschon sie es vorzieht, wie eine Säulenheilige an einer Stelle zu verharren, indes ihr Partner sich um Fischfang, Jagd und Früchtesammeln kümmert. Wer ist die Frau? Es heißt, das deutsche Team habe sie aus dem Wasser gezogen, da man mit einer Motorjacht die Küsten erkundete.

Dies in Augenschein nehmen zu dürfen, erbitte ich Eurer Majestät Genehmigung. Eine Spesenabrechnung lege ich meinem nächsten Bericht bei, und so meine Reise in dieser Angelegenheit nichts bringt, wird sie immerhin zu einem Erfahrungsaustausch mit meinem Kollegen auf La Gomera führen. Leider werde ich meinen treuen Bardino zurücklassen müssen; der brächte es fertig, die deutschen Kameraleute von den Bäumen zu holen und am Boden zu zerfetzen.

Majestät! Mit untertänigsten Gruß, gez. Alercón, staatlicher Hundefänger des hispanischen Königreiches im Verwaltungsgebiet El Hierro.

Der Berichtgeber mischt sich ein

Dies nun, *by Jove,* ist ein starkes Stück, ich meine – ich, Itzhak der Springer, Dienstengel und Sohn der Magd und gelegentlich der amtlich beauftragte Berichtgeber dieses operativen Vorgangs Abesser –, ich meine, der Hundefänger bringt unsere Pläne durcheinander. Denn Ribka wollten wir wie Spieler ihre Trumpfkarte noch eine Weile in der Hinterhand behalten, auch wenn wir ihre Erscheinung dann und wann benutzt haben, um unseren Helden zu reizen und zu prüfen. Daß wir sie nicht aus den Augen verloren haben, sie dem Nichts überlassend, ist selbstverständlich, und gelegentlich verständigten wir uns augenzwinkernd über sie, zumal wenn Israfil, ich meine Spitzer, den Uralten imitierend, uns mit seinem Nu, Katinka, Ribkaleben, was macht?, in den Ohren lag.

Was macht? Allewelt wird es in Bälde erfahren, sobald dieses verdammte deutsche Fernsehteam seinen Müll durch die Kanäle der Welt schicken wird, von hier bis nach Israel, und mein Weib von einst, die Witwe Springer, sich einmal mehr beim Anblick von soviel paradiesischer Liebe die Tränen vom Auge wischen wird, mit dem Handrücken, da sie wieder einmal kein Taschentuch findet und ich nicht zur Stelle bin, weder in corpore noch als Geist, um ihr etwas zuzuflüstern. Du liebes, mein Gottchen wird sie sagen in ihrer aus Deutschland mitgebrachten Einfalt, mechten wir doch alle einmal ins Paradies zurückkehren wie diese Ribka, nur sehr glicklich sieht sie nicht aus, das nackige Mädelchen. Wer mag der Mann an ihrer Seite sein, in seinem Adamskostüm?

Und schon, Hohes Amt, haben wir den Salat, und man wird, Ribkas Eltern werden, eine Heimkehraktion für die verlorene Tochter starten, und es wird heißen: Gott denkt, und der Mensch lenkt, und unsere Pläne mit dem durch Leben und Tod vorläufig getrenntem Paar müssen neu entworfen und wie alte Reifen geflickt werden.

Nein, glücklich sieht sie nicht aus in dieser ihrer aufgezwungen Rolle als Eva des deutschen Fernsehens. Wie könnte sie auch. Seit dem Absturz der Maschine und ihrer Rettung durch die Fernsehleute hat sie ihre Erinnerung nicht zurückgewonnen. Diese Deutschen, die stets mit allen Eventualitäten rechnen, hatten ja einen Arzt an Bord, nicht gerade einen Doktor Mengele, aber doch einen Jünger des Äskulap, der sein Wissen gern am lebenden Objekt ergänzt, zumal wenn er es in der

Damenwelt findet, und der in langen, suggestiven Gesprächen (und er hörte sich gern zu) auf sie einwirkte mit Fragen zu ihrer Vergangenheit. Alles, was er erreichte, war, im Sinne des Fernsehteams auf sie einzuwirken, die bereit war, zu glauben, ins Paradies versetzt worden zu sein als eine auferstandene Tote, und sie sträubte sich erst, als man ihr den Mann vorstellte, den sie für den falschen Adam hielt und den der Regisseur an die Leine nahm, damit er sich nicht über diese verwirrte Eva hermachte wie über leichte Beute.

Den Regisseur kannten wir; wir hatten ihn am Narrentag der unschuldigen Kindlein, am Día de los Inocentes, in Hierro beobachtet, wie er, trotz des kalten Tages, in ausgefransten kurzen Hosen und mit Sonnenbrille von einem Geldautomaten zum nächsten stakte, um genügend Geld einzusammeln für die Dauergespräche, die er von der Telefonzelle mit seiner Frau in Berlin führte. Und er war es, der seinem Halbbruder Amos die mehr pantomimische Rolle des Adam anbot, um ihm etwas Geld für sein Endlosstudium der Jurisprudenz an der Humboldt-Universität zu verschaffen. Amos nahm an, reiste mit der nächsten Maschine nach La Gomera, ließ sich am Strand bräunen und einen Bart wachsen (wie es seine Rolle verlangte) und führte dabei ein Gespräch über Handy mit seinem Stiefvater Retard, der die kanarischen Inseln via Teneriffa in Richtung Berlin verlassen wollte, und den Amos bat, im Auftrag des Regisseurs, nach La Gomera zu kommen und als ein Fachmann für biblische Fragen die Arbeiten am Set zu begleiten.

Dies sei hier vermerkt, um dem Hohen Amt zu zeigen, daß wir auf dem laufenden sind.

Mir bleibt die Aufgabe, in irgendeiner Verkleidung nach La Gomera aufzubrechen, schon um den Hundefänger unter Kontrolle zu haben und um zu retten, was noch zu retten ist.

Aus dem Arbeitsjournal des Regisseurs (I)

... schauen wir mal, ob es am Ende nicht nur ein Joke war, diese Serie übernommen zu haben. Denn was mit meinen beiden Schauspielern anfangen, die weder auf einer Insel gestrandet sind noch das Leben in abgeschlossener Gemeinschaft vorführen sollen, vor laufender Kamera, big brother is watching you. Hier kommt es schon aufs Inszenieren an, und die Kamera, das wachsame Auge, übernimmt die Rolle des Hausherrn, ich meine des väterchen im Paradies, Gott oder JAHVE, und seine Stimme donnert herab aus den Wolken oder aus den Bäumen, man wird sehen.

Vorerst haben wir ein Problem mit dieser Eva, die wir aus dem Meer gefischt haben wie eine Meerjungfrau, auf Betreiben unseres Hausarztes, gewiß, der seiner Zunft verpflichtet Leben retten muß auf Teufel komm raus. Uns allen war doch klar, daß wir es hier mit einer Überlebenden vom Flugzeugabsturz zu tun hatten, der einzig Überlebenden in diesem Schlauchboot, diesem Floß der Medusa. Aufrecht stand sie da und sang, und ihr Verstand war getrübt, das merkte jeder, und halbnackt wie sie war, holten wir sie an Bord, und Maria, das Script girl, beeilte sich, ihr aus ihrer Garderobe das Passende anzubieten und half ihr in die Jeans und in den Pulli, und jeder konnte sehen, wie knapp ihr das Zeug saß. Und der Kameramann und ich zwinkerten uns zu, hier hatten wir unsere Eva, nach der wir suchten, nachdem uns das schwarze Wunder aus Kreuzberg versetzt hatte, weil sie ein besseres Angebot bekam. Eine schwarze Eva, das wäre etwas für Kenner gewesen, die von der Wissenschaft überzeugt worden sind, daß unsere Urmutter eine Schwarze gewesen ist, Afrika das Land unserer Herkunft. Wenigstens in dem Punkt sind wir hier so weit vom Ursprung nicht entfernt, wenn der Wind herüberweht von der Sahara und den Sand mitbringt und die trockene Wärme afrikanischer Küsten.

Gut, hier hatten wir die neue Eva, und wetten, daß unsere Zuschauer lieber einer blonden Eva bei ihren Verrichtungen zuschauen als einer schwarzen? Da würden wir mit dem Produzenten im Trend liegen, und für die juristischen Verwicklungen, die sich etwa ergeben könnten, müßte die Anstalt aufkommen. Und wir wüschen vorläufig unsere Hände in Unschuld, denn unser blondes Kind blieb stumm und verweigerte jede Auskunft über ihr Woher und Wohin.

Und dann kam diese spanische Schnepfe an Bord, das Liebchen des Kameramanns, Cristina Alvarez, und es stellte sich heraus, daß sie im Auftrag der kanarischen Regierung die Touristen psycholgisch betreute, bei Unfällen, Todesfällen, Depressionen, und daß sie die Familienangehörigen der toten Passagiere kannte, sofern diese auf die Inseln gekommen waren, und daß sie ergo über die Herkunft unseres Vögelchens nicht im Zweifel sein konnte.

Aber die Liebe, die eine Himmelsmacht ist, half uns auch in diesem Fall. Cristina nahm sich der Sache in unserem Sinne an, und sie fand die richtigen Worte, unsere Eva ein wenig, wie soll ich sagen, zu trösten, sie als eine Überlebende zu beglückwünschen, die in einer art paradiesischer Reha-Klinik ihre zerrütteten Sinne ordnen und wiederfinden würde, sofern sie die Vergangenheit ruhen ließe und vergäße und sich in allem der Führung Cristinas anvertraute.

Ich erinnere mich, einmal gelesen zu haben, daß die Psychotherapeuten die Teufel unserer Zeit wären und ihre Wissenschaft ein Verbrechen, darin sich mittelalterliche Teufelsaustreibungen mit neuester Gehirnforschung verbänden, und nach der Bekanntschaft mit Frau Alvarez glaube ich es sofort. Ich werde ihr die Rolle der Schlange in meinem Paradies anbieten.

Doch ist mit ihr unser Team noch nicht vollständig. Amos hat unser gemeinsames Väterchen überreden können, zu uns zu stoßen und uns als wissenschaftlicher Berater zu dienen, und schon kam er angeflogen, der alte, und ließ sich erzählen, was wir vorhaben und verlangte, unsere Eva in Augenschein nehmen zu dürfen, was wir vorerst abgelehnt haben. Mag er sich fürs erste in der Hotelbar vergnügen, schließlich sitzen wir hier an der Playa de Avalo in der schönsten Ecke der Insel, und unser Hotel gehört uns fast ganz allein, bis auf die zwei Typen, die uns wie schnüffelnde Hunde auf den Fersen sitzen, der eine ein Finsterling, eine speckige Lederkappe auf dem Glatzkopf; der andere schwer einzuschätzen, auffällige Markenkleidung, Typ schwuler Tourist, der auf Vergnügen aus ist. Doch er hat sich mir vorgestellt als Vertreter einer amerikanischen Wochenzeitung und die Bitte geäußert, über die Dreharbeiten berichten zu dürfen – woher weiß er von uns? Und ich kann ihn nicht abweisen, wenn ich mir zu Hause nicht einen Rüffel einhandeln will, weil ich diese Publicity in den Wind schlage.

Brüderchen Amos bleibt wie stets von allem unberührt, absolviert seine Stunden am Strand, flirtet in Maßen mit Maria, dem Script girl, liest seine unlesbaren juristischen Scharteken, debattiert gelegentlich mit Väterchen über die Entstehung des Menschen, und dieser sitzt am Meer, als erwarte er, daß sich eine Göttin der Liebe über ihn beuge und ihn küsse. Man fragt sich, wann denn im Alter eines Mannes diese Begehrlichkeit nach dem anderen Geschlecht endlich aufhört.

Und so geschah es, daß eines Tages unsere Eva vor ihm aus den Fluten auftauchte, eine zweite Brigitte Bardot, *et Dieu crea la femme,* und da Väterchen alle Sprachen dieser Welt spricht, ließ er, in Gedanken auch an seine Beraterrolle als Bibelkenner, den einen und anderen Satz in Hebräisch vom Stapel, worüber Eva in Tränen ausbrach, so daß wir Señorita Alvarez aus der Umarmung ihres Kameramanns lösen mußten, damit sie unsere weinende

Eva trösten und beruhigen sollte. Diesmal versagten ihre Worte, und sie gab ihr eine Handvoll Tabletten, die sie vor ihren Augen schlucken mußte.

Der Berichtgeber in seiner Rolle

Als ein Mister Wonderful habe ich mich eintragen lassen, als ein Vertreter amerikanischer Medien, und in meinem Outfit gleiche ich jenem Itzhak Springer aus dem Flugzeug, Chinos und Sakko mit auffälligem Karomuster, dazu diese Hawaiikrawatte, breit wie ein Halstuch und bestickt mit klampfeschlagenden Hula-Hula-Mädchen, so daß jeder, der mich sieht, überzeugt ist von meiner amerikanischen Herkunft, da wir Amerikaner bekanntlich in allem einen schlechten Geschmack haben.

Zu spät ist mir, oder dem Hohen Amt, der Gedanke gekommen, Ribka könnte mich in dieser Aufmachung leicht als den wiedererkennen, der mit ihr im Flugzeug saß und dem sie in der Hotelbar einen Tanz gewährt hatte, *un angel loco que le cantó el tango del paraiso y del infierno en la ciudad* ... Vielleicht aber gewinnt sie durch mich ihre Erinnerung zurück, dann wäre meine Verkleidung Teil einer Therapie, denn noch weiß ich nicht, wie meine Mission verlaufen soll. Noch gehe ich der Stummen, wie man sie hier nennt, aus dem Weg, was nicht schwierig ist, denn meist sitzt sie, auch zu den Mahlzeiten, in ihrem Zimmer, in das nur diese Heilsbringerin und Verwirrstifterin, die spanische Freudianerin, wie ich sie nenne, Zutritt hat.

Hingegen war es ein leichtes, die Bekanntschaft des kleinen Doktors zu machen; ein alter Mann ist gleichsam darauf aus, seine Ruhe zu haben wie ins Gespräch mit jedermann zu kommen. Und so setze ich mich zu ihm, am Strand, in der Bar, und eine Magenverstimmung vorschiebend, um sowohl die angebotene Zigarre wie den

Cazalla ausschlagen zu können, wir Engel sind nun mal Abstinenzler, trinke ich einen Obstsaft, über dessen Zusammenstellung wir rätseln, ist es Apfel, Apfelsine oder Pfirsich, und schon sind wir bei der Frage, welche Frucht denn am Baum der Erkenntnis im Paradies wuchs. Da ist der Doktor in seinem Element und rudert mit den dünnen Armen, die bis zum Ellbogen in einem grünen Hemd von Lacoste stecken, und er hält mir ein Privatissimum über die Anpassung der jeweiligen Bibelübersetzer an Flora und Fauna ihrer Muttersprache. Denn welche Früchte kannten Luthers Leser, wenn nicht den Apfel; eine Tomate, eine Apfelsine – eine Papaya gar verbot sich vor der Entdeckung Amerikas. Allerdings, sage ich, war der Pfirsich ein Import aus China, und Marco Polo hätte ihn gut in seinem Gepäck haben können ... Vermutlich, einigen wir uns, ohne so recht an unsere Thesen zu glauben, war es ein Granatapfel, der mit seinen hundert roten kleinen Früchten, die von einer ledernen Schale zusammengehalten werden, so sehr an den auszustreuenden Samen des Geistes erinnert, mit dem JAHVE geizte, eingedenk der Folgen, die es haben würde, wenn der Mensch davon kostete. Hier jedenfalls, und ich verweise auf den Regisseur, der sein Sohn ist, ist es ein Granatapfelbaum, der Eva verführen wird. Wer aber ist diese Eva? frage ich ihn.

Der Doktor hat sie nur einmal gesehen, aber er schildert sie mir in den lebhaftesten Farben, wie ein zweiter Calixto, den der Anblick seiner Melibea um den Verstand gebracht hat. Er bestellt einen zweiten Cazalla, um sich zu beruhigen und lenkt auf ein anderes, wenn auch nicht allzu entferntes Thema.

Ist Ihnen aufgefallen, sagt er, daß die Verwirrung, die nach dem Übertreten des göttlichen Gebots entstand, du sollst nicht von dieser Frucht essen, eine Sprachverwirrung war, die jene spätere Verwirrung nach dem Turmbau zu Babel ankündigt? Von nun an nämlich hatten

Adam und Eva verschiedene Worte und Begriffe für die nämliche Sache

Und so war der Keim für jeden Ehezwist gelegt, sage ich.

Ein guter, ein amerikanischer Witz, erwidert der Doktor. Aber es ist mehr, mein lieber Mr. Wonderful. Es ist die Lektion, daß, wer das Wort hat, die Macht hat. Es ist der Mensch, sagt der kleine Doktor und spricht leiser, als wolle er mir ein Geheimnis mitteilen, es ist der Mensch, der am Ende der Zeiten Gott ins Wort fällt. Denn die Macht der Sprache gab er uns Menschen. Satan blamierte sich, als er die Namen der Tiere sagen sollte, die Gott der Herr ihm vorführte. Er kannte ihre Namen nicht. Nur der Mensch erkannte, daß er die Sache besitzen würde, wenn er sie zu nennen wußte, und daß schon das Wort genügte, um als Zeichen für den Wert des Gegenstandes zu gelten. So entstand die Marktwirtschaft. Am Anfang war das Wort, nun gut. Aber jetzt reden wir ein Wort mit. Denken Sie an jene seltsame Maschine, die der Prophet Hesekiel vom Himmel auf die Erde fliegen sieht, darin ein Löwe, ein Adler, ein Stier – und ein Mensch! Da haben sie die Quintessenz der Philosophie Ludwig Feuerbachs – der alte Zwiespalt zwischen Diesseits und Jenseits muß aufgehoben werden, damit die Menschheit mit ganzer Seele und ganzem Herzen auf sich selbst, auf ihre Welt und Gegenwart sich konzentriere.

Sie denken, sage ich, um ihm eine Freude zu machen, an die elfte Feuerbach-These von Marx: Die Philosophen haben die Welt nur verschieden interpretiert, es kommt aber darauf an, sie zu verändern.

Richtig, ruft er und reicht mir die Hand, richtig! Er sieht sich um, ob jemand unserem Gespräch lauscht, und dann sagt er: Der Anteil an der Menschwerdung Gottes muß neu bestimmt werden.

Mit einemmal überfiel mich die Erkenntnis, was wir mit dieser Operation Abesser im Schilde führten: Glich sie nicht einem Aufstand der Engel, die einen Menschen suchen, der befähigt sei, diese Rolle in Hesekiels Maschine zu übernehmen? Jemand, der JAHVES Heilsplan kontrolliert und zu seiner Sache macht. Natürlich unter unserer englischen Kontrolle. Eine Ketzerei!

Diesmal gebe ich dem Doktor den Händedruck zurück, womöglich hatte er mich auf den riskanten Pfad der Erkenntnis geführt.

Wir unterbrechen unser Gespräch, weil sich der Hundefänger auf den Barhocker neben uns hievt, seine Kappe in den Nacken schiebend und uns mit schiefem Grinsen grüßend, als gehörten wir zu seiner Kumpanei.

Ein unangenehmer Zeitgenosse, sagt der Doktor und fällt ins Hebräische, aus der sicheren Annahme heraus, ich sei ein amerikanischer Jude, der seinen Teil Hebräisch in Brooklyn gelernt hat.

Ain Dschibbuk, versuche ich mich in Jiddisch, aus höllischer Spelunck.

Der Gast aus einer anderen Welt bestellt, wohl um sich anzubiedern, einen Cazalla, und er hält uns seine Pakkung Ducados hin, die wir höflichst ausschlagen. Ein Goldkettchen ziert sein linkes Handgelenk. Er grinst aus vollem Gebiß, das er sich hat anfertigen lassen, denn das letzte Mal, als ich ihn sah – in welchem Jahrhundert, bei welcher Gelegenheit? – entblößte sein grinsendes Maul eine Reihe schwarzer Zahnstummel. Er hatte in den letzten Tagen ganz umsonst versucht, sich mir zu nähern, und seinen Frust in sein Handy abgelassen, durch das er mit seinem Berufskollegen auf dieser Insel sprach. Und merkwürdig war, wie sie sich beide einer altkanarischen Form der Verständigung bedienten, *el silbo,* mit der die Hirten sich über viele Kilometer mitteilen konnten, indem sie wie die Murmeltiere sich in einem System von Pfeiflauten auskannten, die je nach Höhe und Lautstärke einem Buchstaben des Alphabets entsprachen. Welche Informationen holte sich Señor Alercón auf diesem

Wege? Ich wußte es nicht, und ohne die Hilfe meines Hohen Amtes würde ich diesen Code nicht knacken können.

Stets endete dieses Pfeifkonzert in einer Art Gebell, und die Hunde, die auch hier zuweilen um das Hotel strichen und sich vom kleinen Doktor herbeilocken ließen, um gekrault und gelegentlich gefüttert zu werden, zogen die Schwänze ein und machten sich auf leisen Sohlen davon.

Anderntags begannen die Dreharbeiten im Garten des Hotels, der von nun an abgesperrtes und vom deutschen Team bewachtes Gelände war.

Aus dem Arbeitsjournal des Regisseurs (II)

... schauen wir mal, ob es weitergeht. Zunächst habe ich mein Team so ziemlich beisammen, Beleuchter, Maske, Ton, auch der Producer ist endlich angereist; die Hilfskräfte holen wir uns aus der Gegend, und Mühe wird es machen, diese ganze Männlichkeit an die Leine zu nehmen, die auf eine Peep Show aus ist, und so wie unsere Eva gebaut ist, käme da jeder auf seine Kosten. Und ich muß schon sehen, wie ich unser Väterchen davon abhalte, seinen Liegestuhl zu Füßen des Baumes aufzustellen, von dessen Früchten zu essen Gott der Herr verboten hat. Und ich hab schon gedacht, wir bieten unserem alten Herrn die Rolle des Gottvaters an. Es genügte, ihm einen Bart anzukleben und sein Gesicht aus einem der Büsche auftauchen zu lassen, aus welchem er dann sein Gebot verkündet.

Entschlossen haben wir uns für einen Granatapfelbaum, dem wir, da er zu dieser Jahreszeit nicht trägt, ein paar Früchte aus dem Supermarkt anhängen werden. Evas Rolle wird sich im wesentlichen darauf beschränken, am Baum zu stehen, nach der Frucht zu greifen und dabei den Einflüsterungen der Schlange zuzuhören und bei den Worten Gottvaters ein lammfrommes Gesicht zu ziehen. Dann mag sie weiter vor sich hindösen und auf ihren Adam warten, der mit dem Einsammeln von Früchten und Beeren beschäftigt ist; denn Tiere darf er ja nicht fangen und töten, das Paradies ist ein Ort für Abstinenzler wie für Diätesser, ich meine für Vegetarier. Und Adam ertappt sich ein paarmal dabei, wie er beim Anblick eines Hasen eine Schlinge zur Falle knüpft und dann wieder löst und sie sich als Schmuck um den Hals hängt.

Unser wichtigster Fachmann scheint mir der Dompteur und Tierkenner zu sein, den wir aus La Palma haben kommen lassen und der seinen kleinen Zoo mitbringt und aufbauen wird, so daß sich Löwe und Schaf begegnen können und Krokodil und Zebra, letzteres als guter optischer Kontrast zu Evas Nacktheit, genau der Kitsch, den die Zuschauer in aller Welt erwarten.

Die Sache mit dem Feigenblatt zeigen wir als vollendete Tatsache, und daß man an diesem Ort, in Nähe von Meer und Strand topless herumlaufen kann und darf, wird unsere Psychotante dem vermutlich prüden Vögelchen beibringen müssen.

Also steht dem Drehbeginn kaum etwas im Wege. Bis auf die Kleinigkeit eines amtlichen Stempels, den zu bekommen sonst Routine ist.

Übrigens hat sich dieser schmierige Kerl mit der Lederkappe auf seiner Glatze angeboten, die Tiere gezähmt und friedlich vorzuführen, auch eine Schlange könnte er besorgen, und mit Hunden kenne er sich aus sozusagen von Berufs wegen. Ich habe nicht gefragt, was das für ein Beruf sei, und ich habe dankend abgelehnt. Der Mann ist mir nicht geheuer.

Zu proben wäre die Szene nach dem Verspeisen der verbotenen Frucht, was beide in die Lage versetzt, den Dingen einen Namen zu geben – und Väterchen in seiner Rolle als Gutachter legt größten Wert darauf, daß dieses alles gut herüberkommt und daß tatsächlich eine Entzweiung stattfindet, da beide mit einemmal in verschiedenen Sprachen sprechen und die Dinge, die Früchte und Tiere, unterschiedlich benennen. Das muß geprobt werden, notfalls in einer Art Unterricht, den Väterchen zu gern geben würde. Ich denke, wenn Adam deutsch spricht und Eva russisch, genügt es, und wir erreichen eine zusätzliche komische Note. Das ist ein Apfel – njet, eto jabloko, so in etwa. Oder: Ich liebe dich, sagt Adam, und mit einemmal, als Strafe für ihre Übertretung, versteht sie ihn nicht mehr, und die Schlange, die ja der Teufel ist, lacht sich ins Fäustchen. Übrigens macht unsere Eva Fortschritte, das bestätigt auch Dieter, unser Teamarzt, und sie weiß nun, daß sie einem furchtbaren Unfall entkommen und hier ist, um gesund zu werden, obschon sie den Verdacht hat, unsere Gefangene zu sein. Und Adam sei nicht ihr richtiger Mann, sagt sie, aber sie könne sich auf seinen Namen nicht besinnen.

Der siebte Bericht des Hundefängers

Majestät! Zu Diensten einmal mehr bereit und untertänigst berichtend von dieser Ihrer Insel La Gomera, wohin mich die Sorge um das Vaterland geführt hat.

Einmal vor Ort, habe ich mich gründlich umgesehen. Majestät, auf dieser Ihrer Insel geht der Leibhaftige um, und er treibt es mit Hexen und Marranos. Verschlafene Weiler wie Arguamul oder Taso sind Hochburgen der Hexerei, und nahe der kleinen Ermita San Isidro in den Chorros de Espina befindet sich der älteste Hexentanzplatz überhaupt, der inzwischen von den Hexen aus aller Welt frequentiert wird. El aquelarre, wie unser großer Goya ihn zu unser aller Abschreckung gemalt hat, in den Vollmondnächten zeigt er sich von neuem. Wie ist das möglich?

Nun, Majestät, La Gomera ist altes Ketzerland, Fluchtpunkt vor dem Arm unserer ruhmreichen heiligen Inquisition. Im 16. Jahrhundert flohen hierher die jüdischen Familien, die unter den Katholischen Königen den Scheiterhaufen in Hispanien entkommen waren, und so kam eins zum andern, der Teufel zur Hexe und die Hexe als Handlangerin heimlichen Judentums. Alles Schnee von gestern, werden Sie sagen, und der Regen der Jahrhunderte hat das alles längst abgewaschen, und die Neuzeit macht uns alle gleich.

Majestät! Wenn es so wäre! Der Hexenkult verbreitet sich wie eine Pilzkrankheit, und alles, was noch fehlt, ist eine Anführerin, eine Kulthexe, die der Teufel am Strick vorführt. Majestät! Die Hexe ist hier, und sie ist zu allem Übel eine Marranin russischer Herkunft und in der Hand einer teuflischen Fernsehgesellschaft aus Germanien. Diese plant ihre Inthronisierung auf der Insel mit Hilfe einer blasphemischen Fernsehreihe, welche den Aufenthalt des ersten Menschenpaars im Paradiese karikiert und persifliert, vom Augenblick, da Eva aus der Rippe Adams hervortritt, dazu in voller Nacktheit, bis hin zur Übertretung des göttlichen Gebots, nicht vom Baum der Erkenntnis zu essen, bis zur Austreibung des sündigen Paars aus dem Paradies in die Niederungen unseres Alltags, wo wir alle, fast alle, unser täglich Brot im Schweiße unseres Angesichts verdienen müssen.

Können wir das dulden? Majestät, Toleranz mit der Kunst führt zum Verfall des Staates, der auf den Säulen seiner Moral und dem Anstand seiner Bürger ruht. Sprechen Sie ein Machtwort; währenddessen wird Ihr Statthalter hier auf der Insel, ein sehr ehrenwerter Politiker, dem deutschen Team die Drehgenehmigung verweigern, recte ihnen so viele Auflagen erteilen, daß ihr untertänigster Diener Zeit und Mittel finden wird, die Hexe, welche die Rolle der Eva spielen soll – in Wahrheit ist sie eine Überlebende des Flugzeugabsturzes neulich –, von der Insel zu entfernen, und sei es in der komödiantischen Variante, von mir gerettet worden zu sein. Und in La Palma übergebe ich sie, in Anwesenheit der internationalen Presse, dem israelischen Konsul. Denn mir als Eurem versierten Diener ist klar, daß wir eine diplomatische Verwicklung mit Israel in diesen Zeiten nicht gebrauchen können, da das Abendland, unabhängig von seinen jüdischen und christlichen Wurzeln, auf dem Spiel steht und jeder Terrorist auf den Scheiterhaufen gehört.

Und so kündige ich an, die Dame in den nächsten Tagen aus den Händen ihrer Bewacher zu befreien, ihre Nacktheit zu kleiden und sie eine Weile zu verstecken, ehe ich sie ihrem Land zurückgebe.

Eine Aufstellung meiner Spesen liegt bei.

Lang lebe dero Katholische Majestät! Euer ergebenster Diener Alercón.

Der Berichtgeber geht in die Offensive

Nun also erfüllt sich meine Mission auf dieser Insel der Ketzer und der Hexen, von denen der Hundefänger in seinem Brief – wir haben ihn abgefangen – geprahlt hat. Um die Wahrheit zu sagen, er hat zu dick aufgetragen, oder er lebt in einem anderen Jahrhundert, schaut sozusagen durch Gesicht und Kleidung der heutigen Gomeros und erkennt, woher sie kamen.

Die jüdischen Flüchtlinge von einst, sie sind längst aufgegangen in der hispanischen Legierung; die Hexen sind auch hier die sogenannten venezolanischen Witwen, die ihre Männer in Übersee verloren haben, ob nun an den Tod oder an andere Frauen. Wie sollten sie da nicht wunderlich werden, die Weiber von La Gomera, und ihre Säfte nicht giftig?

Was geht's mich an, der ich den Hundefänger in Schach halten muß, damit er uns nicht unsere Ribka, den

Stolz der Nation, raubt und sich dann als ihr Retter präsentiert. Itzhak der Springer, *to the front!* Ganz Israel wartet auf uns, daß wir Zions verlorene Tochter präsentieren, wunderbarerweise von einem Agenten des Geheimdienstes aufgestöbert, gerettet und zurückgebracht. Keine ganz kleine Aufgabe, meine Herren Kollegen von der Zunft.

Noch laufen die Vorbereitungen zum GARTEN DER LÜSTE, wie der Serienfilm nun heißen soll. Der Regisseur, Jacob Retard, gibt sich gelassen und wie immer optimistisch. Sein Vater, der kleine Doktor, macht seinen Sprachkurs mit Adam und Eva. Der Tierbändiger läßt schon mal probeweise seine Tiere auslaufen. Amos' Chancen bei Maria, dem Script girl, steigen in dem Maße, wie sein schwarzer Bart wächst, und beide Brüder, Jacob und Amos, sind an manchen Tagen wie Kain und Abel, wenn sie ihr Licht leuchten lassen im Angesicht des Vaters. Der übt sich in Toleranz und vermeidet es, den einen oder den anderen vorzuziehen, doch hat er mir gestanden, wem sein Herz gehört.

Nun geht alles seinen sozialistischen Gang, sagt Retard und hofft auf seine kleine Rolle als Gottvater, der aus dem Gebüsch lugt und Eva ermahnt, nicht vom Baume der Erkenntnis zu essen – doch da schlägt der Gouverneur der Insel zu, ganz wie es sich der Hundefänger gewünscht hat, und per Ukas und einem Aufgebot von Guardia Civil werden den Deutschen die Dreharbeiten untersagt.

Wieso, warum? Wegen Erregung öffentlichen Ärgernisses, Schädigung des touristischen Ansehens der Insel. Das Wort Blasphemie hat man gestrichen, wir sind hier in einem aufgeklärten demokratischen Reich, in welchem der König ein heimlicher Atheist ist.

Retard bietet sich an, mit seinem Sohn Jacob in die Hauptstadt zu fahren und am Regierungssitz des Gouverneurs Beschwerde einzulegen, und beide Herren machen sich im Geländewagen des Fernsehteams auf den

Weg. Sozusagen ohne Aufsicht suche ich die Nähe meines Objekts der Begierde, Ribkaleben, im Schatten der Bäume, die noch keine Früchte tragen, von denen zu essen ihr verboten wäre.

Sie trägt ein geblümtes Sommerkleid, ihr Gesichtsausdruck bleibt verborgen hinter den Gläsern einer übergroßen Sonnenbrille. Ich mache keine großen Umstände, entschuldige mich auch nicht, daß ich sie einfach anspreche, ich ziehe mir einen Stuhl an ihre Seite, werfe einen Blick auf ihre langen sonnengebräunten nackten Beine, soll sie ruhig denken, hier macht sich ein Verehrer mehr an sie heran. Doch nachdem ich meinen Namen genannt habe, Itzhak Springer, zücke ich meinen Dienstausweis, der Name und Herkunft bestätigt, und als gute Staatsbürgerin rennt sie nicht davon, sondern nickt, und ein Teil ihres beschädigten Erinnerungsvermögens regeneriert sich, sie erinnert sich an ihren Dienstausweis, den sie beim Betreten und Verlassen des Fernsehstudios in Tel Aviv vorweisen mußte, und sie lächelt, ohne die Brille abzunehmen, und sie gibt mir die Hand, daß ich mich nicht zurückhalten kann, zu sagen: Welcome home!

Leider, sage ich, liebe Ribka Abesser, sind Sie, bedingt durch tragische Umstände, hier in die Hände von Leuten gefallen, die Ihnen nicht gerade wohlgesonnen sind, so daß ich Sie bitten muß, sich unter meinen Schutz zu stellen. Wir werden in den nächsten Minuten in jenen Hubschrauber steigen, der, sehen Sie!, über uns seine Kreise zieht. Alles, was Sie an kleinem Gepäck und an den nötigsten Frauensachen brauchen (ich kann es nicht lassen, dabei zu grienen), werden Sie an Bord vorfinden.

Wohin fliegen wir? fragt sie.

Zum nächsten Flughafen in Teneriffa, ich denke, wir landen in Granadilla de Abona.

Ich habe Angst vorm Fliegen, sagt sie.

Nicht an meiner Seite, prahle ich.

Ich erinnere mich, sagt sie und nimmt die Brille ab, daß Sie als Tänzer in Panama City mehr Format hatten denn als Seelentröster.

Wir lachen beide, und ich ergreife ihr Handgelenk, um ihr hochzuhelfen, und auf den landenden Helicopter zeigend, sage ich wie der Held im Film: Kommen Sie! Wir haben keine Zeit zu verlieren! Und für einen Augenblick fürchte ich, daß wie im Film, wie in den Trickfilmen mit Popeye und Pluto, das grinsende Gesicht des Hundefängers aus der Kabine auf uns herabschaut und ich von meiner Dienstpistole Gebrauch machen müßte, wüßte ich nicht, der Mann ist unverwundbar in seiner Eigenschaft als rangältester Totengräber des Abendlands.

Der Berichtgeber in der Defensive

Wir duckten uns im Wind der langsam rotierenden Windmühlenflügel des Helicopters, Ribka noch immer zögernd, so daß ich ihre Hand nicht losließ und sie vor mir die schmale Leiter zur Kabine hinaufzusteigen drängte, mit beiden Händen ihren planetarischen Hintern in dem dünnen Sommerkleid berührend und stützend. Schon reichte man ihr eine hilfreiche Hand, so daß sie geschoben und gezogen die Kabine erreichte, und ich in Eile hinterher. Und schon dröhnten die Flügel des seltsamen Vogels und zogen uns steil in die blaue Höhe über La Gomera.

Der Pilot, behelmt und mit Kopfhörern, war mit seinen Geräten beschäftigt, wir sahen seine runde Schulter in einer schwarzen Lederjacke, und auf dem Sitz neben ihm lag eine Kappe aus dem gleichen schwarzen Leder, und als ich sie sah, überzog eine Art Schüttelfrost meinen Nacken und kroch den Rücken hinunter. Ribka schob ihre Hand in meine, ein Kind, das Angst vorm Fliegen hat. Der Pilot drehte sich um und griente, einen Zigarettenstummel zwischen dem makellosen Gebiß: Wir waren in der Gewalt des Hundefängers.

Ich war nicht sicher, ob Ribka ihn erkannt hatte; ich gab mich gelassen, um ihr nicht noch mehr Angst zu machen. Ich nickte dem Piloten zu wie einem guten Freund und machte mit den Fingern das V-Zeichen, das für Ribka die Bedeutung haben würde, alles paletti. Die Situation glich einer Szene in einem beliebigen James-Bond-Film, wie auch ich ihn in meinen irdischen Tagen zusammen mit meinem Weibe gesehen hatte, und ich versuchte mich zu erinnern, wie der Held (mein Weib himmelte O'Connery an und schmähte seine Nachfolger in dieser Rolle), wie also James Bond sich aus der Klemme befreit haben würde, in der wir steckten.

Waih geschrien, dies hier war die Realität, das andere nichts als Kino, und Bond verfügte über alle Wundermittel der Technik, die das Hohe Amt uns englischen Kundschaftern verweigerte. Hatte ich denn eine Armbanduhr, mit deren Hilfe ich dem Amt meine Notlage mitteilen konnte? Ich hatte sie nicht. Konnte ich dem Piloten aus meiner Schuhsohle heraus giftige Pfeile in den Rücken schießen? Nein. Würde ein Wunder geschehen, die Maschine abstürzen, indes mir Flügel wuchsen und ich, Ribka im Arm haltend, zur Erde im Gleitflug segelte?

Es waren, im Programm dieser Mission, keine Wunder vorgesehen, und meine Kräfte waren auf das normale irdische Maß zurückgedreht worden. Also saßen wir in der Falle und waren die Beute des Señor Alercón. Immerhin würde eine kleine diplomatische Verwicklung drohen, wenn er Ribka nicht heil in die Hände eines konsularischen Vertreters Israels gäbe, wie er es in seinem Bericht an die hispanische Majestät versprochen hatte.

Mit Spitzer würde ich später die eigentlichen Hintergründe dieses prekären Augenblicks durchleuchten können. Israfil, der Engel des Todes, war der richtige Mann, um darüber zu spekulieren: Denn gegenüber standen sich hier, an dieser zufällig entstandenen Front, die Antike in Gestalt des Totengräbers, vielmehr des Fährmanns, der die Toten in den Styx rudert, und also ins ewige Vergessen; und das jüdisch-christliche Zeitalter, das seine Engel ausschickt, die Toten zu begleiten, zu richten und zu retten. Und war auch Griechenland ohne das aus Ägypten eingeführte jüdische Denken unvorstellbar, so hatte wiederum das Christentum die Antike beerbt und gleichzeitig geläutert, und wir Engel als die Heerscharen Gottes waren älter als die antiken Denker und ihre Götter, und so standen wir uns, würde Spitzer ausrufen, gegenüber wie Lüge und Wahrheit, und die Frage, die ich stellen würde, könnte lauten: War die Lüge aber nicht älter als die Wahrheit, und wieviel Lüge steckt in der Hoffnung, Genossen, und wieviel Wahrheit in der Lüge? Da selbst den Tieren die Tugend und die Bosheit eigen sind.

Als hätte der Hundefänger meine Frage gehört, wandte er den Kopf und nickte und griente mich an, und er zeigte mit dem Daumen nach unten, um mir zu bedeuten, daß wir in Bälde landeten.

Wo waren wir? Ein tosendes Meer, das an Lavafelsen nagt, eine Insel in Form eines Dreiecks, wir hatten Hierro erreicht und suchten einen geeigneten, aber unauffälligen Landeplatz. Das Prasseln und Zischen eines Funkgesprächs erfüllte die Kabine. Man hatte uns im Visier, aber der Hundefänger würde alles vorbereitet haben, kraft seiner dubiosen Vollmachten als heimlicher Herrscher der Insel. Ribkas Spannung löste sich, sie hatte zu ihren Füßen einen glänzenden Einkaufsbeutel von Gucci entdeckt und kramte nun darin. Sie zog eine Mantille heraus, die ihr gefiel und mit der sie ihre nackten Schultern bedeckte, und was sonst noch zu finden war, holte sie ans Licht und besichtigte es mit Genugtuung.

Der Hundefänger setzte auf, vermutlich hatte er in der spanischen Armee gedient, woher sonst hatte er die

Fähigkeit, so einen Vogel zu fliegen. Ich schaute mich um, und abermals rieselte ein Schüttelfrost über Nacken und Rücken. Es war der Friedhof der Insel, wo man die Toten des Absturzes begraben hatte, und zum Friedhof gehörte neben der Grabkapelle ein Häuschen, darin der Totengräber wohnte. Ein Hund von bedrohlichem Körperbau stürzte aus der Tür der Hütte, als Alercón den Fuß auf den Boden setzte. Der Hundefänger streichelte ihn und nahm ihn wie ein Kind in die Arme, wobei er das Vieh auf unser Erscheinen aufmerksam machte, so daß uns nur ein warnendes Knurren empfing. Der Hundefänger verbeugte sich galant vor Ribka, und auf seine Hütte weisend, sagte er: Mein Haus, Señora, ist auch Ihr Haus. Ich bitte einzutreten.

Was dich betrifft, Itzig, sagte er zu mir, und mit einemmal hatte er eine Pistole in der Hand, so betrachte dich fürs erste als mein Gefangener, und als solcher teilst du den Verschlag dort mit meinem Hund. Und einen besseren Wächter kannst du dir nicht vorstellen.

Diesmal begriff Ribka, daß wir entführt worden waren. Sie warf mir einen Blick zu, der mir Mut machen sollte. In jedem James-Bond-Film, dachte ich, siegen am Ende die Guten, und sei es mit Hilfe einer schönen Frau.

Notizen in der Hundehütte

Und dies mir. Der Hund kam und ging durch ein Loch in der Bretterwand der Hütte. Die Hütte war ein Verschlag, groß genug, um der Beklemmung zu entgehen, von den Wänden erdrückt zu werden. Ich traute mich nicht, es dem Hund gleichzutun und durch das Loch ins Freie zu kriechen. Das Vieh hätte mich geschnappt und zurückgeschleift, dessen war ich sicher, und so scharrte ich ich ins weiche Erdreich unter den morschen Dielen mit meinen Händen ein Loch für meine Notdurft. Der Hund trug, wenn er zurückkam, wohl im Auftrag seines Herrn, der mich verhöhnen wollte, ein Körbchen im Maul, darin die gemeinsame Atzung. Er grabschte sich die Knochen heraus und kippte den Korb um, den Inhalt mir überlassend, und so machten wir uns gemeinsam über den Fraß her, er seine Knochen zerknackend, ich das trockene Brot mit viel Speichel und gelegentlich mit dem faulig riechenden Wasser aus einer Weinflasche aufweichend. Gelegentlich schob ich dem Biest ein Stück Brot hin, das verschmäht wurde, denn meine einzige Chance, dachte ich, sei es, mich mit dem Hund anzufreunden.

Wie aber würde der Hundefänger mit seiner schönen Beute umgehen? Als Staatsangestellter mußte er wissen, daß er über sein Tun und Lassen Rechenschaft geben mußte und man ihn beobachten würde. Vermutlich schwirrte ihm der Kopf und er kam sich vor wie King Kong, wenn er die schöne blonde Frau mit sich herumträgt, winzig ist sie in seiner gewaltigen Pranke, er liebt sie und kann sie nicht besitzen. Die Vorstellung amüsierte mich, und ich versuchte hinüberzuspähen in das elende Domizil Señor Alercóns. Einmal, als der Hund seiner Wege ging, kratzte ich den Dreck von der Fensterscheibe, um besser beobachten zu können. Vielleicht, daß ich Ribka ein Zeichen geben könnte. Ich bekam sie nicht zu Gesicht, der Kerl würde sie unter Verschluß halten. Ihn sah ich ein paarmal, wie er, groteskes Bild, auf sein Motorrad stieg und lärmend davonfuhr, begleitet vom Klaggebell seines Hundes, den er als Wächter zurückließ.

Kam er nach Stunden zurück – zog er aus, um sich Instruktionen zu holen? –, schien er verjüngt und vergnügt, als käme er vom Friseur. Und hatte er nicht die speckige Hundslederkape gegen einen Borsalino vertauscht? Er lud ab, was er eingekauft hatte, vermutlich Leckerbissen, um seinen Gast zu beeindrucken, und einmal fiel ihm der Karton aus der Hand, platzte auf und verriet seinen Inhalt: es war buntbestickte Wäsche, ein Kleid, ein Unterrock, ein Mieder. Unser Alercón schien ihr den Hof zu machen, und als ein rechter Macho zog er sie nach seinem Gusto an. Oder tat er es im Auftrag der Staatsräson, damit diese aus dem Wasser gefischte und gerettete Israelin nicht nackt wie eine Nixe übergeben wurde, sondern erst, nachdem sie nach allen Regeln der Gastfreundschaft behandelt und beschenkt worden war?

Ich wette, der Hundefänger befolgte seine diplomatischen Aufgaben, ohne darauf zu verzichten, vom angerichteten Menü zu kosten.

Einmal, als ich ihn kommen hörte, steckte ich den Kopf aus dem Loch in der Wand und rief ihn an: Auf ein Wort, Herr Minister!

Er drehte sich wütend um, wie ertappt, pfiff seinem Hund, der mit einem Satz herbeisprang, und schon spürte ich seinen Geifer an meinem Gesicht und wollte mich so schnell wie möglich zurückziehen. Doch der Hund leckte mir über Nase und Mund und drängte mich sanft zurück, in einer freundlichen Bestimmtheit, die etwas Konspiratives hatte.

Aus dem Arbeitsjournal des Regisseurs (III)

... wieder am Set zurück, zeigte sich der ganze Schlamassel. Ribka war verschwunden, und mit ihr der finstere Hundefänger und der ewig strahlende Mr. Wonderful. Hatten beide unter einer Decke gesteckt?

Niemand konnte mir glaubwürdig beschreiben, was geschehen war. Amos hatte, Gott und die Welt vergessend, sein Schäferstündchen mit dem Script girl gehabt, und der Herr Doktor, ich meine Dieter, unser Arzt, hatte versucht, dem Kameramann die spanische Psychotherapeutin auszuspannen, und so war jeder mit den Freuden des Paradieses beschäftigt und abgelenkt, und mein Film ist verkackt.

Unsere Mission in der Hauptstadt, im Amtssitz des Gouverneurs, war ein Schuß in den Ofen gewesen, ein Joke der besonderen Art. Sie hatten uns gar nicht bis ins Allerheiligste vorgelassen. Ein Sekretär überreichte uns ein Schreiben, darin erklärt wurde, die kanarischen Inseln in ihrer Gesamtheit hätten schon immer die hispanisch-deutsche Freundschaft gepflegt, so daß das erlassene Verbot nicht als ein Akt der Abwehr und der Kritik an den deutschen Gästen zu werten sei, vielmehr als Hilfestellung gedacht war, dem Team einen angenehmen Aufenthalt auf der Insel zu ermöglichen sowie jede Unterstützung bei anderen Filmprojekten zu gewähren. Das Schreiben war zweisprachig, so daß Väterchen sich die Mühe machte, die Übersetzung ins Deutsche mit dem Original zu vergleichen und hier und da zu beanstanden, was dem Sekretär am Arsch vorbeiging.

Doch dann zeigte es sich, daß es wirklich nicht unser Glückstag war. Väterchen verhedderte sich am Ausgang zur Straße mit seiner Krücke, rutschte aus, vermutlich auf einem Batzen Hundescheiße, fiel also hin, und da ich ihn aufrichtete, der Mann wog wahrlich mehr, als seine Erscheinung vermuten ließ, als ich ihn also wieder auf die schwachen Beine gestellt hatte, klagte er über Schmerzen und verweigerte jeden Schritt zu unserem Auto auf dem nahen Parkplatz. Da dem Gouverneur in seinem Amtssitz die Szene nicht entgangen war, schickte er seinen Sekretär, und dieser organisierte im Handumdrehen einen Rollstuhl aus dem Fundus des bürgerfreundlichen Amtes, und ehe Väterchen protestieren konnte, setzten wir ihn in das Wägelchen, und ich schob ihn ans Auto und packte den Mann auf den Beifahrersitz und das Vehikel in den Kofferraum, auf die Proteste nicht achtgebend. Denn wozu wollten wir das Ding denn mitnehmen? Außerdem gehörte es dem Rathaus, sagte er. Doch ich verstand, er wollte es nicht haben, es machte ihn schlagartig um Jahre älter, und was würde Ribka denken, wenn sie ihn in diesem Kinderwagen des Greisenalters und anderer Debilen zu Gesicht bekäme.

Anderntags fand er es schon ganz bequem, mit dem Wägelchen durchs Gelände zu rudern und es mit eigener Armkraft bewegen zu können. Und es war ein Bild zum Schießen, da die arbeitslosen Tiere unserer nunmehr geplatzten Serie ihn neugierig umgaben und Väterchen das Löwenjunge, das eher einer Hauskatze glich, zu sich aufs Knie zog, indes der Papagei auf einen der Griffe in seinem Rücken flatterte und das Kalb, das die rotweißgescheckte Kuh gegen jede vertragliche Vereinbarung geworfen hatte, dem Wägelchen folgte, als möchte es beim Schieben oder Ziehen behilflich sein.

Hier hast du, sagte Väterchen, Hesekiels Maschine in einer krankenkassenfreundlichen Version – was immer er damit sagen wollte.

Ich hatte andere Sorgen. Die Mainzer Leitochsen strichen mir Etat und Auftrag, oder besser gesagt, sie verkauften das Team an eine Werbeagentur, die unsere Ideen für sich ausbeutete. Sie schickten irgendeine Schnalle, die zusammen mit Amos die Rolle der Eva unter dem Baum der Erkenntnis übernahm. Und herauskam ein Commercial für eine bekannte Marmeladensorte, deren Genuß dem Kunden einen Daueraufenthalt im Paradies versprach.

So geht hier die Kunst nach Brot, oder besser nach Brotaufstrich. Mit dem Brot auf den Strich.

Majestät, ein terroristischer Anschlag

Diesmal, o König aller hispanischen Reiche, komme ich mit heißer Kunde. Euer untertänigster Diener auf diesen Vorposten westlicher Zivilisation, als welche man die Kanarischen Eilande bezeichnen könnte, dieser Euer Diener und Oberster Hundefänger ist fündig geworden.

Nein, beileibe keine neue oder mutierte Rasse, welche im Bunde mit den hundeliebenden Touristen sich zur neuen Aristokratie auf diesen Inseln aufschwingen könnte, bei der die Hunde das Sagen hätten (und jener unlängst vom Himmel gefallene Hund ihr revolutionäres Programm verkünden würde); nein, in dem Punkt trennt unser Knüppel, unser Einsatz von Gift und Gas noch immer und gottgefällig Mensch und Kreatur.

Und die Rede ist auch nicht von jener Dame, die umständehalber in meinen Besitz gekommen ist, ich meine, deren Wächter ich geworden bin und im Begriff war, zu ihrem Reisemarschall aufzurücken; denn, wie Sie wissen, Majestät, ist alles zu ihrer Übergabe oder Rückgabe zu Händen des israelischen Geschäftsträgers zu Madrid vorbereitet – bis hin zur kleinen Feier im Gran Hotel de Versalles. Warum dort, ich weiß es nicht, sie hat es sich so gewünscht. Und eine entsprechende Rede, zu preisen das gute Verhältnis unserer beiden Länder, wird zu halten sein und alles gut parfümiert, Majestät, mit dem Weihrauch des Selbstlobes, daß es der spanischen Behörde gelungen ist, eine Überlebende jener Flugzeugkatastrophe ausfindig zu machen und aus den Fängen der Terroristen zu retten und via Madrid ihrer Heimat zuzuführen.

Soweit so gut, und ein wenig Musik von beiden Seiten (sie hat sich Julio Iglesias gewünscht) wird die Rührung zum Glühen bringen, indes die Kellner im Hotel, in ihren Livreen à la Louis XIV., die prallen Waden in zu engen Strümpfen, plattfüßig auf und ab eilen, die Tabletts mit den Sherrygläsern balancierend, und es ist die billige Sorte, die sie immer servieren bei diplomatischen Anlässen, um sie dann mit Aufschlag der Staatskasse zu berechnen.

Majestät, ich verplaudere mich; denn ich gehe wie die Katze um den heißen Brei herum. Drum lassen Sie es mich militärisch knapp Ihnen vermelden: Euer Diener, dem nichts entgeht, hat drei kleine schwarzgraue Koffer gefunden, wie sie einst unsere Anarchisten mit sich herumtrugen, harmlos anzusehen wie Damenhandtaschen oder etwas zu große Necessaires; nun, es sind Gepäckstücke einer anarchischen Verschwörung, wenn auch aus unseren Tagen, also das Handwerkszeug einer terroristischen Verschwörung. Werkzeuge des Teufels, ein Alphabetarium, das, sich aus eigener Batterie ernährend, die Welt in Bild und Schrift zeigt, mehr noch, das sein jeweiliger Besitzer benutzt wie ein Notizbuch, darin er seine Absichten, seine Taten nebst Datum ihrer Ausführung notiert, und so er sie vorsorglich löscht, bleibt deren Abdruck eine Weile sichtbar auf der sogenannten Festplatte.

Majestät, mit einem Wort: Hier geschah, an jenem Dezembertag, ein terroristischer Anschlag über unserer geliebten Insel Hierro. Ein geplanter, mit Uhrzeit und Wirkung vorausgedachter Anschlag auf jene El Al-Maschine, die so viele Israelis, Italiener und Amerikaner das Leben kostete. Nun, eine Überlebende können wir präsentieren. Nun, einen der Terroristen habe ich gefangengenommen, so daß sich die Frage erhebt und von Eurer Majestät entschieden werden muß: Soll der Mann, dessen Zugehörigkeit zu seinem gefundenen Laptop (so heißt das Teufelszeug) zweifellos feststeht, da er es benutzt hat, seine eigene Person darin zu beschreiben und seine Auftraggeber zu nennen –, soll der Mann als Beute und Verbrecher in Madrid vorgeführt und den israelischen Behörden überstellt werden, oder behalten wir ihn hier als ein Faustpfand künftiger Verhandlungen?

Wir könnten ihn meistbietend auch den anderen betroffenen Nationen offerieren, ich meine Italien oder den USA. Mir hat er sich als ein Mr. Wonderful vorgestellt, was gewiß eine Lüge ist, aber amerikanischer Herkunft scheint er zu sein und mit meiner schönen Gefangenen so gut bekannt, daß diese täglich, stündlich nach seinem Wohlergehen fragt. Vorerst bewacht ihn mein Hund. Da ist er gut bewacht.

Ein Resümee der Texte, die sich auf allen drei Geräten fanden, stelle ich zusammen. Es sind merkwürdige Fragmente, die sich auf mehrtausendjährige Geschichten zu beziehen scheinen, um diese dann in Frage zu stellen, sie zu einem Punkt Null zu führen, der jenen Augenblick der Rücknahme oder Auslöschung der Zeit meint, da die Maschine die Orientierung verliert, den Magnetberg streift und ins Meer stürzt.

Augenzeugen berichten, man habe nach dem Flugzeugabsturz am Día de los Inocentes drei seltsam gekleidete Herren in gleicher Aufmachung an Land gesehen und für Clowns gehalten, aber auch für Boten aus dem Morgenland. Bekanntlich haben unsere Frauen auf Hierro eine übersteigerte Phantasie, so daß einige ihre aus Venezuela heimlich und verkleidet zurückkehrenden Männer vermutet haben. Es wird sich also auch in der Behandlung meines Gefangenen empfehlen, diplomatisches Fingerspitzengefühl an den Tag zu legen.

Und somit, Majestät, Gott befohlen und ans Werk. Auf eine Order wartet ihr untertänigst grüßender Verwalter Alercón.

VII

Die Wüste

Später, mit beginnender Rückkehr ins menschliche Dasein, würde Abesser sich erinnern. Als Toter, schien es, war er so ruhelos wie als Lebender. Beide Erscheinungen zogen ständig aus, die nächste Oase zu finden.

Abesser, aus seiner Ohnmacht erwachend, in die er am Fuße des Berges Golgatha gefallen war, sah sich allein. Als er sich erhob und die Arme ausbreitete, schenkte er der Wüstenei die Ahnung einer möglichen Entwicklung: Baum oder Kreuz. Beides war Täuschung, und Abesser ließ, eine verächtliche Lache in den Sand spuckend, die Arme sinken. Die Wüste umgab ihn, rosig überhauchter kalter Sand in der Stunde des Sonnenaufgangs. Wohin sollte er sich wenden? War er der Überlebende eines Krieges, so hatte man reinen Tisch gemacht, ehe man das Schlachtfeld verließ: Er sah keine ausgebrannten Tanks, keine Lastwagen mit feuerzerfressenen Reifen, die sozusagen auf nackten Füßen standen und lächerlich waren in ihrer Hilflosigkeit. Keine Artillerie mit geknicktem Rohr. Abesser sah sich um, er suchte die Kulissen seines Berufs. Nichts. Diese Wüste war wie der Anbeginn der Zeit überhaupt, vom Wind gekräuselt und vom Wind beschrieben in wechselnder Schrift, mal Rune, mal Keilschrift, mal Hieroglyphe. Gehörte Abesser nicht zu den Schriftdeutern?

Er beugte sich in den Sand, und er vertraute sich den wellenförmigen Linien an, die aus der Wüste ein Meer machten. Ein Meer, dem er sich aussetzen wollte. Man hatte ihn vergessen, seinem Team war er aus den Augen gekommen, als dieser Kriegsschauplatz hier im Kasten war und also gestorben und noch einmal aufflackerte in den Abendnachrichten der Fernsehkonsumenten. Er war ihnen abhanden gekommen, in die Falten des Sandes gewickelt wie in Grabtücher. Daß er vermißt wurde, ergab in den Nachrichten eine Mitteilung von wenigen Sekunden, und wollte Gott, daß nicht Ribka diese Nachricht sprechen mußte, mit steifem Lächeln um den arbeitenden Mund, der Satz für Satz produzierte. Ah, jetzt würde auch sie ihn suchen, nach ihm fahnden lassen, sie suchten einander, denn war er nicht ausgezogen, sie zu suchen? Sie zu finden zog er durch diese Wüste, und er würde sie finden wie in den Märchen aus Tausendundeiner Nacht, finden in einer Karawanserei, die Kamele tränkend, den Reisenden mit Datteln und frischem Brunnenwasser begrüßend. Schön bist du, meine Taube, und gesegnet die Frucht deines Leibes ... Und sie würden einander umarmen und einander erkennen.

Abesser setzte seine Wanderschaft fort, indes die Sonne vom Rande der Wüste auftauchend den Scheitelpunkt ihrer Bahn suchte. Da alles am Himmel vorausberechnet und voraussehbar war, die Bahn der Planeten, das Entstehen und Verglühen der Sterne, der Lauf der Sonne, die Ausdehnung des Lichts und der Einbruch der Finsternis, der Mond, der launig mit seinen Teilen spielte, ein Viertel dazu gab oder wegnahm, bis er eine von täglicher Benutzung verbeulte und zerschrammte Schale zeigte, aus der die Geister der Nacht löffelten und, zänkisch, wie sie waren, darauf trommelten –, da alles so nach Plan verlief, warum war es nicht auf Erden genauso? Warum, dachte der ins Ungewisse laufende Abesser, warum hier diese krummen Wege, die den Hoffenden in die Irre führen; warum hier das ständige Experiment, aus der Ahnungslosigkeit herauszufinden in Gewißheit, die sich als Sackgasse zeigte, als Einbahnstraße ohne Rückkehr. Die Blässe des Gedankens war die Ohnmacht der Besiegten, und ein Kriegsberichterstatter wie Abesser mußte auf der Seite der Sieger stehen, wollte er von seinen Lesern, seinen Zuschauern ernst genommen werden. Er kam doch aus dem Mittelpunkt der Aktionen, da zählten die Fakten vor der vielleicht morgen anders interpretierten historischen Wahrheit. Die Wahrheit der Sieger verkündend, dachte Abesser, lief man Gefahr, sich in der Lüge des Tages einzurichten.

Einmal wird er das alles hinter sich lassen, seinen Beruf, wie man so sagt, an den Nagel hängen, sich der Meditation ergeben, auf dem philosophischen Lehrstuhl einer Universität sitzen und die Wahrheit, nichts als die Wahrheit verkünden. Man wird ihm lauschen und seine Worte mitschreiben, er wird verehrt werden wie ein Prophet, dann schon ein alter Mann mit strähnigem, in den Nacken wachsendem Grauhaar, unrasiert wie jene scheinbar alterslosen französischen Philosophen, die zuweilen im Fernsehen vorgeführt werden zwischen einer Sendung über exotische Tiere und der Werbung für einen neuen Geländewagen, der vor keiner Wüste kapituiert. Man wird über ihn lächeln wie über jene Franzosen. Warum lächeln? Die absolute Wahrheit kitzelt unser Gewissen, wir schütteln sie ab, wir geben sie weiter wie ein unerwünschtes Geschenk, wie einen unbrauchbaren Gegenstand, und wenden uns der praktischen Wahrheit des Tages zu, den Siegesmeldungen in der Wirtschaft, im Sport, in der Politik. Daniel Abesser in seiner täglichen Sendung kommentiert die Ereignisse auf dem neuesten Kriegsschauplatz. Seine Interviews mit ranghohen Politikern und Militärs sind Tagesgespräch. Gelegentlich wagt er eine Prognose, die die Voraussagen seiner Gesprächspartner in Frage stellen, aber das gehört zum Handwerk des Erfolgreichen, ein wenig Eigenprofil zu zeigen. Der Sendeleiter registriert es wie ein Punktrichter und macht ihm am Monatsende die Rechnung auf. Ein Prophet möchte er nicht sein, sagt Abesser auf die Vorhaltungen seines Chefs, und dann spekulieren sie beide hinter abgedrehter Kamera, ausgeschaltetem Mikrofon über die Weltlage an sich. Und die ist seit Beginn der Zeiten beschissen.

Quo vadis, Abesser? Die Frage nach dem Wohin des Wegs, hat er sie gestellt? Ein Scherz. Der Berichtgeber hat sie gestellt, da er wieder in Freiheit ist, seinem Kerkermeister entkommen aus jenem Hundestall. Der Berichtgeber, der Zeit vorausgreifend oder sie den Tagesthemen anpassend, Itzhak der Springer hat den Auftrag, den verirrten Abesser aus der Wüste zu führen. Zusammen mit Israfil alias Aaron Spitzer haben sie ein wüstenfähiges Vehikel bekommen, einen schwarzen Toyota, und in schwarzem Anzug beide, zu weißem Hemd und schwarzer Krawatte, als kämen sie von einer Beerdigung, sitzen sie in dem Caravan, Itzhak am Steuer, und als sie ihn eingeholt haben, ihren Fahrgast, stellt Itzhak die Frage in der Sprache, die Abesser in seiner letzten Inkarnation am Fuße des Ölbergs gesprochen hat. Quo vadis?

Abesser steigt ein, er versucht ein Gespräch anzufangen mit seinen Rettern. Die schweigen. Er versucht es in allen Sprachen, die ihm einfallen, mit ihnen zu reden. Hat man sich nicht schon einmal gesehen? Welche Sprache sprechen sie denn? Die Engel schweigen, und in welcher Sprache sie schweigen, werden sie ihm nicht auf die Nase binden.

Wir sprechen alle Sprachen, sagt schließlich Itzhak, aber in welcher Sprache sagt er es? Abesser hat keine Zeit, sich darüber Gedanken zu machen, denn das Gefährt hält vor einem Gebäude in einer verdunkelten Straße.

Ihr Hotel, sagt Itzhak, und Aaron Spitzer ergänzt: Hotel Lux.

Kaum daß ich Zeit fand, in meine liebste Verwandlung zu schlüpfen, indes Abesser unter den Augen der Dame am Tresen die nötigen Formalitäten erledigte; denn die tat so, als ginge es hier um die Einschreibung eines Fremden und nicht um die Rückkehr eines längst vertrauten Hotelgasts, und hätte sie von Abessers Erhöhung gewußt, sie wäre zuvorkommender gewesen.

So blieb es an mir, Itzhak dem Springer in der Rolle des reuigen Renegaten Arthur Koestler, den Gast zu begrüssen, der dies alles wiedererkannte, doch so, wie man es aus tiefem Schlaf kommend wiedererkennt. Wie gesagt, ich hatte in Eile den schwarzen Anzug (in welchem ich aus meiner kanarischen Mission durch Handstreich der Meinen gerettet worden war, mitten in einer Begräbniszeremonie), in Eile also den steifen Anzug gegen Koestlers englisches Tuch zu vertauschen, gegen die weichen Stiefeletten, das mehrmals getragene und gewaschene Hemd, das am Kragen ausfranste, was ein Zeichen von Eleganz war unter den Nachbarn am Londoner Montpelier Square. Ich kam ihm entgegen im Halbdunkel des Foyers, ich breitete die Arme aus, ihn zu begrüßen, und er beugte sich zu mir herunter, um sich meiner zu vergewissern und die Umarmung zu erwidern.

Heimkehr des verlorenen Sohnes, rief ich und zog ihn in die nächste Nische, wo wir ungestört reden konnten. Im Schein des Hindenburglichts, das flackernd vor dem undichten Fenster stand, zogen Schatten über sein Gesicht, und ich erkannte seine Müdigkeit, während sein Blick überwach brannte in den eingesunkenen Augenhöhlen.

Mut, sagte ich, wir haben beide Gnade in den Augen des Hohen Amtes gefunden. Hier, Verehrter, bin ich befugt, Ihnen den Propusk für die nächsthöhere Etage des Hotels zu überreichen, die Sie von dem Eintritt ins

Paradies trennt. Und was meine Wenigkeit betrifft, so komme ich mir vor wie kurz vor der Entlassung aus der Observanz englischer Polizei und genehmigtem Eintritt ins Britische Dominion, mithin in das von Ihrer Majestät verwaltete Paradies, in das einer wie ich, eben noch zum Abschaum der Menschheit gehörend, Einlaß findet.

Gratuliere, sagte Abesser und folgerte: Also hat man Ihnen Ihr Sündenregister erlassen, angeblicher Korrespondent der Times und in Wahrheit Spion in Chaim Weizmanns Diensten, eines Zionisten, der die Aussöhnung zwischen Arabern und Juden betrieb, was keiner Partei in den Kram paßte. Sie sehen, ich habe mich inzwischen kundig gemacht. Comrade Koestler, immer quer zur Front, mit Stalin gebrochen, aber nicht mit Marx, den Pol überflogen und nicht wahrgenommen und vergeblich Ausschau gehalten nach einer bewohnbaren Eisscholle, die Ihren, ich meine unseren Stamm Juda aufnehmen könnte. Ein Spion von nun an in kosmischen Reichen, da Sie die Geschichte des Aufrührers Spartacus nicht fortschreiben wollten ...

Ich gebot ihm zu schweigen. Auch wenn in diesen Mauern nichts geheim blieb, so bekam jede Wahrheit, von unbefugtem Mund ausgesprochen, einen neuen, verdächtigen Akzent, der eine gesicherte Aktenlage ins Rutschen bringen konnte.

Schweigen Sie, wiederholte ich, und warten Sie ab. Hier, sagte ich und wies auf den Schäferhund, auf die Hündin Jessy alias Jessica Kovacs de Kovacshazi, die mir 1927 in Budapest zugelaufen war und mich auf allen Wegen begleitet hatte, oft in einem Versteck vor den Toren von Zuchthäusern und Gefängnisstationen auf mich wartend.

Auch sie, sagte ich und täschelte das dicke Fell der Hündin, ist begnadigt worden.

Abesser widerstand der Versuchung, das Tier zu berühren.

Sie haben also, sagte er, Ihren politischen Schriften, ganz gleich welcher Couleur, abgeschworen?

Irrtum, sagte ich, ich bin dabei, Marx, Freud, Einstein und Darwin auszusöhnen. Jeder für sich genommen – ein Farceur, ein Lügner! Legen wir ihr Wissen zusammen, fügt sich das Puzzle, auch wenn es zunächst verwirrt, und JAHVES Absichten mit uns werden sichtbar. Auf lange Sicht ist eine ungesicherte Wahrheit besser als eine nützliche Lüge.

Jessy ließ Abesser nicht aus den Augen, und wer weiß, ob das Hohe Amt sie mir nicht als verkappte Geheimpolizistin wiedergegeben hatte.

Man wird Sie beileibe so schnell nicht entlassen und Ihrer Frau zurückgeben, die nach allem, was man hört, nach einer riskanten Odyssee in Madrid angekommen ist und unter der Obhut des israelischen Geschäftsträgers im Hotel Gran Versalles auf Sie wartet.

Abesser sprang mir an den Hals, so daß die Hündin drohend knurrte. Ist es die Wahrheit? sagte er, oder nur ein Kapitel eines Romans, den Sie im Kopf herumtragen?

Es ist die Wahrheit, sagte ich, aber warten Sie, bis man sie Ihnen offiziell mitteilt. Vorerst stellt man Sie vor ein Gericht, wo niemand Ihnen Hilfe bieten wird. Sie sind auf sich selbst gestellt, und so spielen Sie die Rolle des Individualisten, der seine Fehltritte nur aus Einsamkeit tat, aus Sehnsucht nach der größeren Zahl. Geben Sie zu, Ihr Heil stets im Diesseits gesucht zu haben und ergo als Fluggast in Hesekiels Maschine nicht in Frage zu kommen – bei allem Interesse freilich an der Metaphysik der Erscheinungen.

Welche Maschine? fragte Abesser.

Ich zuckte die Achseln und lenkte ab.

Dabei, sagte ich, wird die Geschichte Ihres vorgeblichen Judentums weiter geheim bleiben. Auch dieser Prozeß dient letzten Endes der Staatsräson. Sollte man Sie zur Einkehr ins Paradies verurteilen, geben Sie acht, das richtige Paradies zu wählen.

Es gibt deren mehrere? fragte Abesser.

Warum sollte es nicht, wo es doch mehr als eine Hölle gibt.

Die Etagenhexe scheuchte uns von unseren Plätzen und verwies auf die uns zugeteilte Etage. Wir würden die vertraute Gesellschaft der unteren Etage vermissen, die skatklopfenden Geister erwartungsvoller Zeiten, die hier verurteilt waren, wie meine Helden, ihre Geschichte immer und immer wieder zu spielen.

Keine Neuzugänge? fragte Abesser.

Doch, sagte ich. Stefan Heym. Nun debattiert er mit Ernst von Salomon über die Moral und die Qualitäten der amerikanischen Armee im Zweiten Weltkrieg. Wir werden eine Weile warten müssen, bis sie zu uns stoßen.

Wir begaben uns in den dritten Stock, und bevor wir in unsere Zimmer eingewiesen wurden, brachte uns die Etagenhexe, die hier etwas jünger war, ein Glas mit roter Flüssigkeit, die täuschend nach Burgunder schmeckte. Man lud uns ein, in der Etagenbar Platz zu nehmen, und obschon auch wir kein Geld hatten und keines brauchten, um unsere Getränke zu bezahlen, war jeder Posten in der Speise- und Getränkekarte in den stabilen Währungen der anderen Welt angeführt.

Wir blieben nicht lange allein. Dies schien die Bar der Amnestierten zu sein, ein freundlich gestimmter Ausschank, schimmernde Flaschen und Spiegel, wo man sich mit Beginn des zweiten Glases auf seine Zukunft hin verschulden würde. Wir saßen abseits, da wir die Herkunft der erwartungsvollen Gäste alsbald erkannten. Koestler hatte eine Nase für derlei Spezies, auch wenn er hier eine Generation beobachten konnte, die zu jung war, um mit ihm Geschäfte gemacht zu haben. Seine Verleger und Lektoren der zwanziger und dreißiger Jahre waren nicht dabei, und fraglich war, ob man ihm ein Wiedersehen mit ihnen hätte wünschen können, die ihm mit unerfüllten Verträgen, unverkauften Lagerbeständen, Aktenordnern voll der bösartigsten Kritiken die Hölle heiß gemacht hätten. Die Kritiker vor allem, die Rezensenten seiner Bücher, die ihm ungeachtet ihrer im Winde wechselnden eigenen Gesinnung seine Wanderungen durch die europäische Geisterwelt der zwanziger und dreißiger Jahre vorhielten und jedes Blatt Papier von ihm aufspießten wie ein Insekt.

Leider waren die Kritiker, die er kannte, nicht vor Ort. Und auch die jüngeren Vertreter dieser Kaste schienen noch nicht eingetroffen; derlei sich im täglichen Rezensionskampf entgiftende Spinnen sind zählebig. Abesser konnte kein bekanntes Gesicht finden, und was er vom Bild kannte und weil sein Berliner Vater mitunter den einen und anderen zu Tisch gebeten hatte aus jener damals pflichtgemäß zu erfüllenden Parole vom Geist und der Macht, die einander die Hand reichen sollten und die Wange zum Kuß –, hier waren sie kaum wiedererkennbar. Gewiß, jener Großverleger der letzten Stunde, der als eine Macht galt und seiner gepflegten weißen Mähne wegen in Fachkreisen der Patriarch genannt wurde, hier saß er beim Wernesgrüner Bier und krähte in die Runde: Er trug ein modisches Sakko, und dessen Farbe hatte in den letzten Jahren vom Grau bis zum Erröten alle Farben ausprobiert; dieser hatte nun das tiefste Rot gewählt, ohne auf seine Gesinnung von einst anzuspielen, die in den Schuljahren Abessers das dezenteste Grau vorschrieb.

Und es saß bei ihm seine rechte Hand, die als linke Hand begonnen hatte und, die Gunst der Stunde nutzend, auf beiden Händen herantrug, was der Verlag mit Gewinn verkaufen konnte, und mit Geschäftssinn hatte es, wie Koestler erklärte, nicht unbedingt zu tun; das gehörte in Maßen zum Handwerk. Es hatte vielmehr, gelernt ist gelernt, mit vorauseilendem Gehorsam zu tun, mit politischer Klugheit, auf die empfindliche Briefwaage des Tages die Manuskripte zu legen und je nach Gewicht ihren Eindruck bei der Kritik vorauszuberechnen. Ging die Kalkulation auf, würden die Halbbrüder und Schwestern vom Feuilleton mitziehen, und deren Meinung kam auf eine andere Waage, auf der die gewichtigen Preise und Stipendien berechnet wurden. Denn Zensur im Land war ja abgeschafft worden, und wie sollte ein Verleger da zurechtkommen? Die Ökonomie half auch hier.

Dieser hatte Glück mit seiner Partnerin, und Abesser der sie kannte, machte die Bemerkung, daß in der Hölle alle Leute weitaus jünger aussahen als auf Erden.

Es mag daran liegen, sagte Koestler, daß diese Dame mit irgendeinem Unterteufel im Bunde ist, der ihr die Kosmetika besorgt gegen die Leichenblässe. Schauen Sie sich unseren Barkeeper an, ein Kriegsveteran auf einem Druckposten, seinen Pferdefuß versteckt er in einem Stiefel von Hermes. Schauen Sie, wie er unsere Dame hofiert, und ihr Verleger schaut wohlwollend drein, er hat Übung im Anschaffen und Anschaffen lassen. Sorge macht mir, daß die Hölle diese Mischpoche am Ende wieder ausspucken wird. Offenbar braucht man sie draußen zur Zähmung kommender Autoren.

Abesser winkte ab. Er würde sein Lebtag kein Buch veröffentlichen, weder eine Zusammenfassung seiner Erlebnisse auf den Kriegsschauplätzen noch, wie Koestler vorschlug, eine Erinnerung an seine Zeit in der Hölle.

Koestlers Erzählungen

Abessers geistiger Zustand festigte sich, je länger wir in der Bar der dritten Etage saßen. Seine alte Neugier kehrte zurück, Tugend oder Untugend des Berufsjournalisten, der einen älteren Kollegen interviewt, und sei es zum eigenen Nutzen. Es wundert mich, sagte Abesser, daß man Sie rundherum begnadigt hat. Hatten Sie nicht, und verzeihen Sie, wenn ich darauf anspiele, die Ursünde begangen, Hand an Ihr Leben zu legen? Und wie war das mit dem Tod Ihrer letzten Frau, die Sie mit in den Tod nahmen? Diese Cynthia Jeffries? Wer auch immer später über Sie zu Gericht saß, es muß ein Gericht ohne eine einzige Frau gewesen sein.

Sehr viele Fragen auf einmal, *young man,* erwiderte ich und beherrschte mein Mienenspiel, als sei ich persönlich betroffen und nicht der Berichtgeber Itzhak Springer in der Rolle Arthur Koestlers.

Lassen Sie mich zunächst, sagte ich, die Fakten klären: Ich war 77 Jahre alt und litt an der Parkinson-Krankheit, und in letzter Zeit kündigte sich eine Leukämie an. Ich würde diese Krankheiten nicht über mich siegen lassen. Der Schamlosigkeit der Natur wollte ich die Würde des unbesiegbaren Menschen entgegensetzen.

Abesser lächelte. Die Würde des unbesiegbaren Menschen, sagte er. Fallen Sie nicht zurück in Ihr marxistisches Vokabular?

Mitnichten. Die Würde des Menschen ... Also bleiben wir bei den Fakten: Ich war zu der Zeit Vizepräsident einer Gesellschaft, die sich EXIT nannte, einer sehr englischen Gesellschaft, eine Art Club zur Erleichterung des Abgangs in Zeiten unabwendbarer Not. Eine bestimmte Menge eines Barbiturats auf einen Löffel Honig genügte, und ein Glas Whisky zum Nachspülen.

Tatsächlich, sagte Abesser, fand man Sie in Ihrem Lehnstuhl sitzend, ein Glas Brandy in der verkrampften Hand haltend.

Möglich, sagte Koestler. Aber lassen Sie mich eine Episode erzählen, von der Sie nichts wissen. Mein Besuch in der National Gallery, eine Woche vor meinem Tod. Fragen Sie nicht, wie ich dahin gekommen bin, der ich meinen geliebten Montpellier Square ungern verließ. Es war eine fixe Idee, vor dem großen Abschied einen Blick auf das Jenseits zu werfen, so wie es William Turner gemalt hat. Nun hat der Maler, der heute in aller Munde ist, seine Bilder entweder aus Faulheit oder aus Spekulation nicht ausgemalt, sondern leer gelassen, um den Eindruck eines sich über die Erde ausbreitenden Nebels oder einer alles verschlingenden Sintflut zu geben. Gelegentlich ein Schiff, das wie ein Geisterschiff aus dem Nebel auftaucht, zuweilen glotzen Meeresungeheuer aus den Tiefen den Betrachter an, und der Eindruck eines Totenreiches entsteht, wenn schemenhaft Menschen auftauchen, die sich am Strand versammelt haben, um auf die Überfahrt über den Styx zu warten. Ich gebe zu, einen gewissen Trost in den Bildern gesucht zu haben, und ich fand ihn nicht. In diesem Augenblick zerfielen meine späten Bücher über kosmische Themen zu Staub. Sie enthielten die alte Illusion, dank wissenschaftlicher Spekulation, welch Widerspruch, nichtwahr! am unendlichen Faden der Hoffnung weiterzuspinnen.

Ihre alte Vorstellung, sagte Abesser, Marx mit Erich von Däniken auszusöhnen ...

Mit wem? Der Spott ist das Streitroß der Jugend.

Vergebung, sagte Abesser.

Also ich fand keinen Trost, aber doch, beachten Sie die Nuance, die Tröstung der Kunst. So würde es sein, und ich erkannte mich in den Schemen, die auf ihren Transport ins Nichts warten ... in den Holocaust. Und von Bild zu Bild gehend, hatte ich Sehnsucht nach der Frau, die ich zu Hause gelassen hatte und die ich nun nicht mehr als meine Erbin und Überlebende ansehen wollte. Ich beschloß, sie sollte mich bei dieser Ausfahrt begleiten. Und sie tat es mit aller Zustimmung, und dennoch habe ich sie verloren, oder bin auf der Suche nach ihr. Ein Gefühl, das Ihnen nicht unbekannt ist.

Abesser winkte ab. Erzählen Sie mir von ihr, sagte er.

Sie hat es freiwillig getan, sagte Koestler, bei allen Gerüchten, die um sie herum entstanden, denn warum sollte eine Sechsundfünfzigjährige, die ihrem Aussehen nach ihren Jahren Lügen strafte, einem alten Mann in den Tod folgen? Nun, sie tat es aus Existenzangst, lachen Sie nicht über das Wort, das erst in späteren Jahren in Paris zur Philosophie einer verlorenen Generation wurde. Sie konnte sich ein Leben ohne mich nicht vorstellen.

Es heißt, unterbrach Abesser, sie habe an Krebs gelitten.

Cancer? Nein, nein. Koestler verwarf das Wort und griff zu seiner ewigen Packung Gold Flakes.

Sie war, sagte er, die unbezahlbare Muse des Schriftstellers, ein Märchenkind. Angel, nannte ich sie, denn Engel haben diese kalkulierte Schüchternheit, aufmerksame Zurückhaltung; dieses Im-Raum-sein und doch nicht körperlich anwesend sein.

Sie war Ihnen hörig, sagte Abesser, in den Nebeln der ersten Liebe sah sie in Ihnen ihren Gott.

Das Wort klingt nach Abhängigkeit, nach Domestikentum. Es war mehr. Aus Verehrung für meine Arbeiten entstand Zuneigung, nein, Neugier. Sie fand rasch heraus, wenn sie damals in Paris zu mir zum wöchentlichen Diktat kam, daß sie nicht in das Schloß eines Magiers kam, eher in die Höhle des Oger. Wie Blaubart hatte ich ein geheimes Zimmer, zu dem sie keinen Zutritt hatte. Warum? Es war mein Archiv. Sie wurde Zeuge meiner Wutausbrüche, meiner Zerwürfnisse mit meiner damaligen Frau; sie fand heraus, und dazu brauchte es kein scharfes Auge, meine Trinkgewohnheiten, meine Ausbrüche und Fluchten in die Depression. Tatsächlich floh sie vor mir in eine eingebildete Liebe und rasch wieder geschiedene Ehe mit irgendeinem Laffen. Sie begleitete mich nach Stanford, und um die Prüderie der Amerikaner auf dem Campus nicht zu überfordern, heirateten wir. Glücklich wurden wir in London. Der Oger ließ sich zähmen, er hatte sein Aschenputtel und seine Julia in einer Person, und das Kind eiferte ihm im Schreiben nach. Sie lebte wahrlich in der Scheinwelt der Bücher, in welcher sie den erfundenen Helden die Züge eines ritterlichen Arthur Koestler gab. Ich ließ sie gewähren. Da sie mit ihrem Schreiben nichts erreichte, machte sie es glücklich, am Schreiben eines anderen teilzunehmen, und es ging ja jedes Wort aus meinem Munde durch ihren Kopf und in ihre Hand und nahm Gestalt an im Schnörkel ihrer runden, die Kanten und Spitzen vermeidenden Schrift und beherrschte ihre Träume und Wünsche. Denn klangen meine Sätze nicht oft wie Anweisungen, ausschließlich für sie geschrieben?.

Und in diesem Haus, fragte Abesser etwas stockend, in diesem Haus, haben Sie sie gesucht?

Und nicht gefunden.

Aber sie, sagte Abesser, Cynthia, eine Seele, die ihren Körper verloren hat, und ich meine diesen Ihren Leib – Abesser griff ins Tuch des grauen Anzugs, und es war, als griffe er in einen körperlosen Rauch –, Cynthia also wird sie suchen.

Ich bin nicht sicher, sagte Koestler mit Unbehagen in der Stimme. Stellen Sie sich vor, Abesser, es kommt in diesem Hotel zu einer Vereinigung der uns abhanden gekommenen Frauen, ob nun durch unsere Schuld oder durch die Mißgunst der Verhältnisse – eine Vereinigung, angeführt durch Ihre Dame Ribka und flankiert durch meine Damen, Sie erinnern sich an deren Geschichte, Nadeschda und Olga und beaufsichtigt durch Cynthia.

Wie würden wir uns verhalten? sagte ich und dachte an die Witwe, die ich, als ein Engel in besonderen Diensten, den Bestimmungen des Amtes gehorchend, in Jerusalem hinterlassen hatte.

Der Hundefänger in diplomatischer Mission

Majestät haben sich nicht herabgelassen, diesen euren Diener in Madrid zu begrüßen. Ich verstehe, es sollte jedes Aufsehen vermieden werden, und so kam ein Staatssekretär ins Gran Versalles, die Dame aus meinen Händen zu empfangen und sie dem israelischen Botschafter in die Arme zu legen, sozusagen.

Unter uns, ich wette, auch der angebliche Botschafter war nichts als ein Geschäftsträger, der augenzwinkernd Maß von mir nahm, als könnten ihn mein Frack und meine Kragenbinde nicht überzeugen, und in der Art, wie ich mich am Kopf kratzte, meine gewohnte Kappe aus Hundsleder vermissend, erkannte er wohl meine geringe diplomatische Erziehung. Nun sind wir Spanier von Beginn an, Majestät, Populisten, und auf internationalem Parkett treten wir nicht mit leisem Trippelschritt auf wie der verräterische Italiener, wir hüllen uns auch nicht in die leeren Worthülsen gestelzter Rede wie der Franzose –, und in dieser plebejischen Art paßte ich ganz gut zu dem, Vergebung, marranischen Abgesandten, der ein verständliches Ladinospanisch sprach und dessen Vorfahren vermutlich in Toledo Leder gegerbt hatten.

Ging es um uns? Es ging um Ribka, und ich hatte wahrlich getan, was in meinen Kräften, das heißt, in den Kräften meiner von Ihnen gefüllten Börse stand, Majestät, und die Dame ausstaffiert, soweit die bescheidenen, den Wünschen der Touristen dienenden Läden auf den Inseln es ermöglichten. Jedenfalls die Kellner und anderen Lakaien des Versalles ließen sie als eine Dame passieren, und alles schien friedlich auf einen kleinen Toast hinauszulaufen, bei dem ich, Ihrem Vertreter zuvorkommend, ein erstes Wort sprach, hatte ich doch mein Leben eingesetzt, die Dame herzubringen, und ich verschwieg auch nicht den Verdacht einer terroristischen Entführung und Vernichtung jener El Al-Maschine.

Nun, Majestät, dies nahm der israelische Geschäftsträger zum Anlaß, Madame Ribkas Hand lange in der seinen zu halten und ihr ins Auge zu blicken, und ich merkte, wie sie zu frösteln begann. Eine Gänsehaut überzog ihre bloßen Arme, und sie versuchte, sich so gut sie konnte mit der Mantille zu bedecken, die aus ihr eine bessergestellte spanische Witwe machte. Und eben darum ging es, denn der Israeli sprach ihr sein Beileid aus zum Tod ihres Gatten, des bekannten und geschätzten Journalisten Daniel Abesser. An der Art, wie sie einer Ohnmacht nahe war und alle sich bemühten, sie zu ihrem Platz zu führen, erkannte ich, daß sie noch immer gehofft hatte, ihr Gemahl habe sich retten können, auf welche Weise auch immer, und sie hatte das Hotel Gran Versalles vorgeschlagen, weil sie wußte, daß er, käme er nach Madrid, hier absteigen würde. Sie nickte zur Suada des Geschäftsträgers und führte das kleine Spitzentüchlein, das ich ihr, hier sei es gestanden, aus dem Nachlaß einer verstorbenen Geliebten geschenkt hatte.

Die Kellner nutzten die eintretende Stille, um ihren schlechten Sherry nachzugießen, und wir alle nutzten die Minuten der Wortlosigkeit, um möglichst unauffällig uns die Kehle anzufeuchten. Ich überlegte, wie ich meinen zu Hause gefangengehaltenen Terroristen am besten anbieten konnte, als mein Handy klingelte und ich, mich ein wenig ins Separée eines Vorhangs zurückziehend, das Gespräch ans Ohr brachte. Es war mein Amtsbruder und in der Zeit meiner Abwesenheit mein Stellvertreter auf Hierro. Was sagte er? Majestät! Mein Gefangener war entflohen, und das mit Hilfe jenes Hundes mit dem Amboßkopf, der die anderen Hunde der Insel anführte – eben dieser hatte meine Hündin von ihrem Wächterposten abgelenkt und auf Hundeart becirct, so daß sich beide in taumelndem Liebesspiel davongemacht hatten, und mein Itzig hinterher.

Er kam wohl noch dazu, der Beerdigung des kleinen Doktors, von dem in meinen früheren Schreiben, Majestät, die Rede war und der unerwartet gestorben, beizuwohnen, und auch er wurde in Hierro begraben, als gehöre er zu den Toten des abgestürzten Flugzeugs –, und zu seiner Überraschung fand mein Itzig seine beiden Kollegen Uri Lilienthal und Aaron Spitzer auf dem Friedhof unter den wenigen Trauergästen, und zu dritt, weiß mein Gewährsmann, verließen sie den Friedhof und darauf die Insel.

Majestät, nun steh ich vor Ihnen als ein Versager und trügerischer Wächter. Sprechen Sie Ihr Urteil über Ihren Diener Alercón.

Die vorübergehende Verwandlung des Berichtgebers

Die englische Erscheinung, bekanntlich, ist doppeldeutig. Jedenfalls in der Vorstellung der Menschenkinder. Und da wir vor Zeiten den Menschenweibern nach der Sintflut erschienen, gleichsam in der Gestalt von Riesen, die, von JAHVE ausgesandt, ihr Teil Aufbauwerk auf der wüsten und leeren Erde leisten sollten –, da wir dergestalt aus dem Meer stiegen und dem trüben Himmel mit unserem Leuchten die Farben zurückgaben, als wären wir pinselschwingende Anstreicher, die Farben in unserem Übermut oft verspritzend –, da wir uns dergestalt auffällig machten, war den Menschenweibern klar, daß sich eine zu unseren handwerklichen Fähigkeiten analoge Männlichkeit unter unseren bauschigen Gewändern verbergen müsse.

Andererseits erregten wir nicht minder die Menschensöhne. Diese, von der Sintflut ausgelaugt wie ihre Weiber, sehnten sich nach festen Schenkeln, flachen Bäuchen, aufragenden Brüsten mit milchfeuchten Zitzen, mit einem Wort nach dem weiblichen Geschlecht, das sie begehrten wie die Frucht am Baum, das Brot im Ofen. Diese hofften, die Erdensöhne, unser Riesenwuchs sei zugleich verkappter Ausdruck einer grenzenlosen Weiblichkeit, in die einzudringen dies Zwergengeschlecht keine Mühe scheuen würde. Wir mußten sie enttäuschen, wir hielten es mit den Weibern und diese mit uns.

Später geschahen die Verwirrungen und Greueltaten in Sodom und Gomorrha, und es war unsere Schuld, wenn wir die von JAHVE vor und nach der Sintflut nur paarweis erlaubte Liebe aus ihrer gesetzlichen Langenweile herauskitzelten und sich Mann zu Mann und Weib zu Weib gesellte. Und seitdem ist dieser Fluch der unsauberen Trennung in der Welt, und ich, Hohes Haus, entsann mich seiner, als ich mich, von Instinkten mehr geleitet denn von kühler Absicht, nach Madrid auf den Weg machte, ins Hotel Gran Versalles, in welchselbem ich Abessers Witwe noch immer wußte. Aus irgendeinem Grund verweigerte sie ihrer Mischpoche, doch endlich zurückzukommen nach Tel Aviv und ins gelobte Land und ihren Abesser zu vergessen, da er doch nun auch von offizieller Seite, Gott sei's geklagt, tot und begraben sei.

Ah, ich wollte sie trösten, die Witwe Abesser, die schöne Rahel, ich meine Ribka. Ah, der Schmerz um den Schmerz einer anderen Witwe, die sich in Jerusalem die Augen nach mir ausweinte (der die Post ein Schreiben des Hohen Hauses gebracht hatte, ich hätte bei Ausübung meines Dienstes für Volk und Vaterland den Tod gefunden). Ah, es war die Liebe zu dieser Frau, die ich mit Liebe zu der anderen kompensieren wollte, sehr nach Menschenart. Und da Ribka mich kannte, mußte ich ihr in anderer Gestalt erscheinen. Und da sie in Trauer um ihren Daniel, kalkulierte ich, mit keinem anderen Mann die Treue zu ihm brechen würde, jedenfalls so schnell nicht, würde ich mich in ein Weib verwandeln. Das Gran Versalles mit seinem Ambiente einer anderen Epoche, mit seinem muffigen Flair einer versunkenen Welt, die lediglich ihre Gobelins, ihre Jagdszenen, ihre von Hunden begleitete Dianen und becherschwingende Buffons aus der Sintflut der Jahrhunderte gerettet hatte, das Hotel war die rechte Kulisse für meinen Auftritt einer ein wenig üppigen Dame mit Schönheitspflästerchen auf der Backe, im Pompadour einen Flakon mit unwiderstehlichem Parfüm; und die Garderobe! Die weibliche Mode von heute, Hohes Amt, erlaubt jede Großzügigkeit, jede Ausschweifung, jede Stillosigkeit, wenn damit die Treue zur Mode eines Jahrhunderts gemeint ist. Und so glich meine Robe, knöchellang, gebauscht an den Hüften und kühn ausgeschnitten am Busen durchaus einem präraffaelitischen Gewand aus der Zauberküche jener englischen Maler, die sexuelle Anrüchigkeit mit den sakrosankten Details einer womöglich neuen Religion verbanden, über die der Betrachter nicht lachen würde in Unkenntnis der Kirche, die hier ihre Gläubigen kostümierte.

Dazu die ständige musikalische Laszivität dieses Julio Iglesias, den man vom Band in alle Räume trug, verspritzt wie ein billiges Parfüm, und der mit seinen Liedern von vertaner, geschmähter, verlorener Liebe zugleich berauschte und zu jener typisch spanischen Frechheit animierte, die in der neuen Zeit das Land durchdrungen und bewegt hatte.

Der erste Versuch, mein erster Auftritt im Großen Salon, gelang auf Anhieb. Ich meine, Itzhak der Springer und Spaßmacher hatte Mühe, die Contenance zu wahren und nicht backfischhaft loszukichern, da er sich in einem der zugegeben ein wenig blinden Spiegel entdeckte: Die Kellner, angeführt vom Maître d'Hotel, schienen von mir magisch angezogen, ihrem geübten Auge entging nichts, und ihr Verdacht, ich könnte eine der gerade in Mode stehenden berühmten Tunten des nächtlichen Madrid sein (das auch in dieser Hinsicht dabei war, Barcelona den Rang abzulaufen), verfing nicht. Das ganze geile Pack roch das Weib in mir, wenn ich die Beine übereinanderschlug und fürchten mußte, ein Funkenregen würde die abgewetzten Teppiche zu meinen Füßen versengen.

Ob dies ein schlechtes Ende nehmen wird? Man wird sehen. Denn ich war ja auf Beute aus, eine mit Scheckbuch und einigen Tricks ausgestattete Diana auf der Jagd nach dieser russischen Hirschkuh, diesem Hindele.

Und da saß sie, am anderen Ende des Saals, und trank ihr *Agua mineral sin gas*, und zerbröselte das Weißbrot und legte die Krumen aus wie ein Puzzle, von dem sie sich Auskunft erhoffte. Und auch ich hätte nicht zu sagen gewußt, ob dieser Daniel Abesser, den wir im Auftrag des Hohen Amtes durch alle Höhen und Tiefen, durch alle Höllen und Himmel geführt und geleitet hatten, am Ende nicht doch noch frei käme und hier auftauchte. Ich hoffte, nicht in der Zeit meiner Anwesenheit im Hotel. Denn wer oder was den Kompaß meiner Gefühle in meiner Brust ausrichtete – ich war verliebt in Ribka seit jenem Tanz im Panama Hilton.

Die Kellner beäugten mich, während ich die Menukarte studierte und mich zunächst für ein Mineralwasser entschied; und nun fiel es ihnen ein, wer ich sein könnte. Ich war eine zur Zeit in der Stadt gastierende Operndiva, die als Carmen brillierte, so daß die Presse von einer spanischen Callas schrieb, einer wunderbaren Wiederauferstehung, und dazu noch ohne die Allüren der Griechin aus New York. Gut beobachtet, Muchachos! Denn nach der Maske der Sängerin hatte ich mich gerichtet, und auf ihrer Rolle baute ich meinen Plan. Ich konnte kaum annehmen, daß Ribka *en su tristeza* mitbekam, wer in der Stadt als Operndiva gefeiert wurde. Doch ein wenig Ablenkung täte ihr gut. Und so legte ich eine Freikarte in ein duftendes Kuvert, schrieb ein paar Zeilen auf ein parfümiertes Billett, des Inhalts, die Diva habe von ihrem Unglück gehört und erlaube sich, in Gestalt einer Einladung zur nächsten Aufführung ein wenig Ablenkung zu bieten. Jeder Dank sei überflüssig, mit Ausnahme, Señora Abesser nach der Vorstellung in ihrer Loge zu treffen und zu einem Souper einladen zu dürfen. Souper, souffler ... während ich das schrieb, ging mir eine Melodie von Offenbach durch den Sinn, aus dem »Ritter Blaubart«, der meinem Herzen näher stand als Monsieur Bizet, aber schließlich mußte ich hier nicht in der Rolle der Boulette auftreten, sondern in der eines Feuerengels, und daß Carmen nicht bisexuell gewesen sei, mag nicht einmal ihr Schöpfer geglaubt haben.

Ich warf die Angel aus, ein Seitenblick streifte mich, ein kleines Lächeln, das ich als Zustimmung nehmen konnte. Ich erhob mich, raffte meine Röcke, zog an meinen Bändern und rauschte davon, huldvoll nach allen Seiten nikkend und ein paar Trinkgelder verteilend (die mir in der Nacht die Zwischentür zu Ribkas nicht sehr teurem Boudoir öffnen würden).

Mit der nur in dringenden Fällen zu verwendenden Scheckkarte des Hohen Amtes bezahlte ich das Souper und den Mietwagen samt Chauffeur.

Die Ärmste, mein so süßes Mädchenkind, sie trug auch in der Oper diese Mantille, in der sie sich neulich der Presse vorgestellt hatte, als der Hundefänger sie preis- und freigab. So wehte ein Hauch von Trauer und Bescheidenheit um sie, und ich hatte es leicht, sie in ihrer Loge zu umarmen und, die Sitten des Landes frei nutzend, auf beide Wangen zu küssen. Sie hielt die Umarmung aus wie jemand, dem überraschenderweise Schutz geboten wird, und ist die Liebe nicht auch damit zu verwechseln, mit einer Beschwichtigung, die narkotisierend wirkt und ablenkend, eine Hingabe vor der Hingabe, eine Kapitulation vor jeglichem Angriff?

In welcher Sprache unterhielten wir uns? Wir sprachen englisch miteinander, und ich bemühte mich um einen spanischen Akzent, und sie zeigte, daß sie aufgepaßt hatte und wiederholte einige Sätze aus der Oper wie *Wenn ich dich liebe, was geht's dich an ... l'amour, l'amour.* In welcher Sprache gaben sie eigentlich die Oper? Ich hatte nicht aufgepaßt.

So verwickelte ich sie in ein Gespräch über Carmens Liebesfähigkeit – ihrer so oft zitierten *impassibilité.*

Auch diese Liebe ist eine Krankheit, sagte ich und unterdrückte den Spötter in mir: eine Influenza, wollte ich sagen.

Auch diese Liebe krankt an der Sehnsucht und an der Unerfüllbarkeit, sagte Ribka, indes ich ein Auge auf den Fahrer hatte, durch welche Labyrinthe er uns wohl fuhr auf der Suche nach einem ruhigen, aber fashionablen Lokal.

Ich hielt ihre Hand in der meinen, sie sollte sich beschützt fühlen, und sie erwiderte den Druck meiner Finger, indem sie sich an mich lehnte. Im Dunkel des Fonds, in das die Lichter anderer Fahrzeuge schnitten und das Licht der Schaufensterauslagen uns zuweilen blendete, war jede Geste nur für den Augenblick gedacht und ausgeführt, es sei denn, und darauf war ich aus, es bliebe ein Gefühl der Leere zurück, sobald man sich wieder unter anderen Menschen an einem Tisch befand und unsere Blicke einander nicht ausweichen konnten, ein Gefühl der Leere, das ausgefüllt werden mußte mit neuen Zärtlichkeiten, die zunächst nur stellvertretend sein konnten für die Zärtlichkeiten eines Abwesenden, und die mit der Zeit ihren Eigenwert bekämen, und es also gleichgültig war, ob Männer- oder Frauenhand sie ausführte.

Meine Peseten hätte ich mir sparen können. Nicht wie der Dieb in der Nacht mußte ich durch die heimlich geöffnete Zwischentür in ihren Schlaf eindringen. Sie selber machte den Vorschlag, als ich sie nach unserem Souper ins Hotel zurückbegleitete, ein Glas auf ihrem Zimmer zu trinken – nun da wir bereits so alte Freundinnen seien.

War ich am Ziel? Ich bestellte mit unbewußt tiefer Stimme beim Roomservice eine Flasche Champán de la viuda, und das Lachen am anderen Ende der Leitung konnte ich nicht deuten, entweder gab es diesen in ganz Spanien berühmten Champagner nicht mehr, oder der

Kerl vom Service spielte auf den Witwenstand des Hotelgastes an.

Ribka hatte sich in einen der Bademäntel gehüllt, die in jedem modernen Hotel aushängen und, sollte der Gast unerwartet sterben, auch als Leichengewand Verwendung finden. Die weiße Farbe stand ihr gut zu den kleinen, sorgfältig gedrehten blonden Locken ihres Kopfes. Wir fertigten den Kellner mit dem Tablett, der Flasche im Kühler und den Sektkelchen rasch ab, und auch ich entledigte mich, mit einem verlegenen Hinweis auf den überheizten Raum, meiner Oberkleider. Meine Unterwäsche fand die Zustimmung Ribkas, und dann umarmten wir uns nicht ohne Verlegenheit, wer denn nun Regie in diesem kleinen Schäferspiel führen sollte, und ich hoffte *by Jove*, daß die Dame zu der Sorte der klitorial Erregbaren gehörte, damit ich unentdeckt in meiner Damenrolle bleiben konnte und den Dienst anderer Instrumente nicht benötigte, auch wenn die Lust danach mit mir durchzugehen drohte. Einem Dienstengel wie mir, aus einer niederen Hierarchie, gelingt beileibe nicht jede Verwandlung, und wie ein Mensch war ich auf List und Phantasie angewiesen.

Ribka, wie soll ich es beschreiben, entschwand aus meinen Armen; sie schloß die Augen, nach Kinderart machte sie sich unsichtbar, während ihr Fleisch, ihr Körper immer gegenwärtiger wurde und sich mir öffnete, der ich die Süße der körperlichen Berührung und Beziehung solange entbehrt hatte. *Un angel loco le cantó un tango trasnochado ...*

Später fand ich mich wieder auf einer Parkbank auf der nahen Plaza Barbara, rauchend, und es mußte lange nach Mitternacht sein, daß ich die Aufmerksamkeit einer Polizeistreife erregte, der ich die richtigen Papiere nicht vorweisen konnte. Sie witterten Unrat, die sauberen Gesetzeshüter in ihren schmucken Uniformen. Ich mußte in ihr Auto steigen, und die Leitung von Madrid nach Tel Aviv erwies sich als viel zu kurz, als daß ich mir andere Ausreden als die Wahrheit hätte leisten können. Der Uralte zahlte eine Kaution und drohte mir das Schlimmste an. Ans Gran Versalles schickte ich am dritten Tag meiner Inhaftierung einen Gruß, des Inhalts, eine dringende Tournee führe mich nach Israel, und da Gottes Wege seltsam sind, wäre es nicht ausgeschlossen, daß man sich wiedersähe. Nun sitze ich im Madrider Flughafen, auf dessen Namen ich nicht komme, und warte auf den Abflug und auf das angekündigte grottenschlechte Ende. Das heißt, ich warte auf das Auftauchen meiner Kollegen Uri Lilienthal und Aaron Spitzer, die mir als Begleit- und Wachschutz beigegeben werden. In der Zeitung lese ich von den triumphalen Erfolgen dieser neuen Diva, die Carmen en suite spielt. Darüber wird Ribka grübeln.

In the upper room

Ein Dienstengel fragt nicht nach den Überlegungen seiner Auftraggeber, auch wenn wir, Uri Lilienthal und Aaron Spitzer, uns Gedanken machten über das, was das Hohe Haus nun mit unserem Daniel Abesser vorhatte.

Fertig waren sie wohl noch nicht mit ihm, da wir den Auftrag hatten, ihn in eines der Paradiese zu führen, die das »Lux« in seiner obersten Etage eingerichtet hatte. Allerdings lagen sie alle in Nachbarschaft der Gerichtssäle, was nicht von ungefähr war. Denn vor einer Verhandlung durfte der Angeklagte sich sozusagen entspannen, und dies nicht aus altruistischen Gründen oder um die Serviceleistungen des Hotels bis ins letzte auskosten zu können. Im Gegenteil. Auch hier zeigte das Hohe Amt sein pädagogische Mission. Als strenger Vater zog es die Schlinge um den Hals des Angeklagten etwas enger, ließ ihm aber noch genug Luft, sich drei mögliche Wege am Ausgang der Verhandlung vorzustellen: den Weg in die Verdammnis, den Weg ins Paradies, den Weg zurück, wo er hergekommen. Beide Wege, meinte das Amt, den in die Verdammnis und den in die alten Lebensgewohnheiten, würden um so schwerer zu begehen sein, wenn der zu Verurteilende erst einmal einen Einblick ins Paradies geworfen hätte.

Nur: Welches der Paradiese sollten wir ihm zeigen?

Aaron verglich sie alle mit den billigen Vergnügungen des Wiener Prater, so wie er sich an den Wiener Prater erinnerte. Für mich glichen sie in ihrer Dekoration und dem schwiemeligen Licht mehr einem Quilombo in Rosario, in deren Empfangsräumen ständig entweder für eine yiddishe Hochzeit geprobt wurde oder für den abendlichen seriösen Auftritt der alten Garde, die, indes sie die Rückkehr von Carlos Gardel erwartete, seine Milongas und Tangos auf ihren Geigen und Bandoneons parat hatten, während ihre Gesichter vor Trauer erstarrten, die Hängebacken immer länger wurden, das Doppelkinn in den steifen Kragen wuchs und die Hundeaugen einen Blick hatten, der nicht mehr von dieser Welt war. Ihnen zu Füßen die Schar der Seligen, die es nur selten wagten, die Weihe der Musik durch die Pirouetten und Schlenker eines unbändigen Tanzes zu profanieren, bei dem der Partner seine Partnerin wie am kurzen Zügel führte, wie um zu zeigen, daß er ihre Gier nach seinem Gusto dosierte und sie ansonsten gezähmt hatte.

Ich teilte meine Freude zwischen der Trauer des Tangos und der aufschäumenden Lust jener Hochzeitsvorbereitungen der Klezmer-Musiker, bei denen die Seligen in dieser Abteilung des Paradieses die ständige Euphorie einer anstehenden Hochzeit genossen, auf der sie entweder das Paar sein würden oder nur die Verdammten ihrer Erinnerungen blieben. Und so eröffneten die Musiker an jedem Abend ihr Programm mit dem *Ershten Vals*, bei dem manche der Seligen die Tränen des Glücks oder das Glück der Tränen genossen, wenn ein vom Hotel bezahltes Jingele sang: *Mayn ershte groyse freyd/ Di krishtolene likht in dem sal …./Vi a keynigin bal hast batsirt …*

Aaron mochte das Lied nicht. Es erinnerte ihn zu sehr an seine eigene Hochzeit und die Ehe, die kein Jahr gehalten hatte, da seine Frau in Treblinka ermordet wurde. Und was, sagte er zu mir, soll Abesser damit anfangen? Ich will dir sagen, was er damit anfangen wird: Er wird seine Ribka im ganzen Saal suchen und sich später bei der Verhandlung beschweren, sie nicht gefunden zu haben. Wir geben ihm die andere Tür, die ihn erinnern wird an das Birdland in New York oder das Village Vanguard.

Und so geschah es, wir luden ihn ein, in zwei Musiker verwandelt, die auf die Gelegenheit eines *gigs* warteten, indes ihre Kollegen im Halblicht auf der Bühne spielten, hinter Schwaden von Tabaksrauch und in den leisen Passagen in ihrer Musik beinahe zugedeckt von den unbekümmert geführten Gesprächen am Tisch, die ein Ostinato waren, durchaus anregend gedacht wie die ständige Begleitung auf dem Schlagzeug, unterbrochen oder gesteigert durch das Klirren eines zerbrochenen Glases, das Aufschlagen der Bestecke auf einem geleerten Teller und der unerwartet in die Höhe steigenden Spirale eines Lachens, das auch das der Sängerin sein konnte, die auch heute auf ihre Gardenie im Haar nicht verzichtet hatte und deren abgezehrter Körper unmöglich diese Stimme beherbergen konnte, die stammelte wie ein kleines Mädchen und dann wieder stöhnte wie eine auf den Wogen der Lust reitende Geliebte, und die ihre Kollegen animierte, aus ihren Trompeten und Saxophonen, Gitarren und Bässen die letzten Geständnisse herauszupressen, die sie der Sängerin und uns machen wollten, an diesem Abend und dann nie wieder. Die blinden Sänger aus den Südstaaten traten auf und die Gospelsängerinnen, die stets ein wenig abrückten und die Berührung ihrer von Marijuana und Whisky beseligten Kollegen scheuten; in ihren langen maisgelben oder himmelblauen Gewändern wollten sie die einzigen Heiligen in diesem Paradies sein, wenn sie sangen *In The Upper Room With Jesus,* was den Spott der an Drogen, Jim Crow und Tbc gestorbenen Musiker herausforderte, die sich koboldhaft aus den Nebelschleiern schoben und mit ihren nasalen Stimmen riefen: *I'm Jesus, d'you come with me?* Beifall von den Tischen, und fast hätten wir unseren Mann aus den Augen verloren, dem sich hier alle Sinne öffneten und der zunächst die Wiedersehensfreude genoß beim Anblick so vieler Idole der Jazzgeschichte, die hier ins Paradies gezogen waren und frei waren von den Verträgen ausbeuterischer Plattenfirmen, frei von der Konkurrenz untereinander, die für Jahrzehnte den Jazz zu einem Experimentierlabor gemacht hatte, und die nun großzügig darüber hinweghörten, wenn Satchmo das Lied vom *Treu' Husar* verjazzte und Rex Stewart sich nicht zu fein war, Fritz Schulz-Reichel in der alten Kriegsschnulze zu begleiten *Bei dir war es immer so schön, doch weil du eine andere liebst, muß ich gehn ...*

Hilflos auf der Suche nach einer Drehorgel, ein wärmendes Plaid um die massigen Schultern, tappte der Sänger und Pianist Fats Waller von Tisch zu Tisch. Was will er? fragte Aaron. Er will uns sein Lied vorspielen, das er zuletzt an der Kirche von Notre Dame gespielt hat, zu Paris: *Sometimes I feel like a motherless child ...*

Wir lächelten ihm zu, nur um ihm Anlaß zu seiner gewaltigen Lache zu geben, die so klang wie Gottes Lache am ersten Tag, als er die Finsternis von der Helligkeit schied. Gestorben war er in einem ungeheizten Abteil für Schwarze. Sein Tod glich einer Hinrichtung.

Aaron und ich warteten auf eine Gelegenheit, einzusteigen und einen Part zu blasen, er auf seinem Sopransaxophon, ich auf einem Flügelhorn, wie es Miles

Davis zuweilen oder der aus der Mode gekommene West Coast Jazz benutzt hatte. Wir hatten keine Chance, denn wie an jedem Abend war die Pause dem Auftritt jenes zu Lebzeiten zerstrittenen Modern Jazz Quartets reserviert, das heißt, die Wetten überboten sich von Abend zu Abend, ob die Musiker nunmehr sich aussöhnten und zusammenfänden zu einem *First Concert In Paradise* ...

Doch nichts geschah. In tadellose Fräcke gekleidet, die schneeweißen Kragenbinden peinlichst genau gebunden, die italienischen Schuhe auf Hochglanz gewichst, saßen Milt Jackson und John Lewis Rücken an Rücken und diskutierten, falls man ihre einsilbigen Mitteilungen so nennen konnte, mit ihren Fans über die Perioden des Damals, über dessen stilistische Wandlungen in Richtung E-Musik, eine Prise Stockhausen, eine Prise *back to the roots*, und das hieß nicht nur zurück zum Blues, auch zurück zu Ravel und Debussy, worüber für Jahre der Streit zwischen dem Romantiker John Lewis und dem einem funky Bluesstil zugetanen Milt Jackson ausgebrochen war, ein Streit, der von dem Bassisten und dem Schlagzeuger sekundiert wurde. Abesser, wir sahen es, war in seinem Element. Er mischte sich ins Gespräch mit dem Eifer des Jünglings, der seine Behauptungen rasch aufgibt, wenn er für das Gegenteil das Wohlwollen dieser beiden Götter im Frack erhaschen konnte.

Hat er nicht, fragte mich Aaron, zum ersten Mal, da wir ihn begleiten, seine Ribka vergessen?

Er weiß noch nicht, sagte ich, daß sie ihn in Madrid erwartet.

Ich weiß nur, sagte Aron, daß unser Lustigmann Itzhak uns in Madrid erwartet, und zu keinem guten Ende.

Wieder trat die Sängerin ans Mikrofon, und sofort verstummte der Saal.

I cried over you, sang sie mit brüchiger Stimme, *now it's time for you to cry over me* ...

Die Höllen der Erinnerung, sagte ich, auf den Text anspielend, zu Aaron. Wo ist da das Paradies?

Es gibt kein Paradies, sagte Aaron. Die Erinnerung ist Hölle und Paradies zugleich.

Der Prozeß

Prozeßtage im »Lux« waren Festtage.

Uri und ich trugen eine Art vorgeschriebener Uniform aus derbem dunkelblauem Stoff, kragenlos und hochgeknöpft, und wenn wir uns im Saal umschauten, saßen da auf den Bänken scharenweise ähnlich Uniformierte, die einander wie Unbekannte betrachteten, so die Vorschrift, auch wenn der eine und andere sich anstießen und auf den einen Gast in ihrer Mitte aufmerksam machten.

Dieser war Abaddon, der Engel der Unterwelt und eine Art Scharfrichter. Seine Anwesenheit ließ einen negativen Ausgang der Verhandlungen in der Sache Daniel Abesser vermuten. Der Angeklagte saß erhöht auf einem Bänkchen, vor ihm ein ovaler Tisch mit drei noch unbesetzten Stühlen. An der Seite ein bequemer Sessel für den gleichfalls abwesenden Zeugen. Im Hintergrund der Bühne, wenn man dieses abgehobene Plateau als Bühne bezeichnen konnte, ein Wandbehang, darauf ein übergroßes Auge, das Auge JAHVES, wie man zu wissen glaubte, aber es konnte auch das über die Zeiten vergessene Emblem des Hotels sein, das mit diesem Symbol seinen Gästen versicherte, ein fürsorgliches Auge auf sie zu haben.

Wir blickten uns um, Uri und ich. Denn es gab Prozeßtage, da wurden die auf die lange Bank geschobenen Gäste des Spielzimmers, jene Raucher und auf ihr Urteil wartenden Figuren, zur Abschreckung, selten zur Zeugenschaft, in den Saal gebeten, und in so einem Fall konnte man sicher sein, bestes Theater zu erleben, wenn sich die dergestalt Geladenen zu Schmähungen und

Anwürfen gegen den Angeklagten hinreißen ließen, der dann von den prozeßführenden Anwälten beziehungsweise Richtern in Schutz genommen werden mußte. Selten, daß man auf ein Zeichen Abaddons, der in seiner Kahlköpfigkeit glänzte wie eine in der Finsternis vergessene Glühlampe, den Saal räumen ließ und die johlende Meute, unter der sich manche Prominenz aus alten Tagen befand, abgeführt wurde.

Nichts von alledem an diesem Vormittag. Hier herrschte Stille. Abesser wechselte ein paarmal seine Haltung auf der unbequemen Bank, drückte den schmalen Rücken durch und wußte nicht, wohin mit seinen langen Armen und Beinen. Man hatte ihm erlaubt, seinen alten Trenchcoat zu tragen, der ihn, wie er einmal sagte, vor den Kugeln in 1001 Schlacht geschützt hatte, und der ihm das Aussehen eines Reisenden gab, der im Wartesaal einer Bahnhofshalle auf die Ankündigung seines Zuges wartet.

Mit einemmal saßen drei Damen auf den Stühlen am ovalen Tisch. Uri stieß mich an, er hatte dies erwartet, und er flüsterte mir ihre Namen zu: Das ist, sagte er, Olga, neben ihr, die schlanke Schöne, ist Nadeschda Smirnowa, und die hübsche Schüchterne heißt Cynthia Jeffries.

Es waren die Frauen Arthur Koestlers, der abwesend war und trotz seiner Erhöhung noch immer auf der Prozeßliste stand. Und noch eine Überraschung trat ein, die vor allem unseren Daniel Abesser berührte. Fast hätte er sich erhoben und wäre auf den kleinen Mann zugelaufen, der im Zeugensessel umständlich Platz nahm und nicht wußte, wohin mit seinen Krücken. Jemand nahm sie ihm ab, und er quittierte dies mit einer Geste der Hilflosigkeit, da er sich aus diesem Sessel mit eigener Kraft nicht würde befreien können. Er nickte dem erstaunten Abesser gütig zu, putzte die übergroßen Gläser mit einem übergroßen Taschentuch, öffnete die Schöße seines aschgrauen Sakkos und zeigte sich erfreut, als man ihm eine Tasse Tee brachte und Streichhölzer für seine Zigarre. Die Frauen am Tisch beobachteten seine Vorbereitungen, es sich mit Tee und Zigarre häuslich zu machen, mit Belustigung. Kein Zweifel, es war der Doktor Alexander Retard, der in der vorigen Woche in Hierro begraben worden war, im kleinsten Familienkreis und in Anwesenheit unseres Freundes Itzhak, den aus den Fängen des Hundefängers zu befreien wir auf die Insel gekommen waren.

Welche der Frauen hatte den Vorsitz? Es war die schlanke Nadeschda, die mit fester Stimme, die kleine Hand klopfte auf die Tischplatte, die Verhandlung eröffnete und die üblichen Worte sprach. Es sei, sagte sie, die Lehrzeit des Angeklagten verstrichen, ohne daß dieser die Mission seiner Lehrer noch deren Absichten mit ihm besonders verstanden hätte. Man habe ihm das Unglück und das Elend der Welt vorgeführt und nichts als ein Kopfschütteln erreicht. Man habe ihm die Verstocktheit des Menschen im Kriege vorgeführt, der seinen Eigennutz gegen jede höhere Rettung durch die Kräfte des Göttlichen verteidigt habe, und was habe unser Mann darauf getan? Er habe sich nach jedem Rock umgesehen, der einen Hinweis auf seine verschwundene Frau Ribka hätte geben können. Denn diese zu finden, dies allein lag ihm im Sinn. Mithin, man habe die Jahrhunderte an ihn verschwendet.

Hier lachte Olga, die ein derbes bäuerliches Mädchen war. Sie trug das bekannte russische geblümte Kopftuch zu einem weißen Kleid mit kirschroter Kragenkante, und sie unterbrach die Worte der Vorsitzenden:

Prima, sagte sie, daß er seiner Alten nachstieg und sie nicht vergessen konnte. Als Frau, welche die Männer von einer ganz anderen Seite kennt (sie spielte zweifellos auf ihre Affäre mit Koestler an), kann ich ihm da nur Pluspunkte geben.

Cynthia lächelte und meldete sich zaghaft. Sie trug ein Sommerkleid, das ihren makellosen Ausschnitt, ihre schönen Arme sehen ließ, sie unterstrich ihre Worte mit einem Bleistift, der in die Luft stach: Treue, sagte sie, auch ich bin gerührt, aber ist sie nicht eine Art unsichtbarer Kette, die abhängig macht, und mit der Zeit untertan, so daß der eine im anderen auf Lebenszeit einen Gefolgsmann, eine Gefolgsfrau hat, mit dem dieser, ich meine diese, alles mit ihm machen kann. Ich weiß, liebe Schwestern, wovon ich rede.

Nadeschda, schien uns, verlor an Boden. Sie zögerte, ob sie den Verrat Koestlers an ihrer Person als ein Paradigma für den am sich verräterischen Geist der Männer heranziehen sollte. Überhaupt Verrat! Sie las in den Akten vor ihr und fand jenen Artikel Abessers, darin er die Aktivitäten eines gewissen Jeshua in der Presse von Galiläa denunziert. Sie breitete diesen Punkt aus, um von Abessers beeindruckender Treue zu Ribka abzulenken. Doch da meldete sich der kleine Doktor, der seinen Tee geschlürft und seine Zigarre angeraucht hatte.

Wir können, sagte er und ruderte mit den kurzen Armen, die Epoche, die unseren Freund zu seinen Lebzeiten geprägt hat, mit keiner anderen vergleichen. Wir stehen, nachdem alle Rezepte zur Emanzipation des Menschen aufgebraucht sind, vor dem völligen Nirwana – im übrigen nicht zum ersten Mal, seit Nietzsche sich den Buddha Deutschlands nannte und das Morgenland seine Mischung aus Quietismus und Buddhismus ins Abendland exportierte, zugegeben mit Hilfe unserer großen abendländischen Gelehrten. Wie weit sind wir heute davon entfernt! Wir haben versagt und sind dabei, uns in aller Fröhlichkeit auszurotten und unseren eigenen Untergang als Event zu genießen. Nur nicht sterben, während die Serie zum Untergang des Menschen noch läuft!

Im Saal entstand eine gewisse Unruhe, die weniger die in diesem Hause nichtsanktionierten Dogmen Retards meinte als vielmehr die Kompliziertheit seines Gedankengangs. Wie denn, es sei alles umsonst gewesen und münde ein ins große Nichts?

Abaddon machte sich Notizen, falls der Uralte zur Stunde noch nicht erwacht war und die Übertragung der Verhandlung verpaßte.

Retard ließ sich nicht stören: Er schaute in die geleerte Teetasse, sog an seiner Zigarre und hub von neuem an.

Daniel Abesser habe sich wie jeder junge und kluge Mann seiner Generation benommen: Er habe mit Skepsis reagiert und, was man ihm vorgeführt, als Panoptikum erlebt, als höheren Jux. Dabei sei er von zarter Konstitution, von einem scheuen Gemüt, das sich von Gewalt und Faustrecht in seiner Umgebung nicht habe verhärten lassen. Er habe sich zu einer Religion bekehrt, oder besser zu einem Menschentum, das durch Leiden und Verfolgung geadelt sei. Kurzum, er sei der richtige Mensch für ein Experiment gewesen, wie man es mit ihm angestellt.

Ein Experiment? fragte Nadeschda und wollte das Wort eingeschränkt sehen für eine gewisse historische Etappe, deren Opfer sie und ihre Generation in den dreißiger Jahren des vorigen Jahrhunderts gewesen waren.

Ein Experiment, wiederholte Retard, und man habe den jungen Mann im unklaren gelassen, was das eigentliche Ziel seiner Weltreise gewesen sei: Man habe ihn austauschen wollen gegen jenen Menschen, der in Hesekiels Maschine (allgemeine Unruhe im Saal), in Hesekiels Maschine als ein Botschafter des Menschen vor Gott versagt habe. Hier aber habe man den neuen Menschen, der wie einst Noah die Menschheit vor totaler Vernichtung bewahren könnte, indem er ...

Ja, wie denn? fragte jemand aus dem Saal, und Retard geriet in Verlegenheit und rutschte auf seinen Sätzen aus, als er fortfuhr: Indem er einen neuen Bund mit dem Nirwana schließt und sozusagen zehn neue Gebote ins

Nichts schreibt, die ein neuer Hesekiel in seinem Auftrag zu verkünden hat.

Retard suchte nach Beispielen. Das Verhältnis Gott–Mensch war schon immer ein zwiespältiges, sagte er. Denken Sie nur an die Erschaffung des Menschen.

Abaddon sah böse hoch.

Eines Tages, sagte Retard, beschloß der Uralte, geheiligt werde Sein Name, den Menschen zu erschaffen. Er berief die erste Kohorte seiner Engel und teilte ihnen den Plan mit. Diese spotteten und wollten keinen Menschen, dieses Zwischending, diesen Ohrenbläser am Throne Gottes. Sie lehnten ab. Nun, der Allgewaltige hob den kleinen Finger, und die erste Kohorte der Engel zerfiel zu Staub. Nicht besser erging es der zweiten Kohorte. Auch diese lehnte ab und wurde zu Staub zerblasen. Da kam die dritte Schar auf Gottes Geheiß vor seinen Thron. Sie fielen auf ihr Angesicht in vorauseilendem Gehorsam, und als wüßten sie nicht, was von ihnen verlangt wurde, riefen sie: Alles, was du von uns willst, o Herr, soll uns recht sein. Gott wiederholte seine Idee, und gemeinsam machte man sich ans Werk. Nun, der alte Adam erwies sich als Ohrenbläser und Protestierer am Throne Gottes, und bei jeder Klage betonte er, im Auftrag seines Weibes zu kommen.

Wie auch immer, er fuhr von nun an mit in Hesekiels Maschine, als welche wir Gottes Herrlichkeit begreifen, und er hatte sein Wort zu sagen. Übrigens erinnert mich die Geschichte, sagte Retard und kicherte, an den bekannten Witz aus der Stalinzeit, auch dieser auf seine Art eine Gottheit (wieder sah Abbadon finster in die Runde). Stalin läßt seine Kompanien antreten, einer der Muschkoten niest, Stalin fagt: Wer war's ...? Keine Antwort. Die erste Kompanie wird erschossen, dann die zweite, erst aus der dritten meldet sich das zaghafte Stimmchen eines Rekruten. Darauf der oberste Feldherr: Gesundheit, Genosse!

Olga strahlte unter ihrem Kopftuch. Sie kannte die

Geschichte. Dann aber rief sie: Und dieser neue Mensch sind Sie?

Retard schüttelte den Kopf und sagte: Mein Reich ist nicht mehr von dieser, ich meine von jener Welt.

Einige im Saal lachten.

Cynthia hob ihren Bleistift und bat ums Wort.

Was soll mit ihm geschehen? fragte sie und zeigte mit dem Bleistift auf den Angeklagten.

Abesser hatte zu allem geschwiegen, als ginge es ihn nichts an oder als hörte er zum ersten Mal von den Machenschaften um seine Person. Hätte er denn eine Botschaft, gesetzt den Fall, er bekäme die von Retard beschriebene Aufgabe? Was zeichnete denn die Menschheit aus, die er kannte und zu der er gehörte? Anpassung und Verweigerung. Beides brachte in der Kombination das perfekte Nichts, das zu einer Auslöschung der Menschheit führen würde und somit, da Begierde und Gewalt aufhörten, zum ewigen Frieden. Wo aber blieb die Liebe? Verfiel auch sie dem Nichts?

Über die Liebe konnte man nur mit einem geliebten Menschen sprechen.

Retard meldete sich noch einmal zu Wort.

Ich bezeuge, sagte er, die Eigenschaften dieses Daniel Abesser, der neue Mensch zu sein. Ergo qualifiziert ihn alles für seine Rolle als Botschafter in einem Gefährt, das ja nur eine Metapher ist für das Schiff Erde mit all seinem Getier.

Das Gericht, verkündete Nadeschda, zieht sich zur Beratung zurück.

In der Pause wurde Tee gereicht. Abaddon ergänzte seine Notizen und schickte finstere Blicke in unsere Richtung, als sei es unsere Schuld, daß wir aus Abesser nicht ein willfähriges Instrument gemacht hatten.

Dann kehrten die Damen zurück und verkündeten sibyllinisch: Das Los hat entschieden. Der Angeklagte kann frei über sich selbst bestimmen.

Das Hohe Haus hat den Freien Willen als Kompaß der menschlichen Natur gebilligt.

Retard schüttelte den Kopf, als sei er mit soviel Freiheit nicht einverstanden.

Nadeschda erhob sich von ihrem Platz und verlas die Verfügung:

Daniel Abesser hat drei Möglichkeiten. Er mag wählen: Er kann auf immer unser Gast in einem der drei Paradiese sein. Er kann die Botschaften des neuen Menschen verkünden. Er kann zu seinem Weibe zurück und im Schweiße seines Angesichts sein Brot verdienen und das Los der Menschen teilen.

Abesser sprang auf, hob wie zum Jubel die Arme, wuchs auf zu seiner ganzen Größe und rief: Also lebt sie, also wähle ich die Freiheit!

Zum letzten Mal: Der Berichtgeber

Da nun saßen sie wie Brautleute, leuchtenden Auges. Der Unterwelt entkommen, dem Tode entronnen, dem Leben gegeben.

Sie hielten sich an den Händen, daß dem Berichtgeber, *yours truly* Itzhak Springer, aus diesem und jenem Grund das Blut aus dem Gesicht wich und die gelbe Farbe des Neids hervorbrach.

Es waren nicht die Tage der Haft bei der Madrider Polizei, die mich so fahl hatten werden lassen. Ich wurde gut behandelt, sie hielten mich bis zuletzt für eine Tunte, die in Schwulitäten geraten war, und animierten mich, ihnen eine Probe meiner Kunst zu geben, einen zweideutigen Tanz in Röcken, zu dem sie mit ihren schiefgetretenen Stiefeln den Takt angeben könnten, eine Flamenco-Parodie, zu der ich mir die Lippen hätte schminken müssen. Ich tat ihnen den Gefallen nicht, einmal hört jeder Spaß auf, und als sie an meiner Identität nicht länger vorbeikonnten, ließen sie mich in Ruhe. Der Geschäftsträger unseres Staates versorgte mich mit den nötigen Papieren sowie mit einem Flugticket Madrid – Tel Aviv, und im Gehen ließ er die giftige Bemerkung fallen, ich müsse noch für ein paar Tage Gast der spanischen Polizei bleiben, bis mich meine Kollegen Lilienthal und Spitzer hier abholen würden. Ich bestand auf andere Kleidung, und da auch diese Polizei bestechlich ist, schickte ich sie in den Corte Inglés zum Einkaufen. Sie kamen mit einem Haufen Klamotten zurück, die sie für das passende Outfit eines Schwulen hielten. Und so trug ich zu Jeans ein gelb und schwarz gewürfeltes Hemd, dazu ein rotes Sakko und als Krönung eine Krawatte, grün wie die Fahne des Propheten. In diskreter Entfernung von mir meine Begleiter und Wächter, Uri und Aaron, und auch sie glaubten ihre Herkunft und ihren Dienst am besten mit auffälliger Kleidung kaschieren zu können, so daß wir wie schon einmal auf dem Flug Panama City – Tel Aviv aussahen wie von gleicher Mutter aus der Mottenkiste gekleidete Brüder.

Die Neugier der Stewardessen aber galt dem wieder vereinten Paar Daniel und Ribka Abesser. Ah, es würde alles über sie in den Morgenzeitungen stehen, und die eine und andere bat das Paar um ein Autogramm und um die Erlaubnis, ein Foto machen zu dürfen. Dann und wann streifte mich der Blick Daniels, indes Ribka meinen Blicken auswich, so gut sie konnte. Sollte ich mich ihr nähern und im Vorbeigehen ein paar Takte aus Carmen trällern – *ah, die Liebe hat bunte Flügel ...*

Mir konnte nun nichts mehr passieren, hatte ich doch die Etikette des Dienstes verletzt. In Tel Aviv würde ich in Unehren entlassen werden, auch wenn mein Delikt sozusagen zur Geschichte der Elohim und Seraphim gehörte. Ich hatte wie viele meiner Vorgänger in den Äonen der Vorzeit ein Menschenweib verführt, und man würde mich verstoßen und ins sterbliche Geschlecht der Menschen einreihen. In Jerusalem würde ich mein Weib Rebecca wiederfinden, und möge sie noch immer eine Witwe sein, die keinen neuen Mann gefunden hat. Nach einer gründlichen Gehirnwäsche durch die Spezialisten des Hohen Hauses würde ich mich um einen Posten als Lokalreporter in Daniel Abessers Zeitung bewerben, oder noch besser um eine Anstellung als Friseur und Maskenbildner in Ribkas Fernsehstudio. So gesehen konnte ich der Zukunft gelassen ins Auge blicken, es sei denn, mein Jahrgang verpflichtete mich zum Militärdienst. Denn wie alt an Jahren werde ich sein, wenn ich zum Menschsein verurteilt werde?

Ich sah auf die Uhr: wir überflogen Rom und für eine Sekunde malte ich mir aus, wie ich abspringen würde, um in der heiligen Stadt um Asyl zu bitten. Aber es wuchsen mir keine Flügel mehr. Möglich, daß Rebecca sich weigert, mich ein zweites Mal zu heiraten.

Die spanischen Stewardessen verteilten einen Imbiß, den weder Ribka noch Abesser anrührten. Ich bestellte mir einen halben Liter Wein, und den gefüllten Becher hob ich in Richtung meiner Kollegen und trank ihnen, eine Grimasse ziehend, zu. Itzhak der Spaßmacher, wenigstens sollten sie ihn in dieser Rolle in Erinnerung behalten.

Ich sehe, wie Abesser seinen Laptop aufklappt, und die Neugier läßt mich meinen Sitz verlassen, und vom Gang aus werfe ich einen Blick auf die illuminierte Tafel und lese den Satz: DA NUN REBECCA KAM, KAM MIT IHR DER SEGEN WIEDER.

Benutzte Bücher

Die Bibel nach der Übersetzung von Martin Luther, 1843

Der Born Judas, Leipzig 1978

Die Heilige Schrift, Neuübersetzung

Enzo Bettiza, I Fantasmi Di Mosca, Mondadori 1993

Der Talmud

Arthur Koestler, Frühe Empörung / Abschaum der Erde. Autobiographische Schriften, München 1971

Arthur Koestler, Sonnenfinsternis, Frankfurt am Main, 1991

Martin Gregor Dellin, Heinrich Schütz. Sein Leben, sein Werk, seine Zeit, München 1984

Ives Cattin/ Philippe Faure, Die Engel im Mittelalter, Regensburg 2000

Die Apokryphen. Verborgene Bücher der Bibel, München 1992

Pedro Hernández, Natura y Cultura de las Islas Canarias, Tenerife 1997

ISBN 3-360-01249-6

Rosa-Luxemburg-Straße 39, 10178 Berlin
Umschlag- und Einbandgestaltung:
Atelier für grafische Gestaltung Frank Eilenberger,
unter Verwendung eines Motivs von Sandro Botticelli
Printed in Germany

Die Bücher des Verlags Das Neue Berlin
erscheinen in der Eulenspiegel Verlagsgruppe.

www.das-neue-berlin.de